아들과 연인 2

Sons and Lovers

아들과 연인 2

Sons and Lovers

데이비드 허버트 로렌스 지음 | **이은경** 옮김

제3부

9
미리엄의 패배

폴은 자기 자신은 물론 모든 것이 불만스러웠다. 그가 가장 사랑하는 사람은 어머니였다. 그런데 어머니의 마음을 아프게 하고 어머니에 대한 자기의 사랑에 금이 갔다고 생각하니 참을 수가 없었다.

또다시 봄이 찾아왔고 폴과 미리엄 사이에는 갈등이 생겼다. 올봄 들어 그는 미리엄에게 매우 심술맞게 굴었다. 미리엄도 막연하게나마 폴의 태도를 알아채고 있었다. 자기가 이 사랑의 제물이 되고 말리라는 느낌은 아주 오래전부터 미리엄의 모든 감정 속에 깃들어 있었다. 이것은 그녀가 기도할 때마다 흔히 느껴온 생각이었다.

마음속 깊은 곳에서 미리엄은 언젠가 폴이 자신의 것이 되리라고는 절대 믿지 않았다. 무엇보다도 그녀에게는 자신이 없었다. 자신은 결국 폴이 요구하는 여자가 될 수 없으리라는 생각 때문이었다. 확실히 그녀는 폴과 행복한 일생을 보내는 자신의 모습을 그릴 수 없었다. 자신의 앞날에 비극과 슬픔과 희생이 내다보였다. 그리고 그녀는 희생 속에서 높은 긍지를 느꼈고 체념 속에서 꿋꿋하게 견딜 수 있었다. 일상생활을 지탱해 갈 자신이 없었기 때문이다. 그녀는 비극이나 위대하고 심오한 것에 대해서라면 얼마든지 견뎌낼 준비

가 되어 있었다. 그녀가 견딜 수 없는 것은 일상생활 속에 가득 차
있는 온갖 사소한 일이었다.

부활절 휴일의 처음 얼마 동안 미리엄은 행복했다. 폴은 본래의
솔직한 인간으로 돌아와 있었다. 하지만 미리엄은 그것이 곧 틀어지
고 말 것이라고 느꼈다.

일요일 오후 미리엄은 침실 창가에 서서 숲속의 떡갈나무들을 바
라보고 있었다. 그 나뭇가지 사이에는 오후의 밝은 하늘 아래로 황
혼의 빛이 감돌았다. 장미꽃 모양의 잿빛이 도는 푸른색 인동덩굴
잎들이 창문 앞에 드리워져 있었고 그중에는 벌써 몽우리를 맺은 것
도 있을 거라고 미리엄은 생각했다. 계절은 그녀가 사랑하면서도 두
려워하는 봄이었다.

그때 마당의 문이 덜컥 하고 열리는 소리에 미리엄은 불안해졌다.
엷은 구름 사이로 햇볕이 쏟아지는 날씨였다. 폴이 자전거를 끌며
정원으로 들어왔고 그의 걸음에 따라 자전거가 번쩍거렸다. 폴은 대
개 자전거의 벨을 울리며 집 쪽을 향해 웃었지만 이날은 입을 꾹 다
물고 있었으며, 귀찮은 듯도 하고 비웃는 듯도 한 쌀쌀맞고 잔인한
태도가 묻어났다. 이제 미리엄은 냉정하고 날카로워 보이는 그의 젊
은 몸만 봐도 내면에 무슨 일이 일어나고 있는지 알 수 있었다. 자전
거를 세우는 냉정하고 정확한 동작은 미리엄의 마음을 무겁고 우울
하게 만들었다.

미리엄은 신경을 곤두세우고 아래층으로 내려왔다. 그녀는 자기
에게 잘 어울린다고 생각하는 그물 무늬의 새 블라우스를 입고 있었
다. 그 옷은 가느다란 주름이 잡힌 높은 칼라가 달려 있어서 스코틀
랜드의 메리 여왕을 연상시켰고, 자신을 훌륭하고 위엄 있는 여자로
보이게 한다고 생각했다. 스무 살이 된 미리엄의 가슴은 풍만했고
몸매는 아름다웠다. 얼굴은 여전히 부드럽고 포근한 모양을 유지하

고 있었다. 그러나 그녀의 눈이 위를 볼 때는 놀라울 만큼 아름다운 표정이 되었다. 미리엄은 폴을 두려워했다. 그는 자기의 새 블라우스를 보고 어떻게 생각을 할까?

폴은 냉혹하고 비꼬는 기분으로 초기 감리교회에서 그 교파의 유명한 목사가 주재한 예배를 이야기하며 가족들을 웃기고 있었다. 그는 식탁의 상석에 앉아서 다정한 기분일 때는 부드럽게 빛나고 웃을 때는 춤추듯이 아름다워지는 눈으로 그가 조롱하고 있는 여러 사람의 흉내를 내고 있었다. 그가 남의 흉내를 낼 때면 미리엄의 마음은 언제나 상처를 입었다. 그것은 실제와 너무 흡사했기 때문이다. 폴은 너무 영리하고 잔인했다. 그녀는 폴의 눈이 냉소적인 증오심을 드러내고 있을 때면 그가 자신이든 누구든 용서하지 않을 것이라고 느꼈다. 그러나 그녀의 어머니는 깔깔거리며 눈물을 닦았고, 일요일의 낮잠에서 막 깨어난 아버지는 재미난 듯이 머리를 긁었고, 셔츠 바람으로 머리가 헝클어지고 졸린 눈으로 앉아 있는 세 형제들도 가끔씩 큰 소리로 웃었다. 가족 전체가 무엇보다도 '흉내'를 좋아했다.

폴은 미리엄을 거들떠보지도 않았다. 나중에 미리엄은 그가 자기의 새 블라우스를 알아보고 화가로서 그것을 인정해 주는 듯한 눈치를 알아챘으나 그는 한 마디도 다정한 말을 건네지 않았다. 신경이 예민해진 그녀는 선반에서 찻잔을 내리는 것조차 겨우 할 정도였다.

남자들이 우유를 짜러 나가자 미리엄은 용기를 내서 폴에게 말을 걸었다.

"조금 늦었네."

"그래?"

"길이 험했지?"

"괜찮았어."

미리엄은 계속해서 재빠른 솜씨로 식탁을 차렸다. 그리고 나서 그녀가 말했다.

"차는 잠깐 기다려야 해. 수선화를 보러 가지 않을래?"

폴은 대답 없이 일어섰다. 두 사람은 몽오리가 맺기 시작한 서양 오얏나무가 있는 뒤뜰로 나갔다. 언덕도 하늘도 깨끗하고 차가웠다. 모든 것이 깨끗이 씻긴 것처럼 보였고 조금 엄숙하게 보였다. 미리엄은 폴을 흘깃 쳐다보았다. 그는 창백한 얼굴로 감정을 죽이고 있었다. 자기가 좋아하는 그의 눈과 눈썹이 이렇게까지 마음을 아프게 할 수 있다는 것이 그녀에게는 잔인하게 생각되었다.

"바람이 불어서 좀 피곤했지?"

미리엄은 폴에게서 숨겨진 피로의 빛을 읽었다.

"아니, 그렇지도 않았어."

"큰 길에선 바람이 심했을 거야……. 저렇게 나무가 울고 있는걸."

"구름을 보면 남서풍이 분다는 걸 알 수 있을 거야. 이곳으로 오는 데 오히려 도움이 됐어."

"난 자전거를 타지 않아서 잘 모르겠어."

미리엄이 중얼거리듯이 대답했다.

"알기 위해서 꼭 자전거를 탈 필요가 있을까?"

미리엄은 그가 빈정대며 말할 것까지는 없다고 생각했다. 두 사람은 묵묵히 앞으로 나아갔다. 멋대로 자라서 풀숲 같이 보이는 집 뒤의 잔디밭 주위에 가시나무 울타리가 있고 그 밑에 회녹색 잎 다발 사이로 수선화가 고개를 내밀고 있었다. 꽃봉오리 바깥쪽은 추위로 푸른빛이 돌았다. 그중에는 벌써 피었다가 살짝 움츠러든 채 노랗게 빛나는 것도 있었다. 미리엄은 한 떨기의 꽃 앞에 꿇어앉아 수선화를 두 손에 받치고 황금색 꽃을 얼굴에 갖다대어 볼과 이마로 그것을 애무했다. 폴은 두 손을 주머니에 넣고 그녀를 지켜보았다. 미리엄은 노랗게 활짝 핀 수선화를 폴에게 보이며 빠져들 듯 꽃잎을 하나씩 소중하게 매만졌다.

"훌륭하지?"

미리엄이 속삭이듯 작은 소리로 말했다.

"훌륭하다고? 그건 좀 어색한 표현이군. 꽃은 아름다운 거야."

자신의 찬사를 비난받은 미리엄은 다시 꽃 위로 고개를 숙였다. 폴은 꽃 위에 몸을 숙이고 뜨거운 키스를 퍼붓는 그녀를 바라보았다.

"넌 무엇이든 그렇게 만지고 주물러야 속이 시원하니?"

폴이 짜증스럽게 말했다.

"하지만 난 만지는 게 좋아."

미리엄은 불쾌한 듯이 대답했다.

"좋아하는 건 그게 무엇이든 마치 그 심장을 떼어내려는 것처럼 그것을 붙들고 늘어지지 않으면 안 되는 거야? 넌 왜 좀 더 자제하거나 사양할 수는 없지?"

미리엄은 고통에 찬 눈으로 폴을 쳐다보다가 다시 오므라든 꽃잎을 입술로 어루만졌다. 그녀는 꽃의 향기가 폴보다 더 다정하다고 생각했고 그것은 그녀를 울고 싶게 만들었다.

"넌 모든 것에서 그 영혼을 꾀어내려고 해……. 난 절대로 빼앗기지 않을 거야. 난 어떤 경우에도 똑바로 걸어갈 거야."

폴은 지금 자기가 무슨 말을 하고 있는지도 몰랐다. 그러한 말들은 거의 기계적으로 입에서 튀어나오고 있었다. 미리엄은 그를 보았다. 그의 몸은 그녀에게 맹렬하게 대항하는 견고하고 단호한 하나의 무기처럼 보였다.

"넌 항상 모든 것에서 사랑을 구걸하지. 마치 애정에 굶주린 사람처럼 말이야. 꽃에게조차 비위를 맞추려고 해……."

미리엄은 박자를 맞추듯 꽃을 흔들면서 입술로 꽃을 어루만지고 향기를 들이마셨다. 이때부터 그녀는 그 향기를 맡기만 하면 몸을 떨게 되었다.

"너는 사랑을 주고 싶지 않은 거야……. 너의 영원하고 비정상적인 바람은 사랑을 받는 것이지. 넌 부정적이야. 네 안에는 어딘가 비어 있는 곳이 있어서 마치 사랑으로 그것을 채우려는 듯 끝없이 빨아들이는 거야."

미리엄은 폴의 잔인함에 충격을 받았고 아무 말도 들리지 않았다. 한편 폴은 여전히 자기가 무슨 말을 하는지 조금도 알지 못했다. 불안하고 고통받는 그의 영혼이 억압된 열정 때문에 새빨갛게 달아올라 전기가 불꽃을 튀기듯 이런 말들을 맹렬하게 흩뿌리는 것 같았다. 미리엄은 그의 말을 분명하게 이해할 수 없었다. 그녀는 다만 자기에 대한 그의 자학과 증오심을 뒤집어쓰며 그 아래 웅크리고 앉아 있을 뿐이었다. 미리엄은 직감적으로 이해하는 여자는 아니었다. 그녀는 무엇이고 생각에 생각을 거듭했다.

차를 마신 다음 폴은 에드거 형제들과 어울렸고 미리엄에게 관심을 두지 않았다. 미리엄은 기대하던 휴일이었음에도 불행에 잠겨 그를 기다렸다. 마침내 폴은 마음이 가라앉았는지 그녀에게 왔다. 미리엄은 폴의 이러한 기분의 원인을 캐보기로 결심했다. 미리엄은 그것을 일시적인 기분 이상의 것이라고는 생각하지 않았다.

"숲을 좀 걷지 않을래?"

미리엄은 분명하게 청하면 거절하지 못하는 폴의 성격을 알고 있었기에 확실한 어투로 물었다.

두 사람은 토끼 사냥 금지구역 쪽으로 걸어갔다. 도중에 그들은 토끼의 내장을 미끼로 놓고 작은 전나무 가지로 좁은 말발굽 모양의 울타리로 만든 함정 옆을 지났다. 폴은 인상을 찌푸리고 그것을 쳐다보았다. 미리엄은 그의 눈을 바라보았다.

"보기 흉하지?"

미리엄이 말했다.

"글쎄, 모르겠어. 족제비가 토끼목을 물어뜯는 장면을 보는 것보다 더 심한가? 한 마리의 족제비냐 여러 마리의 토끼냐…… 어느 쪽이든 결국은 죽게 마련이니까."

폴은 삶의 엄숙함을 강렬하게 느끼고 있었다. 미리엄은 그를 가엽다고 생각했다.

"집으로 돌아가자. 밖을 걸어다닐 생각은 없어."

폴이 말했다. 두 사람은 청동색 잎눈이 트기 시작한 라일락나무 밑을 지나갔다. 건초더미가 조금 남아 있어서 그것은 돌로 된 네모난 비석 같았다. 마지막으로 베어낸 건초가 조금 펼쳐져 있었다.

"여기서 좀 쉬었다 갈까?"

폴은 마지못해 딱딱한 건초더미에 기대어 앉았다. 그들은 석양에 빛나는 완만한 언덕, 몇 채의 조그맣고 하얀 농가, 금빛 들판, 어둡지만 빛나는 숲, 몇 겹으로 겹쳐진 나뭇가지 등이 먼 곳에서 뚜렷이 보여 고대 원형극장에 앉아 있는 것 같았다. 저녁 하늘은 맑게 개어 동쪽은 부드러운 붉은색으로 물들고 대지는 고요하고 풍요롭게 펼쳐져 있었다.

"아름답지 않아?"

미리엄은 동의를 구하듯 말했지만 폴은 눈살을 찌푸릴 뿐이었다. 그는 아름다워 보이는 풍경이 차라리 추악하기를 바랐다.

그때 커다란 테리어 종 개 한 마리—이름은 빌이었다—가 입을 벌리고 달려와 폴의 어깨에 앞발을 얹고 얼굴을 핥기 시작했다. 폴은 웃으면서 얼굴을 피했다. 빌 때문에 폴은 기분을 돌릴 수 있었다. 폴은 빌을 밀어냈지만 개는 다시 달려들었다.

"저리 가지 않으면 한 대 맞을 거야."

하지만 빌은 그에게서 떠나려 하지 않았다. 폴은 개를 집어던지기도 하며 실랑이를 벌였지만 빌은 오히려 흥분해서 기뻐하며 다시 달려들었다. 폴은 어쩔 수 없다는 듯이 웃었고 개는 만족감에 겨워 이를 온통 드러냈다. 미리엄은 그런 모습을 지켜보고 있었다. 폴에게는 어딘지 서글퍼 보이는 면이 있었다. 그는 무언가를 사랑해 주고 다정하게 대하고 싶은 마음으로 가득했다. 난폭한 개와 벌이는 씨름에는 사실 그의 애정이 깃들어 있었다. 빌은 행복감에 넘쳐 헐떡이며 일어나 흰 얼굴에 갈색 눈을 굴리면서 다시 털썩 하고 폴에게 기대려고 했다. 빌은 폴을 매우 좋아했다.

"빌, 이제 그만해."

하지만 빌은 기쁨에 떨고 있는 무거운 앞발을 그의 허벅지에 걸고 그를 향해 빨간 혀를 날름거렸다. 폴은 뒤로 물러앉았다.

"안 돼. 이제 그만해. 그만하래도."

폴이 목소리를 높이자 개는 다른 즐거움을 찾으려는 듯 행복하게 뛰어가 버렸다.

폴은 여전히 슬픈 기분으로 저쪽 언덕만 바라보고 있었다. 이 고요한 아름다움이 아깝다고 생각한 폴은 에드거와 함께 자전거로 둘러보고 싶었지만 미리엄을 두고 혼자 갈 용기는 없었다.

"쓸쓸해 보여."

미리엄이 조심스럽게 말했다.

"아니, 난 쓸쓸하지 않아. 쓸쓸할 이유가 없잖아. 난 그냥 보통 때와 같아."

미리엄은 폴이 불쾌할 때마다 보통이라고 말하는 게 이상하다고 생각했다.

"그럼 무슨 문제야?"

미리엄은 폴을 달래듯이 부드럽게 물었다.

"아무것도 없어!"

"아니야!"

미리엄이 낮은 목소리로 중얼거렸다.

"아무 말도 말아줘."

폴은 나뭇가지를 집어서 땅을 찌르기 시작하며 말했다.

"하지만 알고 싶어……."

폴은 화를 내며 웃었다.

"넌 언제나 그래."

"넌 내게 너무해."

미리엄은 낮게 말했다. 폴은 이상한 초조함에 사로잡힌 채 뾰족한 나뭇가지의 끝으로 흙을 파내면서 땅을 찌르고 쑤셨다. 그녀는 조용히, 그러나 단호하게 그의 손목을 잡았다.

"그러지 마! 그건 버려."

미리엄이 말했다. 폴은 구스베리 덤불로 나뭇가지를 던지고 건초 더미에 몸을 기댔다. 그는 지금 감정을 억누르고 있었다.

"왜 그래?"

미리엄이 호소하듯이 상냥하게 물었다. 아무 말 없이 건초더미에 몸을 기대고 있는 폴의 눈은 고뇌에 차 있었다.

"우린……."

마침내 폴은 피곤한 목소리로 입을 열었다.

"우린 헤어지는 게 좋겠어."

그것은 미리엄이 두려워하던 말이었다. 그녀는 별안간 눈앞이 캄캄해지는 것 같았다.

"왜! 무슨 일이 있었어?"

미리엄은 낮은 소리로 물었다.

"아무 일도……. 그냥 우리의 입장이 명백해졌을 뿐이야. 다 소용 없는 헛일이니까……."

미리엄은 슬픔 묵묵히 참아내며 다음 말을 기다렸다. 지금 그에게 화를 내봤자 소용없는 일이다. 어쨌든 폴은 이제 무엇이 자기를 괴롭히는지 이야기하려 하고 있다.

"우린 친구로 지내기로 했지."

폴은 단조로운 음성으로 기운 없이 말을 시작했다.

"우린 친구로 있자고 몇 번이나 서로 그랬었지! 그런데…… 우리 관계를 우정의 선에서 머물 수도 없고 그렇다고 해서 다른 곳에 도달할 수도 없어."

폴은 다시 입을 다물어버렸다. 미리엄은 생각에 잠겼다. 폴은 무슨 말을 하려는 것일까? 그의 상대를 한다는 것은 힘이 드는 일이다. 그는 아직도 숨기고 있는 무언가가 있었다. 그러나 그녀는 참을성 있게 기다려야 했다.

"난 친구 이상은 될 수 없어. 내게 그 이상은 불가능해……. 이건 내 성격적인 결함이야. 우리 두 사람의 관계는 점점 균형을 잃어 가고 있어. 난 균형이 깨지는 건 싫어. 이제 그만…… 끝내자."

폴의 마지막 말에는 뜨거운 분노가 스며 있었다. 그 말은 자기가 미리엄을 사랑하는 것보다 미리엄이 자기를 사랑하는 것이 더 크다는 의미였다. 아마도 그는 미리엄을 사랑할 수 없었던 것이리라. 아마 미리엄에게는 그가 바라는 무엇이 없었는지도 모른다. 그것은 그녀의 영혼 가장 깊은 곳에 숨어서 그녀를 지배하고 있는 자기 불신이었다. 그것은 워낙 뿌리 깊은 것이었기에 스스로 인식하거나 인정할 용기가 없었다. 어쩌면 그녀는 결함이 있는 그대로의 자기에게 만족하고 있었는지도 모른다. 그것은 너무도 미묘한 수치심이었으므로 그녀는 직시하기를 주저하고 있었던 것이다. 만약 그게 사실이라면 그녀는 폴 없이도 살 수 있었을지 모른다. 그녀는 자기가 적극적으로 폴을 원하도록 허락지 않았을 것이다. 다만 그를 바라보기만

했을 터였다.

"무슨 일이 있었던 거야?"

"아니…… 아무 일도. 내 자신에 관해 생각하던 거야. 그리고 지금 밖으로 나왔을 뿐이야……. 부활절 무렵이면 우린 늘 이렇지."

절망적으로 약해진 폴을 그녀는 가엾게 생각했다. 적어도 미리엄 자신은 이렇게 비참한 모양으로 발버둥치지 않았다. 결국 제일 부끄럽게 된 것은 그 자신이었다.

"어떻게 하고 싶다는 거지?"

"그러니까…… 이제 난 여기에 자주 와서는 안 된다는 거야……. 그뿐이야. 이유도 없이 내가 널 독점해도 될까……. 너한테 나는 무엇인가 부족해……."

폴은 자기가 그녀를 사랑하고 있지 않으므로 그녀가 다른 남자와 사귈 기회를 주어야 한다고 말하고 있는 것이었다. 그는 정말 바보같고 고집불통이며 부끄러울 정도로 서툰 사람이다. 다른 남자들이 내게 어떻다는 말인가! 도대체 남자들이 내게 무슨 소용이란 말인가! 하지만 폴만은 달랐다. 그녀는 폴의 영혼을 사랑하는 것이다. 그에게는 무엇이 부족하단 말인가! 그는 무엇을 부족하게 생각하고 있는 것일까.

"하지만 난 무슨 말인지 모르겠어."

미리엄은 쉰 목소리로 말했다.

"어제는……."

황혼의 빛이 사라지자 폴에게 있어 밤은 정체불명의 귀찮은 것으로 생각되었다. 미리엄은 고뇌에 차서 고개를 숙이고 있었다.

"넌 모를 거야. 내게는 불가능하다는 것을 넌 알지 못해. 내가 할 수 없다는 걸 믿지 않을 거야……. 내가 육체적으로 안 된다는 걸 말이야. 그건 내가 저 종달새처럼 날 수 없다는 것과 마찬가지야!"

폴이 소리쳤다.

"뭐?"

"널 육체적으로 사랑할 수 없다는 말이야."

폴은 자기의 말 때문에 미리엄이 고통스러워하고 있음을 알 수 있었고, 그래서 그녀가 미워졌다. 그는 미리엄을 사랑하고 있었다. 미리엄은 폴이 자기를 사랑한다는 사실을 알았다. 그는 그녀의 것이었다. 그녀를 육체적으로 사랑하지 않는다는 말은 미리엄이 그를 사랑한다는 것을 알고 있기 때문에 생긴 심술과 투정에 불과했다. 그는 어린아이처럼 어리석었다. 그는 확실히 그녀에게 속했고 그의 영혼은 그녀를 찾고 있었다. 미리엄은 그가 누군가의 영향을 받고 있다고 생각했다. 그에게서 누군가 다른 사람의 미친 완고함과 냉정함이 있음을 느꼈다.

"가족들이 뭐라고 하는구나."

"그런 게 아냐."

하지만 그녀는 틀림없이 그것이 문제라는 사실을 깨달았다. 미리엄은 그의 가족들의 속됨을 경멸했다. 그들은 어떤 것이 진정한 가치가 있는지 몰랐다.

그날 밤 두 사람은 더 이상 대화를 하지 않았다. 결국 폴은 에드거와 자전거를 타고 나가버렸다.

폴은 어머니에게 돌아왔다. 그의 삶에서 어머니야말로 그를 붙잡아 놓는 가장 강한 줄이었고, 이 점만 생각하면 미리엄의 존재는 축소되고 말았다.

미리엄에게는 무언가 막연하고 비현실적인 느낌이 있었다. 그밖에는 아무도 문제되는 사람은 없었다. 이 세상에서 현실성을 잃지 않고 확고한 곳이 단 한 군데 있다면 그곳은 바로 어머니가 있는 곳이었다. 그 외의 사람들은 어느새 그림자처럼 되고 그에게 거의 존재하지 않는 것이나 다름없었지만 어머니만은 그렇지 않았다. 말하자면 어머니는 그의 생활의 축과 극이었으며, 그는 거기서 벗어날 수 없었다.

모렐 부인에게 있어서도 폴은 역시 같은 존재였다. 그녀의 삶은 이제 폴의 안에 존재하고 있었다. 모렐 부인은 사후세계라는 것을 신경 쓰지 않았다. 무언가를 할 수 있는 것은 이 세상에 있는 동안뿐이며 그녀에게 있어 행동한다는 것은 중요한 일이었다. 폴은 이제껏 그녀가 해온 일이 옳았다는 것을 증명해 줄 사람이었다. 그는 누구라도 흔들리게 할 수 없는 어엿한 남자가 될 것이고, 어떤 중요한 일을 해서 사람들을 놀라게 할 것이었다. 폴이 어디를 가든 모렐 부인은 자기 영혼이 그와 함께 있음을 느꼈다. 그가 무슨 일을 하든지 그녀의 영혼은 그의 곁에서, 말하자면 그가 사용할 도구를 건네주려고 서 있는 것처럼 느꼈다. 모렐 부인은 아들이 미리엄과 함께 있는 것을 참을 수 없었다. 윌리엄은 죽었고, 그녀는 폴을 지키기 위해 싸우지 않을 수 없었다.

마침내 폴은 어머니에게로 돌아왔다. 그리고 그는 어머니에게 충실했기 때문에 마음속에는 자기 희생의 만족감이 있었다. 모렐 부인은 누구보다도 그를 사랑했고, 폴 또한 누구보다도 어머니를 사랑했다. 그러나 폴은 어머니의 사랑만으로는 충분하지 않았다. 힘차고 강렬한 젊은 생명은 그 밖의 다른 것을 향하여 돌진했다. 그것은 침착함을 잃게 하고 미치게 만들었다. 이런 사실을 알아차린 모렐 부인은 미리엄이라는 여자가 이 젊은 생명의 일부만을 차지하고 그 뿌리 쪽은 자기에게 남겨줄 여자이기를 초조한 마음으로 바랐다. 폴은 미리엄에 대해 싸웠듯이 어머니에 대해서도 싸웠다.

폴은 일주일이 지나서 윌리 농장을 방문했다. 그동안 미리엄은 괴로움 속에서 생활했고 폴을 다시 보기가 두려웠다. 이제 그녀는 그에게 버림받는 치욕을 참아야 할 것인가? 아니, 그것은 단지 표면적이고 일시적인 것에 불과할 터였다. 그는 다시 돌아올 것이다. 그녀는 그의 가슴을 열 열쇠를 쥐고 있었다. 그렇다고 해도 그는 반드시또 지독하고 잔인하게 그녀를 고문할 것이다. 미리엄은 그런 생각에주저했다.

부활절 다음 일요일에 폴이 차를 마시러 왔다. 레이버스 부인은그를 보고 기뻐했다. 그녀는 폴이 무엇인가 어려운 일에 부딪쳤고그로 인해 고민을 한다고 추측했다. 그는 위안을 얻기 위해서 그녀를 찾아온 것처럼 보였다. 레이버스 부인은 폴에게 친절히 대했다. 그녀는 거의 그를 존경하는 마음으로 대단한 친절을 베풀어주었다.

폴은 농장 앞뜰에서 아이들과 함께 나와 있는 미리엄과 그녀의 어머니를 만났다.

"잘 왔다. 날씨가 좋아서 올해 들어 처음으로 들판에 나가보려던참이야."

레이버스 부인은 호소하는 듯한 갈색의 큰 눈으로 폴을 보면서 말했다. 부인이 자기도 같이 가기를 원한다고 느낀 폴은 마음이 부드러워졌다. 세 사람은 이야기를 하면서 걸었다. 폴은 점잖고 겸손했다. 그는 레이버스 부인이 자신에게 보여준 따뜻한 태도가 고마워서울음이 터질 것 같았다. 일순 그는 부끄러워졌다.

그들은 가시덤불의 낮은 곳에서 개똥지빠귀 둥지를 발견했다.

"새알을 꺼내 보여 드릴까요?"

"어디 보자. 이 알들은 정말 봄이 왔음을 알리는 표시로구나. 좋은일이 있을 것 같은 기분이 들어."

폴은 가시덤불을 헤치고 새알을 꺼내 손바닥에 올려놓았다.

"꽤 따뜻해요. 우리 때문에 어미 새가 놀라서 달아났을까요?"

폴이 말했다.

20

"어머, 가엾어라."

레이버스 부인이 말했다. 미리엄은 자신도 모르게 새알을 만져보았다. 그리고 폴의 손이 새알의 훌륭한 요람이 되어 있는 것 같은 기분이 들었다.

"이상하게 따뜻해."

미리엄은 폴의 곁에 다가서며 중얼거렸다.

"피의 온기야."

폴이 대답했다. 미리엄은 다시 새알을 둥지에 넣는 폴의 모습을 지켜보았다. 그는 몸을 산울타리에 붙이고 손으로 새알들을 조심스럽게 감싸서 가시덤불 속으로 천천히 팔을 밀어넣었다. 그는 정성껏 그 일에 열중하고 있었다. 미리엄은 이런 때의 폴을 사랑했다. 그는 무척 온순하고 만족스러워 보였다. 그러나 미리엄은 그의 마음속에 들어갈 수가 없었다.

차를 마신 뒤 미리엄이 찻잔을 치우고 있을 때 폴이 다가와 조금 어색한 투로 함께 밖으로 나가자고 말했다. 걱정이 앞선 미리엄은 살며시 몸을 떨었다.

"책을 가져갈까?"

미리엄이 시집을 집으며 말했다. 두 사람은 시를 읽을 때 사이가 가장 좋았다.

"아니, 그거 말고."

폴이 알퐁스 도데[1]의 소설인 〈타라스콩[2]의 타르타랭[3]〉을 고르자 미리엄은 가슴이 내려앉으며 책꽂이 옆에 망설이듯 서 있었다.

밖으로 나온 두 사람은 건초더미 아래에 쌓아놓은 짚단 위에 앉았

1) 알퐁스 도데(Alphonse Daudet, 1840~1897). 프랑스의 소설가로 〈마지막 수업〉, 〈별〉 등 따뜻한 정감이 담긴 작품을 많이 썼다 – 옮긴이
2) Tarascon. 프랑스 남쪽 프로방스 지방에 있는 아담하고 평화로운 도시이다 – 옮긴이
3) Tartarin. 타라스콩에 사는 자칭 모험가로, 머릿속에서 세계를 누비는 사람이다 – 옮긴이

다. 폴은 소설을 두 페이지 가량 읽었지만 별로 책에 마음이 가지 않았다. 빌이 지난번처럼 장난을 치려고 달려와서 주둥이를 폴의 가슴에 갖다댔다. 폴은 개의 귀를 잠시 만지작거리다가 곧 밀쳐냈다.

"빌, 저리 가. 너에게는 볼일이 없어."

개는 슬금슬금 자리를 피했다. 한편 미리엄은 앞으로 다가올 일이 두려웠다. 폴이 잠자코 있어서 그녀는 불안해지고 엄숙해졌다. 미리엄이 두려워하는 것은 폴의 분노가 아니라 그의 냉정한 결단이었다.

폴은 미리엄에게 잘 보이지 않도록 얼굴을 한쪽으로 약간 돌리고 천천히, 그리고 괴로운 듯이 말을 시작했다.

"만약…… 내가 예전같이 자주 찾아오지 않으면…… 넌 다른 사람을 좋아하게 되겠지……. 다른 남자 말이야……. 그렇지?"

바로 이것이 그가 여전히 되풀이해서 말하는 것이었다.

"하지만 난 다른 남자 따윈 몰라. 왜 그런 말을 해?"

미리엄은 폴을 비난하듯 나직한 목소리로 대답했다.

"왜라니."

무뚝뚝한 어조로 폴이 대꾸했다.

"사람들은 내가 이렇게 너에게 올 권리가 없다고들 하니까. 우리가 결혼할 생각이 없다면."

미리엄은 두 사람의 관계에 대해 입을 떼는 사람에게는 화를 냈다. 그녀는 언젠가 자기 아버지가 웃으면서 폴이 자주 놀러오는 이유를 알고 있다고 말했을 때에도 격렬하게 화를 냈었다.

"누가 그래?"

미리엄은 자기 가족 중 누가 그런 말을 한 건 아닐까 싶어 그에게 물어보았다. 그러나 가족들은 아니었다.

"어머니와…… 그밖에 다른 사람들이야. 이런 상태로는 누구나 다 우리를 약혼자로 생각할 거라는 거야. 그리고 네가 그런 말을 듣게 하는 건 미안한 일이니 나로서도 생각해 볼 문제였지. 그래서 난 어떻게 하면 좋을까 생각했어……. 하지만 난 남편이 아내를 사랑하는 그런 사랑으로 널 사랑하지는 않는다는 걸 알았어……. 넌 어떻게 생각해?"

미리엄은 고개를 숙였다. 그녀는 이러한 일로 갈등을 겪게 된 것에 화가 났다. 두 사람 일은 그 누구도 참견할 일이 아니었다.

"난 모르겠어."

미리엄은 중얼거렸다.

"우리가 결혼할 정도로 사랑한다고 생각해?"

폴은 분명한 어조로 물었고, 미리엄은 몸을 떨었다.

"아니, 그렇게 생각하지 않아……. 우린 너무 젊어."

미리엄은 정직하게 대답했다.

"내 생각엔……."

폴은 슬픈 표정으로 말을 이었다.

"너는 모든 면에서 더 열정적이니까, 나한테 내가 갚을 수 없을 만큼을 주었다고 생각해. 내가 너한테 줄 수 있는 것보다 더……. 지금이라도 네가 그렇게 하는 것이 좋다고 생각하면…… 우린 약혼할 수 있어."

폴의 말에 미리엄은 울고 싶어졌고 화도 났다. 그는 언제까지나 어린아이 같았고, 사람들은 원하는 대로 그를 움직일 수 있었다.

"아니, 난 그렇게 생각하지 않아."

미리엄은 단호하게 말했다. 폴은 잠시 생각에 잠겼다.

"나는…… 난 어떤 한 사람이 날 독점한다든지…… 그 사람이 나의 전부가 되는 건 생각해 본 적이 없어……. 그런 일은 절대로 없을 것 같아."

미리엄은 이런 것에 대해 생각해 본 적이 없었다.

"글쎄."

미리엄은 작은 소리로 말했다. 잠시 후 그녀는 폴을 쳐다보았고 그녀의 검은 눈이 불타올랐다.

"그건 다 네 어머니 탓이야. 네 어머니가 날 싫어하는 건 나도 알고 있어."

"아니야, 그렇지 않아. 이번에 엄마가 말한 건 다 널 위해서야. 엄마는 내가 이대로 널 계속 만나려면 약혼한 것으로 생각해야 한다고 말씀하셨어."

폴은 재빨리 부인했다. 두 사람 사이에 잠깐 침묵이 흘렀다.

"그런데 내가 우리 집으로 오라고 하면 넌 거절하지 않겠지?"

미리엄은 대답하지 않았다. 그녀는 매우 화가 난 상태였다.

"그럼, 우리 이제 어떻게 할래?"

미리엄이 차가운 어조로 말을 이었다.

"내 생각에 프랑스어 공부는 그만두는 게 좋겠어. 이제 겨우 프랑스어와 친해지기 시작했지만…… 혼자서 해나갈 수 있을 것 같아."

"그럴 필요는 없어. 프랑스어 공부는 내가 봐줄 수 있어."

"글쎄…… 그리고 일요일 밤도 있지. 나는 교회에 가는 게 좋고 내가 외출하는 날은 교회에 가는 날뿐이니까. 난 교회는 계속 나갈 거야. 하지만 날 집까지 바래다줄 필요는 없어. 혼자서 돌아올 수 있으니까."

"좋아."

폴은 좀 당황하며 대답했다.

"하지만 내가 에드거에게 부탁하면 언제든 함께 우리 집에 가줄 거고 그러면 아무도 무슨 말을 하진 않을 거야."

다시 침묵이 흘렀다. 결국 미리엄은 별로 잃을 것이 없었다. 그의 가족들이 이러쿵저러쿵 해봤자 큰 차이는 없게 되었다. 그녀는 모두

들 남의 일에 간섭하지 말았으면 하고 생각했다.

"그리고 이 문제로 골치 아파하거나 사람들을 미워하거나 하지는 않겠지?"

"그런 일은 없어."

미리엄은 그를 바라보지 않고 대답했다. 폴은 잠자코 있었다. 그녀는 그의 마음이 흔들리고 있다고 생각했다. 그에게는 확고한 목적도 없을 뿐 아니라 자기를 붙잡아둘 정의감도 없는 것이다.

"왜냐하면…… 남자라면 자전거를 타기도 하고 일을 하러 가기도 하고 온갖 일에 부딪히기도 하지. 그러나 여자들은 곰곰이 생각만 하니까."

"아니, 난 신경 쓰지 않아."

미리엄은 진심이었다.

바람결이 싸늘해지자 두 사람은 집 안으로 들어갔다.

"아니, 폴! 안색이 좋지 않구나! 미리엄, 폴을 바깥에 오래 있게 하면 어떡하니. 감기 들지 않았니, 폴?"

레이버스 부인이 말했다.

"괜찮아요."

하지만 폴은 정말 피곤했다. 마음속의 갈등은 그를 완전히 지치게 만들었다. 미리엄은 이제 그를 가엾게 생각했다.

폴은 여느 때와 달리 상당히 이른 시간인 9시가 되기 전에 돌아가려고 일어섰다.

"벌써 돌아가려고?"

레이버스 부인이 걱정스럽게 물었다.

"네, 일찍 돌아가기로 했거든요."

폴의 말투는 무척 어색했다.

"그렇지만 아직 이르잖아."

레이버스 부인이 말했다. 미리엄은 아무 말도 없이 흔들의자에 앉아 있었다. 폴은 평소처럼 미리엄이 그의 자전거가 있는 곳까지 함께 가주기를 기대하면서 머뭇거렸다. 그러나 미리엄은 그대로 의자에 앉아있었다. 폴은 당황했다.

"그럼…… 안녕히 계세요!"

폴은 더듬으면서 말했다. 미리엄은 다른 식구들과 함께 그에게 작별인사를 했다. 폴은 창문을 지나면서 안을 들여다보았다. 그녀는 이젠 버릇이 되어버린 폴의 찌푸린 얼굴이 창백하고 눈길은 고통으로 어두워진 것을 보았다.

미리엄은 일어나서 현관으로 걸어가 폴이 대문을 지나갈 때 손을 흔들어 인사했다. 폴은 버림받은 비참한 기분으로 자전거를 타고 천천히 소나무 밑을 지나갔다. 자전거는 덜커덕거리며 엉망진창인 언덕길을 달려갔다. 그는 자전거가 뒤집혀서 목이라도 부러지면 속이 시원해질 것 같다고 생각했다.

이틀 후 폴은 미리엄에게 작은 책과 노트를 보내며 그것을 읽고 열심히 공부하라고 짧은 메모를 써서 보냈다.

그러나 폴은 그 이후 다른 사람이 되었다. 그는 자기가 미리엄과 결혼하기를 원치 않는다는 것을 알았고 그녀에게 딱딱하고 냉정하게 대하며 거리를 두었다. 미리엄은 심하게 고통 받았다.

그즈음 폴의 우정은 오직 에드거에게 쏠려 있었다. 그는 그의 가족들을 좋아했으며 농장도 매우 좋아했다. 농장은 폴에게 있어 이 세상에서 가장 소중한 곳이었다. 반면 그의 집에는 그다지 애착을 가지고 있지 않았다. 그가 집에서 사랑하는 것은 어머니뿐이었다. 어머니와 함께라면 어디서나 행복해질 수 있었다. 그러나 윌리 농장에는 열정적인 애착을 느꼈다. 그는 남자들이 장화를 신은 채로 돌아다니고 개는 발길에 채일까 봐 한쪽 눈을 뜬 채 잠을 자는 그곳의 복잡하고 초라한 부엌이 좋았다.

밤이 되면 식탁 위에 등이 켜져 있고 모든 것이 고요해졌다. 폴은 길고 천장이 낮은 거실의 낭만적인 분위기며 꽃과 책, 키가 큰 자단(紫檀)[4] 피아노가 좋았다. 그리고 들판과 접해 있는 빨간 지붕의 건물과 마당이 좋았다. 그것은 어디든 아늑한 곳을 찾듯이 숲 쪽으로 뻗어 갔고 자연 그대로인 들판은 골짜기에서 도려낸 듯이 낮아지고 다시 맞은편의 개간되지 않은 땅으로 이어졌다.

폴은 윌리 농장에 있을 때만 생기가 넘치고 유쾌해졌다. 그는 비세속적인 인품으로 묘하게 풍자를 잘하는 레이버스 부인이 좋았다. 그는 마음씨가 따뜻하고 활기차며 호감이 가는 인품의 레이버스 씨도 좋았다. 그리고 에드거와 그의 형제들, 작은 아이들, 빌, 그리고 서머스라는 암돼지와 티푸라는 인도산 싸움닭조차 좋았다. 그곳에는 미리엄 외에도 그러한 여러 가지 것이 있었다. 그는 이곳을 포기할 수 없었다.

폴은 이전처럼 농장을 자주 찾아갔지만 주로 에드거와 어울렸다. 그 외에는 가끔 밤에 레이버스 씨까지 참여해 온 가족이 하는 글자 맞추기 게임에 끼어서 놀 정도였다. 그 뒤에 미리엄이 사람들을 전부 불러 모았고 1페니짜리 책들 가운데 〈맥베스〉[5]를 골라 각자 역할을 맡아서 읽었다. 모두들 재미있어서 야단이었다. 미리엄도 레이버스 부인도 즐거워했고 레이버스 씨도 함께 즐겼다. 그러고 나서 그들은 난로 주위에 앉아 계이름 부르기 놀이를 하며 노래를 불렀다.

하지만 이제 폴과 미리엄 둘만 있게 되는 일은 거의 없었다. 미리엄은 그런 기회를 기다렸다. 그녀는 요즘 폴이 에드거와 함께 교회

---

4) 콩과의 상록 활엽 교목으로 나무껍질이 자줏빛이며 건축, 가구의 재료로 쓰인다 — 옮긴이
5) 영국 작가 셰익스피어가 지은 4대 비극의 하나로, 스코틀랜드의 무장 맥베스가 마녀의 예언에 현혹되어 던컨 왕을 죽이고 왕위에 오르지만 던컨 왕의 아들 맬컴에게 살해된다는 내용이다 — 옮긴이

나 베스트우드의 독서회에서 집으로 돌아올 때 이단적인 이야기를 매우 열정적으로 하는 것은 사실 자신에게 들려주기 위한 것임을 알고 있었다. 그녀는 폴과 함께 자전거도 탈 수 있고 금요일 밤에 만날 수도 있으며 같이 들판에서 일할 수도 있는 에드거가 부러웠다. 미리엄에게는 금요일 밤도 프랑스어 공부도 없어져버린 것이다. 미리엄은 대개 혼자 생각에 잠겨 숲속을 산책하거나 몽상을 하고 책을 읽으며 공부를 했다. 그러나 미리엄은 폴에게 자주 편지를 받았다.

어느 일요일 저녁 두 사람은 오랜만에 옛날 같은 조화를 되찾았다. 에드거는 모렐 부인과 함께 성찬식을 구경하려고 교회에 남아 있었다. 그는 성찬식이 어떤 것인지 궁금했던 것이다. 그래서 폴은 미리엄과 함께 그의 집으로 돌아왔다. 그는 다시 어느 정도 미리엄에게 사로잡혀 있었다. 언제나와 같이 그들은 그날의 설교에 관해서 토론했다. 폴은 전력을 다해 불가지론(不可知論)[6]을 옹호했으나 미리엄을 기분 나쁘게 하려는 것이 아니고 종교적인 입장이었다. 그것은 르낭[7]의 〈예수의 삶〉[8]에 있는 정도의 것이었다.

폴은 자기의 사상과 모든 신념을 미리엄의 영혼에 도리깨질하면서 진리를 발견했다. 오직 미리엄만이 그의 타작마당이었다. 그를 참된 인식으로 인도해 주는 사람은 그녀뿐이었다. 미리엄은 거의 무감각하게 그의 논리와 설명을 감수했다. 폴은 그녀 덕분에 자신의 잘못된 점을 깨달았다. 그리고 그가 깨달으면 미리엄도 그것을 알 수 있었다. 미리엄은 폴이 자기 없이는 살아갈 수 없을 것이라고 느꼈다.

두 사람은 비어 있는 폴의 집으로 돌아왔다. 폴이 세면실 창문에

---

6) 인간은 신을 인식할 수 없다는 종교적 인식론이다 – 옮긴이
7) 조제프 르낭(Joseph–Ernest Renan, 1823~1892). 프랑스의 철학자이자 역사가이며 종교학자이다 – 옮긴이
8) 르낭이 저술한 책으로 예수의 생애 가운데 초자연적인 요소를 배제하여 하나의 인간 예수의 모습을 그리고 있다 – 옮긴이

서 열쇠를 꺼내 집 안으로 들어갔다. 그러는 동안에도 폴은 내내 자기의 주장을 펼치고 있었다. 그는 가스등을 켜고 난롯불을 살린 다음 저장실에서 과자를 가져다주었다. 미리엄은 분홍빛 꽃으로 장식된 커다랗고 하얀 모자를 쓴 채 접시를 무릎 위에 놓고 조용히 소파에 앉아 있었다. 모자는 값이 싼 것이었지만 폴은 그것이 좋았다. 모자 밑으로 보이는 미리엄의 얼굴은 조용히 생각에 잠겨 있었고, 황금빛 갈색의 얼굴에 뺨은 붉고 혈색이 좋았다. 그녀의 귀는 항상 짧은 곱슬머리에 가려져 있었다.

미리엄은 일요일에 폴을 만나는 것이 좋았다. 그가 일요일에 입는 검은 옷은 그의 날씬한 몸과 매끄러운 동작을 잘 보이게 했고, 얼굴은 순결해 보이고 흰했다. 그는 미리엄을 생각하고 있었다. 갑자기 폴이 성경을 집으려고 팔을 뻗었다. 미리엄은 그가 팔을 내뻗는 태도를 좋아했다. 그는 목표한 물건을 향해 날카롭고 똑바르게 손을 뻗었다. 그는 민첩하게 책장을 넘겨 〈요한복음〉의 한 장을 읽어주었다. 안락의자에 앉아 열중해서 읽는 그의 목소리를 듣고 있으면 그녀는 마치 남자들이 어떤 일에 몰두할 때 도구를 사용하는 것처럼 폴이 무의식적으로 자기를 이용하는 것 같은 기분이 들었다. 미리엄은 그것이 좋았다. 그리고 어딘지 비어 있는 것 같은 그의 목소리는 무언가를 향해 손을 뻗는 것 같았으며 그 목표가 미리엄인 것처럼 생각되었다. 그녀는 그와 떨어져 소파에 기대어 앉아 있었으나 자기는 폴이 손으로 움켜쥔 도구 같다고 느꼈다. 그것은 그녀에게 희열이 되었다.

그러나 폴은 말을 더듬고 그녀를 의식하기 시작했다. '여인이 해산하게 되면 그때가 이르렀으므로 근심하나 아이를 낳으면 세상에 사람 난 기쁨을 인하여 그 고통을 다시 기억하지 아니하느니라'는 구절에 이르렀을 때 그는 내용을 빠트리고 넘어갔다. 미리엄은 그가 점점 침착함을 잃어간다는 사실을 알았다. 그녀는 잘 알려진 구절이 나오지 않자 조금은 위축되었다. 폴은 계속 읽었지만 그녀는 듣고 있지 않다. 당혹과 부끄러움으로 미리엄은 고개를 숙였다. 6개월 전이었다면 그는 자연스럽게 이 구절을 읽을 수 있었을 것이다. 그러나 이제 와서 폴이 그녀와 함께 나아가려고 해도 무언가 장애가 있었다. 두 사람 사이에는 적대적인 무언가가 가로놓여 있었다. 그것은 두 사람 사이에 있어 어쩐지 부끄러운 것이기도 했다.

미리엄은 기계적으로 과자를 먹고 있었다. 폴은 자신의 주장을 계속 펼치려고 했지만 좀 전과 같은 기분으로 돌아갈 수 없었다. 얼마 지나지 않아 에드거가 돌아왔다. 모렐 부인은 교회에서 바로 친구네 집으로 갔다고 했다. 이내 세 사람은 윌리 농장으로 출발했다.

미리엄은 자신과 폴 사이의 틈에 대해 깊이 생각했다. 폴은 다른 무언가를 찾고 있었다. 그녀는 폴을 만족시킬 수 없었고, 그는 미리엄에게 평화를 주지 못했다. 이제 둘 사이에는 언제나 싸움의 기반이 있는 것과 같았다. 미리엄은 폴에게 분명히 보여주고 싶었다. 그녀는 그의 인생에서 가장 필요한 것은 그녀 자신이라고 믿었다. 만약 그것을 폴과 자신에게 입증할 수 있다면 그 외의 일은 문제가 되지 않을 것이다. 미래에는 언젠가 그렇게 되리라고 미리엄은 굳게 믿었다.

5월에 미리엄은 폴에게 도스 부인을 만나러 농장으로 놀러오지 않겠냐고 청했다. 폴은 그녀에게 무엇인가를 동경하고 있었다. 그는 도스 부인의 이야기가 나오면 언제나 흥분하고 약간 화를 내곤 했다. 폴은 도스 부인을 좋아하지 않는다고 말했다. 그러면서도 그는 그녀에 관한 일이라면 매우 알고 싶어 했다. 그렇다면 그는 자신을 시험해 보면 되는 것이다. 미리엄은 그에게 고상한 욕망과 저속한 욕망이 공존하고 있지만 결국은 고상한 욕망이 다른 것을 정복하리라고 믿었다. 어쨌든 그는 시험해 봐야 한다. 그러나 미리엄은 자신이 생각하고 있는 '고상함'과 '저속함'에 대한 기준이 상대적이라는 사실을 잊고 있었다.

폴은 윌리 농장에서 도스 부인을 만난다는 생각에 약간 흥분되어 있었다.

도스 부인은 아침 일찍 농장을 방문했다. 그녀의 암갈색 머리카락은 머리 위에 돌돌 말려 있었다. 하얀 블라우스에 감색 스커트를 입은 그녀의 존재는 어디에서나 자신의 주위를 보잘것없고 무가치하게 보이도록 했다. 그녀가 부엌에 들어오면 그곳은 너무 비좁고 하찮은 것 같이 보였다. 그 집의 아름답던 거실도 딱딱하고 시시해 보였다. 레이버스 가의 사람들은 모두 촛불처럼 희미하게 빛을 잃어버렸다. 그들에게는 도스 부인이 어렵고 참기 힘든 사람으로 보였다. 그러나 그녀는 매우 상냥한 편이었고 무관심하면서 어딘지 모르게 엄숙했다.

폴은 오후가 되어서야 농장에 도착했다. 그로서는 빨리 온 편이었다. 미리엄은 그가 자전거에서 뛰어내려 집 쪽을 열심히 둘러보고 있는 것을 보았다. 만약 손님이 와 있지 않았다면 그는 실망했을 것이다. 미리엄은 햇볕을 피해 고개를 숙이고 마중을 나갔다. 한련화가 서늘한 초록색 잎사귀의 그늘 아래서 빨갛게 피어 있었다. 미리엄은 검은 머리칼에 햇볕을 받으며 기쁜 듯이 그를 보았다.

"도스 부인은 안 왔어?"

"왔어. 지금 책을 읽고 있는 중이야."

미리엄은 노래하는 듯한 억양으로 대답했다. 폴은 자전거를 헛간으로 끌고 갔다. 그는 자랑스럽게 여기는 멋진 넥타이를 매고 그와 같은 색 양말을 신고 있었다.

"아침에 왔어?"

"응."

미리엄은 그와 나란히 걸으면서 말했다.

"리버티 상점 사람한테서 편지를 가져다주겠다고 했는데, 받아왔어?"

"오, 이런! 깜빡 잊었다. 내가 갖다줄 때까지 너는 나를 들볶아야 할 거야."

"그러고 싶진 않아."

"어쨌든 그렇게 해줘. 그래, 도스 부인은 좀 상냥해졌어?"

폴이 말했다.

"난 언제나 그녀가 상냥한 사람이라고 생각하는걸."

이내 폴은 말이 없었다. 그가 이렇게 빨리 온 것은 처음이었다. 미리엄은 벌써 고통을 받기 시작했다.

두 사람은 집을 향해 걸어갔다. 폴은 바지에서 클립을 끌렀다. 그러나 멋진 넥타이와 양말을 신고 있으면서도 구두는 먼지로 엉망이었다.

도스 부인은 서늘한 거실에서 책을 읽고 있었다. 폴은 그녀의 하얀 목덜미와 그 위로 빗어 올린 아름다운 머리를 바라보았다. 미리엄과 폴이 안으로 들어오자 도스 부인은 자리에서 일어나 관심 없는 눈으로 폴을 보았다. 그녀는 악수를 하려고 손을 내밀었지만 그 동작은 마치 거리를 유지한 채 그를 떼어놓으려는 것 같기도 하고 그에게 무엇인가를 내던지는 것 같기도 했다. 폴은 블라우스 안으로 부푼 젖가슴과 모슬린 천 아래 보이는 아름다운 어깨의 곡선에 정신이 쏠렸다.

"참 좋은 날을 택했군요."

폴이 말했다.

"우연히 그렇군요."

도스 부인이 대답했다.

"그런가요."

도스 부인은 폴의 정중한 태도에 고맙다는 인사도 없이 자리에 앉았다.

"오전에는 뭘 하고 있었어?"

폴이 미리엄에게 물었다.

"음. 도스 부인은 아버지와 같이 집에 왔어……. 그래서…… 도착한 지 그리 오래되지 않았어."

미리엄은 쉰 소리로 기침을 하면서 말했다. 도스 부인은 주위를 무시하는 듯이 식탁에 기대어 앉아 있었다. 그녀의 손은 컸지만 잘 가꾸어져 있음을 폴은 알아보았다. 손의 피부는 결이 거칠고 윤기가 없이 하얗고 그 위에 금빛의 가는 솜털이 나 있었다. 도스 부인은 폴이 자기 손을 보고 있는 것쯤은 개의치 않았다. 그녀는 그를 무시해 버릴 심산이었다. 그녀의 묵직한 팔은 아무렇게나 탁자 위에 내던져져 있었고 입술은 화가 난 듯이 다물어져 있었으며 얼굴은 약간 옆으로 돌리고 있었다.

"요전 날 저녁에 마거릿 본포드 댁의 모임에 참석하셨죠?"

폴이 도스 부인에게 말했다. 미리엄은 이렇게 정중한 폴을 본 적이 없었다. 도스 부인은 폴을 힐끗 쳐다보았다.

"네."

도스 부인이 짧게 대답했다.

"어떻게 알아?"

미리엄이 물었다.

"기차 시간이 남았기에 잠깐 들렀었어."

폴이 대답했다. 도스 부인은 다소 멸시하듯이 고개를 다시 돌려버렸다.

"그녀는 사랑스러운 여자더군요."

폴이 말했다.

"마거릿 본포드 부인 말인가요? 그녀는 대부분의 남자들보다 훨씬 영리한 여자예요."

도스 부인이 대답했다.

"머리가 나쁘다고 하지는 않았어요. 그녀는 영리하면서도 사랑스러운 사람이었어요."

폴이 항의하듯이 말했다.

"물론 그것만이 문제란 말이죠?"

도스 부인은 경멸하듯이 대꾸했다. 폴은 어찌할 바를 모르고 당황스러워 머리를 긁적였다.

"난 영리한 것보다 사랑스러운 게 더 좋다고 생각해요. 영리한 것은 천국으로 가는 데 별로 도움이 안 될 테니까요."

폴이 말했다.

"마거릿은 천국 같은 데엔 관심 없어요. 이 세상에서 자신의 정당한 몫을 즐기고 싶은 거예요."

클라라가 반박했다. 그것은 마치 본포드를 부당하게 평가한 책임을 져야 한다고 말하는 듯한 어투였다.

"그녀는 따뜻하고 매우 멋진 분이라고 생각해요……. 다만 너무 연약해 보이긴 했지만. 난 그녀가 평화롭고 행복했으면 좋겠다고 생각했어요."

"남편의 양말을 기우면서 말이죠!"

클라라가 독기를 품고 말했다.

"그녀라면 내 양말까지도 기워줄 거예요. 분명히 그 일을 잘할 거예요. 그리고 그녀가 원한다면 나도 기꺼이 그녀의 구두를 닦아주겠어요."

도스 부인은 폴의 재치 있는 역습에 대답하지 않았다. 폴은 잠시 미리엄과 이야기를 나누었고, 도스 부인은 도도한 자세로 초연하게 앉아 있었다.

"그럼 에드거를 좀 만나볼까. 농장에 있어?"

폴이 미리엄에게 물었다.

"석탄을 사러 갔어. 아마 곧 돌아올 거야."

"그럼, 마중 나가야지."

미리엄은 아무래도 그들 셋이서 무엇을 하자고 제안할 용기가 나지 않았다. 폴은 일어나서 나가버렸다.

가시금작화가 피어 있는 윗길에서 암말과 나란히 건들건들 걸어오는 에드거의 모습이 폴의 눈에 띄었다. 이마에 하얀 별 모양의 반점이 있는 암말은 석탄 짐을 털거덕털거덕 끌면서 머리를 끄덕거리고 있었다. 에드거는 친구를 보고 활짝 웃었다. 에드거는 까맣고 따뜻한 눈을 가진 미남이었다. 옷은 낡고 초라했지만 걸음걸이는 아주 당당했다.

"오! 어디 가?"

에드거가 모자도 쓰지 않은 폴을 보고 말했다.

"너 마중 나온 거야. 네버모어(Never more)[9] 부인을 견딜 수가 있어야지."

에드거는 재미있다는 듯 이를 드러내며 웃었다.

"네버모어 부인은 또 뭐야?"

"도스 부인 말이야. 그녀는 항상 '네버모어'라고 말하는 갈까마귀 부인이야."

"그녀가 싫어?"

에드거는 매우 재미있어 하며 물었.

---

9) 에드거 앨런 포의 시 〈갈까마귀〉에서 까마귀가 되풀이하는 말로 네버모어라는 말만 몇 구절이 되풀이되어 나온다 - 옮긴이

"아니, 아주 싫은 건 아니야. 너는?"

"싫어, 싫은 사람이야."

입을 살짝 오므리며 에드거가 대답했다. 그에게는 깊은 확신이 있었다.

"내 취향에 맞지 않는 여자야."

잠시 생각에 잠겨 있던 에드거가 물었다.

"그런데 넌 왜 그녀를 네버모어 부인이라고 하지?"

"글쎄, 그 여자는 남자를 보면 거만하게 '더 이상 안 돼'라고 말하거든. 그리고 자기 자신을 거울에 비춰보며 멸시하듯이 '더 이상 안 돼'라고 말하고 과거를 회상하고는 불쾌해하며 또 '더 이상 안 돼', 미래를 생각하면서는 냉소적으로 '더 이상 안 돼'라고 말하는 거야."

에드거는 그의 말을 생각해 보았지만 무슨 뜻인지 잘 알 수가 없었다. 그는 웃으면서 물었다.

"남자를 싫어하는 여자라고 생각하는 거야?"

"본인은 그렇게 생각하고 있을걸."

폴이 대답했다.

"하지만 넌 그렇게 생각하지 않지?"

"물론."

"그래, 너한테 친절하게 대해 주고?"

"그녀가 누구한테 친절하게 대하는 걸 상상할 수나 있겠어?"

폴의 반문에 그는 웃었다. 두 사람은 석탄 짐을 뜰에 내렸다. 도스 부인이 창문으로 내다볼지도 모른다는 생각에 폴은 약간 의식했지만 그녀는 내다보지 않았다.

토요일 오후는 말을 솔질하고 씻기는 날이었다. 폴과 에드거는 지미와 플라워의 털에서 나오는 먼지 때문에 재채기를 해가며 말을 씻겼다.

"이번에 가르쳐줄 새 노래 하나 없어?"

에드거는 일손을 쉬지 않으면서 물었다. 그가 허리를 굽히면 햇볕에 타서 빨개진 목덜미가 보였고, 솔을 쥐고 있는 손가락은 굵었다. 폴은 가끔 그를 가만히 지켜보았다.

"메리 모리슨[10]이란 노래, 어때?"

폴의 제안에 에드거는 고개를 끄덕였다. 그는 좋은 테너 음성을 가지고 있으며 폴이 알고 있는 노래는 무엇이든 배우고 싶어 했고, 배운 노래는 마차를 몰면서 불렀다. 바리톤 음성의 폴은 노래는 신통치 않았지만 귀는 좋았다. 그는 도스 부인이 들을까 봐 작은 소리로 노래를 불렀고, 에드거가 맑은 테너로 그의 뒤를 따라서 불렀다. 이따금 두 사람은 재채기를 했고 그럴 때마다 돌아가면서 말에게 욕을 해댔다.

미리엄은 남자들을 참을 수가 없었다. 그들은 사소한 일을 가지고도 재밌어했고 폴마저도 그랬다. 그녀는 아무것도 아닌 일에 그렇게 넋을 빼앗겨버리는 그를 이상하게 생각했다.

폴과 에드거는 차 마실 시간이 되어서야 일을 마쳤다.

"무슨 노래였어?"

미리엄이 물었다. 에드거가 그녀에게 말해 주었고, 대화는 노래에 대한 것으로 바뀌었다.

"우리는 정말 즐거운 시간을 가지곤 하죠. 노래 좋아해요?"

미리엄이 도스 부인에게 물었다. 그녀는 위엄 있는 모습으로 천천히 차를 들었다. 도스 부인은 남자들이 있으면 언제나 쌀쌀했다.

"잘 부르는 노래라면."

도스 부인의 대답에 폴은 얼굴이 빨개졌다.

---

10) 영국 시인 로버트 번즈(Robert Burns, 1759~1796)가 스코틀랜드 전원생활의 절박함을 노래한 시집 〈올드 랭 사인〉에 나오는 시의 제목이다 – 옮긴이

"수준이 높고 잘 만들어진 노래라는 뜻인가요?"

조금은 겸연쩍은 목소리로 폴이 물었다.

"노래가 노래답게 되려면 우선 음성을 훈련할 필요가 있지 않을까요?"

도스 부인이 도도한 어투로 대답했다.

"그렇다면 말이 말답게 되려면 우선 목소리를 훈련해야 한다는 말이 되는군요. 노래란 대개 자기 자신의 즐거움을 위해서 부르는 게 아닐까요?"

폴이 말했다.

"그것이 다른 사람에게 불쾌함을 줄 수도 있어요."

"그렇다면 그들은 귀를 막고 다녀야죠."

폴의 대꾸에 남자들은 웃음을 터뜨렸다. 다시 모두 잠잠해졌고, 얼굴이 매우 빨개진 폴은 묵묵히 차를 마셨다.

차를 마신 다음 폴만 남겨두고 남자들이 모두 나가버렸을 때 레이버스 부인이 도스 부인에게 물었다.

"그래, 전보다 행복해요?"

"그럼요."

"만족하고 있고?"

"자유롭고 독립할 수 있는 한은요."

"잃은 것을 아깝다고는 생각하지 않아요?"

레이버스 부인이 상냥하게 물었다.

"그런 건 전부 어딘가에 두고 와버렸는 걸요."

폴은 대화를 듣고 있는 동안 왠지 불쾌해져서 일어났다.

"이제 곧 알게 되겠죠. 당신은 과거 속에 두고 온 것에 걸려서 계속 넘어질 거예요."

폴은 이렇게 말하고 나서 외양간으로 갔다. 자기 딴에는 상당히 재치 있는 말을 했다고 생각했고 남자로서의 자부심에 의기양양해져 벽돌이 깔린 길을 걸으며 휘파람을 불었다.

잠시 후 미리엄이 폴에게 와서 클라라와 함께 산책을 가지 않겠느냐고 물었다. 그들은 스트렐리 밑 농장 쪽으로 갔다. 세 사람은 숲 끝에서 가까스로 새어드는 햇볕을 쬐고 있는 분홍색 패랭이꽃을 보면서 윌리 호수 쪽 시냇가를 따라 걸었다. 그때 빽빽한 나무줄기와 엉성한 개암나무 덤불 사이로 한 남자가 적갈색 말을 끌고 협곡을 걸어오는 것이 보였다. 그 크고 붉은 동물은 녹색의 어두운 개암나무 덤불 사이로 춤추듯 뛰어 지나가고 저쪽 먼 곳은 옛이야기에서와 같이 이졸데[11]나 데어드르[12]를 위해 피어 있기라도 한 것 같은 블루벨이 무리지어 피어 있었다.

세 사람은 멈춰서 넋을 잃고 블루벨을 바라보았다.

"기사였으면 좋겠다. 그리고 여기에 성을 가지고 있으면 얼마나 좋을까."

폴이 말했다.

"그리고 거기다 우리를 달아나지 못하게 감금해 두고 말이죠?"

도스 부인이 말했다.

"그래요. 당신들은 시녀들과 같이 자수를 놓으면서 노래를 하는 거예요. 나는 흰색과 녹색과 보라색의 깃발을 들고 가죠. 그리고 내 방패에는 자유로운 여인상(像)이 새겨져 있고 그 아래에는 '여성사회정치연맹'이라고 새겨져 있어요."

"아마 당신은 여성들 스스로 싸우게 하기보다는 여성을 위해서 싸우고 싶어 하겠죠."

---

11) Isolde. 켈트족의 사랑 이야기를 담은 〈트리스탄과 이졸데〉에 나오는 왕의 딸로, 어떤 남자도 본 적이 없을 만큼 아름답고 고상한 여자였다고 한다 - 옮긴이
12) Deirdre. 아일랜드 전설 중 감동적인 사랑이야기 〈우슈네흐가(家) 아들들의 운명〉에 나오는 착하고 아름다운 여주인공이다 - 옮긴이

도스 부인이 말했다.

"그래요. 여성들이 자기를 위해 투쟁한다는 건 거울 앞에서 자기 모습을 보고 마구 짖어대는 개와 마찬가지일 거예요."

"그래, 당신은 그 거울이고요?"

입술을 삐죽이며 도스 부인이 물었다.

"또는 거울에 비치는 모습인지도 모르죠."

폴이 대답했다.

"당신은 너무 똑똑한 것 같군요."

"그렇게 되면 당신은 사랑스러운 사람이라는 말이군요."

웃음을 머금으며 폴이 말을 이었다.

"착하고 사랑스러운 여성이 되어 주세요. 그리고 나로 하여금 영리한 남성이 되게 하시고."

이내 도스 부인은 폴의 농담에 싫증이 났다. 폴은 문득 위를 올려다보고 있는 도스 부인의 얼굴에 냉소가 아니라 비참함이 드리워져 있음을 알아챘다. 그의 마음은 다정한 감정으로 변해 갔다. 그는 그 때까지 모른 척했던 미리엄에게도 부드럽게 대했다.

숲의 가장자리에서 그들은 림을 만났다. 림은 여위고 까무잡잡한 사십 대의 남자로 가축 농장인 스트렐리 밑에서 땅을 빌려 소를 치고 있었다. 그는 피로한 듯이 힘센 종마의 고삐를 멍하니 잡고 있었다. 세 사람은 개울의 징검다리를 림이 먼저 건널 수 있도록 비켜서 있었다. 폴은 이렇게 커다란 동물이 활력에 넘친 경쾌한 걸음으로 건너갈 수 있다는 사실에 감탄했다. 림은 그들 앞에서 멈춰 섰다.

"레이버스 양, 아버지께 댁의 어린 소가 저 아래 울타리를 사흘이나 부수고 다닌다고 말 좀 전해 줘요."

"어느 울타리에요?"

미리엄이 떨리는 목소리로 물었다. 커다란 말은 밤색 옆구리를 움

40

직이며 무겁게 숨을 내쉬고 숙인 머리와 늘어진 갈기 사이로 큰 눈을 굴리며 의심스럽다는 듯이 위쪽을 보았다.

"이쪽으로 와봐요, 보여드릴 테니."

림과 종마가 앞장을 섰다. 말은 개울에 들어가자 흰 발굽의 털을 떨면서 놀란 듯이 옆으로 뛰었다.

"이런, 장난치지 마라."

림이 다정한 목소리로 말했다. 말은 한두 번 뛰더니 둑 위로 껑충 올라서고 다시 멋지게 물을 튀기며 또 다른 개천을 건넜다. 우울한 표정으로 걷고 있던 도스 부인은 감탄과 경멸이 뒤섞인 눈초리로 말의 모습을 지켜보았다. 림은 멈춰서더니 손가락으로 버드나무 밑의 울타리를 가리켰다.

"저기로 빠져나갔소. 우리 농장 사람들이 세 번이나 쫓아냈는데 말이지."

"네."

미리엄은 마치 자기가 잘못이나 한 듯 낯을 붉혔다.

"좀 들렀다 가겠소?"

림이 물었다.

"아니에요. 고맙지만 오늘은 연못 근처로 가고 싶어서요."

"마음대로 하시구려."

집이 가까워지자 말은 기뻐서 작은 소리로 울었다.

"집에 돌아와서 기쁜가 봐요."

말에 흥미를 느낀 도스 부인이 말했다.

"그렇죠⋯⋯. 오늘은 상당히 먼 길을 갔다 왔거든요."

림이 대답했다.

그들이 문으로 들어가자 커다란 농가에서 서른다섯 살 가량의 작고 까무스름하며 신경질적으로 생긴 여자가 이쪽으로 다가왔다. 흰 머리가 섞인 머리칼에 야성적인 눈을 가진 그녀는 두 손을 허리 뒤에 숨기고 걸어왔다. 그녀의 오빠인 림이 앞으로 다가갔고 거대한 적갈색 종마는 그녀를 보자 또 한 번 울었다. 그녀는 기뻐서 뛰어왔다.

"돌아왔구나!"

미스 림은 말에게 정답게 말했다. 그녀는 허리 뒤에 감추고 있던 쭈글쭈글한 노란 사과 하나를 말의 입에 넣어주고 눈언저리에 키스를 해주었다. 말은 기쁜 듯이 숨을 크게 쉬었다. 그녀는 말의 머리를 두 팔로 안고 가슴에 댔다.

"말이 참 멋있어요."

미리엄이 그녀에게 말했다. 얼굴을 들어올린 미스 림이 검은 눈으로 폴을 똑바로 보았다.

"오, 레이버스 양, 정말 오래간만이에요. 잘 왔어요."

미스 림이 미리엄을 향해 아는 체를 했다. 미리엄은 도스 부인과 폴을 소개했다.

"참 훌륭한 말이에요."

도스 부인이 말했다.

"네! 여느 남자 못지않게 사랑스럽죠!"

미스 림은 다시 말에게 키스를 하며 말했다.

"남자들보다도 사랑스러울 것 같은데요."

도스 부인이 대답했다.

"참 좋은 놈이죠!"

다시 말을 껴안으며 미스 림이 말했다. 도스 부인은 말에게 매혹당한 듯 다가가서 말의 목을 쓰다듬어 주었다.

"아주 온순한 말이에요. 덩치가 큰 놈들은 다 그렇죠."

미스 림이 말했다.

"참 아름다워요!"

도스 부인이 말했다. 그녀는 말의 눈을 들여다보고 싶었고, 말이 자기의 눈을 보아주기를 바랐다.

"말을 못한다는 건 재미가 없군요."

도스 부인이 말했다.

"아니에요, 말을 하는 거나 다름없어요."

미스 림이 대답했다. 림은 말을 끌고 저쪽으로 가버렸다.

"좀 들어오지 않겠어요? 저, 누구라 그러셨더라. 성함을 그만 깜빡 했어요."

"모렐 씨에요. 우리는 지금 물방아가 있는 저수지 쪽으로 가보려 던 참이에요."

미리엄이 대답했다.

"아, 그렇군요. 모렐 씨는 낚시를 하나요?"

"아니요."

폴이 짤막하게 답했다.

"낚시를 한다면 언제든지 와도 좋아요. 우리는 일주일 동안 사람 그림자도 보지 못했거든요. 그러니까 언제든 와주면 고맙겠어요."

미스 림이 말했다.

"저수지에는 어떤 물고기들이 있어요?"

폴이 물었다. 그들은 앞마당으로 빠져나가 수문을 지나고 가파른 둑을 올라 저수지로 갔다. 저수지에는 그늘이 드리워져 있었고 나무가 웃자란 작은 섬이 두 개 있었다. 폴은 미스 림과 나란히 걸었다.

"여기라면 수영을 해도 좋겠는데요."

폴이 말했다.

"그럴 생각이 들면 언제든지 오세요. 우리 오빠는 당신이 얘기하러 오면 무척 기뻐할 거예요. 얘기할 상대가 아무도 없어서 말수가 줄었거든요. 꼭 수영하러 오세요."

미스 림이 대답했다.

"아주 깊은 것 같아요. 물도 맑고요."

도스 부인이 다가와서 말했다.

"그래요."

미스 림이 대답을 해주었다.

"수영 좋아해요? 미스 림이 언제든지 와서 수영을 해도 좋다고 했거든요."

폴이 도스 부인에게 말했다.

"농장 노동자들도 있지만 괜찮아요."

미스 림이 말했다.

잠시 이야기를 나누던 그들은 고독하고 야생적인 미스 림을 둑 위에 남겨놓고 나무가 무성한 언덕을 올라갔다. 언덕의 비탈은 햇볕이 내리쬐고 자연 그대로의 풀숲이 우거져 있어서 토끼들의 서식지가 되어 있었다. 세 사람은 묵묵히 걸음을 옮겼다.

"그 여자는 사람의 마음을 불편하게 해."

갑자기 폴이 입을 열었다.

"미스 림 말이지? 그런 것 같아."

미리엄도 맞장구를 쳤다.

"그녀에게 무슨 문제가 있었나? 너무 적적해서 머리가 좀 어떻게 된 거 아냐?"

"그래. 그녀는 자기에게 맞지 않는 생활을 하고 있어. 그녀를 그런 곳에 파묻혀 살게 하는 건 잔혹한 짓이야. 그러니까 나도 좀 더 자주 그녀를 찾아가야지 생각하지만…… 만나면 어쩐지 나도 난처해지고 마는걸."

미리엄이 대답했다.

"나도 그녀가 가엾은 생각이 들었어. 그리고 이쪽도 우울해지고."

"분명히……."

갑자기 도스 부인이 불쑥 입을 열었다.

"그녀는 애인이 갖고 싶은 거예요."

폴과 미리엄은 잠시 입을 다물고 말았다.

"하지만 그녀가 약해진 건 너무 쓸쓸했기 때문이겠죠."

폴이 말했지만 도스 부인은 아무 대답도 하지 않고 언덕을 성큼성큼 올라갔다. 그녀는 죽은 엉겅퀴와 풀숲을 발로 차면서 고개를 숙이고 팔은 축 늘어트리고 다리는 흔들거리면서 걸었다. 그 모습은 걷는다기보다 마치 그녀의 아름다운 몸이 언덕 위로 넘어질 듯 휘청거리는 것처럼 보였다. 뜨거운 물결이 폴의 몸을 휩쓸었다. 그는 도스 부인에게 호기심이 일었다. 분명 그녀에게도 삶이란 괴로움일 것이다. 폴은 자기에게 이야기를 하며 나란히 걷고 있는 미리엄의 존재를 잊고 있었다. 미리엄은 폴이 대답을 하지 않자 그의 얼굴을 처다보았다. 그의 눈은 앞을 걷고 있는 도스 부인에게 고정되어 있었다.

"아직도 도스 부인이 상냥하지 않다고 생각해?"

폴은 그 질문이 뜻밖이라는 것을 깨닫지 못했다. 그 질문은 그가 생각하고 있는 것과 같았기 때문이다.

"도스 부인에게는 뭔가 문제가 있는 듯해."

폴이 대답하자 미리엄도 동의했다.

"맞아."

언덕 위에 올라가자 그들은 아래에서는 보이지 않던 초원을 발견했다. 그곳은 양면이 숲으로 싸여 있었고 다른 두 면은 초라한 아가위나무와 딱총나무 덤불로 된 성긴 산울타리로 에워싸여 있었다. 그 무성한 덤불 사이에 약간 끊어진 곳이 있고 소가 지나갈 수 있을 정도의 통로가 나 있었다. 그곳의 풀은 벨벳처럼 부드럽고 토끼들의 발에 밟혀서 군데군데 움푹 패여 있었다. 들판 자체는 황량했고 키

가 큰 프리뮬러로 빽빽하게 뒤덮여 있어서 한 번도 베어진 적이 없
는 듯했다. 갈대풀이 듬성하게 자란 풀숲에서 억센 야생화들이 다발
지어 고개를 내밀고 있었다. 그것은 마치 돛대가 높고 아름다운 배
가 가득히 머물러 있는 정박지 같았다.

"와아!"

미리엄이 탄성을 지르며 까만 눈을 크게 뜨고 폴을 쳐다보았다.
그는 미소를 지었다. 두 사람은 꽃이 피어 있는 들판의 풍경을 즐겼
다. 도스 부인은 조금 떨어진 곳에서 우울한 듯이 노란 프리뮬러 꽃
을 바라보고 있었다. 폴과 미리엄은 가까이 붙어서 낮은 목소리로
이야기를 나눴다. 그는 한쪽 무릎을 꿇고 보기 좋은 꽃들을 여기저
기서 민첩하게 꺾어 모으며, 부드러운 음성으로 이야기를 계속했다.
미리엄은 그 옆에서 아까운 듯이 망설이면서 꽃을 꺾었다. 그녀는
폴이 너무 빠르고 냉정하다고 느꼈다. 그러나 폴의 꽃다발은 미리엄
의 것보다 훨씬 자연스러운 아름다움이 느껴졌다. 폴은 자신이 꺾어
온 꽃다발을 사랑했지만 그 사랑은 자기 것이며 당연히 자기 것으로
할 권리가 있다는 데 대한 사랑이었다. 하지만 미리엄은 꽃 자체를
사랑했다. 꽃에는 자신에게 부족한 무엇이 있는 것 같았다.

꽃들은 매우 싱그럽고 아름다웠다. 폴은 꽃들을 먹어버리고 싶다
는 마음에 꽃을 모으면서 작은 노란색 나팔꽃 하나를 입에 가져다
댔다. 도스 부인은 여전히 우울한 표정으로 그 근처를 서성이고 있
었다. 폴이 그녀 쪽으로 다가가 말을 걸었다.

"왜 꽃을 꺾지 않아요?"

"꺾는 걸 좋아하지 않아요. 꽃은 그대로 피어 있는 것이 더 아름다
운 걸요."

"하지만 조금은 갖고 싶지 않아요?"

"꽃들은 꺾이고 싶지 않을 거예요."

"난 그렇게 생각하지 않아요."

"난 꽃의 시체 같은 건 원하지 않아요."

"그건 억지소리예요. 물에 꽂아두면 꽃은 땅에 있을 때만큼 오래 가요. 그리고 꽃은 꽃병에 있을 때 더 아름다워요. 꽃이 기뻐하는 것 처럼 보이죠. 그것이 시체처럼 보일 때만 시체라고 하는 거 아녜요?"

"시체니까 시체처럼 보이는 거죠."

도스 부인은 반박했다.

"난 시체가 아니라고 생각해요. 꺾인 꽃은 시체가 아닙니다."

도스 부인은 폴을 경멸했다.

"설사 그렇다 하더라도…… 당신이 무슨 권리로 꽃을 꺾는 거죠?"

도스 부인이 반문했다.

"내가 꽃을 좋아하고 원하니까요. 그리고 꽃은 아주 많잖아요."

"그게 충분한 이유가 될까요?"

"물론이죠. 노팅엄의 당신 방에 꽂아놓으면 좋은 향기가 날 거예 요."

"그리고 난 꽃들이 죽어 가는 모습을 지켜보며 기뻐하고요."

"하지만…… 꽃이 정말 죽는다고 해도 그건 큰 문제가 아니에요."

폴은 이내 도스 부인을 떠나 거품 덩어리처럼 들판 가득히 흩어져 창백하게 빛나는 꽃들 위로 허리를 굽히고 나아갔다. 미리엄이 그에 게 다가왔다. 도스 부인은 무릎을 꿇고 노랑 프리뮬러의 향기를 맡 고 있었다.

"꽃을 소중하게 여기면서 다루는 건 나쁜 짓이 아닐 거야……. 그 러니까 어떤 마음으로 꽃을 꺾느냐에 달려 있지 않을까?"

미리엄이 말했다.

"그래. 하지만 그게 아냐. 꽃이 탐나니까 꺾을 따름이야. 그게 전 부야."

폴이 말하며 자기가 꺾은 꽃다발을 들어올려 보였다. 미리엄은 아무 말도 하지 않았다.

"이걸 봐."

폴은 꽃을 보면서 말을 이었다.

"이건 작은 나무처럼 튼튼하고 기운이 좋아. 마치 다리가 통통한 소년 같아."

도스 부인의 모자가 그리 멀지 않은 풀 속에서 보였다. 그녀는 무릎을 꿇고 몸을 굽혀 꽃향기를 맡고 있었다. 도스 부인의 목덜미를 보자 폴은 심한 고통을 느꼈다. 그녀는 저렇게나 아름다운데 그것을 조금도 자랑으로 여기지 않았다. 그녀의 젖가슴이 블라우스 아래에서 살짝 흔들리고 있었다. 등을 구부리고 있는 그녀의 곡선은 아름답고 억셌다. 그녀는 코르셋을 하고 있지 않았다. 갑자기 폴은 자신도 모르게 한 줌의 노란 프리뮬러 꽃을 그녀의 머리와 목에 흩뿌리면서 말했다.

"재는 재로, 먼지는 먼지로[13], 주께서 원치 않으면 이를 마귀가 취하나이다."

서늘한 꽃잎들이 도스 부인의 목덜미에 흩어졌다. 그녀는 가엾기도 하고 겁을 먹은 것 같은 회색 눈으로 이게 무슨 짓인지 의아하다는 듯 폴을 올려다보았다. 꽃은 그녀의 얼굴에 떨어졌고 그녀는 눈을 감았다.

"장례식을 원한다고 생각했어요."

갑자기 멋쩍어진 폴은 침착함을 잃은 채 말했다. 도스 부인은 묘하게 웃고 일어나 머리카락에서 노란 프리뮬러 꽃들을 떼어냈다. 그리고 모자를 집어서 그 위에 핀으로 꽃을 꽂았다. 꽃 한 송이가 아직 머리카락에 붙어 있었다. 폴은 그것을 보았지만 아무 말도 하지 않

---

13) Ashes to ashes, dust to dust. 영국의 장례식에서 사용되는 말이다 – 옮긴이

았다. 그는 도스 부인의 위로 뿌렸던 꽃들을 주워 모았다.

숲 가장자리에는 블루벨이 만발해 들판까지 넘쳐 나왔고 그것은 흡사 꽃의 홍수처럼 보였다. 그 꽃은 벌써 시들어가고 있었다. 도스 부인은 블루벨 쪽으로 걸어갔고 폴도 그 뒤를 따랐다. 블루벨을 보자 그는 기뻤다.

"야아, 숲에서 넘쳐 나와 이런 데까지 피어 있잖아!"

폴이 말했다. 그러자 도스 부인이 순간 얼굴에 따사로움과 고마움의 빛을 나타내면서 폴을 돌아보았다.

"그렇군요."

도스 부인이 미소를 지으며 대답하자 폴은 가슴이 두근거렸다.

"이 꽃을 보면 숲속에 사는 원시인이 생각나요. 그들은 훤히 트인 곳으로 나오면 무척 무서웠겠죠?"

"그렇게 생각해요?"

도스 부인이 물었다.

"원시인들이 어느 쪽을 더 무서워했을지 궁금해요. 어두운 숲속에서 뛰쳐나와 밝고 탁 트인 곳을 만났을 때일까요, 아니면 훤하고 넓은 곳에서 살다가 조금조심 숲속으로 들어가야 했을 때일까요?"

"아마 후자일 거예요."

도스 부인이 대답했다.

"당신은 탁 트인 공간에 속하고 있지만…… 자기 자신을 암흑 속으로 무리하게 집어넣으려는 사람이군요……. 아닌가요?"

"그걸 어떻게 알겠어요?"

도스 부인은 이상한 말투로 대답했다. 그것으로 두 사람의 대화는 끝났다.

저녁 빛이 대지 위에 짙어져 오고 있었다. 골짜기는 벌써 어두워졌고 맞은편 크로스레이뱅크 농장의 유리창에서 비치는 빛이 작고 네모나게 보였다. 언덕의 꼭대기만이 햇빛으로 밝았다. 미리엄은 덥수룩하고 커다란 꽃다발 속에 얼굴을 묻고 프리뮬러 꽃이 거품처럼 흩어진 곳에 발목까지 빠진 채 걸으면서 올라왔다. 그녀의 등 뒤로 보이는 나무들의 형체는 완전히 검은 그림자가 되어 있었다.

"그만 돌아갈까?"

미리엄이 물었다. 세 사람은 집으로 걸음을 옮겼다. 그들은 말없이 묵묵히 걸었다. 비탈길을 내려가면서 보니 바로 앞에 미리엄네 집의 등불이 보이고 언덕의 능선을 따라 탄광촌의 집들이 자그마한 그림자가 되어 작은 불빛을 띠며 하늘과 맞닿아 있었다.

"오늘 재미있었죠?"

폴이 말했다.

"그래."

미리엄은 작은 소리로 동의의 뜻을 나타냈지만 도스 부인은 말이 없었다.

"그렇게 생각하지 않아요?"

폴은 한 번 더 물었지만 도스 부인은 고개를 들고 걸어갈 뿐 대답이 없었다. 아무것도 개의치 않는다는 듯이 움직이는 태도에 폴은 그녀가 자기의 고통을 잊을 만큼 무엇엔가 감동하고 있음을 알았다.

이 무렵 폴은 어머니를 링컨 시로 모시고 갔다. 모렐 부인은 여느 때와 다름없이 밝고 명랑했지만 기차에 마주 앉아 있는 모습은 어쩐지 약하디 약하게 보였다. 폴은 순간 어머니를 잃게 되는 것은 아닌가 하는 불안한 생각이 머리를 스쳐갔다. 그러자 폴은 어머니를 꼭 껴안아서 붙들어두거나 사슬로 묶어두고 싶다고까지 생각했다. 자기 손으로 어머니를 붙잡아야 한다고 느꼈다.

기차는 링컨 시에 가까워왔다. 두 사람은 차창 밖으로 성당을 찾왔다.

"아! 저기 있어요, 엄마!"

폴이 소리를 질렀다. 거대한 성당이 지평선 위에 웅크리듯 솟아 있는 모습이 보였다.

"그래, 저기 있구나!"

모렐 부인도 외쳤다. 폴은 어머니를 바라보았다. 푸른 눈이 조용히 성당을 지켜보고 있었다. 어머니는 또다시 아들로부터 빠져나가 있는 것처럼 보였다. 하늘을 배경으로 푸르고 거룩하게 솟아올라 영원한 잠에 빠져 있는 듯한 대성당의 그 무엇인가가 숙명처럼 어머니 안에 반영되었다. 과거의 사실은 사실인 것이다. 그가 젊은 의지로써 그것을 변경시키려 해도 안 되는 것이었다. 어머니의 얼굴은 아직도 깨끗하고 발그레하며 부드러웠지만 눈가에는 주름이 잡히고 눈꺼풀은 쳐져서 노인들의 그것과 다름없었고 다문 입가에는 언제나 환멸감이 감돌았다. 어머니의 얼굴에는 성당과 마찬가지로 영원한 느낌이 나타나 있어 그것은 그녀가 운명이라는 것에 대해 깨달았다고 말하는 것처럼 보였다. 그는 어머니에게 받은 이 인상을 지우기 위해 전력을 다해 싸웠다.

"보세요, 엄마. 시에 비해서 이 성당이 무척 커요. 그 아래에는 거리가 많이 있고요. 성당이 도시 전체보다 더 크게 보이죠!"

"호오, 그렇구나!"

모렐 부인은 다시 싱싱하게 생기를 빛내면서 감탄의 소리를 내질렀다. 그러나 폴은 조금 전까지 어머니가 인생의 무정함을 반영하는 얼굴로 눈을 고정시키고 차창 밖으로 성당을 바라보고 있던 것을 기억했다. 눈가의 주름살과 굳게 닫은 입은 그의 마음을 미칠 것 같이 만들었다.

두 사람은 간단한 식사를 했고 모렐 부인은 그것이 터무니없이 사치스러운 것이라고 여겼다.

"이런 걸 내가 좋아할 거라고 생각하지 마라."

모렐 부인이 커틀릿을 먹으면서 말했다.

"정말이야. 난 이것이 좋지 않아. 네 돈을 이렇게 낭비하는걸."

"그런 염려는 마세요. 전 지금 좋아하는 여인과 함께 놀러와 있는 걸요?"

폴은 어머니에게 푸른 오랑캐꽃을 사주었다.

"그만두어라. 대체 나더러 그런 걸 어쩌라는 거냐?"

하지만 폴은 큰길 한 가운데에서 어머니의 웃웃에 오랑캐꽃을 꽂아주었다.

"나 같은 늙은이가 무슨!"

모렐 부인은 꽃향기를 맡으면서 말했다.

"전 사람들에게 우리가 무척 의기양양한 멋쟁이로 보였으면 좋겠어요. 그러니까 뽐내며 걸어주세요."

"머리가 어떻게 된 게 아니냐?"

모렐 부인은 웃음을 머금으며 말했다.

"뽐내며 걸어보세요. 공작비둘기처럼요."

폴은 명령하듯이 말했다.

어머니와 함께 시내를 돌아보는 데에는 한 시간이나 걸렸다. 어머니는 글로리홀이나 스톤보우 아치, 그밖에 여러 곳에 멈춰서 무엇에든 크게 감탄했다. 어떤 남자가 다가와서 모자를 벗고 그녀에게 인사를 했다.

"안내해 드릴까요, 부인?"

"아니에요, 고맙습니다. 아들과 같이 있어요."

모렐 부인이 대답했다. 하지만 폴은 어머니가 좀 더 위엄 있게 대답하지 않았다고 화를 냈다.

"내 걱정은 말아라."

모렐 부인은 소리쳤다.

"어머나, 저게 바로 12세기에 유명했던 유태인 집이구나. 그런데 그 설교를 기억하고 있니?"

하지만 모렐 부인은 대성당이 서 있는 언덕을 올라가는 것이 괴로웠다. 폴은 미처 알아차리지 못했다. 그러다가 문득 어머니가 말도 할 수 없을 만큼 지쳐 있음을 알았고 폴은 쉴 곳을 찾아 작은 선술집으로 모시고 갔다.

"아무렇지도 않아. 늙어서 심장이 약간 약해졌을 뿐이야."

폴은 아무 말 없이 어머니를 바라보았다. 그러자 또다시 타는 듯한 압박감으로 심장이 괴로워졌다. 그는 통곡이라도 하고 싶었고, 주위에 있는 모든 것을 때려 부수고 싶었다.

선술집에서 나온 두 사람은 다시 천천히 걷기 시작했다. 그러나 한 걸음 한 걸음 걸을 때마다 폴의 가슴은 무거운 짐으로 짓눌리며 심장이 터지고 말 것 같았다. 가까스로 그들은 언덕을 다 올라갔다. 대성당의 문과 성당의 정면을 바라본 모렐 부인은 그곳에 매료되어 완전히 넋을 잃고 있었다.

"내가 생각했던 것보다 훨씬 더 훌륭하구나!"

하지만 폴은 이 대성당이 마음에 들지 않았다. 그는 쭉 어머니의 뒤를 따라다니며 생각에 잠겨 있었다.

두 사람은 나란히 대성당 안의 성가대석에서 간단한 예배에 참석했다. 모렐 부인은 약간 주저했다.

"아무나 들어가도 괜찮을까?"

"괜찮아요. 건방지게 우릴 쫓아낼 수 있는 사람은 아무도 없어요."

"어머나, 누가 들으면 정말 쫓겨나겠다!"

모렐 부인은 소리쳤다.

예배를 드리는 동안 모렐 부인의 얼굴은 다시 기쁨과 평화로 빛나는 것 같았다. 그러나 폴은 내내 통곡하고 모든 것을 때려 부수며 포악을 부리고 싶었다.

예배를 마친 두 사람이 성벽에 기대어 시내를 내려다보고 있을 때 폴이 불쑥 말했다.

"어째서 어머니는 언제까지나 젊을 수 없을까요? 왜 사람은 나이 같은 걸 먹는 거죠?"

"글쎄, 나이는 먹고 싶지 않아도 먹고 만단다."

"그리고 저는 왜 장남으로 태어나지 않았을까요. 모두들 밑의 아이들이 덕을 본다고 하죠? 하지만 빨리 태어난 자식에게는 어머니들이 젊어요. 제가 엄마의 장남이었다면 좋았을 걸."

"그게 어떻게 내 마음대로 되니? 생각해 보렴. 그건 너한테도 책임이 있다."

모렐 부인의 항의 아닌 항의에 창백해진 폴은 눈에 분노의 빛을 번뜩이며 어머니를 돌아보았다.

"왜 나이가 드셨어요!"

폴은 자기 힘으로는 어떻게 할 수도 없는 것에 화를 내며 말했다.

"왜 어머니는 걸을 수 없어요? 왜 저하고 이곳저곳을 구경하며 다닐 수 없어요?"

자신의 무력함에 폴은 화가 났다.

"옛날 같으면 내가 너보다 저 언덕을 더 잘 오를 수 있었을 거다."

"그런 말씀이 무슨 소용이 있어요?"

폴은 주먹으로 성벽을 치면서 소리를 질렀다. 그리고 나서 가슴 아픈 표정으로 말했다.

"어머니가 아프다니, 너무 슬퍼요. 참을 수가 없어요."

"아프다고? 난 좀 늙었을 뿐이야. 단지 그뿐이란다."

54

두 사람은 조용히 입을 다물고 말았다. 그렇게 있는 것이 고작이 었다. 하지만 차를 마시면서 그들은 다시 유쾌해졌다. 브레이포드 항구 근처에서 배를 구경하며 앉아 있다가 폴은 어머니에게 도스 부 인에 대해 이야기했다. 모렐 부인은 여러 가지를 물었다.

"그래, 그녀는 누구와 살고 있니?"

"자기 어머니와 블루 힐에서 살고 있어요."

"그럼 수입은 넉넉한가?"

"그렇지는 못한 것 같아요. 레이스 만드는 일을 한대요."

"그 여자는 어떤 점에 매력이 있니?"

"매력적인지는 모르겠지만 좋은 사람이에요. 솔직하거든요. 조금 도 숨기거나 그렇진 않아요. 조금도 말예요."

"하지만 너보다 훨씬 나이가 많지?"

"서른이에요. 전 곧 스물셋이 되고요."

"그 여자의 어떤 점이 마음에 드는지 아직 말하지 않았어."

"아직 모르겠어요…… 그녀는 언제나 좀 거만해 보이는 게…… 무엇에 화를 내고 있는 것 같아요."

어떤 여자인지는 알 수 없어도 아들이 누군가와 사랑을 하게 된 것을 모렐 부인은 기쁘게 생각했다. 그러나 아들은 짜증을 내고 별 안간 화를 내며 그러다 다시 우울해지기도 했다. 모렐 부인은 아들 이 훌륭한 여자와 알게 되기를 원했다―그녀 자신도 무엇을 원하는 지 정확히 몰랐지만 그냥 모르는 채 내버려두었다. 어쨌든 그녀는 클라라 도스라는 여자에게 적의는 품지 않았다.

애니도 머지않아 결혼하기로 되어 있었다. 약혼자 레너드는 버밍 엄에서 일하고 있었다. 어느 주말에 레너드가 집에 왔을 때 모렐 부 인은 그에게 말했다.

"안색이 좋지 않구나."

"그래요? 아무 데도 나쁘지 않은 걸요, 어머니."

레너드는 요즘 모렐 부인을 어머니라는 호칭으로 친숙하게 부르고 있었다.

"그래, 하숙집 대우는 정말로 괜찮은 거야?"

"네네. 다만…… 좀 곤란한 일은 제 손으로 차를 직접 따라야 하는 거예요. 차 받침잔에 그냥 따라서 홀쩍여도 아무도 말하는 사람이 없는 게 문제예요. 그러면 차 맛이 달아나 버리는 것 같거든요."

모렐 부인은 소리 내어 웃었다.

"그 생활이 많이 힘드나?"

"모르겠어요. 그런데 전…… 결혼하고 싶어요."

레너드는 손가락을 꼬고 구두를 내려다보면서 불쑥 말했다. 한동안 침묵이 흘렀다.

"하지만 네가 1년 더 기다리겠다고 말했던 것 같은데."

모렐 부인은 놀라서 소리쳤다.

"네, 그렇게 말했어요."

레너드가 완고한 태도로 말했다. 모렐 부인은 다시 또 생각했다.

"그리고 알다시피 애니는 씀씀이가 헤픈 편이잖아. 그 애는 지금 11파운드밖에 모아둔 돈이 없어. 그리고 너도 아직 준비가 안 되어 있잖아?"

레너드는 귀까지 빨개졌다.

"전 23파운드 있어요."

"그것으로는 모자라."

레너드는 아무 말도 없이 손가락만 비틀고 있었다.

"게다가 내겐 돈이 없단다……."

"전 돈을 얻으려는 생각은 하지 않아요, 어머니."

레너드는 새빨개진 얼굴로 괴로운 듯이 항의했다.

"알아, 돈 같은 걸 바라지 않는 줄은. 나는 다만…… 나한테 돈이 있었으면 하고 바랐을 뿐이야……. 결혼식 비용이니 뭐니 해서 5파운드쯤 든다고 하면…… 29파운드가 남는구나. 하지만 그다지 도움이 되지 않을 거야."

레너드는 눈을 내리깔고 계속해서 손가락만 만지작거렸다.

"그런데 정말 결혼을 하고 싶은 거야? 꼭 결혼을 해야겠다고 생각해?"

모렐 부인이 물었다.

"네."

레너드는 푸른 눈으로 모렐 부인을 똑바로 마주보며 말했다.

"정 그렇다면…… 다들 힘을 합해서 결혼할 수 있게 해보자."

모렐 부인이 대답했다. 레너드가 얼굴을 들었을 때 그의 두 눈에는 눈물이 글썽이고 있었다.

"하지만 전 애니가 부족함을 느끼게 하고 싶지는 않아요."

레너드가 진지하게 말했다.

"넌 정말 착실하게 살아가고 있어……. 그리고 좋은 지위도 가지고 있지. 나라면, 만약 한 남자가 나를 절실하게 원했다면, 그 남자가 가진 돈이 일주일치의 급여밖에 없다고 해도 그 사람과 결혼했을 거야. 물론 처음부터 적은 돈으로 아껴가며 살아야 하니까 애니는 조금 힘들어 할 거야. 젊은 여자들이란 다 그래. 그들은 자기들이 언젠가 아름다운 집을 가질 거라고 기대하거든. 그것을 낙으로 삼고 기다리면서 살지. 그런데 나도 비싼 가구를 가져봤지만 그런 것이 행복은 아니야."

그리하여 두 사람의 결혼식이 거행되었다. 아서는 군복을 입고 멋진 모습으로 돌아왔다. 애니는 일요일에도 입을 수 있는 보랏빛이 도는 회색 옷을 입었는데, 매우 잘 어울렸다. 모렐은 애니에게 결혼은 바보 같은 짓이라고 말했고 사위에게는 냉담했다. 모렐 부인은 보닛 끝에 흰 깃털을 꽂고 블라우스에는 하얀 장식을 달았는데, 그것으로 멋쟁이가 된 척한다며 두 아들에게 놀림을 받았다. 레너드는 명랑하고 모든 사람에게 상냥했으나 무척 부끄러워했다. 폴은 애니가 어째서 결혼을 하고 싶어 하는지 알 수 없었다. 폴은 애니를 좋아했고 애니도 폴을 좋아했다. 그러나 그는 자기의 의문에 반해 이 결혼이 옳았음을 알 수 있기를 기대했다. 진홍색과 노란색의 군복을 입은 아서는 놀랄 정도로 멋져 보였고 그 자신도 그것을 알고 있었다. 그러나 마음속으로는 군복을 은근히 창피하게 생각하고 있었다. 애니는 어머니와 헤어지는 것을 슬퍼하며 부엌에서 눈이 붓도록 울었다. 모렐 부인도 조금 울었으나 딸의 등을 토닥이며 말했다.

"울지 마라, 아가. 네 남편이 잘해 줄 거야."

모렐은 발을 동동 구르며 집을 떠나서 남편에게 얽매이는 건 어리석은 짓이라고 말했고, 레너드는 정신적인 피로로 파리한 얼굴을 하고 있었다. 모렐 부인이 그에게 말했다.

"애니를 네게 맡기마. 책임지고 잘 부탁한다."

"걱정 마세요."

레너드는 무거운 책임감에 거의 기절할 듯한 안색으로 말했다. 그리고 결혼식은 끝났다.

모렐과 아서가 잠든 뒤에 폴은 흔히 그랬듯이 어머니와 이야기를 나눴다.

"애니가 결혼해도 슬프지 않으세요, 엄마?"

"슬프지는 않지만…… 그 애가 내게서 떠나니 이상한 기분이 드는구나. 애니가 나를 떠나 레너드를 따라 가겠다고 하니, 사실 섭섭하지. 그게 엄마들의 기분이란다……. 바보같은 생각인 줄은 알고 있다만."

"애니 때문에 쓸쓸해지셨어요?"

"내 결혼식을 생각하면 말이지…… 그 애의 삶은 나와 다르기를 바랄 뿐이야."

모렐 부인이 말했다.

"하지만 레너드가 애니에게 잘할 거라고 믿으시죠?"

"그럼, 믿고말고. 다들 레너드가 애니에게 충분한 남편이 아니라고 하지만 나는 남자가 그처럼 성실하고 여자가 그 남자를 좋아한다면…… 그렇다면 그것으로 충분하다고 생각한단다. 두 사람은 어울리는 부부야."

"그럼 걱정하지 않으시는 거죠?"

"난 레너드가 마음속까지 진실하고 성실한 남자라고 생각하지 않았다면 그런 남자와 내 딸이 결혼하는 것을 허락하지 않았을 거야. 하지만 막상 애니가 떠나고 나니 마음이 허전하구나."

두 사람은 비참한 기분으로 애니가 다시 이곳에 있어 주었으면 하고 생각했다. 흰 단으로 장식된 새로 맞춘 까만 실크 블라우스를 입은 어머니가 폴에게는 외로워 보였다.

"어쨌든 전 절대로 결혼하지 않겠어요."

폴이 말했다.

"다 그렇게들 말을 하지. 그건 아직 결혼하고 싶은 상대가 없기 때문이야. 1, 2년만 더 기다려보렴."

"그래도 전 결혼하지 않을 거예요. 엄마, 전 엄마와 둘이서 살 거예요. 하녀도 두고요."

"글쎄, 그렇게 말은 하기 쉽다만 그때가 오면 다 알게 될 거야."

"어떤 때요? 전 이제 곧 스물셋이에요."

"너는 빨리 결혼하지 않을 거야. 하지만 한 3년이 지나면……."

"그때도 지금처럼 엄마와 같이 살고 있을 거예요."

"두고 보자, 폴. 다 알게 된다니까."

"하지만 엄마는 제가 결혼하는 것을 원치는 않으시죠?"

"네가 일생동안 너를 사랑해 주는 여자도 없이 살기를 바라지는 않아. 그런 건 싫다."

"그럼 제가 결혼하는 게 당연하다고 생각하세요?"

"조만간. 누구나 다 결혼은 한단다."

"그렇지만 엄마는 제 결혼이 늦어지길 원하시죠?"

"섭섭한 일이잖니……. 그래, 정말 섭섭해. 사람들이 이렇게 말하지. 아들은 아내를 얻기 전까지만 내 아들이고, 딸은 평생 내 딸이라고."

"그럼 엄마는 제가 결혼하면 엄마를 떠나버릴 거라고 생각하세요?"

"네 아내더러 너뿐만 아니라 네 엄마의 아내가 되어달라고 할 수도 없잖니?"

모렐 부인은 미소를 지었다.

"제 아내는 자기가 원하는 것은 무엇이든 할 수 있을 테니까, 어머니와 제 사이를 떼려고 할 필요는 없을 거예요."

"필요가 없다고……. 그건 그 여자가 널 차지하기 전까지의 말이고…… 그 다음 일은 그때가 되어야 알지."

"전 모르겠어요. 어쨌든 저는 엄마가 계시는 동안에는 결혼하지 않아요, 절대로요."

"하지만 난 널 독신으로 두고 가기는 싫다."

모렐 부인은 큰 소리로 말했렀다.

"엄마는 저를 두고 떠나버리지 않을 거예요. 이제 쉰셋이잖아요. 엄마는 적어도 일흔다섯까지는 사셔야 해요. 생각해 보세요, 그때 전 마흔네 살의 뚱뚱한 중년이에요. 그때 착실한 사람과 결혼하겠어요. 두고 보세요."

"그만 가서 자렴."

모렐 부인은 웃음을 머금으며 말했다.

"올라가서 자."

"우리는 좋은 집에서 하인 한 사람과 셋이 잘 살 수 있을 거예요. 아마 저는 제 그림으로 부자가 될 수 있을 거예요."

"안 잘 거야?"

"그때 엄마는 빅토리아 여왕처럼 귀엽고 작은 마차를 탈 거예요. 생각해 보세요."

"그만 자러 가라니까."

모렐 부인이 다시 웃으며 말하자 폴은 어머니에게 키스를 하고 자러 갔다. 그의 미래에 대한 꿈은 언제나 한 가지였다.

모렐 부인은 홀로 앉아서 애니와 폴과 아서에 대해 생각에 잠겼다. 이제 가족들의 유대는 매우 강했다. 그리고 그녀는 자식들을 위해서 살아야 한다고 생각했다. 모렐 부인에게 삶이란 애정에 찬 풍요로운 것이었다. 폴에게나 아서에게나 그녀는 없어서는 안 될 사람이었다. 아서는 자기가 얼마나 어머니를 깊이 사랑하고 있는지 이제껏 깨닫지 못하고 있었다. 그는 순간적인 충동에 따라 행동하는 인간이었다. 그는 지금까지 자기 자신이 어떤 인간인지 살펴본 적이 없었다. 군대는 그의 육체를 단련시켰지만 정신은 아니었다. 그는 매우 건강했고 또한 멋있었다. 윤기 나는 까만 머리칼은 자그마한 그의 머리에 매우 잘 어울렸다. 그의 코는 어딘지 모르게 어린애 같은 구석이 있었고 짙은 푸른색 눈은 소녀 같은 느낌을 주었다. 그러나 그는 사내다운 두툼하고 붉은 입술을 가지고 있었고 그 위로는 갈색 수염이 나 있고 턱은 억세 보였다. 그것은 아버지를 닮은 입이었다. 눈과 코는 어머니 쪽 — 얼굴이 잘생기고 성질이 거칠지 않은—사람들에게서 이어받은 것이었다.

모렐 부인은 아서가 걱정스러웠다. 전에 그는 심한 장난을 정신없이 저지르곤 했는데 정말로 아슬아슬하고도 위험한 짓이었다. 그러나 그가 이대로 어디까지 갈 것인가.

군대는 아서에게 좋은 영향을 조금도 미치지 못했다. 그는 하급 장교들의 권위에 분노했고 동물처럼 명령에 복종해야 하는 것을 증오했다. 그러나 반항할 정도로 어리석지는 않았다. 그는 이런 상황을 극복하려고 다른 곳으로 관심을 돌렸다. 노래를 잘 부르는 아서는 동료들 사이에 인기가 좋았다. 종종 그는 사고를 쳤지만 그것은 사내다운 사고로 너그럽게 눈감아 줄 수 있는 그런 것이었다. 그처럼 그는 자존심을 억누르며 군대에서의 생활을 즐겼다. 그는 잘생긴 외모와 멋진 몸매, 세련된 동작, 훌륭한 교육 등으로 대부분의 일은 자신이 원하는 대로 되어 가리라고 믿었고 또한 실제로 그랬다. 그러나 그는 항상 마음이 안정되지 않았고, 마음속에서 무엇인가가 늘 그를 괴롭히는 것 같았다. 그는 잠시도 가만히 있지 않았고 혼자 있지 못했다. 어머니와 함께 있으면 그는 온순했다. 그는 폴을 아끼고 사랑했지만 약간 경멸하는 마음도 있었다.

모렐 부인은 친정아버지가 남겨준 몇 파운드 있었기에 그 돈으로 아서를 군대에서 빼내려고 작정했다. 아서는 기뻐서 어쩔 줄을 몰랐다. 마치 휴일을 맞이한 소년 같았다.

전부터 비어트리스 와일드를 좋아한 아서는 휴가 동안 내내 그녀와 만났다. 비어트리스는 전보다 튼튼하고 건강이 좋아져 있었다. 두 사람은 곧잘 멀리까지 산책을 나갔고 아서는 언제나 그녀의 팔을 군대식으로 딱딱하게 잡았다. 산책에서 돌아오면 그녀는 아서에게 노래를 부르게 하고 자기는 피아노를 쳤다. 그럴 때 아서는 군복의 칼라를 풀었다. 그는 얼굴에 홍조를 띠고 눈을 빛내며 남성적인 테

너로 노래했다. 노래가 끝나면 두 사람은 소파에 나란히 앉았다. 아
서는 자기 몸을 과시하는 것처럼 보였다. 비어트리스도 그의 탄탄한
가슴과 허리, 꼭 맞는 바지로 감싸진 허벅지 등을 의식했다.

비어트리스는 이따금 그와 함께 담배를 피우곤 했다. 어떤 때는
아서의 담배를 집어서 서너 모금 빨아 보기만 할 때도 있었다. 어느
날 저녁 비어트리스가 그의 담배에 손을 뻗자 아서가 말했다.

"안 돼, 넌 피우면 안 된다니까. 담배를 피우고 싶다면 내가 담배
연기 키스나 해줄까?"

"난 담배를 피우고 싶은 거지 키스를 하고 싶은 게 아냐."

비어트리스가 대답했다.

"그럼 담배도 못 피우게 하고 키스도 안 해준다?"

아서가 말했다.

"그럼 담배를 다 뺏어버리지 뭐."

비어트리스가 큰 소리로 말하며 아서의 입에서 담배를 낚아채려
고 했다. 몸집이 작은 그녀는 번개처럼 빨랐다. 그녀와 어깨를 맞대
고 앉아 있던 아서는 간신히 달아났다.

"연기 키스를 해주겠다니까."

"왜 이렇게 귀찮게 구실까, 아서 모렐."

비어트리스는 소파에 기대앉으며 말했다.

"키스를 받아."

아서는 웃으면서 그녀 쪽으로 몸을 기울였다.

"안 돼."

두 사람 입술이 닿을락말락한 상태가 되자 비어트리스는 고개를
돌렸다. 아서는 담배를 한 모금 빤 다음 입술을 오므리고 그녀에게
가져갔다. 짧게 깎은 그의 암갈색 콧수염은 솔같이 서 있었다. 그녀
는 그의 오므린 붉은 입술을 바라보다가 갑자기 그의 손가락에서 담

배를 가로채서 달아났다. 아서는 비어트리스에게 달려들었고 그녀의 머리 뒤에 꽂고 있던 빗을 뽑았다. 그녀는 돌아서서 아서를 향해 담배를 내던졌다. 아서는 그것을 주워 입에 물고 소파에 앉았다.

"나쁜 사람, 빗을 돌려줘요."

비어트리스가 소리쳤다. 그녀는 아서를 위해 특별히 손질한 머리가 흩어질까 봐 걱정이 되어 손으로 머리를 누르고 서 있었다. 아서는 빗을 무릎 사이에 끼어 감추었다.

"빗 같은 건 난 몰라."

웃으면서 말하는 바람에 담배가 아서의 입술에서 떨렸다.

"거짓말쟁이."

"정말이야."

아서가 두 손바닥을 펴 보이면서 웃었다.

"이 뻔뻔스러운 남자 같으니라고!"

비어트리스가 외치면서 무릎 사이에 숨겨둔 빗을 빼앗으려고 아서에게 달려들었다. 그녀는 실랑이를 하면서 몸에 찰싹 달라붙은 바지를 입은 아서의 허벅지를 벌리려고 하자 그는 몸이 흔들릴 만큼 웃다가 너무 우스워서 소파 위에 벌렁 누워버렸다. 담배가 그의 입에서 떨어져 하마터면 목을 델 뻔했다. 보기 좋게 그을린 피부 밑에서 피가 끓어오르고 푸른 눈이 눈물에 가려 보이지 않게 되고 목이 부어올라 거의 숨이 막힐 정도로 그는 계속해서 웃은 다음 그는 일어나 앉았다. 비어트리스는 머리에 빗을 꽂았다.

"비트, 날 간질였어."

아서가 탁한 목소리로 말했다. 순간 여자의 희고 작은 손이 번개처럼 날아와 그의 뺨을 갈겼다. 아서는 벌떡 일어나 그녀를 노려보았다. 두 사람은 이제 서로를 쏘아보고 있었다. 이내 천천히 볼이 붉어지기 시작한 비어트리스는 눈을 내리깔고 고개를 숙였다. 아서는 불쾌한 얼굴로 앉아 있었다. 그녀는 머리를 손질하려고 부엌으로 갔다. 그곳에서 눈물을 몇 방울 흘렸지만 무엇 때문에 흘린 눈물인지 그녀 자신도 알지 못했다.

거실로 돌아온 비어트리스는 입을 꼭 다물었지만 그것은 자기 내부에서 타오르고 있는 뜨거운 불을 가리는 얇은 막에 불과했다. 아서는 헝클어진 머리로 샐쭉해져서 소파에 앉아 있었다. 그녀는 맞은편 안락의자에 앉았고 두 사람은 아무 말도 하지 않았다. 거실은 고요했고 초를 알리는 시계 소리가 망치소리 만큼 크게 들렸다.

"넌 고양이 새끼 같아, 비트."

마침내 아서가 변명하듯이 말했다.

"뻔뻔스러워."

비어트리스도 대꾸했다.

또다시 긴 침묵이 흘렀다. 아서는 도전을 받고 그것을 무시하는 남자처럼 혼자 휘파람을 불었다. 별안간 비어트리스가 아서에게 다가오더니 키스를 했다.

"이제 됐지, 귀여운 아가야!"

비어트리스가 장난스럽게 말했다. 아서는 무슨 일이냐는 듯한 웃음을 띠고 그녀의 얼굴을 들어올렸다.

"다시 해."

아서는 재촉했다.

"내가 못할 것 같아?"

"해봐."

아서는 그녀에게 입술을 내밀며 도전하듯이 말했다. 비어트리스는 천천히 전신에 퍼져나가는 것 같은, 지금까지 경험한 적도 없는 떨리는 듯한 미소를 머금고 아서의 입술로 다가갔다. 곧바로 그의 두 팔이 그녀를 꽉 껴안았다. 긴 키스가 끝나자 그녀는 아서에게서 머리를 떼어내고 가느다란 손가락을 그의 칼라 속으로 집어넣어 그의 목을 만졌다. 그리고 두 눈을 감고 또다시 그와의 키스에 자신을 맡겼다.

비어트리스는 자신의 자유로운 의지로 행동했다. 그녀는 자기가 하고 싶은 대로 했고 누구에게도 그 책임을 돌리지 않았다.

폴은 자기 주변의 삶이 변화하고 있음을 깨달았다. 풋풋한 청년의 시기는 모두 지나가고, 가족들은 이미 모두 성인이었다. 애니는 결혼한 여자였고, 아서는 가족들이 모르는 방식으로 자신의 쾌락을 좇으며 살고 있었다. 그들은 매우 오랫동안 한 집에 같이 살면서 학교도 가고 일터에도 갔다. 그러나 이제 애니와 아서의 세계는 어머니가 있는 집 바깥에 있었다. 그래서 집 안은 새가 날아가 버린 새장처럼 서먹하고 공허한 이상한 느낌이 들었다.

폴의 기분은 더욱 더 불안정하게 변했다. 애니와 아서는 가버렸다. 그도 그들의 뒤를 따르고 싶다는 초조함을 느꼈다. 그러나 그에게 있어 집이란 어머니가 있는 곳이었다. 그러면서도 역시 그밖에 다른 무엇인가가, 그가 원하는 무엇인가가 집 바깥에 있었다.

폴은 침착함을 잃어 갔다. 미리엄은 그를 만족시켜 주지 못했다. 그녀와 같이 있고 싶다는 지난날의 미칠 듯한 욕망은 차츰 희미해져 갔다. 클라라 도스와는 가끔 노팅엄에서 만나기도 하고 모임에 가기도 하고 어쩌다 윌리 농장에서 보기도 했다. 그러나 윌리 농장에서의 만남에는 이상한 긴장감이 있었다. 폴과 클라라 도스와 미리엄 사이에는 어떤 적대감이 생기고 있었다. 클라라 도스가 있으면 폴은 뽐내고 속되고 조롱하는 태도를 취했다. 그것은 미리엄을 대하는 방식과 정반대의 태도였고, 미리엄에게 커다란 적의로 다가왔다. 클라라 도스가 나타나기 전에 어떠한 일이 있었다 해도 그는 그러했다.

미리엄이 폴을 가까이 느끼고 있을 때에도, 폴과 함께 슬픔을 느끼고 있을 때에도, 일단 클라라 도스만 나타나면 그것들은 모두 사라져버리고 그는 클라라 도스에게 맞추어 행동했다.

어느 날 미리엄은 폴과 건초더미 속에서 아름다운 저녁을 보낸 적이 있었다. 써레질을 끝낸 폴은 건초가리를 쌓아올리는 일을 돕기 위해 미리엄에게로 왔다. 그때 폴은 그녀에게 자신의 희망과 절망에 대해 얘기했고, 그의 영혼 전체가 그녀 앞에 적나라하게 드러난 것 같았다. 미리엄은 마치 바르르 떨고 있는 그의 내면을 들여다 본 것 같은 심정이었다. 달이 떠 있었고, 두 사람은 집을 향해 걸었다. 폴은 미리엄 없이 살 수 없어서 그녀를 찾아온 듯했다. 미리엄은 그의 말에 가만히 귀를 기울였고 자신의 모든 사랑과 믿음을 아낌없이 그에게 주었다. 그녀에게는 폴이 그의 가장 중요한 부분을 그녀에게 맡기러 온 것 같이 생각되었고 그녀는 한평생 그것을 지키리라 다짐했다. 폴 모렐의 영혼을 영원히 지키려는 그녀의 마음은 밤하늘이 별들을 소중히 안고 있는 것보다 더한 것이었다. 미리엄은 기쁘고 들뜬 마음을 느끼며 집으로 돌아왔다.

이튿날 클라라가 찾아왔다. 그들은 들판에서 차를 마시기로 되어 있었다. 미리엄은 저녁 하늘이 황금빛으로 물들어가는 것을 지켜보았고 폴은 내내 클라라와 장난을 치고 있었다. 그는 건초더미를 뛰어넘으면서 그것을 점점 더 높이 쌓고 있었다. 미리엄은 그 놀이가 싫었기 때문에 곁에 서서 보고만 있었다. 에드거와 제프리, 모리스, 클라라, 폴이 차례로 뛰어넘었고 몸이 가벼운 폴이 일등을 차지했다. 클라라는 신화에 나오는 아마존의 여전사처럼 달릴 수 있었다. 폴은 건초더미를 향해 달려가 그것을 뛰어넘는 그녀의 결연한 태도와 출렁이는 가슴과 흩어져 내리는 숱 많은 머리칼을 호감 섞인 눈으로 지켜보았다.

"닿았어요! 닿았어!"

폴이 소리쳤다.

"거짓말이야. 난 닿지 않았어, 그렇죠?"

클라라는 에드거를 돌아보며 흥분해서 말했다.

"난 모르겠는데."

에드거는 웃으며 대답했다. 아무도 분명히 말할 수 없었다.

"아무튼 닿았어요. 당신이 졌어요."

폴이 말했다.

"닿지 않았다니까요."

클라라가 큰 소리로 대꾸했다.

"확실히 보았는걸요."

폴이 말했다.

"나 대신 그를 좀 때려줘요."

클라라가 에드거에게 말했다.

"난 싫어요. 당신 손으로 직접 때려요."

에드거는 여전히 웃음을 머금고 대답했다. 클라라는 몹시 화가 났다. 그녀는 이것이 놀이라는 사실을 잊어버린 듯 남자들 앞에서 얻은 승리가 사라지고 만 것에만 신경 쓰고 있었던 것이다. 폴이 자신을 모욕하려 하고 있다고 그녀는 생각했다.

"비열한 사람이군요!"

클라라가 말했다. 폴의 얼굴에 웃음이 비쳤고 그 웃음은 미리엄을 괴롭혔다.

"난 당신이 뛰어넘지 못할 거란 걸 알고 있었어요."

폴이 놀리듯 말하자 클라라는 그에게 등을 돌렸다. 그러나 그녀가 이야기를 듣고 싶어 하고 의식하는 것은 폴뿐이며 폴이 상대하려 하는 것도 클라라뿐이라는 사실을 모두 알고 있었다. 남자들은 이 두 사람의 실랑이를 즐거워했지만 미리엄은 고통스러웠다.

폴이 그럴 마음만 있다면 고의로 야비한 체할 수도 있는 사람이라는 것을 미리엄은 보았다. 그는 자기 자신을 참되고 진중한 폴 모렐과 다른 인간으로 만들 수도 있는 것이다. 그의 위험한 점은 아서나 자기 아버지처럼 그때그때의 자기 욕망을 좇아 천박한 행동을 하는 사람이 될 수 있다는 것이었다. 그가 이처럼 클라라와 하찮은 말을 천박하게 주고받으며 자기 영혼을 아무렇게나 돌린다고 생각하니 미리엄은 괴로웠다. 미리엄은 짜증스러운 마음으로 묵묵히 걸었고 폴과 클라라는 서로 농담을 주고받으며 시시덕거렸다.

나중에 폴은 마음속으로는 부끄럽게 생각하면서도 그때 자신의 태도가 옳지 않았다는 사실을 인정하려 드는 대신 미리엄에게 항의했다.

"신앙이 깊은 것처럼 행세한다고 해서 반드시 신앙이 깊은 것은 아냐."

폴은 말했다.

"하늘을 나는 까마귀는 하늘의 뜻을 따르고 있는 것처럼 보이지만 새는 자신의 행위가 영원하다고 생각해서가 아니라 단지 자기가 가고 싶은 곳으로 날아가고 있을 뿐이야."

그러나 사람은 모든 일에 종교적이어야 하며 신이 어떠한 존재이든 모든 일에 함께 하고 있어야 한다고 미리엄은 생각했다.

"나는 신 또한 자신에 대해 그렇게 많이 알고 있다고는 생각하지 않아."

폴이 소리쳤다.

"신은 사물을 알지 못해. 신이란 사물 자체에 지나지 않는 거야. 그리고 신에게 영혼이란 절대 없어."

미리엄으로서는 폴이 자기의 행동과 쾌락 때문에 신을 자기 좋을 대로 해석하고 있다고 생각되었다. 두 사람은 오랫동안 언쟁을 벌였다. 폴은 미리엄 앞에서조차 그녀에게 조금도 성실하지 않았다. 그러고 나서 그는 수치심을 느끼고 몹시 후회했다. 그래서 그는 미리엄을 미워했고 다시 떠나갔다. 이런 일은 늘 반복되었다.

미리엄은 폴의 영혼을 밑바닥까지 불안하게 만들었다. 그 안에서 미리엄은 슬퍼하고 생각에 잠기고 신에게 의지하고 있었다. 그는 그녀를 슬프게 만들었다. 폴은 그녀 때문에 마음이 아프기도 하고 그녀를 증오하기도 했다. 그녀는 그의 양심이었다. 그리하여 그는 자기에게 부담이 될 만큼 지나치게 양심적인 것은 아닌가 생각했다. 미리엄이 한쪽에서 그의 좋은 모습을 받쳐주고 있었으므로 그는 미리엄을 떠날 수 없었다. 그렇다고 그녀와 함께 있을 수도 없었다. 그 이외의 부분, 4분의 3쯤을 차지하는 나머지 부분들을 그녀가 받아들이려 하지 않았기 때문이다. 그는 미리엄 때문에 마음의 껍질이 벗겨질 만큼 자기 자신을 괴롭혔다.

미리엄이 스물한 살이 되었을 때 폴은 그녀에게만 쓸 수 있었던 편지를 썼다.

이제까지 우리의 닳고 낡은 오래된 사랑에 대해 이것을 마지막으로 이야기해 볼까 해. 이 사랑도 점점 변하고 있어. 그렇지 않아? 말하자면 사랑의 육체는 죽고 불사의 영혼만이 남아 있는 것이 아닐까. 나는 너에게 정신적인 사랑은 바칠 수 있어. 지난 오랜 시간 동안 그것을 바쳐왔지. 그러나 그것은 몸으로 형태를 보인 정열은 아니었어. 너는 수녀야. 나는 성스러운 수녀에게나 바치는, 신비로운 사제가 신비로운 수녀에게나 바치는 그런 사랑을 바쳐온 거야. 분명 너는 그것을 최고의 것으로 생각하고 있어. 그러면서도 넌 후회하고 있어……. 아니, 후회해 왔어. 그러한 정신적인 사랑뿐이었다는 것을. 우리 두 사람의 관계에는 육체적인 것은 전혀 들어온 적이 없어. 난 네게 감각을 통해서 이야기하지 않아. 오히려 정신을 통해서만 이야기하지. 그게 바로 우리가 보통의 의미로 서로 사랑할 수 없는 이유야.

우리의 사랑은 일상생활에 있는 그런 애정은 아니야. 그러나 우리는 육체가 있고 언젠가 죽어야 할 인간이지. 그러므로 곁에서 함께 살아간다는 것은 두려운 일이야. 나는 왠지 네 옆에 있으면 경솔한 행동을 하면 안 될 듯한 기분이 들어. 그리고 항상 육체적인 사랑을 초월한다는 것은 결국 그것을 잃어버리는 것이기 때문이야. 사람이 결혼을 하면 서로 애정을 지닌 인간으로 살아가야 해. 그리고 부부라는 것은 두 개의 영혼이 만나 서로 어색하게 느끼지 않고 평범하게 생활하는 거야. 나는 그렇게 느껴.

난 앞으로 결혼할 지도 몰라. 그 상대는 내가 키스하고 안을 수 있고 장난도 치고 내가 평범하게, 진지하게, 그렇지만 결코 이렇게 무겁고 심각하지 않게 말할 수 있는 여자일 거야. 그런 걸 네가 이해할 수 있을까. 우리의 교제는 단 한 가지 작은 잘못만 없었다면 정말 아름다웠을 거야.

넌 이제 스물한 살이야. 난 네가 독립할 수 있는 여자가 되었다는 게 너무 기뻐. 넌 나보다 더 강해. 우리는 토요일 파티에서 즐거울 거야. 난 슬프지 않아. 전혀 슬프지 않아.

내가 이 편지를 보내야 할까…… 보내지 말아야 하는 것인지도 몰라. 그러나…… 서로 이해하는 것이 가장 중요하지……. 안녕.

미리엄은 이 편지를 두 번 읽고 나서 다시 봉해 버렸다. 1년이 지나서 그녀는 봉투를 뜯고 어머니한테 그것을 보여주었다.

'너는 수녀야…… 너는 수녀야.' 하는 말이 그녀의 가슴에 몇 번이나 배어 들어갔다. 그가 한 수많은 말 중에 이처럼 그녀의 가슴에 깊고 아프게, 정말 상처처럼 파고든 말은 없었다.

미리엄은 파티가 끝나고 이틀 후에 그에게 답장을 보냈다. '우리의 교제는 단 한 가지 작은 잘못만 없었다면 정말 아름다웠을 것이다.'라는 구절을 인용했다.

그것이 나의 잘못이었을까?

폴은 그녀의 편지를 받자마자 곧 노팅엄에서 답장을 쓰고 그와 함께 오마르 카이얌[14]의 자그마한 시집을 보냈다.

네가 답장을 줘서 기뻐. 너의 침착하고 자연스러운 태도에 나는 창피해졌어. 얼마나 난 큰 소리로 떠들어댔던가. '작은 잘못이 너의 잘못'이냐고 물었지? 글쎄, 그것이 어떻게 누구 혼자의 잘못일까.

우리는 공감하지 못하는 경우가 종종 있어. 그러나 근본에 있어서 우리는 언제나 함께 있는 거라고 생각해. 항상 내 그림에 대해 공감해줘서 고마웠어. 많은 그림들을 다 너에게 바칠게. 나는 네 비판을 기대하고 있어. 그것은 내게 창피하기도 하고 영광스럽기도 해.

네가 이 편지들을 태우길 바라. 편지에는 대부분 내가 도망치고 싶은 눈물이 잔뜩 숨어 있으니까……

폴이 겪은 사랑의 첫 단계가 이렇게 끝이 났다. 이제 그는 머지않아 스물세 살이 될 것이다. 아직 총각이었지만 미리엄으로 말미암아 오랫동안 점잖게 억제되어 온 성적 본능은 이제 와서 유난히 강렬해졌다. 그는 클라라 도스와 이야기를 하고 있으면 종종 피가 진해지

---

14) 오마르 카이얌(Omar Khayyam, 1048~1131). 페르시아의 시인이며 수학자이자 천문학자이다. 인생의 덧없음과 생의 쾌락을 노래하였다 - 옮긴이

고 날뛰는 듯한 기분을 맛보았다. 가슴 속에 무엇인가가 살고 있는 것처럼 느껴졌다. 새로운 자아 혹은 새로운 의식의 중심이 가슴 속에 있는 것 같은 기묘한 의식의 중심을 느끼는 것이었다.

폴은 조만간에 누구든 여자를 찾지 않으면 안 될 것 같았다. 그러나 그는 역시 미리엄에게 속해 있었다. 이 사실은 그도 인정하고 있는 것이라고 미리엄은 너무나 굳게 믿었다.

10
클라라

　폴은 스물세 살이 되었을 때 노팅엄 캐슬 미술관에서 개최하는 겨울 전람회에 풍경화 한 점을 출품했다. 조던 양은 폴에게 무척 관심이 많아서 그를 자기 집에 초대했고, 그곳에서 그는 다른 예술가들을 만났다. 폴은 차츰 야심을 가지기 시작했다.

　어느 날 아침 폴이 세수를 하고 있을 때 우체부가 찾아왔다. 갑자기 어머니의 흥분한 목소리를 들은 폴은 부엌으로 달려갔다.

　"만세!"

　어머니가 벽난로 깔개 위에 서서 미친 듯이 편지를 흔들며 소리를 지르고 있었다.

　"왜 그러세요, 엄마!"

　깜짝 놀란 폴이 소리쳤다. 모렐 부인은 달려와서 잠시 동안 두 팔로 아들을 꽉 안고 있다가 다시 편지를 흔들면서 소리를 질렀다.

　"만세다, 만세! 이렇게 될 줄 나는 알았어!"

　폴은 자그마하고 머리가 희끗희끗해져 가고 언제나 엄격한 어머니가 갑자기 격렬하게 흥분하자 걱정스러웠다. 우체부가 무슨 일이라도 생겼나 싶어서 다시 돌아왔다. 낮게 친 커튼 너머로 우체부의 뾰족한 모자가 보였다. 모렐 부인은 문으로 달려갔다.

"프렛, 내 아들이 일등으로 당선됐어! 그리고 21기니에 그림이 팔렸대!"

모렐 부인이 우체부에게 말했다.

"정말요? 그것 참 굉장한 일이군요!"

오래 전부터 알고 지낸 젊은 우체부가 말했다.

"모턴 소령이 그 그림을 샀다는구나."

모렐 부인이 큰 소리로 말했다.

"대단해요, 모렐 부인."

우체부는 푸른 눈을 반짝이며 말했다. 그는 자기가 이런 행운의 편지를 전하게 된 것이 기뻤다.

집 안으로 들어온 모렐 부인은 부들부들 떨면서 의자에 앉았다. 폴은 어머니가 편지를 잘못 읽어서 실망하지나 않을까 걱정이 되었다. 그는 정신을 바짝 차리고 편지를 두 번이나 반복해 읽었다. 그것은 사실이었다. 그는 두근거리는 심장으로 자리에 앉았다.

"엄마!"

폴이 소리쳤다.

"내가 이렇게 될 거라고 말했잖니!"

모렐 부인은 눈물을 감추면서 말했다. 폴은 난로에서 주전자를 내려 차에 물을 부었다.

"엄마는 이렇게 될 거라곤 생각해 보지도 않으셨죠?"

폴이 넌지시 물었다.

"아니다, 애야…… 이렇게까지 생각하고 있었던 건 아니지만…… 하지만 기대는 많이 하고 있었어."

"하지만 확신한 건 아니었죠?"

"아냐, 아냐……. 난 이렇게 되리라는 것을 알았어."

모렐 부인은 이제 적어도 겉으로는 냉정함을 되찾았다. 폴은 셔츠를 걷어올리고 소녀같이 앳된 목을 드러내고서 손에는 수건을 든 채 젖은 머리칼을 빗지도 않고 앉아 있었다.

"20기니예요, 엄마! 아서를 제대시키기 위해 어머니가 필요로 했던 금액이에요. 이젠 빚을 내지 않아도 되겠어요. 딱 들어맞았어요."

"아니야, 정말이지 다 필요하지는 않아!"

"왜요?"

"필요하지 않으니까."

"그럼 엄마가 20파운드를 가지세요. 제가 9파운드를 가질게요."

두 사람은 20기니를 어떻게 나눌지에 대해 옥신각신했다. 어머니는 5파운드만 필요하다며 그것만 가지겠다고 이야기했고 폴은 그 말을 들으려 하지 않았다. 두 사람은 실랑이를 벌이면서도 기쁨의 감정을 억누를 수 없었다.

밤이 되자 탄광에서 돌아온 모렐이 말했다.

"폴의 그림이 일등에 당선되고 헨리 벤틀리 경에게 50파운드에 팔렸다고 하던데, 사실이오?"

"어머나, 사람들 소문 좀 보게!"

모렐 부인이 외쳤다.

"그럼 그렇지. 나는 절대로 그럴 리 없다고 말했지만 사람들은 당신이 우체부한테 그렇게 말했다고 하더라고."

"내가 우체부에게 그런 엉터리 같은 말을 할 것 같아요!"

"그도 그렇군."

모렐은 고개를 끄덕였지만 얼굴에는 낙심한 표정이 역력했다.

"하지만 폴이 일등에 당선되었다는 건 정말이에요."

모렐 부인이 말했다.

"그게 정말이야!"

모렐은 의자에 털썩 주저앉으며 소리쳤다. 그리고 방 저쪽을 가만히 노려보았다.

"하지만 50파운드라니, 터무니없는 말이에요."

잠시 말이 없던 모렐 부인이 다시 말을 이었다.

"모턴 소령이 20기니에 산 건 사실이고요."

"20기니? 설마!"

모렐이 소리쳤다.

"사실이에요. 그만한 가치가 있는 그림이에요."

"그래, 안 믿는 건 아니지만…… 폴이 한두 시간 만에 그린 그림이 한 장에 20기니나 되다니!"

아들에 대한 자부심으로 가슴이 메어온 모렐은 잠시 말이 없었다. 모렐 부인은 그런 것쯤은 대수롭지 않다는 듯이 콧방귀를 뀌었다.

"그래, 돈은 어떻게 받게 되는 거냐?"

모렐이 물었다.

"아직 알 수 없어요. 아마 그림이 그쪽 집에 들어가고 나서겠죠."

침묵이 흘렀다. 모렐은 저녁도 먹지 않고 설탕단지를 노려보고 있었다. 그는 모진 일로 마디진 검은 손을 식탁 위에 얹어놓고 있었다. 모렐 부인은 남편이 새까만 손등으로 눈을 문지르는 것도 새까만 얼굴이 탄가루로 더럽혀져 있는 것도 못 본 척했다.

"윌리엄도 죽지만 않았다면 이만한 일은 했을 텐데."

모렐이 조용히 말했다. 윌리엄에 대한 생각을 하자 모렐 부인은 싸늘한 칼끝으로 가슴이 찔리는 듯했다. 그녀는 그 생각만 하면 피곤해져서 쉬고 싶어졌다.

폴은 조던 씨네 만찬에 초대되어 다녀오자마자 말했다.

"엄마, 저 야회복이 있었으면 좋겠어요."

"그래, 나도 그렇게 생각했다."

대답을 하면서도 모렐 부인은 기뻤다. 잠시 침묵이 흘렀고 이내 모렐 부인이 다시 입을 열었다.

"윌리엄 옷이 하나 있기는 하단다. 내 기억으로 4파운드 10실링을 준 것 같은데 겨우 세 번밖에 입지 않았지."

"제가 그 옷을 입으면 안 될까요?"

"그래, 웃옷은 잘 맞을 거야…… 바지는 좀 줄여야 하겠지만."

폴은 단숨에 위층으로 올라가 웃옷과 조끼를 입어 보았다. 플란넬 와이셔츠 위에 야회복 상의와 조끼를 입고 내려온 그의 꼴은 우스꽝스러웠다. 옷이 제법 컸기 때문이었다.

"수선점에 고쳐달라고 하자."

모렐 부인은 아들의 어깨를 쓰다듬으며 말했다.

"천은 정말 좋은 거야. 네 아버지에게는 이 바지를 입히고 싶은 생각이 조금도 들지 않았는데, 지금 와서 생각해 보니 잘했구나."

모렐 부인은 실크 칼라를 손으로 어루만지면서 큰아들을 떠올렸다. 그러나 폴이 살아서 이 옷을 입고 있지 않은가. 그녀는 아들의 등을 어루만지며 그를 느꼈다. 폴은 확실히 살아 있고 또한 그녀의 것이었다. 큰아들은 죽고 없지만…….

폴은 형이 입었던 야회복을 입고 몇 번인가 만찬에 나갔다. 그때마다 어머니의 가슴은 자부심과 기쁨으로 가득 찼다. 그는 이제 세상에 진출하려는 참이었다. 그녀와 아이들이 윌리엄을 위해서 샀던 단추가 폴이 입은 와이셔츠 가슴께에 달려 있었다. 그는 윌리엄의 정장용 셔츠를 입고 있었다. 폴의 몸매는 우아했다. 그의 얼굴은 선이 굵었으나 따뜻하고 호감이 가는 형이었다. 그는 특별히 신사처럼 보이지는 않지만 모렐 부인은 아들을 훌륭한 남자라고 생각했다.

폴은 자기가 갔던 곳이며 자신에게 일어난 일, 들은 이야기 같은 것을 전부 어머니에게 들려주었다. 그러면 그녀는 마치 자기도 그곳에 가 있었던 듯한 기분이 되었다. 폴은 7시 반에 만찬을 하기로 한

새로운 중산층 친구들을 어머니에게 소개하고 싶어 애를 썼다.

"그만둬라! 그 사람들이 날 만나고 싶어 할 리가 있겠니?"

"정말 만나고 싶어 해요!"

폴은 골을 내며 소리쳤다.

"그 사람들은 나를 알고 싶어 하니까……. 사실 그래요……. 그래서 엄마도 만나고 싶어 할 거예요. 엄마는 저처럼 영리하니까요."

"바보 같은 소리 마라!"

모렐 부인은 웃으면서 말했다. 그녀는 손을 아끼려고 애쓰기 시작했다. 그녀의 손도 이제 모진 일로 완전히 마디가 져 있었다. 항상 더운 물 속에 손을 담가서 피부는 번질거렸고 손마디는 부풀어 있었다. 그녀는 양잿물에 손이 닿지 않도록 주의하면서 자그마하고 아름다웠던 옛날의 손을 그리워하며 원통해했다. 그리고 나이에 어울리는 좀 더 멋진 블라우스를 입으라고 애니가 권했을 때도 그녀는 그 말에 따랐다. 그뿐 아니라 애니의 말을 듣고 머리에 까만 벨벳의 나비모양 리본을 매기도 했다. 그러고 나서 그녀는 이렇게 모양을 낸 자기가 우스꽝스러워 보일 거라고 하며 자조적인 웃음을 지었다. 그러나 폴은 어머니가 모턴 소령의 부인보다 훨씬 더 훌륭한 숙녀로 보인다고 단언했다. 가족들의 차림새는 점점 나아졌다. 오직 아버지만이 전과 다름없이, 아니 오히려 점점 단정치 못하게 변해 갔다.

폴과 모렐 부인은 요즘 삶이라는 문제에 대해 긴 논쟁을 했다. 종교에 대한 관심은 점점 약해지고 희미해져 갔다. 폴은 이제껏 자신을 속박했던 모든 신앙을 파헤쳐서 밀어내고 새로운 자기의 입장을 분명히 했다. 그는 서서히 선과 악을 자기 내부에서 가려내고 자신의 신을 뚜렷이 인식하기 위해서 인내심을 가져야 한다는 믿음의 근본에 도달하고 있었다. 이제 삶은 그에게 전보다 더 흥미 있는 것이 되었다.

"엄마, 나는 부유한 중산층에 속하고 싶지 않아요. 저는 지금 속해 있는 서민층이 가장 좋아요. 저도 서민의 한 사람이에요."

"하지만 다른 사람한테 그런 말을 들으면 넌 기분이 나쁘지 않을까? 너는 네 자신이 어떤 신사에게도 빠지지 않는 사람이라는 것을 알고 있잖아."

"저는 저라는 인간 속에 있는 것이지, 계급이니 교육이니 예절이니 하는 것에 대해서는 그렇지 않아요. 저는 제 자신 속에서 존재할 뿐이에요."

폴이 대답했다.

"좋아, 그렇다면 서민 이야기는 왜 하는 거니?"

"그건…… 사람들 간의 차이는 계급에 있는 것이 아니라 인간 자체에 있다는 뜻에서예요. 중산층이 주는 것은 관념뿐이지만 서민에게는…… 생명 그 자체와 따뜻함이 있어요. 그들 속에 있으면 사랑도 증오도 실감할 수 있어요."

"모두 다 좋다만, 그러면 너는 왜 아버지 친구들과는 이야기를 하지 않는 거니?"

"하지만 그분들과는 조금 다르죠."

"다르지 않아. 그들이 바로 서민이야. 결국 지금 네가 사귀는 사람들은 어떤 사람들이지? 중산층의 사람들과 마찬가지로 관념을 지껄이고 있는 사람들이 아니냐. 넌 서민에게는 흥미가 없어."

"하지만 그 사람들에게는 생명이 있어요."

"난 교양 있는 여자…… 예를 들어 미스 머턴 같은 여자보다 미리엄에게 더 많은 생명력이 있다고는 생각하지 않는다. 너야말로 계층 따위에 구애받는 속물근성을 가진 거야."

그녀는 아들이 중산층에 들어가기를 솔직하게 바랐고 그에게는 별로 어려운 일이 아니라는 것을 알고 있었다. 그리고 결국에는 아들이 양가집 숙녀와 결혼하기를 바랐다.

　모렐 부인은 이처럼 불안정하고 초조해하는 아들을 상대로 싸움을 시작했다. 폴은 여전히 미리엄과의 관계를 유지하면서 완전히 헤어지지도 못하고 그렇다고 약혼을 하지도 못했다. 우유부단한 태도는 그의 에너지를 소모시키는 것 같았다. 모렐 부인은 아들이 자기도 모르는 사이에 클라라에게 끌리고 있다고 생각했다. 그러나 클라라는 한 번 결혼한 여자이니 만큼 아들이 좀 더 나은 처녀와 사랑에 빠지기를 원했다. 그러나 그는 바보같이 사회적으로 자기보다 지체가 높은 여자는 자신보다 우월하다는 이유만으로 사랑하기는커녕 바라보려고도 하지 않았다.

　"폴, 너는 아주 영리하고, 낡은 틀에서 벗어나 네 인생을 직접 손으로 잡으려 하고 있지만 별로 네가 행복할 것 같지는 않구나."

　모렐 부인이 말했다.

　"행복이 뭐죠? 그런 건 아무래도 좋아요. 어째서 제가 행복해져야 한단 말입니까?"

　폴은 못마땅하다는 듯 소리를 질렀다. 이 예기치 않은 질문에 모렐 부인의 마음은 흐트러지고 말았다.

　"그건 네가 판단할 일이야, 폴. 하지만 만약에 네가 너를 행복하게 해줄 수 있는 좋은 여자를 만날 수 있다면…… 그리고 네가 결혼해서 생활을 안정시킨다면…… 물론 그럴만한 돈이 생긴 뒤에 말이다…… 그래서 이렇게 불안해하지 않고 일할 수가 있다면…… 그 편이 훨씬 더 좋을 거라고 생각한다."

　폴은 얼굴을 찌푸렸다. 어머니는 미리엄에 대한 아물지 않은 상처를 건드렸다. 그는 이마에 흘러내린 머리를 쓸어올리고 눈에는 고통과 분노의 빛을 띠었다.

　"어머니의 행복은 편안한 생활을 생각하시는군요. 여자들은 언제나 인생을 그런 주의로 생각하는 거예요. 마음의 안정과 물질적 위안. 저는 그런 인생관을 경멸해요."

폴이 소리쳤다.

"경멸한다고! 그래, 너는 네 불만을 거룩한 것이라고 생각하니?"

모렐 부인이 물었다.

"그래요. 그것이 신이 준 것인지 어떤지는 몰라도 엄마가 말씀하시는 행복 같은 것은 사양하겠어요. 삶이 충실하기만 하면 행복하든 아니든 그런 것은 문제가 되지 않아요. 엄마가 이야기하는 행복 같은 건 진절머리가 나요."

"너는 행복을 받아들일 생각이 없는 게로구나."

모렐 부인은 갑자기 아들에 대해 품고 있던 모든 격정이 뜨겁게 폭발했다.

"아니야, 그건 중요해!"

모렐 부인은 소리를 질렀다.

"너는 당연히 행복하게 살아야 해. 행복하게 되도록, 행복하게 살도록 노력해야 해. 네 삶이 행복하지 않다고 내가 어떻게 생각할 수 있겠어! 그건 참을 수 없는 일이야!"

"엄마는 무척 지독한 삶을 보내셨지만 그보다 행복했던 사람들과 비교해서 훨씬 불행했던 것은 아니에요. 저는 엄마의 삶이 꽤 괜찮았다고 생각해요. 그리고 저도 마찬가지예요. 제 생활 역시 꽤 괜찮지 않아요?"

"아니야, 폴. 싸우고…… 싸우고…… 그리고 괴로워하고……. 내가 보기엔 그게 네가 하는 짓의 전부야."

"하지만 어째서 그게 나쁘다는 거예요? 그게 제 최선이에요……."

"아니야, 그게 아니다. 사람은 행복해져야 해, 마땅히."

말을 하는 동안 모렐 부인은 격렬하게 몸을 떨었다. 이런 종류의 언쟁은 어머니와 아들 사이에 자주 일어났다. 어머니는 아들이 가지고 있는 죽음을 향한 의지에 대항해 아들의 생명을 지키기 위해 싸우고 있는 것처럼 보였다. 폴은 어머니를 두 팔로 끌어안았다. 그녀는 아팠고 애처로웠다.

"염려마세요, 엄마."

그는 느리게 속삭이듯 말했다.

"엄마가 인생을 시시하고 비참한 것이라고 느끼시지 않는 한 그밖에는 행복하든 불행하든 아무 상관 없는 일이에요."

모렐 부인은 폴을 꼭 껴안았다.

"그렇지만 나는 네가 행복하기를 원한다."

모렐 부인은 슬픈 듯이 말했다.

"아, 엄마……. 그보다 차라리 살아 달라고 말씀하세요."

모렐 부인은 폴을 생각하면 가슴이 터질 것 같았다. 이런 식으로 생활해서는 아들이 살지 못할 것이라는 사실을 그녀는 알았다. 폴은 자기 자신에게, 자신의 고통에, 자신의 생명에 관해서 안타까울 정도로 무관심했다. 그것은 일종의 자살 행위와도 같았다. 자신도 모르게 폴로 하여금 기쁨이라는 것을 잃게 한 미리엄을 그녀는 저주할 만치 증오했다. 미리엄이 어찌할 도리가 없었다는 것은 문제도 되지 않았다. 어쨌든 미리엄이 원인이었고, 그녀는 미리엄을 증오했다.

모렐 부인은 폴이 그의 아내가 되기에 적당한, 교양도 있고 건강한 처녀와 사랑에 빠지기를 진정으로 바랐다. 그러나 그는 자기보다 지체 높은 사람은 바라보려고도 하지 않았다. 그는 도스 부인을 좋아하고 있는 것 같았다. 어쨌든 그런 감정은 건강한 것이었다. 모렐 부인은 아들이 쇠약해지지 않게 해달라고 늘 기도했다. 이것만이 그녀가 하는 기도의 전부였다.―아들의 영혼의 구원이나 아들이 올바른 일을 하게 해달라고 기도하는 것이 아니라 다만 아들이 쇠약해지지 않게 해달라고 기도할 뿐이었다. 그리고 아들이 자는 동안 내내 몇 시간이고 아들을 생각하며 기도를 계속했다.

폴은 스스로도 깨닫지 못한 채 미리엄에게서 자연히 멀어져 갔다. 아서는 제대를 하자마자 결혼했고, 결혼한 지 반 년 만에 아기가 태어났다. 모렐 부인은 아서에게 전에 다니던 회사에 주급 21실링을 받는 일자리를 구해 주었다. 그녀는 비어트리스 어머니의 도움으로 방 두 칸짜리 작은 집을 구해 가구를 넣어주었다. 이제 아서는 사로잡힌 몸이 되었다. 아무리 뛰고 발버둥을 쳐도 어찌 할 수도 없고 꼼짝도 할 수 없게 된 것이다. 한동안 아서는 신경을 곤두세웠고 자기를 사랑하는 젊은 아내에게 화를 냈다. 아이가 짜증을 내며 울거나 떠들기라도 하면 그는 미친 사람처럼 변했다. 그는 어머니에게 몇 시간 동안이나 불평을 늘어놓았다.

"하지만 애야, 네가 원해서 한 결혼이니 어떻게든 네가 잘 해나가야 하잖니."

그때부터 아서의 마음속에 용기가 솟아났다. 그는 회사에 전력을 다했고 자신의 책임을 다했으며 자기가 아내와 아이에게 속한다는 것을 인정하며 가정을 상당히 잘 꾸려나가게 되었다. 그는 이제까지 가족에게 깊은 유대를 가진 적이 없었으나 이제 그는 완전히 가족의 것이 되었다.

세월은 서서히 흘러갔다. 폴은 클라라와 알고 지냈으므로 노팅엄의 사회주의자나 여성참정권론자, 일신론자들과도 알게 되었다.

폴은 어느 날 자기와 클라라의 친구이며 베스트우드에 사는 사람에게서 클라라에게 편지를 전해 달라는 부탁을 받았다. 폴은 저녁에 스나인턴 시장을 지나 블루 힐로 갔다. 클라라의 집은 초라한 골목 안에 있었다. 그 길은 자질구레한 화강암 자갈로 포장되어 있었고 인도에는 홈이 팬 짙은 감색 벽돌이 깔려 있었다. 그녀의 집 현관은 걸으면 삐꺽이고 시끄러운 소리를 내기도 하는 울퉁불퉁한 길에서 한 계단 높이 있었다. 문에 칠한 갈색 페인트는 너무 오래되어 갈라진 틈새로 나뭇결이 보였다.

폴은 아래쪽 길에 서서 문을 두드렸다. 이내 무거운 발소리가 나더니 예순 살 남짓한 몸집이 크고 건장한 여자가 우뚝 솟은 것처럼 나타났다. 폴은 인도에 서서 그녀를 처다보았다. 약간 사나워 보이는 얼굴이었다.

그녀는 거리 쪽에 있는 거실로 폴을 안내했다. 마호가니 가구와 이미 세상을 떠난 사람들의 사진을 목탄으로 다시 크게 그려낸 죽은 듯한 표정의 초상이 걸려 있었다. 클라라의 어머니인 래드포드 부인은 그를 두고 방을 나가버렸다. 당당해서 마치 군인 같은 느낌마저 드는 여자였다. 곧 클라라가 나왔다. 그녀가 얼굴이 빨개져서 부끄러워하자 폴도 무척 당황했다. 클라라는 자신의 이런 생활을 남에게 보이는 것을 원치 않는 모양이었다.

"당신 목소리일 리가 없다고 생각했어요."

클라라가 말했다. 그녀는 어차피 집을 보인 이상 모든 것을 다 보이자고 생각했다. 그녀는 마치 조상의 영혼을 모셔둔 것 같은 거실에서 그를 데리고 나와 부엌으로 안내했다. 그곳은 작고 어두침침했으며 흰 레이스로 가득했다. 클라라의 어머니는 찬장 옆에 앉아 커다란 레이스 뭉치에서 실을 풀어내고 있었다. 그녀의 오른쪽에는 솜털과 엉긴 무명실 뭉치가 있었고 왼쪽에는 4분의 3인치 넓이의 레이스가 쌓여 있었다. 그리고 앞에는 헝클어진 레이스가 난로 깔개 위에 산더미처럼 쌓여 있었다. 꼬불꼬불한 무명실이 긴 레이스에서 풀려나 난롯가에 흩어져 있었다. 폴은 널려 있는 레이스 더미를 밟을 것만 같아서 그 안으로 들어갈 수 없었다.

식탁 위에는 레이스를 감는 방적기가 있었고 그밖에 네모난 갈색 마분지 다발과 네모나게 짠 레이스 뭉치와 바느질 도구가 든 작은 그릇이 있었다. 소파 위에는 레이스 더미가 잔뜩 놓여 있었다. 그곳은 온통 레이스로 가득했고 그 안이 침침하고 따뜻해서 흰 눈 같은 레이스가 한층 더 두드러져 보였다.

"들어올 생각이라면 일손은 상관 말고 들어와요. 온 방 안이 가득 차 있지만, 그쪽에 앉고."

래드포드 부인이 말했다. 클라라는 몹시 당황하며 하얀 레이스 더미 반대편의 벽 쪽에 의자를 놓았다. 그러고 나서 부끄러운 듯이 소파에 앉았다.

"흑맥주 한 잔 들겠수? 얘, 클라라, 흑맥주 한 잔 갖다 주렴."

폴은 사양했지만 래드포드 부인은 상관하지 않았다.

"한 잔쯤은 마실 수 있을 것 같이 보이는데."

노부인이 말을 이었다.

"안색이 항상 그렇게 창백한 편이우?"

"피부가 두꺼워서 혈색이 겉으로 잘 드러나지 않을 뿐입니다."

폴이 대답했다. 클라라는 여전히 부끄러워서 어쩔 줄 모르며 흑맥주 한 병과 잔을 들고 나왔다. 폴은 검은 액체를 조금 따랐다.

"그럼, 건강을 빕니다."

폴이 잔을 들어올리면서 말했다.

"고맙구려."

노부인이 대답했다. 폴은 흑맥주를 한 모금 마셨다.

"담배도 피워요. 불만 나지 않게 조심하고."

래드포드 부인이 말했다.

"고맙습니다."

폴이 대답했다.

"고마워할 건 없수. 이 집에서 다시 담배 냄새를 맡을 수 있는 것은 내게는 기쁜 일이지. 여자들만 있는 집이라 불 꺼진 집같이 썰렁한 느낌이 들거든. 나는 자기 혼자만의 구석이 좋아서 틀어박혀 있는 거미 같은 여자는 아니라우. 난 곁에다 잔소리를 늘어놓을 수 있는 그런 남자를 놔두는 게 좋다우."

노부인이 대답했다. 클라라가 일을 시작했다. 그녀의 방적기가 낮은 소리를 내며 돌더니 손가락 사이에서 풀려나가 마분지에 감겼다. 그것이 다 차자 그녀는 실을 자르고 감긴 실 끝을 바늘로 단단히 고정시켰다. 그러고는 방적기에 새 마분지를 놓았다.

폴은 클라라를 가만히 지켜보았다. 단정하게 앉아 있는 그녀는 당당해 보이고 목과 팔이 드러나 있었다. 그녀의 귀 밑에는 아직도 붉은 핏기가 올라 있었고 그녀는 부끄러워하며 고개를 숙이고 있었다. 그녀의 얼굴은 레이스를 내려다본 채 움직이지 않았다. 하얀 레이스 곁에서 보니 그녀의 두 팔은 크림색이었고 생기에 넘쳐 보였다. 크고 아름다운 손은 어떤 일에도 당황하지 않을 듯이 침착하게 움직이고 있었다. 폴은 자신도 모르게 넋을 잃고 계속 그녀를 지켜보았다. 클라라가 고개를 숙이자 어깨와 목이 활처럼 휘었다. 그녀의 머리칼은 짙은 갈색이었다. 그는 그녀의 윤기 나는 팔이 날쌔게 움직이는 것을 가만히 지켜보고 있었다.

"클라라한테 당신 이야기를 들었어요. 조던 사에서 일한다고."

노부인은 레이스 푸는 손을 멈추지 않고 말했다.

"네."

"토머스 조던이 사탕과자를 달라고 하던 때가 기억나는군."

"그랬나요? 그래서 주셨어요?"

폴이 미소를 지으며 물었다.

"줄 때도 있고 안 줄 때도 있었지……. 나중에는 주지 않았어. 순남한테 받기만 하고 자기 것은 절대로 남에게 주지 않는 사람이었거든. 아무튼 옛날엔 그랬수."

"전 그분이 매우 좋은 사람이라고 생각하는데요."

폴이 말했다.

"그 말을 들으니 좋군요."

래드포드 부인은 폴을 찬찬히 보았다. 그녀에게는 어딘지 단호한 면이 있어 보였고 그 점에 폴은 호감을 느꼈다. 그녀의 얼굴은 주름이 잡히고 늘어져 있었지만 눈은 온화하고 노인이라는 것을 느끼게 하지 않는 강한 면이 있었다. 주름과 늘어진 볼은 그녀에게 어울리지 않았다. 래드포드 부인에게는 한창때의 중년 부인이 갖는 강인함과 냉정함이 있었다. 그녀는 품위 있는 동작으로 레이스를 풀고 있었다. 커다란 레이스 뭉치가 그녀에게 끌려서 앞치마 위까지 달려왔다가 실을 잡아당기자 한 쪽으로 툭 굴러 떨어졌다. 그녀의 팔은 섬세하고 아름다웠으며 오래된 상아처럼 누런 광택이 났다. 그러나 그것은 클라라의 팔을 매력적으로 보이게 한 독특하고 희미한 윤기와는 달랐다.

"그래, 미리엄 레이버스와 사귀고 있다고?"

래드포드 부인이 물었다.

"네."

폴이 대답했다.

"좋은 아이지."

노부인은 말을 이었다.

"아주 좋은 아이긴 하지만, 좀 세상일에 너무 초월한 듯이 굴어서 내 취향에는 맞지 않아요."

"좀 그런 면이 있긴 하지요."

폴이 동의했다.

"그 애는 날개가 돋아서 모든 사람들의 위로 날아다닐 때까지는

88

절대로 만족을 못 느낄 애라우."

　그때 클라라가 두 사람의 이야기에 끼어들었고 폴은 부탁받은 용건을 전했다. 클라라는 조심성 있게 그와 이야기를 나누었다. 폴은 그녀가 하기 싫은 일을 하고 있는데 느닷없이 찾아왔던 것이다. 클라라가 정중한 태도를 보이자 그는 그녀가 그렇게 나올 것을 기대하고 있었던 듯 으스대는 기분이 되었다.

　"이 일이 좋아요?"

　폴이 물었다.

　"여자가 할 수 있는 일이 달리 있을 것 같아요?"

　클라라는 씁쓸하게 대답했다.

　"별로 돈벌이가 안 되는 일인가요?"

　"그런 셈이죠. 여자들의 일이란 게 전부 그렇지 않아요? 그게 남자들이 머리를 굴린 또 다른 술수지요. 우리가 일거리를 찾아 시장에 나오니까 남자들이 여자들을 속이는 거예요."

　"이제 남자들 이야기는 그만해라. 여자들이 바보 같으니까 남자들이 속이는 거야. 단지 그뿐이야……. 어떤 남자도 내가 보복할 수 없을 만큼 심한 짓을 하지는 않았어. 다만 남자들이 불결한 물건이란 것만은 사실이야."

　클라라의 어머니가 말했다.

　"그러나 사실 남자란 괜찮은 사람들 아니에요?"

　폴이 물었다.

　"글쎄…… 여자들과는 좀 다른 점이 있지."

　노부인이 말했다.

　"다시 조던 사에 돌아올 생각은 없어요?"

　폴이 클라라에게 물었다.

　"글쎄요, 별로."

클라라가 대답했다.

"아니, 가고 싶어 해요!"

갑자기 노부인은 소리를 질렀다.

"다시 들어갈 수 있다면 고마운 일이지. 클라라의 말을 곧이 듣지 말우. 저 애는 까닭도 없이 거드름만 피우는 거라우. 그러다간 굶주려서 어느 때고 혼쭐이 나고 말지."

클라라는 어머니의 말 때문에 무척 당혹스러웠다. 폴은 비로소 그녀의 사정을 알 수 있을 것 같았다. 결국 그는 클라라의 노여움을 너무 고지식하게 해석했던 것은 아닐까? 클라라는 일손을 멈추지 않고 계속 일을 했다. 그는 클라라를 도울 수 있을지도 모른다는 생각에 기쁨으로 몸이 떨리는 것을 느꼈다. 그녀는 너무나 많이 거부되고 박탈당한 여자였다. 기계에 굴복당해서는 안 될 팔은 기계적으로 움직였고 절대로 숙이게 할 수 없는 머리는 레이스 위에 숙여져 있다. 방적기를 돌리는 그녀의 모습은 삶의 폐기물 속에 좌초한 배처럼 보였다. 삶이 아무런 쓸모가 없는 것처럼 그녀를 외따로 제쳐둔 것은 고통스러운 일이었다. 그녀가 삶에 저항하는 것은 당연한 일이었다.

클라라는 현관까지 폴을 배웅해 주었다. 폴은 초라한 거리에 서서 클라라를 올려다보았다. 그녀의 자세와 태도는 매우 당당해서 폴은 옥좌에서 폐위된 주노 여신[15]을 보는 듯한 기분이 들었다. 현관에 서 있는 그녀는 주위 환경에 멈칫하는 것 같았다.

"호지킨슨 부인과 허크놀에 갈 건가요?"

폴의 이야기는 전혀 무의미한 것으로, 그는 클라라를 바라보고 있을 뿐이었다. 그녀의 회색 눈이 마침내 그의 눈과 마주쳤다. 그 눈동

15) Juno. 로마 신화에 나오는 최고 여신이며 주피터의 아내이다. 그리스 신화에서는 헤라에 해당한다 – 옮긴이

자는 굴욕감에 말이 없고 갇혀 있는 비참함을 호소하고 있었다. 폴은 마음이 동요되어 어찌해야 좋을지 몰랐다. 지금까지 그는 클라라를 도도하고 강한 여자로 생각했던 것이다.

클라라와 작별한 폴은 달음박질치고 싶었다. 그는 꿈이라도 꾸는 듯한 기분으로 역까지 갔고 어떻게 클라라가 사는 거리를 빠져나왔는지도 모르는 채 정신을 차리고 보니 집에 도착해 있었다.

폴은 나선과 여공 감독인 수잔이 곧 결혼한다는 이야기를 들었다. 그 다음날 폴은 그녀에게 물었다.

"수잔, 결혼한다는 소문이 들리던데 정말이에요?"

수잔은 얼굴을 붉혔다.

"누가 그런 소리를 해요?"

"누구라고 할 건 없어. 그냥 그런 소문을 들었을 뿐이에요."

"음, 그래요. 하지만 아무한테도 말하지 말아줘요. 차라리 결혼에 대한 생각이 없다면 얼마나 좋겠어요."

"그런 말을 누가 믿어요."

"그래요? 하지만 믿어도 좋아요. 난 결혼하는 것보다 평생 이곳에 있고 싶은걸요."

폴은 어리둥절했다.

"왜죠?"

수잔은 더욱 더 얼굴을 붉히며 눈을 빛냈다.

"있고 싶으니까 있고 싶은 거죠."

"그런데도 결혼을 해야 해요?"

대답 대신 수잔은 폴을 마주보았다. 그에게는 여자들을 믿게 하는 솔직함과 다정함이 있었다. 그는 수잔의 의미를 이해했다.

"아, 미안해요."

수잔의 눈에는 눈물이 핑 돌았다.

"하지만 결국 다 잘 될 거예요. 당신은 잘해 나갈 수 있을 거예요."

폴은 약간 걱정스러운 듯이 말했다.

"그밖엔 별 도리도 없어요."

"아니죠. 더 나쁘게 되는 수도 있으니까 잘 되도록 해야죠."

얼마 뒤에 폴은 시간을 내어 다시 클라라를 찾았다.

"조던 사에 다시 돌아올 생각은 없어요?"

클라라는 일손을 멈추고 아름다운 두 팔을 탁자 위에 얹은 채 잠시 대답도 없이 그를 바라보았다. 차차 그녀의 뺨이 붉어져 왔다.

"왜요?"

클라라가 물었다. 폴은 약간 열없어졌다.

"실은 수잔이 회사를 그만둘 것 같거든요."

클라라는 멈췄던 일을 계속했다. 하얀 레이스가 마분지 위에서 춤추듯 뛰면서 실이 감겼다. 폴은 상대의 말을 기다렸다. 마침내 클라라는 얼굴을 숙인 채 묘하게 낮은 목소리로 말했다.

"이 말을 벌써 누구한테 했어요?"

"당신 외에는 아직 아무한테도."

다시 오랜 침묵이 흘렀다.

"모집 광고가 나오면 지원해 보겠어요."

클라라가 말했다.

"그 전에 신청해요. 정확한 시기를 알려줄 테니까."

클라라는 계속 작은 기계를 돌렸고, 폴의 말에 구태여 거절하지 않는다는 말도 하지 않았다.

클라라는 조던 사로 다시 출근하게 되었다. 패니를 포함해서 예전에 낯익은 여공들은 클라라의 거만함을 기억하고 있었기 때문에 내심 그녀를 싫어하고 있었다. 클라라는 언제나 말이 적고 거만했으며, 다른 여공들을 같은 동료로서 대하지 않았다. 꾸지람을 할 때에

도 그녀는 냉정하고 아주 정중하게 말을 했으므로 듣는 사람의 입장
에서는 심술궂은 말을 듣는 것보다도 훨씬 더 모욕감을 느꼈다. 신
경이 과민한 꼽추 패니에 대해서는 언제나 변함없이 상냥하고 친절
하게 대했으나 그것은 패니에게 다른 감독들이 거칠게 말을 퍼부을
때보다 더 많은 눈물을 흘리게 했다.

클라라에게는 폴이 싫어하는 면이 있었고 또 그 이상으로 그를 초
조하게 하는 무엇이 있었다. 그녀가 곁에 있으면 그는 언제나 그녀
의 짧고 보드라운 금빛 솜털이 나 있는 건강한 목덜미를 바라보았
다. 그녀의 얼굴과 팔에는 거의 보이지 않을 정도로 가는 솜털이 나
있었는데 한번 알아본 뒤로는 늘 그것이 눈에 띄었다.

오후 같은 때, 폴이 그림을 그리고 있으면 클라라가 곁에 와서 꼼
짝도 않고 서 있곤 했다. 그러면 그녀가 말을 걸어 온 것도 아니고 자
기를 만지는 것도 아닌데 폴은 클라라의 육체를 느꼈다. 그녀가 1미
터나 떨어져 서 있는데도 마치 몸을 맞대고 있는 것 같은 기분이었
다. 그럴 때는 더 이상 그림을 그릴 수 없었다. 그는 붓을 내던지고
그녀 쪽으로 돌아앉아 말을 건넸다.

클라라는 폴의 그림을 칭찬하기도 하고 냉정하게 비판을 하기도
했다.

"이 그림에는 부자연스러운 데가 있군요."

클라라는 곧잘 이렇게 말했다. 그녀의 비평에는 약간의 진실이 있
었기에 폴의 피는 분노로 끓어올랐다.

"이건 어때요?"

폴이 진지하게 물었다.

"흠! 별로 좋진 않군요."

그녀는 의심스럽다는 듯이 작은 소리로 대답했다.

"당신이 이해하지 못해서 그래요."

폴이 대꾸했다.

"그럼 왜 물어보는 거죠?"

"당신이 알 수 있을 거라고 생각했기 때문이죠."

클라라는 폴의 그림을 비웃으며 어깨를 으쓱하곤 했다. 그녀는 폴을 화나고 끓어오르게 만들었다. 그리고 그는 클라라를 비난하며 자기 그림에 대해 열을 올려 설명하기 시작했다. 그것이 클라라를 재미있게 했고 자극했다. 그러나 클라라는 자기가 잘못했다고는 절대로 말하지 않았다.

여성 운동에 관여해 온 10년 동안 클라라는 상당한 교양을 쌓았고, 미리엄과 마찬가지로 공부하고 싶은 열정을 강하게 느껴서 독학으로 불어를 배워 어렵게나마 책도 읽을 수 있게 되었다. 그녀는 자기 자신을 다른 여자와는 다른, 특히 자신이 속해 있는 계층의 여자와는 다르다고 생각했다. 나선과의 여공들은 모두들 좋은 집안 출신이었다. 그 일은 소규모이긴 하지만 특수한 일자리로써 다른 공장과는 분명한 차이점이 있었고 작업장에는 세련된 분위기가 흘렀다. 그러나 클라라는 자기 동료들과도 사귀지 않았다.

클라라는 그런 일들을 폴에게는 전혀 이야기하지 않았다. 그녀는 자기의 내면을 남에게 드러내 보이는 여자가 아니었고 어딘지 비밀스러운 느낌이 있었다. 그녀가 속에 있는 이야기를 하지 않았기에 폴은 그녀에게 감추고 싶은 비밀이 많은 것이라고 여겼다. 외적으로는 그녀의 이야기가 모두 알려져 있지만 그것이 내적으로는 어떤 의미를 지니는지 아무도 몰랐다. 그것은 폴의 호기심을 끌었다. 그리고 이따금 폴은 클라라가 살피는 듯한 눈길로 자기를 뚫어지게 바라보고 있음을 깨달았고 그럴 때 그는 저도 모르게 움찔하고 몸을 움직였다. 폴은 그녀의 그런 시선을 가끔 붙잡았다. 그러나 그때 그녀의 눈은 마치 무엇이 덮어씌워져 있는 것처럼 아무것도 드러내지 않았다. 그녀는 그에게 살며시 관대한 미소를 지었다. 그녀가 지니고 있는 듯한 여러 가지 지식과 그의 손이 미치지 못하는 많은 경험들이 그를 몹시 초조하고 불안하게 만들었다.

어느 날 폴은 클라라가 앉아서 일하는 의자 옆에서 알퐁스도데의 〈물방앗간의 편지〉를 집어들었다.

"불어를 알아요?"

폴이 큰 소리로 물었다. 클라라는 대수롭지 않다는 태도로 힐끔 돌아보았다. 그녀는 엷은 자주색 실크로 정맥종 치료용의 신축성 있는 스타킹을 만들고 있었는데, 제품이 잘 만들어졌는지 확인을 하거나 바늘을 조정하기 위해 등을 구부리고 천천히 규칙적으로 나선 기계를 돌리고 있었다. 그녀가 몸을 구부리자 솜털이 나고 목덜미가 아름다운 목이 엷은 자주색 실크를 배경으로 하얗게 빛났다. 클라라는 기계를 몇 번 더 돌리고 나서 손을 멈추었다.

"뭐라고 했어요?"

클라라가 귀여운 미소를 지으며 물었다. 폴은 그녀가 자기에게 오만하고 무관심한 태도를 취했으므로 눈을 번득였다.

"불어책을 읽는 줄은 미처 몰랐어요."

폴은 지나치리 만큼 정중하게 말했다.

"그랬어요?"

클라라가 빈정대는 듯한 미소를 보이며 대꾸했다.

"되게 뻐기는군!"

폴이 말했지만 그녀에게 들릴 만큼 큰 소리는 아니었다. 폴은 화가 나서 입을 다물고 클라라를 쳐다보았다. 클라라는 자신이 하고 있는 기계적인 작업을 경멸하는 듯이 보였으나 그녀가 만든 스타킹은 거의 완벽한 제품이었다.

"이 일을 싫어하는군요."

폴이 말했다.

"글쎄요. 하지만 일이란 모두 마찬가지예요."

클라라는 일에 대해서는 무엇이든 알고 있다는 투로 말했다. 폴은 그녀의 냉정함을 이상하게 생각했다. 폴은 어떤 일이든 열정적으로 하지 않으면 마음이 놓이지 않았다. 클라라는 특이한 인간임이 분명했다.

"그럼 무슨 일을 하고 싶어요?"

폴이 물었다. 클라라는 폴에게는 무엇이든 받아준다는 듯이 웃으며 말했다.

"내게 하고 싶은 일을 선택할 기회 같은 건 없어서 그런 생각으로 시간을 낭비한 적은 없어요."

"허!"

이번에는 폴이 경멸하는 태도로 말했다.

"당신은 그 거만함 때문에 자신이 원하는 것을 얻지 못하고 있다는 말은 할 수 없는 거군요."

"잘 알고 있네요."

클라라가 쌀쌀하게 대답했다.

"당신은 자기가 굉장히 훌륭한 사람이라고 생각하는데 현실은 공장에서 일해야 하니 모욕을 당하는 거라고 여기는 거죠."

잔뜩 화가 난 폴은 매우 무례하게 내뱉었다. 클라라는 그런 폴을 멸시하며 아무 말 없이 그에게 등을 돌릴 뿐이었다. 폴은 휘파람을 불며 방 저편으로 가서 힐다와 장난을 치며 웃었다.

'어쩌자고 내가 클라라에게 그렇게 파렴치하게 굴었을까?'

폴은 다소 고민했지만 한편으로는 기쁘기도 했다.

"잘한 거야. 클라라는 말도 없고 뻐기기만 해서 아니꼽기 짝이 없어."

폴은 화를 내며 혼잣말을 하듯 내뱉었다.

오후에 폴은 다시 아래층으로 내려갔다. 그의 마음속에는 없애버리지 않고는 못 배길 것 같은 무거운 것이 얹혀 있었다. 그는 클라라에게 초콜릿이라도 주면 자신의 마음이 풀어질 것이라고 생각했다.

"하나 먹지 않겠어요? 단 게 먹고 싶어서 많이 사왔어요."

클라라가 초콜릿을 받아주자 폴은 그제야 살 것 같은 기분이었다. 폴은 그녀 곁에 있는 의자에 앉아서 손가락에 실크 조각을 감았다. 그녀는 작은 짐승처럼 민첩하고 예기치 않은 그의 움직임이 마음에 들었다. 폴은 다리를 흔들거리면서 생각에 잠겼다. 초콜릿은 작업대 위에 흩어져 있었다. 클라라는 엎드려서 기계를 규칙적으로 돌리다가 무거워서 늘어져 있는 스타킹을 보려고 허리를 굽혔다. 폴은 클라라의 아름다운 등의 곡선과 바닥에 살며시 얹혀 있는 앞치마의 실 끝을 바라보았다.

"당신은 항상 뭔가를 기다리고 있는 것 같아요."

폴이 계속해서 말했다.

"무엇을 하든지 당신은 그 자리에 있지 않아요. 당신은 기다리고 있어요……. 베를 짜고 있던 페넬로페[16]처럼."

폴은 심술이 치솟는 것을 참지 못하며 말했다.

"당신을 페넬로페라고 부르겠어요."

"그렇게 부르면 뭐가 달라져요?"

클라라는 조심스럽게 바늘 하나를 빼면서 대꾸했다.

"별일이 생기는 건 아니에요. 다만 내가 재미있어 할 뿐이죠. 그런데 내가 당신의 상사라는 사실을 잊고 있는 모양이군요. 나도 지금 문득 그런 생각이 들었지만."

---

16) Penelope. 그리스 신화에 나오는 영웅 오디세우스의 정숙한 아내로 남편이 없을 때 여러
　　남자들로부터 구혼을 받았으나 모두 거절하였다 – 옮긴이

"그게 무슨 뜻이죠?"

클라라가 냉랭하게 반문했다.

"내게 당신을 감독할 권리가 있다는 뜻이에요."

"내 일에 무슨 불만이 있어요?"

"아니, 당신이 그렇게 기분 나빠할 필요는 없다는 거죠."

폴은 조금 화를 내며 말했다.

"도대체 뭘 원하는지 알 수가 없군요."

클라라는 일을 계속하면서 말했다.

"기분 좋게 존경심을 가지고 대해 달라는 말이에요."

"누구누구 '씨'라고 불러 달라, 이 말인가요?"

클라라는 조용히 물었다.

"그래요, 씨를 붙여줘요. 난 그렇게 불러주면 좋겠어요."

"그럼 모렐 씨, 이제 그만 위층으로 가주실까요?"

폴은 입을 다물고 얼굴을 찌푸렸다. 그는 갑자기 작업대에서 펄쩍 뛰어내렸다.

"어쨌든 당신은 정말 대단하게 잘났군요."

폴은 한 마디를 던지고 다른 여공들에게로 갔다. 그는 자기가 필요 이상으로 화를 낸다고 느꼈고 허세를 부리고 있는 것도 같았다. 그러나 만약 그렇다 해도 상관없었다. 폴은 그녀가 가장 싫어하는 웃음소리를 내며 옆방의 여공들과 어울려서 이야기를 나눴다.

여공들이 모두 퇴근하고 난 뒤 폴이 나선과를 지나다 보니 클라라의 기계 앞에 초콜릿이 손도 대지 않은 채 그대로 놓여 있었다. 폴은 그대로 내버려두었다. 다음날 아침에도 초콜릿은 그 자리에 그대로 있었고 클라라는 작업 중이었다. 나중에 푸시(고양이)라는 별명을 가진 자그마하고 거무스름한 머리를 한 미미가 폴을 불렀다.

"이봐요, 우리한테 줄 초콜릿은 없어요?"

"미안해요, 푸시. 갖다 줄 생각이었는데 깜빡 잊었어요."

"그럴 줄 알았어요."

푸시가 대답했다.

"오늘 오후에 갖다 줄게요. 저기 아무렇게나 두었던 건 싫겠죠?"

"상관없어요."

푸시는 빙긋이 웃었다.

"안 돼요, 안 돼. 그건 먼지가 묻었을 거예요."

폴은 클라라의 작업대로 갔다.

"이런 걸 어질러놓고 가서 미안하군요."

클라라는 얼굴이 빨개져서 홍당무가 되었다. 폴은 한 손으로 초콜릿을 긁어모았다.

"가져갔으면 될 텐데, 왜 가져가지 않았어요? 그러길 원했는데."

폴은 손에 고 있던 초콜릿을 창 밖으로 집어던지고 클라라를 흘깃 보았다. 클라라는 그의 시선에 움찔했다.

오후에 폴은 초콜릿 한 상자를 또 사서 들고 왔다.

"먹을래요? 새로 사온 거예요."

폴은 제일 먼저 클라라에게 권했다. 그녀는 초콜릿 한 개를 집어 작업대 위에 놓았다.

"더 집어요. 그래야 운수가 좋아요."

클라라는 초콜릿 두 개를 더 집어 역시 작업대 위에 놓았다. 그러고는 머뭇거리면서 다시 일을 시작했다. 폴은 작업실 저편으로 걸음을 옮겼다.

"자, 여기 있어요, 푸시. 너무 욕심내지는 말아요."

폴이 말했다.

"전부 푸시 거예요?"

다른 여공들이 몰려들며 외쳤다.

"물론 아니지요."

여공들은 와글와글 떠들기 시작했다. 푸시는 동료들에게서 뒤로 물러섰다.

"비켜!"

푸시가 소리쳤다.

"내가 제일 먼저 집어도 좋죠, 폴?"

"싸우지 말고 나눠먹어야죠."

"정말 좋은 사람이에요."

여기저기서 여공들이 소리를 질렀다.

"겨우 10펜스어치밖에 안 돼요."

폴이 대답했다. 그리고 말없이 클라라의 곁을 지나갔다. 클라라는 작업대에 놓여 있는 세 개의 초콜릿에 손을 대면 화상이라도 입을 것 같은 느낌이 들었다. 그녀는 모든 용기를 짜내 초콜릿을 앞치마 주머니 속에 집어넣었다.

여공들은 폴을 좋아했지만 한편 그를 무서워하기도 했다. 그는 친절할 때는 매우 친절했으나 화를 내면 대단히 쌀쌀해지고 여공들은 안중에도 없거나 기껏해야 실패자 정도로밖에 취급하지 않았다. 여공들이 게으름을 피우면 그는 "일을 하지 않겠어요?"라고 조용히 말하고 거기 서서 지켜보았다.

폴이 스물세 번째 생일을 맞았을 때 그의 집은 곤경에 빠져 있었다. 아서는 막 결혼한 참이었고 어머니는 건강이 좋지 않았다. 아버지는 사고로 절름발이가 되었고 나이가 들어가면서 별로 돈벌이도 되지 않는 시시한 일밖에 하지 못했다. 미리엄은 언제나 원망스러운 말만 하고 있었다. 그는 미리엄의 덕을 입고 있다고 생각하면서도 자신을 그녀 앞에 내던질 수는 없었다. 게다가 집안은 그의 도움을 필요로 했다. 그는 사방에서 목이 졸리고 있었다. 그는 생일이 와도 기쁘지 않고 오히려 비통했다.

폴은 8시에 회사에 도착했다. 사무원들은 대부분 나와 있지 않았고, 여공들도 8시 반 전에는 출근하지 않았다. 그가 웃옷을 입고 있을 때 뒤에서 여자 목소리가 들려왔다.

"폴, 폴, 좀 와보세요."

꼽추인 패니가 계단 위에 서서 무슨 비밀이라도 가지고 있는 듯이 환하게 빛나는 얼굴을 하고 있었다.

"이리 와봐요."

폴은 놀라서 어쩔 줄 몰라 하며 머뭇거렸다.

"얼른요."

패니가 조르며 말했다.

"일을 시작하기 전에 내려와 봐요."

계단을 내려간 폴은 좁고 건조한 패니의 '마감' 실로 갔다. 패니는 그의 앞에서 걸었다. 그녀가 입고 있는 검은 조끼는 너무 짧아서 조끼의 허리가 겨드랑이 바로 밑에 있었다. 그리고 큰 걸음으로 이 우아한 청년의 걸음걸이와는 달리 활달하게 앞장서서 걸어갈 때 그녀가 입은 짙은 녹색 캐시미어 스커트는 너무 길어 보였다.

패니는 마감실 구석에 있는 자기 자리로 갔다. 그곳에는 창문이 있었고 그 밖으로 툭 튀어나와 있는 굴뚝 끝이 보였다. 폴은 패니의 여윈 손과 생기 없는 붉은 손목을 지켜보았다. 그녀는 눈앞의 작업대 위에 펼쳐져 있는 흰 앞치마를 흥분한 듯이 비비 꼬면서 망설이고 있었다.

"우리가 잊고 있다고 생각해요?"

패니는 책망하듯이 말했다.

"뭘요?"

의아하다는 듯 폴이 물었다. 그는 오늘이 자기 생일이라는 사실을 잊고 있었던 것이다.

"뭘요? 뭐라니요! 여기를 좀 보세요."

패니는 손가락으로 달력을 가리켰다. '21'이라는 크고 까만 숫자 주위에 연필로 그린 수백 개의 십자 표시[17]가 있었다.

"이야, 내 생일을 축하하는 키스라니! 어떻게 알았어요?"

폴이 껄껄 웃으며 물었다.

"어떻게 알았는지 알고 싶죠, 네?"

패니가 매우 즐거워하며 그를 놀렸다.

"우리 모두 하나씩 그렸어요. 귀부인 클라라는 빼고요. 둘씩 그린 사람도 있어요. 하지만 내가 그린 건 몇 개인지 말하지 않겠어요."

"아니, 알고 있어요. 당신은 정이 많으니까요."

"그건 오해예요!"

패니가 화를 내며 소리쳤다.

"난 그렇게 쉽지 않아요."

그녀의 목소리는 강한 콘트랄토였다.

"당신은 항상 무정한 말괄량이인 척하지만 사실은 감상적이라는 걸 알아요."

폴이 웃으며 말했다.

"나는 냉혈인간이라는 말을 듣는 것보다 차라리 감상적이라는 말을 듣는 편이 좋아요."

패니가 불쑥 말했다. 폴은 그녀가 클라라를 두고 말한다는 것을 알고 빙그레 웃었다.

"나를 그렇게 고약한 사람이라고 말하는 거예요?"

다시 폴이 웃으면서 말했다.

"아니에요."

---

17) × 또는 +는 키스의 표시이다 – 옮긴이

꼽추 여인은 매우 정답게 말했다. 그녀의 나이는 서른아홉이었다.

"아니에요, 폴. 당신은 자기만 홀륭한 대리석으로 빚은 잘생긴 사람이고 우리는 먼지 같은 걸로 생각하지는 않는걸요. 우리도 당신만큼 좋은 사람 아니에요, 폴?"

패니는 자신의 질문에 스스로 그 재미있어 했다.

"우린 서로 오십 보 백 보지요 뭐."

"그렇지만 난 당신만큼 좋은 사람이에요, 그렇죠?"

패니가 대담하게 주장했다.

"물론이죠. 선량한 면에서는 당신이 나보다 훨씬 좋은 사람이죠."

패니는 이런 입장에 선 것이 약간 두려워졌고, 히스테리가 나지 않을까 염려되었다.

"난 남들보다 일찍 왔으니…… 다들 약삭빠르다고나 하지 않을지 모르겠어요. 자, 눈을 감아요!"

패니가 말했다.

"그리고 입을 벌려 신이 당신에게 주신 선물을 기대하세요."

폴은 그녀의 말대로 입을 벌리고 서서 초콜릿을 기대했다. 앞치마 스치는 소리와 쨍그랑 하는 희미한 금속 소리가 들렸다.

"이제 눈을 뜰까요?"

폴이 눈을 떴다. 패니는 갸름한 얼굴을 붉게 물들이고 푸른 눈을 반짝이면서 폴을 바라보고 있었다. 폴 앞의 작업대 위에는 작은 유화물감 꾸러미가 놓여 있었다. 그의 얼굴색이 파랗게 변했다.

"아니에요, 패니."

폴이 당황하며 말했다.

"우리 모두가 준비한 거예요."

패니가 얼른 대답했다.

"그렇지만……."

"마음에 들어요?"

패니는 기뻐서 몸을 흔들며 물었다.

"물론이죠! 이건 카탈로그에 있는 것 중에서 제일 좋은 거예요!"

"하지만 마음에 드는 거죠?"

패니가 외쳤다.

"돈이 생기면 사려고 리스트에서 뽑아놓은 것이었어요."

폴은 감정을 억제하느라 입술을 깨물었다. 패니는 가슴이 꽉 메어 왔지만 화제를 다른 곳으로 돌려야 했다.

"모두들 가슴이 두근두근하면서 같이 돈을 냈어요. 시바[18] 여왕님 말고는 모두가요."

시바 여왕이란 클라라를 두고 하는 말이었다.

"그럼 클라라는 그 축에 끼려고 하지 않았어요?"

"기회가 없었어요……. 우리가 말하지 않았거든요. 이 일에 그 여자가 앞장서서 뒤흔드는 꼴을 보기 싫었어요."

폴은 패니에게 미소를 지어 보였다. 그는 매우 감동했다. 이제 폴은 일을 하러 가야 했다. 패니는 폴 바로 곁에 서 있었다. 별안간 패니는 팔로 폴의 목을 껴안고 열렬하게 키스를 했다.

"오늘은 키스해도 괜찮겠죠."

패니가 자신의 행동에 변명하듯 덧붙였다.

"당신 안색이 좋지 않아 보여서 걱정했어요."

폴도 패니에게 키스를 하고 그곳을 나갔다. 패니의 팔은 애처로울 만큼 여위어 있어서 그도 가슴이 쓰라렸다.

그날 점심 때 폴은 손을 씻으려고 아래층으로 달려 내려가다 클라

---

18) Sheba. 유대교와 이슬람교 전승에 의하면 BC 10세기에 활동한 아라비아 남서부에 있던 시바 왕국의 지배자이다. 보석으로 가득한 왕국을 다스렸다는 아름다운 여왕으로 전해진 다-옮긴이

라를 만났다.

"여기서 점심을 먹었어요?"

폴이 놀라서 소리쳤다. 클라라에게는 흔치 않은 일이었다.

"네, 낡은 의료기구라도 먹은 것 같은 기분이에요. 지금 밖으로 나가지 않으면 몸에서 퀴퀴한 고무 냄새가 날 것 같아요."

클라라는 꾸물거리고 서 있었다. 폴은 즉시 그녀의 마음을 알아차렸다.

"어디로 가려고요?"

밖으로 나온 두 사람은 노팅엄 성으로 올라갔다. 외출을 하는 그녀의 옷차림은 극히 간소해서 보기에 흉할 정도였다. 안에서는 언제나 훌륭하게 보였다.

클라라는 고개를 숙이고 그를 외면한 채 망설이는 듯한 걸음으로 나란히 걸었다. 초라한 옷을 입고 고개를 아래로 떨어트리고 있는 모습은 더욱 볼품이 없었으며 예전의 억센 모습은 조금도 보이지 않았다. 그 모습은 마치 깊이 잠들어버린 것 같았다. 사람들의 눈을 피해서 훤칠한 키를 앞으로 숙이듯이 하고 있는 클라라는 거의 보잘 것 없는 존재처럼 보였다.

초록빛으로 가득 찬 성의 뜰은 신선한 느낌이었다. 험한 고갯길을 올라가면서 폴은 웃고 떠들었지만 클라라는 무슨 생각에 잠겨 있는 듯 말이 없었다. 높은 바위 위에 서 있는 납작하고 네모난 건물 안에까지 들어가 볼 시간은 없었다. 그들은 낭떠러지 위에 있는 성벽에 기대었다. 절벽은 아래에 있는 공원을 향해 가파르게 경사를 이루며 내리박히고 있었다. 그들이 선 아래쪽에 생긴 모래바위의 구멍 속에서 비둘기들이 날개를 파닥이고 구구거렸다. 저 아래 바위 밑으로 멀리 떨어진 가로수 길에는 작은 나무가 자기들이 만든 그늘 속에 파묻히듯이 늘어서 있고 자그마하게 보이는 사람들이 우스꽝스러운 종종걸음으로 분주하게 걸어다니고 있었다.

"돌아다니는 저 사람들을 올챙이처럼 건질 수 있을 것 같군요. 손에다 가득하게 뜰 수 있을 걸요."

폴이 말했다.

"글쎄요. 우리가 보잘것없는 존재라는 걸 알기 위해서는 그리 멀리까지 갈 필요도 없어요. 가로수가 훨씬 더 의미 있을 거예요."

클라라가 대답했다.

"크기만 할 뿐이에요."

폴이 말했다. 클라라는 냉소적인 웃음을 지었다.

넓은 가로수길 너머 저쪽에는 가는 띠처럼 보이는 철둑 위에 가느다란 선로가 두 줄 뻗어 있고 그 양쪽에 작은 목재더미들이 쌓여 있었다. 그 사이로는 장난감 같은 기관차가 연기를 뿜으며 요란스럽게 달려가고 있었다. 또한 검은 구릉 사이에는 은빛 실 같은 운하가 질서 없이 뻗어 있었고 그 너머 강 유역의 평탄한 땅에는 집들이 빽빽하게 모여 웅성대고 있었다. 그 집들은 마치 독초들이 밀집해서 자라다가 곳곳에 키가 큰 나무에 막혀 끊기듯 반짝이는 강물이 평지를 가로질러 상형문자처럼 구불구불하게 흐르는 곳까지 뻗어 있었다. 강변 너머의 험한 절벽은 보잘것없이 작아 보였다. 시커먼 숲과 희미하게 반짝이는 보리밭이 펼쳐진 광대한 평야는 푸른 산들이 회색빛 안개 위에 고개를 내밀고 있는 곳까지 펼쳐져 있었다.

"도시가 저 이상은 퍼져 있지 않다고 생각하니 마음이 놓여요. 그것은 아직 평야에 생긴 작은 홈에 지나지 않는군요."

클라라가 말했다.

"조그만 딱지 같아요."

폴이 말했다. 이내 클라라는 진절머리를 쳤다. 그녀는 이 도시가 싫어서 못 견딜 지경이었다. 자기가 살 수 없는 전원 지대를 쓸쓸하게 바라보는 그녀의 무감각하고 창백하며 적의에 찬 표정을 보자 폴은 쓰라린 회한에 찬 천사의 얼굴이 떠올랐다.

"하지만 도시는 좋아요. 도시는 아직 일시적인 거예요. 우리가 이상적인 것을 발견할 때까지 초라하고 거친 상태의 임시변통이라고요. 도시는 이제 곧 훌륭해질 거예요."

폴이 말했다. 바위의 구멍 속과 나무 숲속의 둥지에 있는 비둘기가 유쾌한 듯 구구 울었다. 왼쪽에는 거대한 세인트 메리 성당이 성과 사이좋게 돌부스러기 같은 시내를 내려다보며 나란히 서 있었다. 클라라는 평원을 바라보며 얼굴을 빛내고 웃었다.

"좀 기분이 나아졌어요."

클라라가 말했다.

"고마워요. 나에겐 정말 대단한 칭찬이에요."

폴이 말했다.

"어머나, 이 사람 봐!"

클라라는 미소를 머금었다.

"흠! 그건 오른손으로 무엇을 주고는 왼손으로 다시 빼앗아 가는 것과 같군요. 그렇게 하면 틀림은 없죠."

폴의 말에 클라라는 깔깔거리며 유쾌하게 웃었다.

"그런데 무슨 문제가 있나요? 무슨 특별한 일이라도 궁리하고 있는 거 아니에요? 아직도 얼굴에 그렇게 씌어 있는 걸요."

폴이 물었다.

"당신에게는 얘기할 수 없어요."

클라라가 대꾸했다.

"좋아요. 소중하게 잘 간직해 두세요."

폴이 말했다.

클라라는 얼굴을 붉히며 입술을 깨물었다.

"실은…… 여공들 때문이에요."

"여공들이 왜요?"

폴이 의아하다는 듯 물었다.

"모두들 벌써 한 일주일째나 무슨 일을 꾸미고 있어요. 오늘은 유난히 심한 것 같았어요. 모두들 나한테는 비밀로 하고서 나를 모욕하고 있어요."

"그래요?"

폴은 관심을 가지고 물었다.

"모두가 비밀을 가지고 있다는 걸…… 내 코앞에 일부러 들이대지만 않았어도 난 조금도 상관 않겠어요."

클라라는 화가 난 목소리로 말했다.

"여자들이 할 만한 방식이군요."

폴이 말했다.

"그들의 고소하다는 듯한 눈초리에는 오싹해져요."

클라라가 격한 어조로 말했다. 폴은 잠자코 있었다. 그는 여공들이 고소해하는 것이 무엇인지 알고 있었다. 그는 자기가 이 불화의 원인임을 미안하게 생각했다.

"모두들 아무리 비밀을 가져도 상관없어요."

클라라는 분한 듯이 생각에 잠겨 말을 계속했다.

"하지만 그것을 보란 듯이 자랑삼아 일부러 내게 소외감을 느끼게 하지 않아도 될 텐데. 그런 건 정말 참을 수 없어요."

폴은 잠시 생각했다. 그의 마음은 몹시 흔들렸다.

"내가 사실을 전부 얘기할게요."

폴이 창백한 낯으로 애를 태우며 말했다.

"오늘이 내 생일이에요. 그래서 여공들이 돈을 모아 멋진 물감을 사주었거든요. 그들은 당신을 질투하고 있어요."

폴은 '질투'라는 말에 클라라가 몸을 도사리는 것을 느꼈다.

"그 이유는 내가 이따금 당신에게 책을 갖다 주기 때문이에요."

폴이 천천히 덧붙였다.

"하지만 그건 시시한 이야기예요. 그런 일로 신경 쓰지는 말아요. 알았죠? 왜냐하면……."

그가 재빨리 웃고는 다시 계속했다.

"글쎄, 그녀들은 이겼다고들 생각하고 있지만 지금 우리가 여기 있는 걸 본다면 뭐라고 할까요?"

클라라는 두 사람의 다정함을 저속한 말로 표현하는 폴에게 화가 났다. 그러나 그가 너무 조용했기 때문에 엄청난 인내심을 발휘하여 폴을 응시해 주었다.

그들은 두 손을 성벽의 거친 돌난간 위에 올려놓았다. 폴은 어머니에게 물려받은 균형 잡힌 몸매를 가지고 있었으며 손은 자그마하고 활력에 넘쳤다. 클라라의 손은 큰 몸에 어울리게 컸으며 하얗고 힘차게 보였다. 그 손을 보았을 때 폴은 무엇인가를 깨달았다.

'그녀는 자기 손을 잡아줄 누군가를 원하고 있다! 남자를 멸시하는 것처럼 보이지만 사실은 그렇지 않다.'

폴은 자기 자신에게 말했다.

한편 클라라의 눈에는 마치 자기를 위해서 존재하는 것처럼 보이는 따뜻하고 생기 넘치는 폴의 두 손 말고는 아무것도 보이지 않았다. 폴은 무뚝뚝한 표정으로 풍경을 바라보며 생각에 잠겨 있었다. 그 경치에서 작고 흥미로운 여러 가지 모양을 한 형체들이 차츰 사라져버렸다. 남아 있는 것은 슬픔과 비극의 아득하게 넓고 암담한 모체였다. 집들과 강변과 사람과 새 등 모든 것 안에 그것과 같은 것이 존재하고 있었다. 그것들은 다만 모습만 다를 뿐 실은 같은 것이었다. 그러나 이제 그 외형도 소멸해 버린 것처럼 보였다. 남은 것이라고는 오직 이 풍경을 이루고 있는 하나의 덩어리, 갈등과 고통의 암담한 덩어리뿐이었다. 조던 사의 여공들도 그의 어머니도 우뚝 솟아 있는 거대한 교회도 덤불 같은 시내도 모두 하나의 분위기─모든 게 어둡고 침울하고 슬픔에 찬─속에 파묻히고 없었다.

"지금 2시를 치는 거예요?"

클라라가 깜짝 놀라서 말했다. 폴도 종소리에 깜짝 놀라 제정신으로 돌아왔고, 모든 사물은 다시 형태를 나타내고 각각의 개성과 망각성과 즐거움을 되찾았다.

두 사람은 재빨리 공장으로 돌아갔다.

폴이 패니의 작업실에서 올라온 다리미질 냄새가 나는 제품을 저녁 배송시간에 늦지 않게 하려고 분주하게 검사하고 있을 때 야간 우체부가 들어왔다.

"폴 모렐 씨."

우체부가 웃으면서 폴에게 소포를 하나 건네주었다.

"여자 분의 필체예요. 행여 여공들 눈에는 띄지 않게 하세요."

우체부도 여공들에게 인기가 많았지만 폴이 그녀들에게 인기가 높은 것에 대해 놀리기를 좋아했다.

그것은 짤막한 편지가 곁들여진 한 권의 시집이었다.

　　　이 시집을 보냄으로써 제 자신의 고독을 달래는 것을 용서하세요. 당신의 생일을 축하하며 건강을 빌어요. C. D.

폴은 얼굴이 새빨개졌다.

'맙소사, 클라라 도스! 이런 걸 부칠 여유가 없었을 텐데…… 그녀에게 이런 걸 받으리라고는 상상도 못했어.'

폴은 별안간 격한 감동에 사로잡혔다. 그는 클라라의 따뜻함을 온

몸에 흠뻑 느꼈다. 그 감격으로 그는 마치 클라라가 그곳에 있어서 그녀를 만지고 느낄 수 있는 것 같았다. 그녀의 팔이며 어깨며 가슴을 보고 그것을 만지고 느끼고 안고 있는 듯한 느낌마저도.

이 일은 두 사람의 사이를 한층 더 가깝게 만들었다. 다른 여공들은 폴이 클라라를 만나면 그의 눈초리가 달라지고 그녀들조차 알 수 있는 일종의 독특하고 생기에 가득 찬 인사를 하는 것을 깨달았다. 클라라는 이러한 사실을 폴이 인식하지 못한다는 것을 알고 그에게 응대하지 않았고, 어떤 때는 그가 방에 들어와도 아는 체하지 않고 외면했다.

두 사람은 점심시간에 곧잘 함께 외출했다. 두 사람의 교제는 꽤 공공연하고 솔직한 것이었다. 폴이 자신의 감정을 전혀 인식하지 못하고 있다는 것은 모두들 알고 있었다. 또한 그는 클라라와 가까이 지내는 것이 조금도 잘못이 아니라고 생각하는 것 같았다. 그는 클라라와 이야기할 때 옛날 미리엄과 이야기할 때처럼 열의가 섞인 투로 말했지만 이야기 내용은 그다지 개의치 않았다. 그는 이야기의 결론이 어떻게 될 것인지는 상관하지 않았다.

10월의 어느 날, 폴과 클라라는 램블리까치 차를 마시러 나갔다. 언덕 위에서 두 사람은 갑자기 멈춰 섰다. 폴은 목장의 울타리에 올라가서 나무 위에 앉았고 클라라는 울타리의 계단에 걸터앉았다. 아주 고요한 오후였다. 희미하게 아지랑이가 끼고 노란 보리다발이 반짝이고 있었다. 두 사람은 조용히 앉아 있었다.

"몇 살에 결혼했어요?"

폴이 조용히 입을 열었다.

"스물두 살이에요."

클라라의 음성은 유순할 정도로 부드러웠다. 그녀는 지금 같으면 그에게 무엇이든 말할 것 같았다.

"8년 전이군요?"

"그래요."

"그리고 언제 그와 헤어졌어요?"

"3년 전."

"5년 동안이군요! 결혼할 때는 그를 사랑했나요?"

클라라는 잠시 말이 없다가 이윽고 천천히 말문을 열었다.

"그렇다고 생각했어요……. 그런 건 별로 깊이 생각하지 않았어요. 그이가 나를 원했거든요. 그때 난 고상한 숙녀인 척했었죠."

"그럼 아무 생각도 없이 결혼 생활에 들어갔던 거군요."

"그래요. 난 지금까지 쭉 잠을 자 온 것만 같아요."

"몽유병자란 말이죠? 그래…… 언제 눈을 떴어요?"

"어릴 때부터…… 한 번이라도 잠을 깬 적이 있는지, 아니면 눈을 뜨고 있는 건지 모르겠어요!"

"여자로 성장하면서부터 잠을 자게 되었단 말이에요? 이상해요. 그럼 그는 당신을 깨우지 않았어요?"

"깨우지 않았어요. 그가 그곳까지 온 적은 한 번도 없어요."

클라라는 단조로운 음성으로 대답했다.

벌거숭이 들장미 열매가 빨갛게 달려 있는 산울타리 위로 갈색 새가 날아갔다.

"어디까지 말이에요?"

폴이 물었다.

"내가 있는 곳까지요. 그이가 내게 진정 소중한 존재였던 적은 한 번도 없었어요."

참으로 고요하고 아지랑이가 낀 따뜻한 오후였다. 푸른 아지랑이 속에서 농가의 빨간 지붕이 불타는 것 같았다. 폴은 이 날이 마음에 들었다. 그는 그녀가 하는 말의 의미는 느낄 수 있었지만 이해할 수는 없었다.

"어째서 그와 헤어졌어요? 고약한 사람이었나요?"

클라라는 가볍게 몸서리를 쳤다.

"그인, 그인 날 타락시켰어요. 그인 날 손아귀에 넣을 수 없으니까 나를 괴롭히려고 했어요. 그래서 난 꽁꽁 묶이고 속박당한 것 같아서 달아나고 싶어졌던 거죠. 그이가 비열한 사람 같이 생각됐어요."

"알겠어요."

하지만 폴은 전혀 알지 못했다.

"그는 항상 비열했나요?"

폴이 물었다.

"음…… 좀."

클라라는 천천히 대답했다.

"그리고 정말 나를 전혀 알지 못하는 것 같았어요. 그이는 짐승처럼 되었고…… 난폭했어요."

"어째서 결국 헤어지게 된 거죠?"

"글쎄…… 그건 나를 배신했기 때문이었어요."

두 사람은 잠시 아무 말도 없이 잠자코 있었다. 클라라는 한쪽 손을 문기둥에 얹고 균형을 유지하고 있었다. 폴은 그 손 위에 자기 손을 갖다 얹었다. 그의 심장이 무섭게 뛰었다.

"그렇지만…… 당신은 한 번이라도…… 그런 기회를 준 적이 있어요?"

"기회라뇨? 무슨 기회 말이에요?"

"당신 곁에 올 기회 말이에요."

"난 그이와 결혼한 몸이었어요…… 언제든지……."

두 사람 모두 냉정한 목소리로 말하려고 애를 썼다.

"그가 당신을 사랑한 건 분명해요."

폴이 말했다.

"그런 것 같아요."

클라라가 대답했다. 폴은 손을 떼려고 했지만 그럴 수 없었다. 이 내 클라라가 자기 손을 빼서 도와주었다. 한동안 잠자코 있던 폴은 다시 말문을 열었다.

"이제 당신은 그에게는 전혀 관심이 없어요?"

"그이 쪽에서 나갔는걸요."

"그를 당신에게 없어서는 안 될 사람으로 만들 수는 없었기 때문 이군요."

"그인 그렇게 생각하게 하려고 날 괴롭혔던 거예요."

이런 이야기는 두 사람 모두를 수렁에 빠지게 했다. 갑자기 폴이 울타리에서 훌쩍 뛰어내렸다.

"자, 차나 마시러 가요."

폴이 말했다. 두 사람은 작은 찻집을 발견하고 시원한 방으로 들 어가 앉았다. 폴에게 차를 따라주는 클라라는 매우 조용했다. 폴은 클라라가 다시 자기에게서 멀어진 것 같은 느낌이 들었다. 차를 마신 다음 클라라는 내내 결혼반지를 만지작거리면서 생각에 잠겨 찻잔을 응시했다. 그녀는 아무런 생각 없이 손가락에서 반지를 뽑아 탁자 위에 세우고 팽이처럼 돌리자 금반지는 투명하고 반짝이는 공 처럼 빙그르르 원을 그리며 돌았다. 그러고는 쓰러져 탁자 위에서 파르르르 떨었다. 클라라는 몇 번이나 되풀이해서 반지를 돌렸고 폴 은 그것에 매혹되어 지켜보고 있었다.

클라라는 결혼한 여자였기 때문에 폴은 두 사람 사이의 감정을 단 순한 우정이라고 믿었다. 그리고 그녀에 대해 전혀 부끄러울 것이 없다고 생각했다. 그것은 품위 있는 사람들이 가질 수 있는 남녀 간 의 우정에 불과한 것이었다.

폴은 그 또래의 많은 청년들과 다를 바 없었다. 성(性)이라는 문제가 그의 내부에서 매우 복잡해져 그는 클라라고 미리엄이고 그밖에 알고 있는 어떤 여자에 대해서도 성적인 대상으로 원할 수 있다는 것을 부정하려 들었다. 성적 욕망은 여자에게 속한 것이 아니라 일종의 초연한 것으로 생각했다. 그는 미리엄을 정신적으로 사랑했다. 클라라를 생각하면 몸이 뜨거워졌으며 마치 자기 마음속에서 만들어진 것처럼 그녀의 가슴과 어깨 곡선을 잘 알고 있었지만 성적으로 원하지는 않았다. 그는 그것을 영원히 부정하고 싶었다. 폴은 사실상 자신이 미리엄에게 묶여 있다고 생각했고, 언젠가 결혼을 한다면 미리엄과 결혼하는 것이 자신의 의무라고 생각했다. 그는 그런 이야기를 클라라에게 하고 싶었지만 그녀는 아무 말도 하지 않고 그의 생각에 맡겨두었다.

폴은 항상 틈만 나면 클라라를 찾아갔다. 또한 미리엄에게 자주 편지를 보내고 간혹 찾아가기도 했다. 이렇게 그는 겨울을 보냈다. 그러나 별로 초조해하는 것 같지는 않았다. 모렐 부인은 폴에 대해 안심하고 있었다. 그녀는 아들이 미리엄에게서 점점 멀어져 가고 있다고 생각했다.

미리엄은 이제 클라라의 매력이 폴에게 얼마나 강렬한 것인가를 알았다. 그럼에도 그녀는 폴에게 있는 최선의 것이 승리를 얻으리라고 확신했다. 클라라 도스에 대한 그의 감정은 자신에 대한 사랑에 비하면 얕고 일시적인 것이며, 게다가 그녀는 결혼한 여자였다. 미리엄은 폴이 자기에게 돌아오리라고 확신하고 있었다. 이전과 같은 싱그러움은 약간 줄어들었겠지만 자기 이외의 다른 여자가 줄 수 있는 그다지 중요하지 않은 것들에 대한 그의 갈증은 사라져서 돌아올 것이다. 그가 마음속으로 진실히 대해 오고 반드시 돌아와주기만 한다면 그녀는 모든 것을 참을 수 있을 것 같았다.

폴은 자기 입장에서 이상한 것은 조금도 깨닫지 못했다. 미리엄은 그의 오랜 친구이자 연인이었으며 베스트우드의 집과 자신의 청춘에 결부되어 있었다. 클라라는 새로운 친구였으며 노팅엄 시와 삶과 세상에 속해 있었다. 그것은 폴에게 당연한 일로 생각되었다.

클라라와 폴 사이에는 서로 만나지 않는 냉담한 시기가 몇 차례 있었지만 언제나 다시 다정한 사이로 돌아갔다.

"당신은 백스터 도스가 무서웠어요?"

폴이 클라라에 물었다. 이 문제가 그를 괴롭히는 일인 것 같았다.

"어떤 일로 말이에요?"

"글쎄. 잘 모르겠지만, 당신은 그런 사람쯤은 무섭지 않았겠죠? 당신 쪽에서 그를 산산조각 나게 부숴버린 건 아니에요?"

"어떻게, 기도라도 드려서요?"

"그가 자기는 아무런 가치도 없는 인간이라고 느끼게 하는 거죠. 난 알아요."

폴은 단언했다.

"당신은 매우 영리하군요."

클라라가 쌀쌀맞게 대꾸했다.

대화는 그것으로 끊어졌다. 그 이후 클라라는 한동안 폴에게 냉담했다.

요즘 클라라는 미리엄을 거의 만나지 않았다. 두 여자의 우정이 끊어진 것은 아니지만 상당히 약해져 있는 것은 사실이었다.

"일요일 오후의 음악회에 오시겠어요?"

크리스마스 다음날 클라라가 폴에게 물었다.

"윌리 농장에 가기로 했는데……."

폴은 대답을 흐렸다.

"그럼 할 수 없죠."

"그렇다고 화를 내지는 않겠죠?"

"내가 왜 화를 내요?"

클라라의 대답은 폴을 당혹스럽게 만들었다.

"미리엄과 나는 내가 열여섯 살 때부터 오래 사귄 사람들이에요. 벌써 7년이나 되었어요."

"오랜 시간이군요."

"그런데 어쩐 일인지…… 미리엄과는 잘 되어 가질 않아요……."

"어떻게요?"

클라라가 물었다.

"미리엄은 나를 잡아당기고 또 잡아당기지만, 내 머리카락 하나라도 자유롭게 떨어지거나 날아가 버리게 내버려두지 않으려고 해요……. 그녀는 단단히 붙잡으려고 하죠."

"하지만 당신은 붙잡혀 있는 걸 좋아하잖아요."

"아니, 그렇지 않아요. 난 주기도 하고 받기도 하는 정상적인 사랑을 원해요. 당신과 내 사이처럼 말이에요. 나는 여자가 나를 소중히 생각해 주는 것은 좋지만 나를 자기 주머니 속에 집어넣으려고 하는 것은 싫어요."

"그렇지만 당신이 미리엄을 사랑한다면 나와 당신처럼 평범하게 지낼 수는 없겠죠."

"아니, 그 편이 더욱 미리엄을 사랑할 수 있을 거예요. 그녀는 내가 더 이상 나를 줄 수 없게 될 만큼 나를 원해요."

"당신을 어떻게 원하죠?"

"내 몸에서 영혼을 떼어가고 싶어 해요. 그래서 나는 아무래도 그녀에게서 달아나고 싶어져요."

"하지만 당신은 미리엄을 사랑하고 있는 거예요!"

"아니에요. 난 사랑하지 않아요. 난 미리엄에게 키스도 하지 않은 걸요.”

“왜요?”

클라라가 물었다.

“모르겠어요.”

폴이 대답했다.

“두려운 모양이군요.”

“그렇지 않아요. 다만 내 안에 있는 그 무엇이 지옥에서 뒷걸음치듯 달아나려고 하는 거예요……. 나보다 미리엄이 더 훌륭한데도 말예요.”

“미리엄이 어떤 사람인지 당신이 어떻게 알아요?”

“난 알아요. 그녀가 바라는 건 일종의 영적인 결합이라는 걸 난 알고 있어요.”

“하지만 그녀가 무엇을 원하는지 어떻게 알죠?”

“7년이나 만나온 사이니까요.”

“그런데도 당신은 미리엄에 대해 가장 기본적인 것도 모르고 있군요.”

“그게 뭐예요?”

“그녀는 당신과의 영적인 교류 같은 건 전혀 바라고 있지 않아요. 그건 당신 자신의 상상일 뿐이에요. 그녀는 당신을 원하고 있어요.”

폴은 그녀의 말을 곰곰이 생각해 보았다. 어쩌면 자기가 틀렸는지도 모를 일이었다.

“하지만 미리엄은 어쩐지…….”

“당신은 아직 시도해 본 적도 없죠.”

클라라가 말했다.

11
미리엄의 시련

봄이 오자 또다시 예전과 같은 광기와 싸움이 시작되었다. 폴은 이제 미리엄을 만나러 가지 않을 수 없음을 알았다. 그러나 왜 이렇게 마음이 무거운 것일까? 그것은 자기나 미리엄의 성적 결벽성이 너무 강해서 그것을 뚫고 나갈 수 없는 것이라고 생각했다.

폴은 미리엄과 결혼할 수도 있었다. 그러나 집안 형편 때문에 곤란했고 또한 그는 아직 결혼 자체를 원하지 않았다. 결혼은 생애에 걸친 것이므로 그와 미리엄이 친밀한 사이라고 하더라도 두 사람이 그대로 부부가 되어야 한다고는 생각하지 않았다. 그는 자기가 미리엄과의 결혼하기를 원한다고 느끼지 않았다. 그는 자기가 그렇게 느끼면 얼마나 좋을까 생각했다. 미리엄과 결혼하여 그녀를 자기 것으로 만들고 싶다는 즐거운 욕망을 느낄 수만 있다면 어떤 희생이라도 감수했을 것이다. 그렇다면 어째서 그런 기분으로 내디딜 수 없는 것일까? 거기에는 장애가 있기 때문이었다. 그 장애란 무엇인가? 그것은 육체적인 결합이었다. 그는 육체적 관계에 대해 생각하면 움츠러들었다. 그러나 왜? 그는 미리엄에게 내면적인 속박을 느꼈기 때문이다. 그는 거기서 벗어나서 그녀에게 다가갈 수 없었다. 무엇인가가 마음속에서 몸부림치고 있었지만 폴은 아무래도 그녀에게 손을 댈 수가 없었다. 그녀는 그를 사랑했다. 클라라는 미리엄이 자기를 원하고 있다고 말했다. 그렇다면 어째서 그는 미리엄에게 가서 사랑을 속삭이고 키스를 할 수 없는 것일까? 산책할 때 미리엄이 조심조심 팔짱을 껴오면 그는 왜 난폭하게 행동하려다가도 움츠러들고 마는 것일까?

폴은 미리엄에게 의지하여 살고 있었고 미리엄의 것이 되어버리고 싶었다. 아마 그가 아무리 해도 미리엄을 자기 것으로 만들지 못하는 것은 사랑을 몹시 소심하게 만드는 사랑의 시작에 있기 때문일 것이다. 그는 미리엄이 싫지 않았다. 아니, 싫기는커녕 매우 좋았다. 강렬한 욕망이 좀 더 강한 수줍음과 처녀성을 상대로 싸우고 있는 것이었다. 마치 두 사람의 처녀성이 보다 강한 힘으로 그 싸움에서 승리를 얻은 것 같았다. 그리고 미리엄과 함께 이런 기분을 극복하기는 곤란할 것으로 여겨졌다. 그러나 그는 미리엄과 가장 가까운 곳에 있었고 그녀와 함께여야만 이 상황을 돌파할 수 있었다. 뿐만 아니라 현재 이런 기분은 모두 미리엄 때문이었다. 그러므로 이 장애만 제거할 수 있다면 두 사람은 결혼할 수도 있었다. 그러나 그는 결혼에 큰 기쁨을 느낄 수가 없다면 결혼하지 않을 생각이었다. 절대 생각지 않았다. 그런 결혼은 어머니의 얼굴을 바로 볼 수 없는 것이다. 그는 원하지 않는 결혼으로 자기를 희생하는 것은 타락이며 자기 일생을 말살하고 허무하게 만드는 짓이라고 생각했다. 그는 자기 소신대로 해볼 작정이었다.

그런 이유로 폴은 할 수 있는 한 미리엄에게 다정하게 대해 주었다. 그녀는 언제나 자기의 종교를 꿈꾸면서 슬픈 표정을 짓고 있었다. 그리고 미리엄에게 있어 그는 그녀의 종교라고 해도 좋았다. 그런 그녀를 잃는 것은 참을 수 없었다. 만약 두 사람이 노력한다면 모든 게 해결될지도 몰랐다.

폴은 주위를 둘러보았다. 그가 알고 있는 올바른 남자란 대개 그와 마찬가지로 뚫지 못하는 자신들의 순결에 묶여 있었다. 그들은 사랑하는 여자들에게 너무 민감했기 때문에 그들을 다치게 하거나 옳지 못한 짓을 하느니 차라리 깨끗이 헤어지고 마는 게 낫다고 생각했다. 그들의 아버지가 이성이 없는 짐승처럼 어머니가 가진 여성의 신성함을 처참하게 짓밟는 것을 보고 자랐으므로 그들 자신은 너무도 소심하고 조심스러워져 있었다. 그들은 여자에게 비난을 받기보다는 차라리 자신의 욕망을 죽이는 쪽을 감수했다. 여자는 그들의 어머니와 같은 존재였고 그들에게는 어머니의 기분이 잘 이해되었다. 그들은 사랑하는 여자를 괴롭게 하기보다는 독신의 적적함을 견디는 편이 더 낫다고 생각했다.

폴은 다시 미리엄에게로 돌아갔다. 그녀를 만나고 보니 미리엄에게는 무엇인가 그의 눈물을 자아내게끔 하는 것이 있었다. 어느 날 그는 미리엄 뒤에 서서 그녀가 노래하는 것을 듣고 있었다. 애니가 피아노를 연주해 주고 있었다. 노래를 부르는 미리엄의 입가에는 절망감이 깃들어 있었다. 그녀는 하늘을 향해 노래를 부르고 있는 수녀와도 같았다. 그 모습을 보면서 폴은 보티첼리의 마돈나 곁에서 노래하는 수녀의 신앙심 깊은 눈과 꼭 같다고 생각했다. 다시 또 불에 달은 쇠처럼 뜨거운 고통이 그의 마음속에서 일었다.

어째서 그는 미리엄에게 다른 것을 요구해야만 하는가? 어째서 그는 피를 끓여 가며 미리엄과 싸워야 하는가? 만약 자기가 언제나 미리엄에게 부드럽고 상냥하게 대하고 그녀의 환상과 종교적인 꿈의 분위기에 함께 잠길 수만 있다면 다정한 교제를 이어갈 수도 있었을 것이다. 그녀에게 상처를 입히는 것은 옳은 일이 아니었다. 그녀의 어머니도 그랬다. 갑자기 레이버스 부인의 까닭 모를 공포에 부딪쳐 겁에 질린 것 같은 커다란 갈색 눈이 떠올랐다. 그녀는 이미 일곱 명의 아이를 낳았지만 아직 그 젊음을 완전히 잃지 않은 처녀처럼 보였다. 아이들은 어머니와는 아무 관계도 없이, 그녀가 낳았다기보다 그녀에게 태어나기 위해서 태어난 것 같았다. 그녀는 한 번도 아이들을 자기 것으로 소유한 적이 없었으므로 그들이 떠나도록 절대로 내버려둘 수가 없었다.

모렐 부인은 폴이 또다시 미리엄에게 자주 가는 것을 보고 깜짝 놀랐다. 폴은 어머니에게 아무 말도 하지 않았다. 설명도 변명도 하지 않았다. 밤늦게 돌아와서 어머니에게 꾸지람을 들으면 그는 얼굴을 찡그리고 위압적인 태도로 대들었다.

"제가 돌아오고 싶을 때 올 거예요. 이제 어린애가 아니니까요."

"미리엄은 이 시간까지 널 잡아두어야만 하니?"

"잡아둔 게 아니고 내가 있고 싶어서 있었던 거예요."

"그 애는 너한테 가라고 하지도 않는단 말이지? 아무튼 잘하는 짓이구나."

모렐 부인은 폴을 위해 문을 잠그지 않은 채 잠자리에 들었다. 그러나 그녀는 아들이 돌아올 때까지 누워서 귀를 기울이고 있었다. 때로는 몹시 늦어질 때도 있었다. 폴이 다시 미리엄에게 가기 시작한 것은 그녀에게는 매우 괴로운 일이었다. 그러나 그녀는 더 이상 간섭을 해봤자 소용없다는 것을 깨달았다. 폴은 소년이 아니라 한 사람의 남자로 윌리 농장에 가는 것이 아닌가. 이제 그녀는 아들을 자기 마음대로 할 권리가 없었다. 어머니와 아들 사이에는 싸늘한 기운이 감돌았다.

폴은 어머니에게 거의 아무런 이야기도 하지 않았다. 그녀는 아들에게 버림받은 듯한 기분으로 아무 말 없이 음식을 만들어주기도 하고 시중을 들어주고 아들을 위해 노예같이 일하는 데 만족했다. 그러나 모렐 부인의 얼굴은 가면을 쓴 것처럼 표정을 잃고 말았다. 이제 집안일 외에 그녀가 할 일은 아무것도 없었다. 아들은 그밖에 모든 것을 미리엄에게 얻으려 하고 있었다. 그녀는 그를 용서할 수 없었다. 미리엄은 폴을 우울한 인간으로 만들어버리고 그에게서 안정감을 없애버렸다. 그는 매우 명랑하고 따뜻하며 사랑이 넘치는 청년이었다. 하지만 요즘 그는 냉정하고 작은 일에도 화를 잘 내고 우울해졌다. 그녀는 폴이 윌리엄을 닮아간다고 생각했다. 그의 태도는 격렬하고 자기가 하는 짓을 분명히 의식하고 있었다. 어머니는 아들이 여자를 필요로 하며 고통받고 있음을 알았고 그가 미리엄에게 가는 이유도 알고 있었다. 그가 어떤 결심을 했다면 하늘이 무너진다 해도 그의 마음을 돌릴 수는 없었다. 지쳐버린 모렐 부인은 마침내 체념하기 시작했다. 그녀는 무용지물이었다. 아니 오히려 방해물이었다.

폴은 결심했다. 어머니가 어떻게 생각하는지는 대강 짐작하고 있었으나 그것은 그의 마음을 더욱 굳게 할 뿐이었다. 그는 어머니의 기분에 대해 무관심해졌다. 그것은 자기 건강에 대해 무관심해진 것이나 다름없었다. 그것은 그를 안쪽으로부터 파괴해 갔다. 그래도 그는 자기 마음을 바꾸려고 하지 않았다.

어느 날 저녁 폴은 윌리 농장의 안락의자에 앉아 있었다. 그는 몇 주째 미리엄과 이야기를 해왔지만 아직 중요한 이야기를 꺼내지는 못했다. 그는 느닷없이 말했다.

"난 곧 스물네 살이 돼."

미리엄은 깊은 생각에 잠겨 있던 중이었다. 그녀는 깜짝 놀라서 얼른 그를 쳐다보았다.

"응! 그런데 왜 그런 말을 하는 거야?"

긴장된 분위기 속에 무엇인가가 있었다.

"토머스 모어[19] 경이 말하기를, 스물네 살이면 결혼을 해도 좋다고 했어."

"결혼하는 데 토마스 모어 경의 승인이 필요한가?"

미리엄이 어색하게 웃으면서 말했다.

"그런 게 아니라, 누구든 내 나이쯤 되면 결혼을 해야 한다는 말이야."

"그래."

미리엄은 생각에 잠긴 듯이 대답하고 다음 말을 기다렸다.

"나는 너와 결혼할 수는 없어."

폴은 천천히 말을 이어갔다.

"지금은 안 돼. 우리는 돈이 없고 또 우리 집은 내게 의지하고 있으니까."

미리엄은 그가 무슨 말을 꺼내려는지 어렴풋이 짐작했다.

"그렇지만 난 지금 결혼하고 싶어……."

"결혼하고 싶다고?"

미리엄은 그의 말을 되풀이했다.

"어떤 여자하고 말이야……. 내 말을 알겠지?"

미리엄은 잠자코 있었다.

"이제 난 결혼을 해야만 해."

"그래."

"그런데 넌 나를 사랑하고 있어?"

미리엄은 괴로운 듯이 웃었다.

"어째서 넌 사랑하는 걸 수치스럽게 여기지? 신 앞에서도 수치스러워하지 않으면서 왜 사람들에겐 그러는 거야?"

"아니야, 난 수치스럽지 않아."

---

19) 토머스 모어(Thomas More, 1478~1535). 영국의 정치가이자 저술가이며 가톨릭교회의 성인이다. 저서로 〈유토피아〉 등이 있다 - 옮긴이

미리엄이 신중하게 대답했다.

"아니, 넌 그래."

폴은 괴로운 듯이 말을 이었다.

"그러나 그것은 내 잘못이야. 하지만 난 어쩔 수도 없어……. 난 그런 인간이야……. 이해해 주겠지?"

"그래, 알아."

미리엄이 대답했다.

"난 널 미치도록 사랑해……. 하지만 그러면서도 어딘가에 부족한 것이 있는 것 같아."

"어디에?"

미리엄은 폴을 마주보면서 반문했다.

"내 마음속에 말이야! 나야말로 수치스러워해야 할 사람이지. 나는 정신적인 불구자야. 그래서 부끄러워. 불쌍한 일이야. 어째서 그럴까?"

"난 모르겠어."

미리엄이 대답했다.

"나도 모르겠어."

폴도 같은 말을 되풀이했다.

"우리가 소위 순결이란 문제를 지나치게 엄격히 지켜왔다고 생각하지 않아? 이렇게까지 그것을 두려워하고 회피하는 것은 오히려 일종의 불결한 짓이라고 생각하지 않아?"

미리엄은 까만 눈으로 놀란 듯이 폴을 바라보았다.

"넌 그런 문제에는 언제나 뒷걸음질치고 나 또한 너의 영향으로 그렇게 되었지……. 아마 그래서 더 나빠졌을 거야."

방 안에는 잠시 침묵이 흘렀다.

"그래, 그럴지도 모르지."

미리엄이 먼저 말문을 열었다.

"우린 몇 해 동안이나 다정하게 지내왔어. 네 앞에서 난 있는 그대로의 나를 보여줬어. 알겠어?"

"그래."

미리엄은 대답했다.

"넌 나를 사랑하니?"

미리엄은 웃었다.

"기분 나쁘게 생각하지는 마."

폴은 애원했다. 미리엄은 그를 바라보고 가엾게 느꼈다. 그의 눈은 고통으로 인해 암담했다. 이러한 편협한 사랑에 그녀보다 그가 더 괴로워했던 것이다. 그녀는 폴에게 평범한 애인이 되어줄 수 없었다. 그는 항상 불안정하게 앞으로 나가면서 어디론가 벗어날 곳을 찾으려 했다. 그는 하려고만 생각하면 자기가 바라는 대로 할 것이며 미리엄에게도 그렇게 해달라고 할 것이다.

"아냐, 기분 나쁘게 생각지는 않아."

미리엄은 상냥하게 말했다. 그녀는 폴은 위해서라면 어떤 일도 참을 수 있을 것만 같았고 그 대신 고통을 받아도 좋았다. 그녀는 앞으로 몸을 숙이고 앉아 있는 폴의 무릎 위에 손을 얹었다. 폴은 그 손에 키스를 했지만 그런 행동은 그의 마음을 상하게 했다. 그는 참된 자기를 밀어내버린 것처럼 느꼈다. 여기 있는 자기는 그녀의 순결성의 희생양이며 아무것도 아닌 존재인 것 같았다. 미리엄의 손에 정열적인 키스를 하면 그녀는 달아나버리고 남는 것은 고통밖에 없을 뿐인데 어떻게 그런 짓을 할 수 있겠는가? 그러나 그는 천천히 그녀를 끌어당겨 입을 맞추었다.

두 사람은 서로를 너무 잘 알았기 때문에 진실이 아닌 것을 가장할 수 없는 처지였다. 미리엄은 키스하면서 폴의 눈을 가만히 바라보았다. 그의 눈은 방 저편을 향해 있었고 그 독특한 어두운 눈빛은 그녀의 마음을 매혹시켰다. 그는 꼼짝도 하지 않았다. 미리엄은 폴의 심장이 무겁게 고동치는 것을 알 수 있었다.

"무슨 생각을 하고 있어?"

미리엄이 물었다. 폴의 눈 속에 불꽃이 강렬하게 떨렸다.

"난 그동안 널 사랑하고 있다고 주욱 생각해 왔지. 나는 고집쟁이 였어."

미리엄은 폴의 가슴에 얼굴을 묻었다.

"그래."

미리엄은 대답했다.

"그게 전부야."

폴의 목소리는 분명했다. 그리고 그의 입술은 미리엄의 목에 키스하고 있었다.

미리엄은 고개를 들고 사랑이 넘치는 눈으로 폴의 눈을 들여다보았다. 그의 눈 속의 불꽃은 그녀에게서 달아나려고 몸부림을 치는 것 같더니 그만 사라지고 말았다. 폴의 영혼은 급히 고개를 돌려버렸다. 그것은 고뇌의 순간이었다.

"키스해 줘, 응?"

미리엄이 속삭였다. 폴은 두 눈을 감고 그녀에게 키스했다. 그리고 그의 팔은 그녀를 자기 쪽으로 점점 끌어당겨 안았다.

미리엄이 폴을 배웅하기 위해 들판을 걷고 있을 때 그가 말했다.

"너에게 다시 돌아온 게 나는 기뻐. 너와 함께 있으면 나는 무척 고분고분해지는 것 같아……. 아무것도 숨길 것이 없는 기분이라고 할까. 우린 행복할 수 있겠지?"

"그래."

중얼거리는 미리엄의 눈에는 눈물이 고였다.

"우리 마음속에 어떤 고집이 있어서 우리가 진정으로 원하는 것을 필요 없는 것으로 생각게 하고 또 회피하게 하는 거야. 우리는 그런 것과 싸워야만 해."

"그래."

미리엄은 대답하면서도 정신이 아찔해 오는 것을 느꼈다. 그녀가 길가의 어둠 속에 서 있는 산사나무의 늘어진 가지 밑에 섰을 때 폴은 그녀에게 키스했고, 손가락으로 그녀의 얼굴을 어루만졌다. 볼 수는 없고 만져야만 느낄 수 있는 새까만 어둠 속에서 그의 몸은 열정으로 가득 찼다. 그는 미리엄을 꼬옥 껴안았다.

"언젠가는 나를 네 것으로 만들어주겠지?"

폴은 그녀의 어깨에 얼굴을 묻고 속삭이듯 말했다. 그는 가까스로 그렇게 말했다.

"아직은 안 돼."

미리엄의 대답에 폴의 희망과 기분은 풀이 죽어버렸다. 삭막함이 그의 마음을 뒤덮었다.

"아냐."

폴이 말했다. 그녀를 껴안은 그의 팔이 느슨해졌다.

"난 네 팔을 이렇게 느끼는 게 좋아."

미리엄은 그의 팔을 자기 등과 옆구리쯤에 가져다 댔다. 그의 팔은 미리엄의 허리를 감았다.

"그렇게 해주면 편해."

폴은 미리엄을 편하게 해주려고 허리의 가는 부분을 감고 있는 팔에 힘을 주었다.

"우린 서로에게 속해 있는 거지?"

폴이 말했다.

"그래."

"그런데 왜 완전히 서로의 것이 되면 안 되는 걸까?"

"하지만……"

미리엄은 어물거렸다.

"많은 것을 요구한다는 건 알고 있어……"

폴은 말을 시작했다.

"하지만 넌 그레첸[20]처럼 될 위험은 없어. 그 점에서는 나를 믿어도 될 텐데."

"널 믿을 수 있어."

미리엄은 즉시 크고 힘차게 대답했다.

"그런 게 아냐……. 조금도 그런 건 아니고…… 단지……"

"그럼 뭐지?"

미리엄은 작은 목소리로 슬픈 듯이 말하고 그의 어깨에 얼굴을 묻었다.

"모르겠어!"

미리엄은 소리를 질렀다. 그녀는 일종의 공포에 사로잡힌 듯 신경이 좀 날카로워진 것 같았다. 폴은 마음이 차분하게 가라앉았다.

"넌 그게 추악하다고 생각하는 건 아냐?"

폴이 물었다.

"아니…… 지금은 아냐. 그렇지 않다고 네가 가르쳐줬어."

"그럼 무서워?"

미리엄은 애써 자기 신경을 진정시켰다.

"응, 다만 두려울 뿐이야."

폴은 정답게 키스해 주었다.

"걱정할 건 없어. 네가 하고 싶은 대로 할 테니까."

---

20) Gretchen. 괴테가 지은 〈파우스트〉에 나오는 아름다운 처녀로 파우스트에게 버림을 받는다 – 옮긴이

갑자기 미리엄은 두 팔로 폴을 감아 안고 몸을 긴장시켰다.

"너에게 줄게."

미리엄은 이를 악물며 말했다. 폴의 심장은 다시 불이 붙은 것처럼 고동쳤다. 그는 그녀를 꼭 안고 그녀의 목에 입술을 묻었다. 그것을 견디지 못한 미리엄이 몸을 빼려고 하자 폴은 그녀를 놔주었다.

"늦지 않아?"

미리엄이 조용히 물었다. 하지만 폴에게는 그녀의 말 따윈 귀에 들어오지 않았다. 그는 한숨을 쉬었다. 미리엄은 그가 돌아가기를 바라면서 기다렸다. 마침내 폴은 그녀에게 날쌔게 키스를 하고 울타리를 뛰어넘었다. 폴이 되돌아 보니 늘어선 나뭇가지 밑 어둠 속에서 미리엄의 새하얀 얼굴이 흰 얼룩처럼 보였다. 거기 있는 건 이미 그녀가 아니라 그 새하얀 얼룩뿐이었다.

"안녕!"

미리엄은 낮은 음성으로 말했다. 그녀의 육체는 보이지 않고 오직 목소리와 희미한 얼굴만이 있을 뿐이었다. 폴은 돌아서서 그녀를 남겨두고 주먹을 꽉 쥔 채 큰길을 달려갔다. 호수를 내려다보는 돌담까지 오자 그는 맥이 빠진 것처럼 그곳에 기대어 서서 시커먼 수면을 내려다보았다.

미리엄은 들판을 지나 곧장 집으로 돌아왔다. 그녀는 남들이 뭐라고 하든 그런 것은 두려워하지 않았다. 그러나 폴과의 결말은 두려웠다. 분명히, 그가 끝까지 요구해 왔다면 허락해 줄 생각이었다. 그러나 이제 와서 생각해 보니 그녀의 마음은 무거워졌다. 그는 실망하고 만족할 수 없음을 깨닫고는 결국 그녀에게서 떠나버릴 것이다. 그러나 폴은 저렇게까지 원하고 있었다. 그녀에게는 중요하다고 생각되지 않는 욕망 때문에 두 사람의 사랑은 파멸되는 것이다. 결국 그도 다른 남자들과 마찬가지로 자기의 만족을 찾고 있을 뿐이었다.

하지만 폴에게는 무언가 그 이상의 것, 훨씬 더 깊은 무엇이 있었다. 그가 어떤 욕망을 가지고 있든 그것에 자신을 맡길 수 있었다. 폴은 상대를 소유하는 것이 삶의 중대한 요건이라고 말했다. 모든 강렬한 감정은 그것에 집중하는 것이라고. 어쩌면 그의 말이 옳을지도 모른다. 거기엔 무언가 신의 뜻과도 같은 것이 있다. 그렇다면 종교적인 기분으로 희생을 하자. 그에게 나를 주자. 이렇게 생각했을 때 그녀의 온몸은 마치 무엇에 저항이라도 하듯 저절로 딱딱하게 굳어버렸다. 그러나 삶이 이 고통의 문에서 그녀를 밀어내는 것이니 그것에 저항하는 것은 그만두자고 생각했다. 어쨌든 그것은 폴에게 그가 바라는 바를 주게 될 것이고 폴을 만족시키는 것은 그녀의 가장 큰 소원이기도 했다. 미리엄은 폴의 요구를 받아들이는 쪽으로 생각하고 생각하고 또 몇 번이나 고쳐서 생각했다.

그 뒤부터 폴은 미리엄에게 다른 연인들처럼 사랑을 요구하기 시작했다. 종종 그의 마음이 달아오르면 그녀는 폴을 밀어내고 두 손으로 그의 얼굴을 잡고 눈을 들여다보았다. 그는 그녀의 시선을 견뎌낼 수 없었다. 사랑에 넘쳐서 열렬하게 무엇을 찾고 있는 듯한 미리엄의 까만 눈은 그의 얼굴을 돌리게 했다. 단 한 순간도 그녀는 폴로 하여금 자신을 잊게 하지 않았다. 그러면 그는 다시 질려서 자기의 책임감과 그녀의 책임감을 생각하고 고민하기 시작했다. 그는 결코 마음을 늦출 수도 없고 크나큰 굶주림에 자신을 맡길 수도, 자기 자신을 잊을 수도 없었다. 그는 신중하고 사고하는 인간으로 되돌아와야만 했다. 마치 열정이 서서히 식은 때처럼 그녀는 폴의 마음을 되찾게 하고 그로 하여금 자기가 아무것도 아니라는 것과 다른 사람들과의 관계 같은 것을 깨닫게 했다. 그는 그것을 참을 수 없었다.

'나를 내버려둬! 날 혼자 내버려둬!'

폴은 그렇게 소리를 지르고 싶었다. 그러나 미리엄은 그의 사랑에 찬 눈길을 원했다. 그의 것 같지도 않은 욕정에 불타는 어두운 눈은 그녀의 것이 아니었다.

농장에서는 버찌가 대풍작이었다. 집 뒤에 있는 크고 높은 벚나무는 짙은 잎사귀 밑으로 빨간색과 진홍색 열매들을 빽빽하게 달고 있었다. 어느 날 저녁 무렵 폴과 에드거는 열매를 따고 있었다. 몹시 더운 날이었으나 그때는 따뜻해 보이는 구름이 하늘을 덮고 있었다. 폴은 빨간 지붕보다 높이 나무 위로 올라갔다. 끊임없이 바람이 불고 있는 나무는 피를 끓어오르게 하는 듯이 미묘하게 흔들리고 있었다. 가느다란 가지에 위태롭게 올라가 있던 폴은 약간 취한 것처럼 느낄 때까지 흔들리다가 밑에 있는 굵은 가지로 내려왔다. 그 가지에는 새빨간 구슬 같은 열매가 뭉쳐서 달려 있었다. 폴은 나뭇가지에 팔을 뻗어 매끄럽고도 싸늘한 열매를 한 움큼씩 계속해서 땄다. 그가 앞으로 몸을 내밀자 버찌들이 귀와 목을 간질이고 싸늘한 손끝 같은 그 감촉은 끓어오른 그의 피를 가라앉혔다. 금빛 나는 주홍색으로부터 진홍색에 이르기까지 여러 가지 색깔의 빨간 열매가 어두운 잎사귀 밑에서 빛나고 있었다.

저물어 가는 석양이 갑자기 갈기갈기 찢어진 구름을 던졌다. 황금빛의 거대한 구름덩이가 남동쪽 하늘에서 환히 불타오르고 부드럽게 빛나는 노란색으로 하늘 높이 퍼져갔다. 지금까지 그늘이 지고 침침했던 잿빛 세계가 놀란 듯이 그 황금빛을 되찾았다. 곳곳의 나무와 풀, 그리고 먼 곳의 물도 해질녘의 어둠 속에서 깨어나 빛나기 시작한 것처럼 보였다.

미리엄이 놀란 표정으로 집에서 나왔다.

"어머나, 정말 굉장해!"

미리엄이 부드러운 소리로 폴에게 말을 건넸다.

폴은 아래를 내려다보았다. 그녀는 금빛으로 살짝 반짝이는 부드러운 얼굴로 그를 쳐다보았다.

"정말 높이 올라갔네."

미리엄이 말했다. 그녀 곁에는 대황잎이 놓여 있고 그 위에는 과
실을 쪼아 먹다 총에 쏘여 죽은 새 네 마리가 놓여 있었다. 폴은 살
은 완전히 쪼아 먹히고 해골 같이 허옇게 씨만 남아 달랑달랑 달려
있는 것을 보았다. 그는 다시 아래에 있는 미리엄을 내려다보았다.

"구름이 불타고 있어."

폴이 말했다.

"아름다워!"

미리엄이 대답했다. 나무 아래에 서 있는 그녀는 매우 작고 부드
럽고 상냥하게 보였다. 폴이 그녀에게 버찌를 한 줌 내던지자 미리
엄은 깜짝 놀라며 겁을 냈다. 폴은 나직이 킥킥거리며 또 버찌를 던
졌다. 그녀는 떨어진 버찌를 주워들고 어디론가 숨으려고 달아났다.
그녀는 아름다운 두 쌍의 버찌를 양쪽 손에 들고 그를 쳐다보았다.

"아직 많이 남았어?"

미리엄이 물었다.

"많이 땄어. 여기 올라와 있으니까 마치 배를 탄 것 같아."

"언제까지 거기 있을 작정이야?"

"노을이 질 때까지."

울타리로 간 미리엄은 그곳에 앉아 황금빛 구름이 산산이 헤쳐지
고 무수한 금빛 파편이 되어 어둠 속으로 움직이는 광경을 지켜보았
다. 황금빛 구름은 불타서 선홍색으로 변하고 고통으로 격렬하게 빛
나고 있는 듯했다. 이윽고 그 선홍색은 장밋빛으로 변하고 다시 진
홍색으로 가라앉더니 그 다음 그 정열은 급속히 하늘에서 사라져 갔
다. 이제 주위는 온통 어두운 회색으로 변해 있었다. 폴은 바구니를
가지고 주르르 내려오다가 셔츠 소매를 찢기우고 말았다.

"탐스럽다."

미리엄은 버찌를 만지작거리며 말했다.

"소매가 찢어졌어."

"내가 꿰매줄게."

미리엄은 삼각형으로 찢어진 곳을 살펴보며 말했다. 그곳은 어깨 근처였다. 미리엄은 그 찢어진 사이로 손가락을 집어넣으며 말했다.

"따뜻하다."

폴은 웃었다. 그 웃음소리는 이제까지 들어본 적이 없는 묘한 것이었다. 갑자기 미리엄은 두근거리며 숨이 갑갑해졌다.

"밖에 더 있을까?"

폴이 말했다.

"비가 오지 않을까?"

미리엄이 물었다.

"괜찮아. 바람 좀 더 쐬고 가자."

두 사람은 들을 지나 전나무와 소나무가 빽빽한 숲으로 들어갔다.

"숲속으로 들어가 볼까?"

폴이 묻자 미리엄은 흔쾌히 대답했다.

"응."

전나무 숲은 몹시 어두웠고 날카로운 가시 같은 잎들이 그녀의 얼굴을 찔렀다. 미리엄은 무서워졌다. 폴은 말이 없었고 태도도 여느 때와 달랐다.

"난 어둠 속이 좋아. 나무가 좀 더 잔뜩 있으면 좋겠어……. 그게 더 좋아, 밀림 같은 어둠이."

폴이 말했다. 그는 한 인간으로서의 미리엄을 거의 잊고 있는 것 같았다. 지금 그에게 미리엄은 한 사람의 여자일 뿐이었다. 미리엄은 무서웠다. 그는 소나무에 기대 서서 그녀를 안았다. 미리엄은 그가 하는 대로 몸을 맡기고 있었지만 그것은 자기를 희생하는 것이었으며 그 희생이 된다는 것에 그녀는 공포를 느꼈다.

잠시 후 비가 내리기 시작했고 소나무 냄새가 코를 찔렀다. 폴은 땅에 깔린 솔잎 위에 팔을 베고 누워 줄기차게 떨어지는 날카로운 빗소리를 듣고 있었다. 그의 가슴은 무겁게 가라앉았다. 미리엄이 아까부터 자기 곁에 있지 않았고 그녀의 영혼은 일종의 공포감에 사로잡혀 멀리 떨어져 있음을 분명히 알았다. 그의 몸은 편히 쉬고 있었지만 마음은 그렇지 않았다. 그의 마음은 몹시도 적적하고 매우 슬퍼져서 그는 손가락으로 애처롭게 그녀의 얼굴을 어루만졌다. 그러자 다시 미리엄의 가슴에는 그에 대한 깊은 애정이 우러나왔다. 폴은 상냥하고 아름다웠다.

"비가 와!"

폴이 말했다.

"응……. 너한테 떨어지고 있어?"

미리엄은 그의 머리와 어깨를 만지며 비를 맞는지 알아보려고 했다. 그녀는 폴을 몹시 사랑하고 있었다. 낙엽이 져 떨어진 솔잎 위에 얼굴을 대고 누워 있는 폴은 놀랄 만큼 냉정한 기분이 되었다. 그는 비에 젖는 것도 개의치 않았다. 이렇게 누워서 흠뻑 젖어 보고 싶었다. 그는 무엇이 어떻게 되든 괜찮을 것 같았고, 그의 삶은 희미한 것이 되어 저 세상으로 사라져버리는 듯했다. 이렇게 죽음에 도달할 것 같은 이상하고 부드러운 기분은 새로운 경험이었다.

"이제 돌아가야 해."

미리엄이 말했다.

"그래."

폴은 대답을 하면서도 움직이지 않았다. 그에게 지금 삶은 그림자이며 낮 역시 흰 그림자에 불과했다. 그리고 밤과 죽음, 적막과 무위 같은 것들이 오히려 실재하는 존재인 것 같았다. 감수성이 예민하고 성급하며 고집하는 것, 이것들은 모두 피해야 할 일이었다. 무엇보다도 중요한 것은 암흑 속에 녹아들고 위대한 신과 하나가 되어 거기서 살아가는 것이었다.

"이쪽으로 빗방울이 떨어져."

미리엄이 말했다. 폴은 일어나서 그녀를 일으켜주었다.

"유감인데."

폴이 말했다.

"뭐가?"

"돌아가야 한다는 게. 지금 너무 평온한 기분이었는데."

"평온해?"

"여태껏 이렇게 평온한 기분이 되어본 적은 없었어."

폴은 그녀의 손을 잡고 걸었다. 미리엄은 어렴풋이 두려움을 느끼고 그의 손을 꼭 쥐었다. 지금 그는 미리엄에게서 뚝 떨어져 있는 듯한 기분이었다. 그녀는 폴을 잃지는 않을까 하는 생각에 마음이 불안해졌다.

"전나무는 어둠 속의 유령들 같아. 한 그루, 한 그루가 다."

미리엄은 무서웠고 아무 대답도 하지 않았다.

"일종의 정적이지. 밤 전체가 감동하면서 잠들어 있다고 할까. 우리가 죽으면 이렇게 되지 않을까……. 감동 속에 자는 거야."

미리엄은 조금 전까지 폴의 야성적인 면을 두려워하고 있었으나 지금은 그의 신비로움이 두려웠다. 미리엄은 묵묵히 그의 곁에서 걸었다. 비가 무거운 소리를 내며 나무 위로 떨어졌다. 가까스로 그들은 헛간에 도착했다.

"여기서 잠깐 있다 가자."

폴이 말했다. 이제 빗소리는 세상의 모든 것을 질식시켜 버릴 것 같았다.

"난 모든 것과 함께 있는 것 같은, 묘하게 가라앉은 기분이야."

"그래."

미리엄이 참을성 있게 대답했다. 폴은 그녀의 손을 꼭 쥐고 있었지만 또 그녀에 대한 생각을 잊고 있는 것처럼 보였다.

"우리의 개성을 이루고 있는 의지니 노력이니 하는 것에서 빠져나와…… 노력 없이 의식적인 수면상태에서 산다는 것! 그건 매우 아름다운 것이라고 생각해. 그게 우리가 죽은 뒤의 내세…… 우리의 영원한 상태인 거야."

"그래?"

"응…… 그렇게 되면 정말 아름다울 거야."

"전에는 그렇게 말하지 않았지."

"그랬지."

잠시 후에 두 사람은 집 안으로 들어갔다. 가족들 모두가 그들에게 무슨 일이 있었냐는 듯한 눈으로 쳐다보았다. 폴의 눈은 침울하고 조용한 표정을 담고 있었고 그의 조용한 음성은 조금도 변하지 않았다. 모두들 눈치를 챈 듯 그에게는 전혀 말을 걸지 않았다.

이 무렵 미리엄은 우드린턴의 아주 작은 집에 살던 외할머니가 병이 나서 집안일을 돌보기 위해 그곳에 갔다. 우드린턴은 자그마하고 아름다운 도시였다. 외할머니의 집 앞에는 빨간 벽돌담이 둘러쳐진 큰 뜰이 있고, 그 담을 따라 살구나무들이 줄지어 서 있었다. 집 뒤에도 뜰이 있었고 높고 낡은 산울타리가 뜰과 들판을 경계지어 놓았다. 매우 예쁘장한 집이었다. 미리엄은 별로 할 일도 없어서 좋아하는 독서를 하거나 마음속으로 관심을 갖고 있던 문제를 메모했다.

병세가 조금 호전된 미리엄의 외할머니는 딸의 집에 이틀 정도 머물기 위해 마차를 타고 더비를 방문했다. 마침 폴도 휴가 중이었을 때였다. 이틀의 방문이었지만 변덕스러운 할머니는 언제 돌아갈지 알 수 없었다. 미리엄은 마음에 드는 외할머니의 작은 집에 홀로 남아 있었다.

폴은 곧잘 자전거를 타고 미리엄을 보기 위해 먼 길을 찾아왔고, 두 사람은 대체로 평화롭고 즐거운 시간을 보냈다. 그는 미리엄을 그다지 곤란하게 하지 않았다. 그는 휴일인 월요일 하루를 미리엄과 보내기로 했다.

맑게 갠 좋은 날씨였다. 폴은 어머니에게 가는 곳을 알리고 집을 나섰다. 어머니가 온종일 혼자 지낼 것을 생각하면 마음이 어두웠지만 그에게는 사흘간의 휴가가 있었다.

아침에 자전거를 타고 달리는 것은 상쾌한 일이었다. 폴은 11시쯤 그 집에 도착했다. 미리엄은 식사 준비로 분주했다. 얼굴에 홍조를 띠고 자그마한 부엌에서 바쁘게 움직이는 그녀의 모습은 무척 아름다웠다. 폴은 그녀에게 키스를 하고 앉아서 주위를 둘러보았다. 방은 작고 아늑했다. 소파에는 빨간색과 옅은 파란색의 격자무늬로 된 린넨 커버가 씌워져 있었는데, 여러 차례 세탁해서 낡기는 했지만 깨끗했다. 구석의 찬장 위에는 박제한 올빼미가 유리상자에 들어 있었다. 창가에서 좋은 향기를 풍기는 제라늄 잎 사이로 햇빛이 비쳐들고 있었다.

미리엄은 폴을 위해서 닭요리를 하고 있었다. 오늘 하루 이 작은 집은 그들의 것이었으며 두 사람은 부부였다. 폴은 계란의 거품을 젓기도 하고 감자껍질도 벗기며 미리엄을 도왔다. 미리엄이 자아내는 가정적인 분위기가 꼭 어머니의 그것과 같다고 폴은 생각했다. 그리고 열기로 인해 얼굴이 빨갛게 상기되고 곱슬머리가 흔들리는 그녀는 누구보다도 아름답게 보였다.

점심식사는 만족스러웠다. 폴은 젊은 남편인 양 식탁에서 고기를 잘랐고, 식사 중에도 끊임없이 이야기에 열중했다. 식사를 마친 뒤 설거지를 끝낸 두 사람은 들로 나갔다. 실개천이 햇볕을 받으며 흐르고 있고 개천은 경사가 몹시 급한 둑 밑에 있는 늪으로 흘러들고 있었다. 두 사람은 산책길에서 금잔화 몇 송이와 커다란 하늘색 물 망초를 잔뜩 꺾었다. 대부분이 황금색 금잔화로 채워진 꽃다발을 들고 미리엄은 둑에 앉았다. 그녀가 그 꽃다발 속에 얼굴을 대자 얼굴은 온통 노란빛에 뒤덮였다.

"네 얼굴이 빛나고 있어. 마치 산상에서 변모한 그리스도 같아."[21]

미리엄은 그 뜻을 묻는 듯이 폴을 쳐다보았다. 그는 애원하듯이 웃으며 자기 손을 그녀의 손 위에 얹었다. 그리고 그녀의 손에, 얼굴에 키스를 했다.

주위는 구석구석 햇볕이 내리쬐고 몹시 고요했지만 무엇인가를 기다리는 것처럼 가늘게 흔들리고 있었다.

"이렇게 아름다운 광경은 본 적이 없어."

폴이 말했다. 그는 내내 그녀의 손을 꼭 잡고 있었다.

"시냇물은 노래하면서 흐르고…… 저 실개천이 좋지 않아?"

미리엄은 애정이 가득 찬 눈으로 그를 바라보았다. 폴의 눈은 몹시 어둡게 빛나고 있었다.

"정말 멋진 날이라고 생각하지 않아?"

폴이 물었다. 미리엄은 속삭이는 목소리로 동의했다. 그녀는 행복했고 폴도 그것을 알 수 있었다.

"오늘은 우리의 날이야……. 우리 둘만의 날."

두 사람은 한참 동안 거닐었다. 그리고 사향초의 달콤한 향기를 맡았을 때 폴은 미리엄을 보며 물었다.

"돌아가지 않겠어?"

---

21) 〈출애굽기〉 34:29~35 – 옮긴이

두 사람은 손을 맞잡고 말없이 집으로 돌아왔다. 병아리가 떠들썩하게 그녀의 뒤를 쫓아왔다. 폴이 문을 잠그자 그 작은 집은 두 사람만의 것이 되었다.

폴은 칼라를 풀면서 침대 위에 나신으로 누워 있는 미리엄을 보았다. 그것은 잊을 수 없는 일이었다. 처음 그는 그녀의 아름다움만 보았고 다른 것은 눈에 보이지도 않았다. 그녀의 몸은 상상하고 있던 것보다 훨씬 아름다웠다. 그는 움직일 수도 없고 말도 하지 못하고 감탄한 나머지 얼굴에 약간 미소를 지은 채 그녀를 바라보았다. 폴은 그녀를 원했다. 그가 다가가자 미리엄은 애원하듯이 두 손을 조금 들어올렸다. 그는 그녀의 얼굴을 보고 멈춰 섰다. 그녀의 커다란 갈색 눈은 체념과 사랑을 담고 조용히 그를 지켜보고 있었다. 그녀는 마치 자신을 제물로 바치듯이 누워 있었다. 그녀는 그에게 자신의 몸을 내맡겼다. 그러나 그녀의 눈 속에 담긴 표정은 꼭 희생될 순간을 기다리고 있는 동물과 같았고, 그것은 그를 멈추게 하고 그의 피를 싸늘하게 식히고 말았다.

"정말, 날 원해?"

싸늘한 그림자에 싸이기라도 한 듯이 폴이 물었다.

"응, 정말이야."

미리엄은 조용하고 침착했다. 그녀는 다만 자기가 폴을 위해서 무엇인가를 하고 있다는 생각뿐이었다. 폴은 그러한 미리엄의 생각을 견딜 수가 없었다. 미리엄은 그를 사랑하는 나머지 그를 위해 자신을 희생하려고 누워 있는 것이다. 그리고 그는 그녀를 제물로 만들어버리는 것이다. 폴은 한순간 자기가 죽어버리든지 아니면 성이라는 것을 없애버리고 싶었다. 미리엄은 눈을 감았고 그의 피는 다시 요동치기 시작했다.

마침내 폴은 미리엄과 관계를 맺었다. 그는 자신의 세포 모두를 바쳐 그녀를 사랑했다. 그러나 어쩐지 폴은 울고만 싶었다. 무엇인지 그녀를 위해서 참지 못할 것 같은 것이 있었다. 그는 밤이 으슥할 때까지 미리엄 곁에 있었다.

자전거를 타고 집에 돌아오면서 폴은 가까스로 거대한 입문을 마친 듯한 기분이었다. 그는 이제 소년이 아니었다. 그렇지만 어째서 영혼은 나른한 아픔을 느끼는 것일까? 어째서 죽음이니 내생이니 하는 문제가 달콤한 위로처럼 느껴지는 것일까?

폴은 미리엄과 함께 일주일을 보냈고 그 시간이 지나기도 전에 미리엄은 그의 열정에 지쳐버렸다. 그는 거의 고의적으로 그녀에 대한 배려는 하지 않고 야수 같은 자기 감정에 따라 행동했다. 그러나 그런 행동은 자주 할 수 있는 것도 아닐 뿐 아니라, 그 뒤에는 항상 실패감과 죽음의 의식이 남았다. 그가 진정으로 미리엄과 맺어져 있음을 느끼려면 그는 자신과 자기 욕망을 눌러두어야 했다. 반면 미리엄을 그의 것으로 가지기 위해서는 그녀를 잊어야만 했다.

"내가 너에게 다가갈 때, 사실 넌 날 원하지 않는 거지?"

폴은 고통과 수치심으로 어두운 눈을 하고 그녀에게 물었다.

"아냐."

미리엄은 즉시 부정했다. 폴은 그녀를 마주보았다.

"그렇지 않은걸."

폴이 말했다. 미리엄은 떨기 시작했다.

"봐."

미리엄은 폴의 얼굴을 자기 어깨로 끌어당기면서 말을 이었다.

"지금과 같은 상태로는…… 너한테 익숙해질 수 없어. 하지만 우리가 결혼하면 다 괜찮아지겠지."

폴은 고개를 들고 그녀를 바라보았다.

"그럼 지금은 몹시 충격을 받고 있단 말이지?"

"그래…… 하지만……."

"넌 언제나 내게 몸이 굳어지는구나."

미리엄은 마음의 동요로 몸을 떨었다.

"나는…… 나는 그런 생각에 익숙하지 않아."

"요즘은 좀 익숙해졌을 텐데."

폴이 말했다.

"그렇지만 평생 동안 그럴 거야. 엄마가 말했어……. 결혼에는 언제나 한 가지 무서운 일이 있지만 그건 참아야 한다고. 난 그 말을 믿었어."

"그리고 지금도 믿고 있지."

"아니야!"

미리엄은 재빨리 부정했다.

"사랑한다는 건, 그것이 그런 방식이더라도 역시 삶의 절정을 나타낸다고 믿는 건 너와 같아."

"그렇다고 해도 네가 그것을 싫어하는 것은 달라지지 않아."

"그렇게 말하지 마!"

미리엄은 두 팔로 머리를 감싸고 절망한 듯이 몸을 흔들며 말했다.

"넌 내 기분을 몰라. 내가 네 아이를 낳고 싶지 않은 줄 알아?"

미리엄은 고통스러운 듯이 머리를 흔들었다.

"그렇지만 나를 원하지는 않잖아."

"그런 말을 어떻게 해? 하지만 아이를 갖기 위해서는 결혼해야만 하잖아."

"그럼 결혼할래? 난 네가 내 아이를 갖길 원해."

폴은 미리엄의 손에 거룩한 마음으로 키스를 했다. 미리엄은 슬픈 표정으로 생각에 잠겨서 그를 지켜보았다.

"하지만 우리는 너무 젊어."

142

마침내 미리엄이 말했다.

"스물네 살과 스물세 살……."

"아직은 일러."

미리엄은 괴로운 듯 다시 몸을 흔들면서 항의했다.

"네가 원할 때 하도록 해."

폴이 말했다. 미리엄은 침울하게 고개를 숙였다. 그 말을 했을 때의 절망적인 말투가 그녀를 깊은 슬픔 속으로 끌어넣었다. 두 사람 사이의 일은 언제나 실패였다. 무언중에 미리엄은 그가 느낀 것이 옳다는 것을 인정했다.

사랑의 일주일이 지나고 일요일이 되었다. 그날 밤 잠자리에 들려고 할 때 별안간 폴은 어머니에게 말했다.

"엄마, 전 이제 미리엄에게 그렇게 자주 가지 않을 거예요."

모렐 부인은 놀랐지만 이유를 물어보려고 하지 않았다.

"네 생각대로 하려무나."

모렐 부인이 대답했고 폴은 자러 올라갔다. 아들에게서 전에 보이지 않던 침착함이 느껴진 모렐 부인은 의아한 생각이 들었다. 대충 짐작은 할 수 있었지만 그대로 놔둘 생각이었다. 경솔하게 입을 열었다가는 일을 망칠지도 모른다. 그녀는 폴이 어떻게 결말을 지을지 궁금해 하면서 홀로 고민하고 있는 아들을 지켜보았다. 폴은 괴로워하고 있었으며 여느 때의 그와 비교하면 너무 말이 없었다. 아들의 이마에는 갓난아기 때 보고 그 이후로는 내내 볼 수 없었던 작은 주름이 잡히고 있었다. 그것은 어릴 적 아들의 이마에서 볼 수 있었던 것과 같은 것이었다. 그녀는 아들를 위해서 아무것도 해줄 수가 없었다. 폴은 자기 혼자 길을 갈 수밖에 없는 것이다.

미리엄에 대한 폴의 성실함에는 변함이 없었다. 하루 동안 그는 미리엄을 힘껏 사랑했었지만 그런 날은 다시 오지 않았다. 실패였다는 생각만 자꾸 강해졌다. 처음에 폴은 다만 비애감일 뿐이라고 생각했지만 이윽고 이대로 나아갈 수 없음을 깨닫기 시작했다. 그는 외국에라도, 아니 어떤 곳에라도 도망쳐버리고 싶었다. 그는 차츰 미리엄에게 자기를 받아들여 달라고 말하지 않게 되었다. 그것은 두 사람을 결합시키기는커녕 오히려 떼어놓았다. 그리고 그는 결국 그것이 아무 소용도 없었다는 것을 확실히 의식하게 되었다. 그것은 쓸데없는 일이었다. 두 사람 사이에서는 그것이 잘 되는 일은 결코 없을 것이다.

몇 달 동안 폴은 클라라와 거의 만나지 않았다. 그들은 점심시간에 가끔 30분 정도 산책할 때도 있었지만 폴은 언제나 미리엄을 위해 자기 마음을 남겨놓았다. 그러나 클라라와 함께 있으면 그의 찌푸린 이마는 펴지고 다시 쾌활한 그로 돌아갔다. 그녀는 폴을 어린애처럼 다루었다. 그는 그것으로 좋다고 생각하면서도 마음속 깊은 곳에서는 그런 취급에 불만을 품었다.

"클라라는 어떻게 지내? 요즘은 전혀 그녀의 소식을 못 듣겠어."

미리엄은 종종 그녀에 대해 물었다.

"어제 20분쯤 같이 산책했어."

폴이 대답했다.

"무슨 이야기를 했어?"

"뭐라고 했더라…… 여러 가지 이야기를 한 것 같은데? 언제나처럼 말이야. 파업과 여공들이 그걸 어떻게 받아들이는지에 대해 말했던 것 같아."

"그랬구나."

폴은 그런 식으로 자신을 설명했다. 그러나 자신도 모르게 클라라에게 느끼는 따뜻함이 어느새 그를 미리엄으로부터 떼어놓았다. 폴은 미리엄에게 책임을 느끼고 또한 자기가 그녀에게 속해 있음을 알

144

고 있었다. 그리고 자기가 미리엄에게 진실로 성실하다고 생각했다. 그러나 한 여자에 대한 남자의 사랑과 열정을 정확히 평가하기란 일단 헤어져 본 다음이 아니면 쉬운 일이 아닌 것이다.

폴은 남자들과의 교류에 더 많은 시간을 쏟게 되었다. 남자친구들로는 예술학교에 다니는 제숍이 있었고 대학에서 화학과 조수로 있는 스웨인, 학교에 교사로 있는 뉴턴, 그리고 에드거와 미리엄의 동생들이 있었다. 그는 공부를 한답시고 제숍과 함께 스케치를 하거나 그림 공부를 했다. 또는 대학으로 스웨인을 찾아가서 같이 시내로 나오기도 했고, 뉴턴과 함께 기차를 타고 집에 돌아오다가 문 스타에 들려 당구를 치기도 했다. 그는 미리엄에게 남자친구들과 같이 놀았다고 얘기할 때는 조금도 거리낌이 없었다. 모렐 부인도 마음이 편해지기 시작했다. 그는 언제나 집에 돌아오면 어디에 갔다 왔는지를 어머니에게 이야기했다.

여름 동안 클라라는 이따금 넓은 소매가 달린 부드러운 면 블라우스를 입었다. 그녀가 손을 들어올릴 때면 아름답고 건강한 팔이 눈부시게 드러났다.

"잠깐만, 팔을 그대로."

폴은 클라라의 손과 팔을 스케치했다. 거기에는 실제 그녀의 손과 팔이 그에게 주는 매혹적인 감동이 깃들어 있었다. 언제나 폴의 책과 서류 같은 것을 자세히 살피는 미리엄은 그 스케치를 보았다.

"클라라의 팔은 정말 아름다워."

폴이 말했다.

"정말! 언제 그렸어?"

"화요일에 공장에서. 내가 간단한 일을 할 수 있는 구석이 있거든. 점심시간 전에 그곳에서 우리 부 사람들이 부탁하는 자질구레한 일을 해. 그리고 오후에는 내 일을 하고 밤에는 공부를 할 수 있지."

"그래."

미리엄은 스케치북을 넘기면서 대답했다.

때때로 폴은 미리엄이 싫어졌다. 몸을 앞으로 굽히고 자기 그림들을 샅샅이 조사하는 미리엄이 싫었다. 그는 마치 끝없는 심리학적 계산서인 양 자기를 끈질기게 계산해 내려고 하는 미리엄이 싫었다. 함께 있을 때 그를 자기 소유로 하고 있으면서도 실은 완전히 가지지 못하는 그녀를 증오하며 괴롭혔다.

"넌 전부 가져가기만 하고 아무것도 주는 것은 없어."

적어도 미리엄은 생명력이 있는 따뜻함을 주지는 못했다. 그녀는 한순간도 생기 있어 보인 적이 없고 생명력을 발산하는 일도 없었다. 그녀에게 기대를 갖는 것은 무언가 현실적으로 존재하지 않는 것을 기다리는 것과 마찬가지였다. 미리엄은 다만 폴의 양심일 뿐 반려자는 아니었다. 그는 맹렬히 그녀를 증오하고 더욱 더 잔인해져 갔다. 두 사람의 관계는 다음 여름까지 우울하게 이어졌다. 폴은 클라라를 점점 더 많이 찾았다.

어느 날 저녁 폴은 집에서 일을 하고 있었다. 아들과 어머니는 서로간의 결점을 피차 솔직히 말하는 이상한 상태가 되어 있었다.

모렐 부인은 다시 자신의 입장을 단단하게 굳혔다.

'폴은 미리엄에게 집착하지 않을 것이다. 그것만으로도 다행이야. 그럼 폴이 어떤 말을 꺼낼 때까지 아무것도 모르는 척하고 있자.'

폴의 마음속에 격정적인 폭풍이 일어서 어머니 곁으로 돌아가고 싶은 기분이 될 때까지 오랜 시간이 지났다. 그날 저녁 어머니와 아들 사이에는 일종의 기묘한 긴장 상태가 조성되었다. 폴은 자신으로부터 도피하고 싶어 열에 들뜬 것 같이 기계적으로 일을 하고 있었다. 밤이 깊어 갔다. 열려 있는 문으로 흰 백합 향기가 살며시 숨어들 듯 풍겨왔다. 갑자기 폴은 일어나서 문 밖으로 나갔다.

밤의 아름다움에 감동하여 그는 소리라도 질러대고 싶었다. 금을 입힌 듯한 조각달이 으스레한 빛으로 하늘을 희미한 보랏빛으로 불들이면서 마당 끝에 있는 검은 단풍나무 뒤로 막 지려던 참이었다. 그 앞쪽에는 흰 백합꽃들이 뜰을 가로지르며 서 있고 그 주위의 공기는 마치 살아 있는 향기처럼 움직이고 있었다. 그는 흔들리는 무거운 백합 향에 섞여서 날카로운 향기를 뿜어내고 있는 패랭이 꽃밭을 지나 하얀 백합이 줄지어 있는 쪽으로 갔다. 그 꽃들은 숨이 찬 듯이 고개를 축 늘어뜨리고 있었다. 폴은 그 향기에 취했다. 그는 지고 있는 달을 보기 위해 들판으로 나갔다.

그곳에서는 뜸부기가 시끄럽게 울고 있었다. 달은 점점 빛을 더하면서 금방 저물어 갔다. 폴은 짙고 거친 또 다른 향기를 맡고 깜짝 놀랐다. 주위를 둘러본 그는 보라색의 아이리스를 발견하고 그 살찐 줄기와 주먹 쥔 손 같은 꽃잎을 만져보았다. 어쨌든 그는 무엇인가를 발견했다. 어둠 속에 빳빳하게 서 있는 아이리스의 향기는 야성적이었다. 달이 산등성이로 녹아들며 캄캄해졌고 뜸부기는 아직도 울고 있었다.

폴은 패랭이꽃을 하나 꺾어들고 급히 안으로 들어갔다.

"얘야, 이제 잘 시간이 되지 않았니?"

모렐 부인이 말했다. 폴은 패랭이꽃을 입술에 대고 서 있었다.

"엄마, 전 미리엄과 헤어질 거예요."

마침내 폴은 자신의 결단에 대한 말문을 침착하게 열었다. 모렐 부인은 돋보기 너머로 아들을 바라보았다. 그는 똑바로 어머니를 마주보았다. 잠깐 아들의 눈과 마주친 모렐 부인은 안경을 벗었다. 폴은 창백했다. 그의 내부에 있는 남성성이 강렬히 고개를 쳐들고 있었다. 어머니는 아들을 너무 똑똑하게 보고 싶지 않았다.

"그렇지만 내 생각에는……."

모렐 부인은 말을 꺼냈다.

"전 미리엄을 사랑하지 않아요. 결혼할 생각도 없어요……. 이제 그만하겠어요."

"하지만……."

모렐 부인이 놀라서 외쳤다.

"그 애와 결혼할 생각인 것 같아서 요사이 아무 말 않고 있었다."

"네…… 그럴 생각이었어요……. 하지만 이제는 원하지 않아요. 아무런 소용이 없는 일이니까요. 이번 일요일에 미리엄에게 말할 거예요. 그렇게 하는 게 옳지 않겠어요?"

"네 일은 네가 가장 잘 알 것 아니냐. 나는 오래전부터 그렇게 해야 한다고 말하지 않았니."

"이제 그렇게 할 수밖에 없어요. 일요일에 헤어지고 오겠어요."

"글쎄, 그게 가장 좋을 것 같다. 그렇지만 네가 그 애와 결혼할 줄 알고 나는 아무 말도 하지 않았어. 또 말을 해서도 안 될 것처럼 생각했지. 하지만 내가 늘 말했듯이 미리엄과 너는 연분은 아니야."

"일요일이면 이제 다 끝나요."

폴은 패랭이꽃의 향기를 맡으면서 말했다. 이내 꽃을 입으로 가져간 그는 무의식중에 이를 드러내고 꽃을 천천히 씹었다. 입 안이 꽃잎들로 가득 찼다. 그는 꽃잎들을 난로 속에 내뱉고 어머니에게 키스를 한 다음 자러 올라갔다.

일요일 오후, 폴은 농장으로 갔다. 그는 미리엄에게 들판을 지나 허크놀까지 산책하자고 미리 편지를 보내두었다.

모렐 부인은 아들에게 퍽 다정하게 대했다. 그는 아무 말도 하지 않았다. 그러나 그녀는 아들이 오늘 결심을 실행하기 위해서 얼마나 애쓰고 있는지 알 수 있었다. 아들의 얼굴에 서려 있는 굳은 결심의 빛이 그녀를 안심하게 만들었다.

"걱정할 것 없다. 정리하고 나면 한결 마음이 가벼워질 거야."

폴은 뜻밖이라는 듯 놀라고 화가 나서 어머니를 힐끗 바라보았다. 그는 동정을 바라지 않았다.

미리엄은 샛길 끝까지 나와 있었다. 그녀는 소매가 짧고 무늬가 있는 새 모슬린 옷을 입고 있었다. 그 소매 밑에 갈색 피부의 팔, 슬프게 체념이 서려 있는 듯한 그 팔이 폴의 마음을 몹시 아프게 했다. 그리고 그것은 그를 잔인하게 만들었다. 미리엄은 폴을 위해서 자신을 아름답고 신선하게 보이게 만들었다. 미리엄은 다만 폴만을 위해서 피어 있는 것 같았다. 이제 아름답게 성장한 젊은 여자로 그녀를 바라볼 때마다 그의 마음은 상처를 입었고 스스로 억제하고 있는 마음 때문에 가슴이 찢어질 것만 같았다. 그러나 그는 이미 결심했고 그것을 바꿀 수는 없었다.

두 사람은 언덕 위에 앉았다. 폴은 미리엄의 무릎을 베고 누웠고 미리엄은 폴의 머리칼을 손가락으로 만지작거렸다. 미리엄은 지금 그가 여기 없다는 것을 느꼈다. 그녀는 흔히 폴과 같이 있으면서 그를 찾아도 발견할 수 없는 그런 심정을 맛볼 때가 있었다. 그러나 이 날 오후에 그녀는 그런 폴에 대한 마음의 준비가 되어 있지 않았다.

폴이 말을 꺼낸 것은 다섯 시가 가까워서였다. 두 사람은 개울둑에 앉아 있었다. 흙이 꺼진 둑의 황토 위에 잔디가 늘어져 있었고, 폴은 막대기로 흙을 푹푹 찌르고 있었다. 그 행동은 마음이 독하고 잔인해졌을 때 곧잘 나오는 버릇이었다.

"생각해 봤는데, 우린 헤어져야 할 것 같아."

마침내 폴이 말문을 열었다.

"왜?"

미리엄은 소스라치듯 놀란 목소리로 물었다.

"이대로 계속하는 건 좋지 못하니까."

"왜 안 좋다는 거야?"

"좋지 않아. 난 결혼하고 싶지 않아. 난 앞으로도 결혼할 생각은 없어. 우리들이 결혼할 생각이 없다면, 이런 상태로 계속 만나는 건 좋지 않아."

"하지만 그걸 왜 지금 말하는 거야?"

"이제, 결심을 했으니까."

"그럼 지난 몇 달 동안의 일이라든가, 네가 나한테 한 말들은 모두 어떻게 하고!"

"어쩔 수 없어. 난 이대로 계속할 수 없어."

"이제 내가 필요하지 않다는 거야?"

"난 헤어지고 싶어……. 넌 나한테서, 난 너한테서 자유로워지기를 원해."

"지난 시간은 어떻게 되는데."

"모르겠어……. 내가 생각한 대로 말하는 거야."

"왜 이제 와서 마음이 달라진 거지?"

"다르지 않아, 달라진 게 아니야. 난 전이나 마찬가지야……. 다만, 이대로 계속해 봐야 소용이 없다는 것을 알 뿐이야."

"왜 소용이 없는지, 이유를 말하지 않았어."

"이대로 계속하고 싶지 않기 때문이야. 그리고 또 난, 결혼하고 싶지도 않아."

"넌 몇 번이나 내게 결혼하고 싶다고 말했어. 그런데 내가 그런 기분이 안 돼서……!"

"알아, 알고 있어……. 하지만 난 우리가 헤어지기를 원해."

잠시 동안 침묵이 흘렀다. 그동안 폴은 거칠게 흙을 파헤치고 있었다. 미리엄은 고개를 숙이고 곰곰이 생각에 잠겼다. 그는 철없는 어린아이였다. 컵에 든 물을 배불리 다 마시고 나면 컵을 내던져서 깨버리는 어린아이. 그녀는 폴을 보면서 그를 붙잡고 그에게서 무언가 일관된 것을 억지로라도 끄집어낼 수 있을 것 같이 생각했다. 그러나 그녀에겐 그럴 힘이 없었다.

"넌 겨우 열네 살 먹은 어린아이라고 말한 적 있지! 하지만 지금 보니까 넌 겨우 네 살 먹은 어린애에 불과해."

미리엄은 소리를 질렀다. 폴은 여전히 거칠게 흙을 파헤쳤다.

"넌 네 살짜리 어린애라니까!"

화가 난 미리엄은 다시 소리를 질렀다.

'그래, 내가 네 살 먹은 어린애라면 어째서 날 원하는 거지? 난 엄마를 둘씩이나 필요로 하지는 않아.'

폴은 대답하지 않았지만 마음속으로 말했다.

다시 침묵이 흘렀다.

"그래, 가족들에게도 얘기했니?"

미리엄이 물었다.

"엄마한테는."

또다시 긴 침묵이 이어졌다.

"그래, 어떻게 하자는 거야?"

미리엄이 먼저 입을 열었다.

"헤어지고 싶어. 우리는 지난 여러 해 동안 함께 지내왔어. 이제 그만두자. 나는 너 없이 내 길을 가고 너는 나 없이 네 길을 가는 거야. 그렇게 되면 너에게도 너만의 독립된 삶이 생기잖아."

폴의 말은 쓰디썼지만 그 안에는 분명한 진리가 있었고 미리엄도 수긍하지 않을 수 없었다. 그녀는 자기가 일종의 멍에를 쓰고 폴에게 매여 있음을 느꼈다. 그러나 그녀는 그것을 통제할 수 없었기 때문에 증오했다. 미리엄은 폴에 대한 자신의 사랑이 너무 강렬해진 순간부터 그 사랑을 증오했다. 그리고 마음속으로는 자기가 그를 사랑하기 때문에 그가 자신을 지배하므로 그를 증오했다. 미리엄은 폴의 지배에 저항했다. 그로부터 해방되기 위해서 싸웠다. 이제 미리엄은 그녀로부터 폴이 자유로워진 것보다 더욱 그로부터 자유로워진 것이다.

"그리고……."

폴이 말을 계속했다.

"우리는 많든 적든 간에 서로에게 영향을 미친 인간으로서 살아갈 거야. 넌 나를 위해서 많은 것을 했고 난 너를 위해서 그렇게 했어. 이제 우리 새롭게 출발해서 각자 살아가 보자."

"너는 어떻게 할 생각인데?"

미리엄이 물었다.

"아무것도 없어. 다만 자유로워지고 싶을 뿐이야."

미리엄은 그가 자유로워지고 싶은 것이 클라라의 영향 때문이라는 것을 알고 있었지만 말은 하지 않았다.

"우리 엄마에게는 뭐라고 얘기를 해야 할지?"

다시 미리엄이 물었다.

"내가 우리 엄마에게 한 말은 너와 깨끗하게 헤어지겠다는 말이었어."

폴이 대답했다.

"난 가족들에게 말하지 않겠어!"

"좋을 대로 해."

폴은 얼굴을 찡그리면서 대꾸했다. 그는 자기가 미리엄을 궁지에 빠트리고 그대로 내버려두려는 것임을 깨달았다. 그것이 그를 화나게 했다.

"아니, 가족들에게 말해. 나와 결혼하지 않을 것이고 또 하고 싶지도 않고, 결국 헤어졌다고 말해. 그게 사실이니까."

미리엄은 우울한 표정으로 손가락을 깨물면서 지금까지의 모든 일을 돌이켜 생각해 보았다. 그녀는 결국 이렇게 되리라는 것을 알고 있었다. 처음부터 내내 알고 있었다. 이 결말은 그녀의 비통한 예상과 꼭 들어맞았다.

"언제나! 언제나 이랬어!"

미리엄은 소리를 질렀다.

"우리 사이는 길고 긴 전쟁이었어. 넌 내게서 달아나려고 그렇게 싸웠던 거야."

미리엄은 번개 같은 충동으로 뇌까리고 있었다. 폴은 심장이 딱 멎는 것 같았다. 그녀는 그렇게 생각하고 있었던가?

"하지만 함께 있을 때 우리는 서로 완전하게 사랑했던 순간도 있었어."

폴은 항변했다.

"아니! 절대로! 단 한 번도 없었어! 넌 언제나 내게서 달아나려고 싸웠을 뿐이야."

미리엄은 다시 소리를 질렀다.

"언제나 그랬던 건 아니야! 처음에는 그렇지 않았어."

"언제나 그랬어, 처음부터…… 언제나 그랬지."

미리엄은 더 이상 말하지 않았다. 이것으로 할 말은 충분히 다 했다고 생각했다. 어안이 벙벙해진 폴은 이렇게 말하고 싶었다.

'이제까지 좋았어. 하지만 이제 끝났어.'

하지만 그녀는―그녀의 사랑이야말로 그가 스스로를 멸시하고 있을 때에도 분명 믿고 있던 것이었다―두 사람의 사랑이 사랑이었던 적이 있었다는 것을 부정하고 있었다.

'내가 언제나 그녀에게서 달아나기 위해 싸웠던 것이다?'

그렇다면 그것은 괴이한 일이었다. 두 사람 사이에는 사실 아무것도 없었던 것이다. 폴은 지금까지 아무것도 없는데 무언가 있는 것처럼 상상을 했던 것이다. 그리고 그녀는 알고 있었다. 그녀는 처음부터 끝까지 알고 있으면서도 거의 이야기를 하지 않았다. 그녀는 내내 알고 있었다. 항상 이것이 그녀의 가슴속 깊이 숨겨져 있던 말이었던 것이다.

폴은 쓰라린 고통으로 말없이 앉아 있었다. 이윽고 이 상황의 모든 야릇한 면이 그에게 보이기 시작했다. 사실은 그가 그녀를 가지고 논 것이 아니라 그녀가 그를 가지고 놀았던 것이다. 그녀는 폴에 대한 비난은 전부 숨기고 그에게 아름다운 모습을 보이면서 속으로 그를 멸시하고 있었다. 그녀는 이제 그를 경멸했다. 폴의 머리는 맑아지고 잔인해졌다.

"넌 너를 숭배하는 남자와 결혼해야 해."

폴의 말이 이어졌다.

"그러면 그 남자를 네가 하고 싶은 대로 주무를 수 있어. 만약 네가 남자들의 내면적인 면을 파악하게 되면 많은 남자들이 널 숭배할 거야. 넌 그런 남자와 결혼해야 해. 그들은 결코 너에게서 달아나려고 노력하지 않을 거야."

"무척이나 고맙군."

미리엄은 덧붙였다.

"하지만 다른 사람과 결혼하라느니 하는 따위의 충고는 그만뒀으면 좋겠어. 너는 전에도 그렇게 말한 적이 있어."

"그래, 이젠 더 말하지 않겠어."

폴은 한 대 치려다가 오히려 자기가 얼어맞은 것 같은 기분으로 멍하니 앉아 있었다. 그들의 8년 우정이, 사랑이, 그의 8년 삶이 완전히 무위해지고 있었다.

"언제부터 이렇게 생각했어?"

미리엄이 물었다.

"목요일 밤에 분명하게 결심을 했어."

"나도 가까운 미래에 이렇게 될 줄은 알고 있었어."

미리엄의 대답에 폴은 씁쓸한 즐거움을 느꼈다.

'아, 그래, 잘됐군. 알고 있었다면 그렇게 큰 충격은 아니겠어.'

폴은 마음속으로 생각했다.

"혹시, 클라라에게도 무슨 말을 했어?"

"아니, 이제 얘기할 생각이야."

폴의 대답을 끝으로 침묵이 흘렀다.

"작년 이맘때, 외할머니 집에서 네가 한 말 기억해? 아니, 지난달에도 한 적이 있는데, 기억해?"

이번에도 미리엄이 먼저 입을 열었다.

"기억해. 모두 기억해. 마음이 변하기는 했지만 모두 진심이었어. 나로서는 어찌할 도리가 없지만."

"그렇게 된 건 네가 뭔가 다른 것을 바랐기 때문이야."

"아무튼 실패로 돌아갔을 거야. 넌 한 번도 내 말을 믿지 않았어."

미리엄은 묘한 웃음을 지었고, 폴은 미리엄에게 배신당한 마음으로 가득 차서 묵묵히 앉아 있었다. 그녀에게 존경을 받고 있는 줄 알았는데 알고 보니 경멸하고 있었던 것이다. 그에게 여러 가지 잘못된 말을 하게 해놓고도 그녀는 반박하지 않았다. 그녀는 폴을 혼자 싸우게 내버려두었던 것이다. 존경받고 있는 줄만 알았는데 실은 경멸을 받고 있었다는 생각이 그의 머리에 걸려 떠나지 않았다. 그녀는 폴의 잘못을 발견했을 때 말해 줬어야 했다. 그녀의 태도는 정당하지 못한 것이었다. 폴은 그녀가 미웠다. 지난 몇 년 간 그를 영웅처럼 대했으면서도 마음속으로는 갓난아이나 바보 같은 어린애로 생각했던 것이다. 그러면 왜 어리석은 아이가 어리석은 짓을 하는 걸 보고만 있었는가. 폴은 미리엄에 대해 냉혹해졌다.

미리엄은 고뇌에 차서 앉아 있었다. 그녀는 알고 있었다―그렇다, 그녀는 잘 알고 있었다. 폴과 떨어져 있을 때 그녀는 항상 '그'라는 인간을 규명했고 그의 하찮음과 야비함, 어리석음 같은 것을 들여다보고 있었다. 그래서 자기의 영혼을 그로부터 지키려고까지 했던 것이다. 그녀는 지금 내던져져도 굴복당해도 별로 다치지 않았다. 다만 모를 것은 거기 앉아 있는 폴이 아직도 그녀에게 묘한 지배력을 갖는 이유였다. 그가 몸을 살짝만 움직여도 마치 최면술을 부리는 것 같이 그녀를 매혹시켰다. 그럼에도 불구하고 그는 비열하고 가식적이며 무절제하고 비열한 남자였다.

그런데 그녀가 느끼는 이 멍에와도 같은 속박은 무엇인가? 어째서 그가 팔 하나만 움직여도 그것은 이 세상 다른 어떤 것에서도 받지 못하는 마음의 흥분이 생기는 것인가? 왜 이렇게 매료되는 것인가? 지금이라도 그가 명령하면 복종할 수밖에 없다. 그러나 어째서 그런다는 말인가? 그녀는 폴의 하찮은 명령에도 복종할 것이다. 그러나 일단 그에게 복종하면 그녀는 그를 지배하고 원하는 곳으로 이끌 수 있다는 것을 알고 있었다. 미리엄은 자신이 있었다. 다만 이번에 그가 받고 있는 영향은 새로운 것이었다. 그렇다, 그는 어른이 아니었고 단지 새 장난감을 갖고 싶어서 우는 어린애였다. 그래서 그의 영혼을 아무리 붙잡아도 그를 지킬 수는 없을 것이다. 그렇다면 그를 보내줘야겠지. 그러나 그는 이 새로운 감정에 싫증이 나면 다시 돌아올 것이다.

폴은 계속 흙만 파서 뒤지고 있었다. 그것이 그녀의 신경을 건드려서 마침내 참을 수가 없게 되었다. 그녀는 자리에서 일어났다. 폴은 개울 속에 파낸 흙덩이를 던지고 있었다.

"어디 가서 차라도 마실까?"

폴이 물었다.

"그래."

두 사람은 차를 마시면서 다른 화제로 이야기를 돌렸다. 폴은 찻집 실내에서 연상되는 장식의 취미와 그 미학적 관계에 대해서 이야기했다. 미리엄은 냉담하게 듣고 있었다.

집으로 돌아가는 길에 미리엄이 물었다.

"이제 우리는 볼 수 없는 건가."

"그래, 만나지 않거나 아니면 간혹 만나겠지."

폴이 대답했다.

"편지도 쓰지 않고?"

미리엄은 비꼬는 투로 물었다.

"좋도록 해. 우리가 아주 남남일 수는 없잖아. 무슨 일이 있어도 그렇게는 안 돼. 이따금씩 편지할게. 넌 네가 좋을 대로 해."

폴이 대답했다.

"그래."

미리엄의 목소리는 차가웠다. 하지만 폴은 지금 어떠한 말을 들어도 상처를 입지 않을 상태가 되어 있었다. 그는 자기 인생에 커다란 균열을 만들고 말았다. 두 사람 사이의 사랑은 항상 전쟁이었다는 말을 들었을 때 폴은 커다란 충격을 받았다. 그 외의 것은 문제가 아니었다. 두 사람의 사랑에 의미가 없었다면 그것이 끝났다고 해서 당황할 필요도 없었다.

폴은 샛길 끝에서 미리엄과 헤어졌다. 폴은 그녀가 새 옷을 입고 혼자 쓸쓸하게 돌아가 가족들과 얼굴을 마주칠 때 자기가 그녀에게 준 고통을 생각했다. 그러자 그는 수치심과 고통으로 길 한가운데에 멈춰서고 말았다.

자존심을 되찾으려는 충동에 쫓겨서 폴은 술을 마시려고 윌로 트리에 들어갔다. 어딘가로 소풍을 다녀오는 처녀 네 명이 자그마한 유리잔으로 포도주를 마시고 있었다. 그들의 탁자 위에는 초콜릿이 몇 개 놓여 있었다. 폴은 자신의 위스키 잔을 들고 그 곁에 가서 앉았다. 그는 아가씨들이 서로 속삭이면서 팔꿈치로 찌르는 것을 보았다. 곧 그중에서 귀엽고 까무잡잡한 말괄량이처럼 보이는 아가씨가 폴 쪽으로 몸을 내밀고 말했다.

"초콜릿 하나 드시겠어요?"

다른 아가씨들은 그녀의 맹랑한 태도에 큰 소리로 웃었다.

"좋아요. 딱딱한 것으로 주세요. 호두가 든 걸로요. 크림은 싫어하거든요."

폴이 대답했다.

"자, 아몬드가 든 거예요."

아가씨가 달콤한 초콜릿을 손가락으로 집었다. 폴은 입을 벌렸고 초콜릿을 입에 넣어준 아가씨는 얼굴을 붉혔다.

"참 친절하군요."

"당신이 우울한 것 같아서요. 그래서 애들이 저에게 당신에게 초콜릿을 드리라고 하잖아요."

"하나 더 주겠어요? 다른 것으로요."

그리고 폴은 그들과 함께 어울려 웃고 있었다.

폴이 집에 돌아온 것은 9시쯤으로 날이 어둑해진 뒤였다. 그는 말없이 안으로 들어왔다. 아들을 기다리고 있던 모렐 부인은 걱정스러운 듯이 일어났다.

"얘기하고 왔어요."

"잘했다."

모렐 부인은 진심으로 마음이 놓여서 대답했다.

"이제 깨끗이 끝났다고 말했어요."

지친 듯한 표정으로 모자를 벗어 걸며 폴이 말했다.

"그래, 잘한 거야, 폴. 그 애도 지금은 쓰라리겠지만 결국 이것이 가장 잘한 일이었다는 걸 알게 될 거다. 난 알 수 있어. 넌 그 애와는 맞지 않아."

폴은 비틀거리면서 자리에 앉아 웃음을 머금었다.

"술집에서 아가씨들과 유쾌하게 놀고 왔어요."

어머니는 아들을 바라보았다. 벌써 그는 미리엄을 완전히 잊고 있었다. 그는 술집에서 만난 여자들에 대해 이야기했다. 어머니는 다시 한 번 아들을 보았다. 쾌활한 척했지만 진심으로 보이지는 않았다. 그 쾌활함의 이면에는 강렬한 공포와 비참함이 깃들어 있었다.

"그만 식사를 하렴."

어머니는 목소리는 상냥했고, 폴은 고민하는 듯이 말했다.

"미리엄은 처음부터 자기가 절 가질 거라고 생각하지 않았대요. 그러니까 실망도 하지 않았어요……."

"내 생각에는, 그 애가 아직도 너에 대한 희망을 버리지 못한 게 아닐까?"

"그럴 지도 모르죠."

"헤어지기를 잘했다는 걸 이제 곧 알게 될 거야."

"글쎄요."

폴은 자포자기한 듯이 대답했다.

"어쨌든 미리엄은 혼자 내버려두어라."

마침내 폴은 미리엄을 떠났고 미리엄은 혼자 남았다. 그녀에게 관심을 갖는 사람은 거의 없었고 그녀 역시 아무도 좋아하지 않았다. 그녀는 오직 혼자 남아서 기다리고 있었다.

12
정열

　폴은 점차 자기의 그림으로 생계를 유지할 수 있게 되었다. 런던의 백화점 리버티에서 그가 여러 가지 천에다 그린 도안을 몇 점 사갔으며 이밖에도 자수나 제대포(祭臺布)[22] 등의 도안을 다른 한두 군데에 팔 수 있었다.

　지금까지 폴이 만든 것은 그리 많지는 않았지만 앞으로 범위를 더 넓힐 수도 있었다. 그는 또한 도자기 공장의 디자이너와도 사귀었고 그들의 예술에 대해서 약간의 지식을 얻고 있었다. 그는 이러한 미술에 깊은 관심을 갖고 있었다. 동시에 자기 그림에도 있는 힘을 다했다. 그는 밝은 색깔을 집어넣은 초상화를 그리기를 좋아했으나 인상파 화가들처럼 단지 빛과 음영만으로 구성된 것은 아니었다. 오히려 미켈란젤로의 그림에서 볼 수 있는 것 같은 밝고 분명한 표현의 초상화였다. 그리고 이러한 인물들을 올바른 균형이라 여겨지는 형태로 풍경 속에 묘사해 넣었다. 그는 주로 기억을 더듬어 자기가 아는 사람들을 모델로 이용해서 그림 속에 그려 넣었다. 그는 자기의 작업이 훌륭하고 가치 있는 것이라고 확신했다. 우울함과 자기 상실이 발작적으로 찾아왔지만 그는 자기 일에 신념을 가지고 있었다.

---

22) 제대 위에 까는 하얀 천을 말한다 - 옮긴이

"엄마, 전 세상의 주목을 끌 만한 화가가 될 거예요."

모렐 부인은 그녀 특유의 콧소리를 냈다. 그것은 사람들이 기뻐서 어깨를 으쓱이는 것과 비슷했다.

"좋은 생각이다. 어디 해보렴."

"두고 보세요, 엄마. 그렇게 되면 엄마도 뽐낼 수 있을 테니까요."

"난 지금도 아주 만족스러워."

모렐 부인은 미소를 머금었다.

"하지만 엄마는 좀 달라지셔야 해요. 글쎄, 미니에게 왜 그렇게 대하세요?"

미니는 열네 살 된 어린 하녀였다.

"미니가 왜?"

모렐 부인은 진지한 얼굴로 되물었다.

"오늘 아침에, 엄마가 빗속에 석탄을 가지러 나가시니까 미니가 이렇게 말했잖아요. '네, 모렐 부인. 제가 그 일을 하려고 생각하고 있었어요.' 그래서야 어떻게 하인을 부려요?"

"하지만 그건 그 애한테 귀여운 데가 있어서 그랬던 거야."

모렐 부인이 말했다.

"그래서 엄마는 미니한테 그렇게 변명하셨어요? '한꺼번에 두 가지 일은 못하는 게 아니냐.' 하고요."

"그 애는 빨래를 하느라 바빴던 거란다."

"미니가 이렇게 말했잖아요? '조금 더 기다렸다 해도 되는 건데 그렇게 서두르지 마세요, 부인. 지금 발이 흠뻑 젖었잖아요.'"

"그래, 참 뻔뻔스런 애로구나."

모렐 부인은 웃으면서 말했다. 폴도 웃으면서 어머니를 바라보았다. 그녀는 다시 폴의 애정을 되찾고 따뜻하며 건강한 어머니로 돌아와 있었다. 그녀 위로 태양이 가득 빛나고 있는 것처럼 보였다. 폴은 즐겁게 자기 일을 계속했다. 어머니가 행복할 때는 무척 건강해 보였기 때문에 그는 어머니의 하얗게 센 머리도 잊고 있었다.

그 해 휴가에 모렐 부인과 폴은 남쪽의 와이트 섬[23]으로 여행을 떠났다. 두 사람에게 있어 이처럼 감동적이고 아름다웠던 때는 없었다. 모렐 부인의 표정은 기쁨과 놀라움으로 가득했다. 그런데 폴은 다리가 약한 어머니를 너무 많이 걷게 했기 때문에 그녀는 심한 현기증을 일으켰다. 이내 모렐 부인의 안색은 잿빛으로 변하고 입술은 파래졌다. 그것은 폴에게 큰 충격이었다. 그는 가슴에 칼을 꽂힌 것 같았다. 이윽고 어머니는 다시 나았고 그의 걱정도 가셨다. 그러나 불안함은 아물지 않은 상처처럼 그의 마음속에 남아 있었다.

미리엄과 헤어진 뒤 폴은 곧바로 클라라에게 다가갔다. 그녀와 헤어진 다음날인 월요일에 그는 공장의 작업실로 내려갔다. 클라라는 그를 보고 빙그레 웃었다. 두 사람은 어느새 매우 친밀해져 있었다. 클라라는 폴의 얼굴에 전에 없던 명랑함이 서린 것을 발견했다.

"오! 시바의 여왕님!"

폴이 웃으면서 말했다.

"왜 그렇게 말을 하죠?"

클라라가 물었다.

"당신에게 그 말이 꼭 맞을 것 같아요. 새 옷을 입었군요."

"괜찮아요?"

클라라는 얼굴을 붉히면서 물었다.

"잘 어울려요……. 정말! 내가 당신 옷을 디자인할 수 있으면 좋겠는데."

"그 옷은 어떤 옷이 될까요?"

폴은 그녀 앞에 서서 눈을 빛내며 설명했다. 클라라의 눈을 똑바

23) Wight. 영국 남부 잉글리시 해협에 속하는 '화원의 섬'으로 불리는 관광지이다 - 옮긴이

로 쳐더보던 폴이 갑자기 그녀의 옷을 붙들었다. 클라라는 흠칫 놀라며 물러섰다. 그는 그녀의 블라우스를 팽팽하게 잡아당겨서 그녀의 가슴에 꼭 들어맞게 했다.

"좀 더 이렇게 말이에요."

이내 두 사람은 얼굴이 붉게 달아올랐고 폴은 즉시 달아나버렸다. 그는 자기의 손이 그녀의 몸에 닿았다는 생각에 몸 전체가 감동으로 떨고 있었다.

이미 두 사람 사이에는 암암리에 일종의 묵계가 있었다.

다음날 저녁 폴은 기차를 타기 전 짧은 시간을 이용해 클라라와 영화를 보러 갔다. 자리에 앉았을 때 그녀의 손이 곁에 놓여 있는 것을 보았지만 폴은 한참 동안 그 손을 잡을 용기가 없었다. 영화 화면은 마치 그의 마음처럼 뛰고 흔들리는 듯했다. 그때 폴이 그녀의 손을 잡았다. 크고 힘 있는 손이었고 그의 손을 가득 채웠다. 그는 그 손을 꼭 쥐었다. 클라라는 꼼짝도 하지 않았고 아무런 감정도 보이지 않았다. 영화관을 나서자 기차가 막 떠나려는 참이었다. 폴은 망설였다.

"잘 가요."

클라라가 작별인사를 하자 폴은 쏜살같이 길을 건너 달려갔다.

다음날 폴은 다시 클라라에게 다가와 이야기를 했다. 둘 사이에서는 클라라가 한 수 위였다.

"월요일에 함께 산책 가지 않겠어요?"

폴이 물었다.

"미리엄에게 말할 거예요?"

클라라가 얼굴을 돌리며 비웃듯이 되물었다.

"미리엄과 헤어졌어요."

폴이 대답했다

"어머, 언제요?"

"지난 일요일에요."

"싸웠어요?"

"아뇨! 결심을 한 거예요. 내 자신이 자유롭고 싶다는 의사를 미리 엄에게 분명히 말했어요."

아무 대답이 없는 클라라는 조용했고 태연했다. 폴은 다시 자기 자리로 돌아갔다.

토요일 저녁에 폴은 클라라에게 일이 끝난 뒤 레스토랑에 차를 마시러 가자고 청했다. 따라나온 클라라는 말수가 적었으며 냉랭하게 굴었다. 기차 시간까지는 45분이 남아 있었다.

"좀 걸을까요?"

폴이 말했다. 클라라가 승낙했고 두 사람은 성을 지나 공원으로 들어갔다. 폴은 그녀의 반응이 두려웠다. 클라라는 화가 나거나 기분이 좋지 않은 듯 마지못해서 그와 나란히 걷고 있었다. 폴은 두려움에 그녀의 손을 잡을 수가 없었다.

"어느 쪽으로 갈까요?"

어두침침한 길을 걸으며 폴이 물었다.

"어느 쪽이라도 좋아요."

"그럼 계단으로 가요."

폴은 갑자기 방금 온 길을 되돌아갔다. 두 사람은 이제 막 공원 계단을 다 오른 참이었다. 클라라는 자기를 두고 제멋대로 가는 폴에게 화가 나서 그대로 서 있었다. 폴이 그녀를 찾았다. 클라라는 좀 떨어진 곳에 서 있었다. 그는 갑자기 그녀를 두 팔로 감싸고 잠시 동안 꼭 껴안으며 키스를 했다. 그리고 그녀를 놓았다.

"가요."

폴이 미안하다는 듯이 말했다.

클라라는 그를 따라갔다. 폴은 그녀의 손을 잡고 손가락 끝에 키스했다. 이내 두 사람은 아무 말이 없었다. 밝은 곳으로 나오자 폴은 그녀의 손을 놓아주었다. 역에 닿을 때까지 두 사람은 입을 다물고 있었다. 이윽고 그들은 서로의 눈을 마주보았다.

"잘 가요."

클라라가 먼저 작별인사를 했고 폴은 기차를 향해 걸음을 옮겼다. 그의 몸은 기계적으로 움직이고 있었다. 사람들이 그에게 말을 걸었고 그들에게 대답하는 자신의 목소리가 희미한 산울림처럼 들려왔다. 지금 그의 정신은 착란 상태에 빠져 있었다. 월요일이 빨리 오지 않으면 그는 미칠 것만 같았다. 월요일이면 다시 그녀를 만날 수 있었다. 이미 그의 마음은 월요일로 가득 찼다. 그러나 그 사이에 일요일이 끼어 있었다. 그는 참을 수가 없었다. 월요일까지는 그녀를 만날 수가 없었다. 한 시간 한 시간을 참고 견뎌야 한다. 열차의 문에 머리를 부딪쳐 버리고 싶었지만 가만히 앉아 있었다.

집에 돌아오는 길에 위스키를 조금 마셨지만 그를 한층 더 못 견디게 만들 뿐이었다. 어머니를 놀라게 하면 안 된다, 그것이 무엇보다도 중요한 일이었다. 그는 시치미를 떼고 재빨리 위층으로 올라갔다. 그리고 옷을 입은 채 침대 위에서 턱을 무릎에 괴고, 하나 둘 등불이 깜박이는 먼 언덕을 창 밖으로 내다보았다. 아무것도 생각하지 않고 가만히 앉아서 멍하니 밖을 바라보고만 있었다. 쌀쌀함에 정신을 차리고 보니 시계가 2시 반에 멈춰 있었다. 이미 3시가 지난 때였다. 그는 매우 피곤했지만 이제 겨우 일요일 새벽이라는 생각에 괴로웠다.

마침내 침대에 누운 폴은 잠을 청했다. 그리고 낮에는 지칠 때까지 하루 종일 자전거를 탔다. 어디로 자전거를 몰았는지도 모를 지경이었다. 마침내 다음날은 월요일이었다. 폴은 침대 위에 누워서 생각에 잠겼다. 그는 점점 자기 자신을 의식하게 되었다―그는 눈앞에 있는 자신의 모습을 분명히 볼 수 있었다. 오후가 되면 그녀와 산책을 할 것이다. 오후! 그것은 몇 년이나 지나야 올 것 같았다.

폴은 4시까지 잠이 들었다.

시간은 기어가듯이 천천히 흘러갔다. 아버지는 벌써 일어나 있었다―아버지가 이리저리 걸어다니는 소리가 들렸다―그리고 나서 무거운 장화를 끌고 뜰을 지나는 소리가 들렸고 아버지는 탄광으로 출발했다. 수탉들은 아직도 울고 있었다. 짐마차가 한 대 지나가고 있었다. 어머니도 일어나서 난로의 재를 털고 있었다. 곧 어머니가 나직이 아들을 불렀다. 폴은 일부러 잠에서 덜 깬 것 같은 목소리로 대답했다.

폴은 역을 향해 걸어가는 중이었다. 그 길은 매우 먼 것 같았다. 기차는 노팅엄 근처를 달리고 있었다. 기차가 터널 앞에서 멈춰서는 것은 아닐까? 그래도 괜찮았다. 점심시간까지는 노팅엄에 도착할 것이다. 마침내 폴은 조던 사에 도착했다. 클라라는 30분 안에 나타날 것이다. 어쩌면 근처에 와 있을지도 모른다. 그는 편지 작업을 마쳤다. 클라라는 도착해 있을 것이다. 그는 아래층으로 달려갔다. 아! 유리문 너머로 그녀의 모습이 보였다. 몸을 약간 숙이고 일하는 클라라를 보자 그는 가까이 다가갈 수가 없었다. 그는 창백한 얼굴에 초조하게 신경을 곤두세웠다. 클라라가 나를 오해하지는 않을까? 그는 자신을 속이고 있어서 참된 마음을 나타낼 수 없었다.

폴은 주춤주춤 걸음을 옮기며 클라라가 있는 작업실 안으로 들어갔다.

"오늘 오후에…… 갈 수 있어요?"

폴은 가까스로 말을 꺼냈다.

"네, 봐서."

클라라는 낮은 소리로 대답했다. 폴은 그녀 앞에 서 있었지만 아무 말도 못했다. 클라라가 얼굴을 돌리자 폴은 또다시 정신이 아찔해지는 기분이 들었다. 이를 악물고 다시 위층으로 올라간 폴은 이때까지처럼 모든 일을 정확하게 처리하리라 마음먹었다. 하지만 오전 내내 마취제에 취한 사람처럼 모든 일이 멀리 떨어진 곳에 있는 것같이 보였다. 자기 몸마저 억센 압박밴드로 묶여 있는 기분이었다. 그리고 또 하나의 자기가 먼 곳에서 일을 하고 장부를 기입하고 있는 것 같았고 그 자신은 이 분리된 자신이 아무런 실수도 하지 않기를 지켜보고 있는 것 같았다.

하지만 그러한 고통과 긴장은 오래 지속되지 않았다. 그는 쉬지 않고 일했다. 그래도 겨우 12시밖에 되지 않았다. 마치 옷이 책상에 달라붙은 것처럼 그는 책상 앞에 서서 있는 힘을 다 끌어모아 일했다. 1시 15분 전이었다. 그는 이제 일을 끝내고 나갈 수 있었다. 폴은 아래층으로 뛰어 내려갔다.

"2시에 분수대 옆에서 만나요."

폴이 클라라에게 말했다.

"2시 반이나 되어야 할 거예요."

"괜찮아요."

폴이 말했다. 클라라는 그의 어둡고 미친 듯한 눈을 볼 수 있었다.

"2시 15분까지 가도록 해볼게요."

폴은 그것으로 만족해야 했다. 밖으로 나간 그는 점심을 조금 먹었다. 줄곧 그는 마취되어 있는 듯했고 일 분 일 분이 무한히 연장되는 것 같았다. 그는 거리를 몇 킬로미터나 걸었다. 그리고 약속 시간에 늦지 않도록 2시 5분에 분수대에 도착했다. 그로부터 15분간의 고통은 말로 표현할 수 없을 만큼 심했다. 그것은 적나라한 자아와 거짓된 가면을 융합시키는 고통이었다. 마침내 클라라가 나타났다.

그녀가 온 것이다! 그리고 그는 거기 있었다.

"늦었네요."

폴이 말했다.

"겨우 5분이에요."

클라라가 대답했다.

"난 결코 당신을 기다리게 한 적이 없어요."

폴은 웃으며 말했다. 클라라는 짙은 감색 옷을 입고 있었다. 폴은 그녀의 아름다운 모습을 찬찬히 바라다보았다.

"꽃을 사줄게요."

폴은 가까이 있는 꽃집으로 걸어갔다. 클라라는 잠자코 따라갔다. 그는 진홍색과 주황색 카네이션을 한 다발 사서 그녀에게 주었다. 클라라는 얼굴을 붉히면서 꽃을 옷깃에 꽂았다.

"참 색깔이 예뻐요!"

폴이 말했다.

"난 좀 더 연한 색의 꽃이 좋아요."

클라라가 말했다. 폴은 웃음을 머금었다.

"마치 붉은색 덩어리가 거리를 걷고 있는 것 같군요."

폴이 말했다. 클라라는 만나는 사람들의 눈을 피해 고개를 숙이고 있었다. 폴은 옆에서 걷고 있는 클라라를 곁눈질로 쳐다보았다. 그녀의 귀 언저리에는 귀여운 솜털이 잔뜩 나 있었고 폴은 그것을 만져보고 싶었다. 그녀에게는 또 바람에 흔들리는 익은 보리이삭 같이 나른해 보이는 데가 있어서 그에게 현기증을 느끼게 했다. 그는 팽이처럼 돌며 거리를 걸어가고 있는 것 같았고 시내 전체가 그의 주위를 뱅뱅 돌고 있는 것 같았다.

전차를 타고 자리에 앉자 클라라는 무거운 어깨를 그에게 기댔고, 폴은 그녀의 손을 잡았다. 그는 마취에서 깨어나 겨우 숨을 쉬기 시작한 기분이었다. 금발 속에 반쯤 가려진 그녀의 귀는 그의 바로 곁에 있었다. 그 귀에 키스하고 싶은 유혹에 그는 압도당할 것 같았다. 그러나 전차에는 다른 승객들도 있어서 행동으로 옮기지는 못했지만 그 욕망은 아직 그에게서 떠나지 않았다. 결국 그는 자기 자신이 아니라 클라라를 비추는 햇빛과 같은, 그녀의 부속품 가운데 일부인 것이었다.

폴은 차창 밖으로 주위를 둘러보았다. 비가 내리고 있었다. 평평한 도시 위에 우뚝 솟아 있는 노팅엄 성의 절벽은 비를 맞아 줄무늬가 그어져 있었다. 전차는 미들랜드 철로의 넓고 시커먼 공간을 가로질러 하얗게 서 있는 가축우리 옆을 지나갔다. 그리고 누추한 월포드 거리로 나왔다.

클라라의 몸은 전차의 진동으로 가볍게 흔들리고 있었다. 그녀가 폴에게 기대고 있었기 때문에 그 흔들림이 폴에게 전해졌다. 폴은 활달하고 날씬하며 지칠 줄 모르는 남자였다. 그의 얼굴은 서민층의 노동자들답게 투박하고 거칠었다. 하지만 짙은 눈썹 아래 움푹 들어간 눈은 생명력으로 약동하고 있어서 클라라를 매혹시켰다. 그 눈은 춤추고 있는 듯 보였으나 금세라도 웃으려는 듯 떨리면서도 조용했다. 또한 입도 마찬가지로 금방 승리의 웃음이 터져나올 것 같으면서도 잠잠했다. 그는 지금 어떻게 될지 모르는 날카로운 불안 상태에 있었다. 클라라는 생각에 잠겨서 입술을 깨물고 있었다. 폴의 손이 그녀의 손을 꽉 쥐었다.

두 사람은 회전문 앞에서 각각 반 페니를 내고 다리를 건넜다. 트렌트 강은 물이 철철 넘쳤고, 강물이 소리도 없이 다리 밑을 흐르고 있었다. 큰 비가 내린 뒤였기 때문에 제방으로 넘친 물이 강물과 같은 높이에서 평면으로 번득였다. 하늘은 잿빛이고 곳곳이 은빛으로 빛났다. 월포드 교회의 정원에는 비에 젖은 다알리아가 진홍색 덩어리처럼 보였다. 강변의 푸른 풀밭이나 느릅나무 가로수 길을 따라 나 있는 길 위에는 아무도 보이지 않았다.

은빛 나는 어두운 강물 위며 강가의 푸른 들판이며 둑, 군데군데 금빛으로 번쩍이는 느릅나무 위에 희미한 안개가 피어 있었다. 강물은 어떤 민감하고 복잡한 생물인 것처럼 서로 엉기면서 한 덩이가 되어 소리 없이 날쌔게 미끄러져 갔다. 클라라는 입을 꼭 다문 채 폴과 나란히 걸었다.

"왜…… 미리엄과 헤어졌어요?"

마침내 클라라가 약간 거슬리는 목소리로 물었다.

"떠나고 싶어서요."

폴은 얼굴을 찡그리면서 대답했다.

"왜요?"

"교제를 지속하고 싶지 않아서요. 그리고 결혼도 하고 싶지 않았어요."

클라라는 잠시 동안 말이 없었다. 두 사람은 진창길을 조심조심 디디고 내려갔다. 느릅나무에서 빗방울이 떨어졌다.

"미리엄과 결혼할 생각이 없었다는 말인가요, 아니면 결혼 자체가 싫다는 말인가요."

클라라가 물었다.

"양쪽 다요."

폴이 대답했다. 두 사람은 길에 생긴 물웅덩이를 피해 목장 울타리 계단 쪽으로 걸음을 옮겼다.

"미리엄은 뭐라고 하나요?"

클라라가 물었다.

"미리엄이요? 내가 네 살 먹은 어린애고 언제나 자기에게서 달아나려고 발버둥치고 있었다더군요."

클라라는 그 말에 대해 한참 동안 생각에 잠겼다.

"하지만 꽤 오랫동안 미리엄과 진심으로 연애를 했던 거죠?"

이내 클라라가 물었다.

"네."

"그런데 이제 미리엄을 원하지 않는다는 말이군요?"

"그래요. 미리엄과 만나도 아무런 소용이 없거든요."

클라라는 다시 생각에 잠겼다.

"미리엄에게 가혹한 짓을 했다고는 생각하지 않나요?"

"옳은 말이에요. 진작 헤어졌어야 했어요. 하지만 그대로 끌어봤자 소용이 없어요. 나쁜 일을 두 번 한다고 좋은 일이 되는 건 아니잖아요."

"지금 몇 살이죠?"

클라라가 물었다.

"스물다섯이에요."

"난 서른이에요."

"알고 있어요."

"이제 곧 서른하나가 되죠……. 아니, 벌써 서른하나가 됐는지도 모르지."

"그런 건 알지도 못할 뿐 아니라 상관하지도 않아요. 그게 어쨌다는 건가요?"

두 사람은 숲 입구에 다다랐다. 낙엽들이 떨어져 축축하게 들러붙은 황톳길이 풀밭 사이의 가파른 언덕 위로 이어지고 있었다. 길 양쪽으로 거대한 회랑에 서 있는 기둥처럼 느릅나무가 서 있었고, 그것이 아치처럼 높은 지붕을 만들어서 길 위에 낙엽을 떨어트리고 있었다.

주위는 텅 비어 있는 듯했고 조용하게 젖어 있었다. 클라라는 울타리를 넘는 계단 위에 서 있었고 폴이 그녀의 양손을 붙들었다. 클라라는 웃으면서 그의 눈을 내려다보았다. 이내 그녀가 뛰어내렸고, 그녀의 가슴이 폴의 가슴에 부딪쳤다. 폴은 그녀를 껴안고 얼굴을 키스로 뒤덮었다.

두 사람은 미끄럽고 험한 황톳길을 계속해서 올라갔다. 클라라는 폴의 손을 풀어서 자기 허리에 감았다.

"내 손을 당신이 너무 꼭 잡고 있어서 피가 멈추고 말겠어요."

그들은 계속 걸었다. 폴의 손끝이 흔들리는 그녀의 가슴에 닿았다. 주위는 조용하고 황량했다. 왼편에는 붉게 젖은 밭이 느릅나무 몸통과 가지 사이로 보였고, 오른쪽 아래로는 느릅나무 꼭대기가 내려다보였다. 이따금 강물 흐르는 소리가 들려왔다. 저 아래쪽에 철철 넘치는 트렌트 강의 매끄러운 흐름과 작은 가축들이 흩어져 놀고 있는 강가의 목장이 보였다.

"커크 화이트[24]가 소년 시절에 여기 왔었을 때나 거의 변함이 없을 거예요."

폴이 말했다. 그러나 폴은 그녀의 뺨에서 피는 홍조가 밀랍 같은 흰색으로 변한 귀 밑의 목 언저리와 못마땅한 듯이 쫑긋 나온 입술을 바라보고 있었다. 걸어가는 그녀의 몸이 폴에게로 전해져서 그의 몸은 팽팽하게 당긴 실처럼 되었다.

키가 큰 느릅나무 가로수 길을 중간쯤 지나자 숲은 수면보다 한층 더 높아졌다. 거기서 두 사람의 발걸음은 저절로 멈췄다. 폴은 그 샛길 끝의 나무 그늘 밑 풀밭으로 그녀를 데리고 갔다.

황토의 절벽은 나무와 덤불 사이로 강에 이르기까지 급한 경사면을 이루고, 무성한 나뭇잎 사이로 어둡고 희미하게 번쩍이는 강을 향해 내려가고 있었다. 아래 쪽에 보이는 강가의 풀밭은 파릇파릇했

---

24) 커크 화이트(Kirke White, 1785~1806). 19세기 영국 노팅엄 출신의 시인이다 – 옮긴이

다. 폴과 클라라는 서로에게 기대듯 몸을 맞붙이고 두려움을 느끼면서 묵묵히 서 있었다. 아래에 있는 강에서 강물이 빠르게 흐르는 소리가 크게 울려왔다.

"왜 당신은 백스터 도스를 싫어하죠?"

마침내 폴이 물었다. 클라라는 화려한 움직임으로 그를 돌아보았다. 그녀의 입과 목이 그를 향했고 눈은 살짝 감겼으며 가슴은 그를 원하고 있는 것처럼 뒤로 젖혀져 있었다. 폴은 낮게 웃으며 얼굴을 붉히고 눈을 감은 채 그녀에게 길고 완전한 키스를 했다. 그녀의 입술과 그의 입술은 하나가 되었다. 두 사람의 몸은 꼭 닿은 채 불타고 있었다. 몇 분 동안이나 그들은 그대로 있었다. 두 사람은 사람들이 다니는 큰 길가에 서 있었다.

"강가로 내려가 볼까요?"

폴이 말했다. 클라라는 폴에게 안긴 채 그의 얼굴을 보았다. 폴은 비탈의 끝까지 가서 내려가기 시작했다.

"미끄러워요."

폴이 걱정스러운 듯 말하자 클라라가 대답했다.

"염려 말아요."

비탈의 황톳길은 거의 수직으로 되어 있었다. 폴은 미끄러지면서 풀숲에서 풀숲으로 옮기고 나무에 매달리며 나무 밑에 발 디딜 곳을 찾아서 섰다. 그는 흥분된 웃음을 머금고 클라라를 기다렸다. 그녀의 구두는 진흙이 묻어서 무거웠고 걷기가 매우 어려웠다. 폴은 얼굴을 찡그렸다. 마침내 폴은 그녀의 손을 잡았고 클라라는 그의 곁에 섰다. 절벽이 그들 위로 솟아 있었고 밑으로는 낭떠러지를 이루고 있었다. 그녀의 얼굴은 빨개지고 눈에는 필사적인 빛이 서렸다. 폴은 발밑의 깎아지른 듯한 벼랑을 내려다보았다.

"위험해요. 그렇지 않아도 질척거리는데 이제 그만 돌아갈까요?"

폴이 말했다.

"나 때문이라면 괜찮아요."

클라라가 재빨리 대답했다.

"좋아요. 그런데 난 당신을 도울 수는 없어요. 방해만 되죠. 그 작은 꾸러미와 장갑을 이리 줘요. 됐어요."

두 사람은 비탈에 자라고 있는 나무뿌리의 가파른 면에 서 있었다.

"그럼 내가 앞장을 설게요."

폴이 말했다. 폴은 안전한 장소에서 벗어나 발을 헛디디기도 하고 비틀거리고 미끄러지고 나무에 부딪혀 숨이 막힐 것 같았다. 클라라는 그 위에서 나뭇가지나 풀을 잡으며 조심스럽게 강가의 낭떠러지 위까지 이르렀다. 그러나 강가의 길은 물에 넘쳐 없어졌고 진흙투성이의 비탈길이 강물에 닿아 있었다. 크게 실망한 폴은 발뒤꿈치로 흙을 파며 정신없이 기어 올라갔다. 그때 꾸러미의 끈이 툭 소리를 내며 끊어졌고 갈색 꾸러미는 뒹굴며 강물에 떨어져 둥둥 떠내려가 버렸다. 그는 근처 나무에 매달렸다.

"제기랄!"

폴은 화가 나서 소리쳤다. 그런 다음 웃었다. 클라라는 위태롭게 내려오고 있었다.

"조심해요!"

폴이 큰 소리로 경고했다. 그는 나무에 등을 기대고 서서 그녀가 내려오기를 기다렸다.

"자, 이리 와요."

폴이 두 팔을 벌리자 클라라는 스르륵 미끄러져 내려왔다. 폴은 그녀를 덥석 안았고, 두 사람은 파헤쳐진 강둑을 씻어 내려가는 시커먼 강물을 바라보며 서 있었다. 갈색 꾸러미는 떠내려가고 보이지 않았다.

"괜찮아요."

클라라가 말했다. 폴은 그녀를 꼭 껴안고 키스했다. 그곳은 두 사람이 서 있을 만한 공간밖에 없었다.

"이거 속았는걸."

폴은 아쉬운 기분으로 말을 이었다.

"하지만 사람이 지나간 자국이 있는 걸 보니 더 가면 길이 나올 거예요."

강물은 그 커다란 몸뚱이를 꿈틀거리며 미끄러져 갔다. 건너편 둑의 황량한 들판에서는 소가 풀을 뜯고 있었다. 절벽이 폴과 클라라의 오른편에 높이 솟아 있었다. 두 사람은 소리도 없이 흘러가는 강물을 바라보면서 나무에 기대어 서 있었다.

"좀 더 나가봐요."

폴이 말했다. 두 사람은 누군가가 징이 박힌 구두 발자국을 내고 지나간 황톳길을 애써 더듬어 갔다. 그들의 몸은 뜨거워졌고 얼굴은 빨개졌으며 진흙투성이가 돼버린 구두는 무거워졌다. 가까스로 그들은 울뚝불뚝한 길을 발견했다. 흘러넘친 강물을 타고 온 자갈들이 흩어져 있기는 했으나 어쨌든 걷기에 훨씬 수월했다. 두 사람은 나뭇가지로 구두에 묻은 진흙을 떼어냈고, 폴의 심장은 빠르게 고동치고 있었다.

자그마한 평지에 나와 보니 물가에 말없이 서 있는 두 남자의 모습이 보였다. 폴은 가슴이 철렁했다. 그들은 낚시를 하고 있었다. 폴은 돌아보며 한쪽 손을 들어 클라라에게 경계하라는 신호를 보냈고 그녀는 주저하며 웃옷의 단추를 채웠다. 그들은 나란히 걸어갔다.

두 낚시꾼은 자기들만의 고독한 세계에 침입해 온 두 사람을 신기하다는 듯이 돌아보았다. 모닥불을 피웠던 모양이지만 지금은 거의 꺼져가고 있었다. 주위는 아주 고요했다. 낚시꾼들은 다시 낚시에 집중하며 반짝이는 잿빛 강물을 향해 동상처럼 서 있었다. 클라라는 얼굴을 붉히고 고개를 숙이며 걸어갔고 폴은 혼자 웃었다. 이내 두 낚시꾼의 모습은 버드나무에 가려 보이지 않았다.

"이제 저 사람들은 물에 빠져서 죽을 거예요."

폴이 가만히 말했다. 클라라는 대답하지 않았다. 두 사람은 강가의 좁은 오솔길을 따라서 애를 쓰며 앞으로 나아갔다. 그런데 갑자기 길이 사라져버렸다. 그들 앞에서 둑은 수직으로 깎아지른 절벽이 되고 그 단단한 황토벽은 물속으로 빠져들었다. 폴은 우뚝 서서 나지막하게 욕을 하며 이를 악물었다.

"안 되겠는걸요!"

클라라가 말했다. 폴은 똑바로 선 채 주위를 둘러보았다. 바로 눈앞에는 실버들에 싸인 작은 섬이 흐르는 물속에 서 있었다. 그러나 그곳까지 갈 수는 없었다. 절벽은 저 멀리 위에서부터 비스듬한 벽처럼 경사져 내려왔다. 뒤쪽에는 그리 멀지 않은 곳에 두 낚시꾼이 있었다. 강 건너편에서는 소가 쓸쓸한 오후의 햇볕 속에서 풀을 뜯고 있었다. 폴은 다시 나지막이 욕을 했다. 그는 깎아지른 커다란 둑을 올려다보았다. 큰길까지 가려면 저 둑을 기어가는 방법밖에 없단 말인가?

"잠깐 기다리고 있어요."

폴은 진흙으로 된 험한 둑을 발뒤꿈치로 비스듬히 파내고 잽싸게 기어오르기 시작했다. 그는 나무뿌리 부분을 하나하나 살펴보았다. 그리고 마침내 원하는 것을 발견했다. 언덕 위에 나란히 서 있는 두 그루의 너도밤나무 뿌리 사이에 좁고 평평한 공간이 있었다. 젖은 낙엽들이 흩어져 있지만 그런 건 아무래도 좋았다. 아마 낚시꾼들한테는 전혀 보이지 않을 터였다. 폴은 비옷을 벗어서 깔고 클라라에게 오라고 손짓을 했다.

가까스로 폴이 있는 곳까지 이르자 클라라는 말없이 폴을 바라보며 그의 어깨에 머리를 기댔다. 폴은 주위를 둘러본 뒤 그녀를 꼭 껴안았다. 그들은 주위에서 완전히 가려졌고 보이는 것이라곤 강 건너편에 쓸쓸히 서 있는 소뿐이었다. 폴은 그녀의 목에 입술을 묻었고 그 아래에서 맥박이 무겁게 뛰는 것을 느꼈다. 주위는 고요 그 자체였고, 그곳에 있는 것은 오직 두 사람뿐이었다.

클라라가 일어났을 때, 아까부터 땅바닥만 보고 있던 폴은 문득 까맣게 젖은 너도밤나무 뿌리 중에 핏방울처럼 흩어진 진홍색 카네이션 꽃잎들이 흩어져 있는 것을 깨달았다. 그 붉은 꽃잎이 클라라의 가슴에서 옷을 타고 떨어지며 발아래에 모여 있었다.

"꽃이 망가져버렸군요."

폴이 말했다. 클라라는 자기 머리카락을 쓸어올리면서 침울한 표정으로 그를 바라보았다. 폴은 손가락 끝을 그녀의 뺨에 대었다.

"왜 그렇게 침울한 표정을 하고 있죠?"

폴은 책망하듯이 말했다. 클라라는 마음속으로 고독을 느끼는 듯 쓸쓸하게 웃어보였다. 그는 손으로 뺨을 어루만지고 그녀에게 키스를 했다.

"그러지 마요. 고민은 그만둬요."

폴이 말했다. 클라라는 그의 손가락을 꼭 쥐고 떨면서 웃었다. 그러고는 팔을 축 떨어트렸다. 폴은 그녀의 이마에서 머리칼을 쓸어올려 주고 관자놀이를 만지며 그곳에 가볍게 키스했다.

"걱정하지 말아요."

폴은 애원하듯이 말했다.

"걱정하는 건 아니에요."

클라라가 체념한 듯 상냥하게 웃었다.

"아니, 당신은 걱정하고 있어요. 고민하지 말아요."

폴이 애무하면서 그녀를 달랬다.

"안 그래요."

클라라는 그를 위로하듯이 대답하고 키스를 했다.

꼭대기에 도달하려면 다시 또 험한 비탈을 올라야 했다. 정상까지는 15분가량이 걸렸다. 평지의 풀밭에 다다르자 폴은 모자를 벗어던지고 이마에 흐르는 땀을 닦으며 한숨을 쉬었다.

"겨우 평지에 왔어요."

폴이 말했다. 클라라는 숨을 헐떡이면서 우거진 풀밭에 주저앉았다. 그녀의 뺨은 분홍빛으로 달아올라 있었다. 폴은 그녀에게 키스를 했고 클라라는 그제야 자연스럽게 기쁨을 즐길 수 있었다.

"자, 이제는 누가 봐도 부끄럽지 않도록 내가 당신의 구두를 닦아줄게요."

폴이 말했다. 그는 클라라의 발아래 꿇어앉아 막대기와 풀 더미를 가지고 열심히 그녀의 구두를 닦았다. 그녀는 폴의 머리카락 속에 손가락을 넣었고 그의 머리를 당겨 키스를 했다.

"내가 뭘 하고 있는 것 같아요?"

웃음을 머금은 폴이 그녀를 쳐다보며 물었다.

"구두를 닦고 있나요, 아니면 사랑 속에 잠겨 있나요? 어디 말해 봐요!"

"그 어느 쪽이라도 난 즐거운걸요."

클라라가 대답했다.

"지금은 구두닦이에 불과하지요."

두 사람은 서로의 눈을 바라보며 웃었다. 그리고 서로의 입술을 잘근잘근 씹듯이 키스를 나눴다.

"쯧쯧쯧."

폴이 그의 어머니처럼 혀를 차며 덧붙였다.

"하여간 여자가 옆에 있으면 아무 일도 할 수 없다니까."

이내 폴은 나직이 노래를 부르면서 다시 구두를 닦기 시작했다. 클라라는 그의 숱 많은 머리칼을 만졌고 폴은 그녀의 손가락에 키스했다. 마침내 그녀의 구두는 사람들 앞에 내놓아도 부끄럽지 않을 만큼 깨끗해져 있었다.

"네, 다 됐습니다. 당신의 체면을 회복시키는 데는 나만한 일꾼도 없을 거예요. 일어나 봐요! 자, 당신은 대영제국만큼이나 훌륭하게 보여요."

폴은 자기 구두도 간단하게 닦은 다음 고인 웅덩이 물에 손을 씻고 노래를 부르기 시작했다. 이내 두 사람은 클리프턴 마을로 들어갔다. 폴은 정말 미칠 듯이 클라라를 사랑했다. 그녀의 움직임 하나하나와 그녀가 입고 있는 옷의 주름조차 숭고하게 보이고 그의 몸 안에 뜨거운 불꽃을 타오르게 했다.

두 사람이 차를 마시러 간 집의 나이 든 부인은 그들의 상대를 하다가 자기 마음도 들뜨고 말았다.

"좀 더 좋은 날씨라면 좋았을 것을 그랬수."

그들 주위를 서성이며 노부인이 말했다.

"아니에요. 오늘은 정말 좋은 날씨였다고 지금 막 말하던 참이었어요."

폴이 웃으면서 대답했다. 노부인은 신기하다는 듯이 폴을 바라보았다. 그의 몸에는 독특한 정열과 매력이 풍겼다. 폴의 까만 눈은 웃음을 머금었고 그는 너무 기뻐서 콧수염을 쓱쓱 쓰다듬고 있었다.

"정말로 그런 말을 했수?"

노부인의 눈이 밝게 빛나기 시작했다.

"정말이고말고요!"

폴이 웃으면서 대답했다.

"그럼 분명 오늘은 좋은 날씨인가 보우."

노부인이 말했다. 기분이 좋아진 노부인은 그들을 보내주려고 하지 않았다.

"무 같은 건 안 좋아하우?"

노부인이 클라라를 쳐다보며 물었다.

"집에서 심은 건데…… 오이도 있고 말이지."

얼굴을 붉히는 클라라는 매우 아름답게 보였다.

"무를 좀 주세요."

클라라가 말했다. 그러자 노부인은 즐거운 듯 천천히 걸어나갔다.

"만약 저 부인이 사실을 안다면!"

노부인이 사라지자 클라라가 폴에게 속삭였다.

"어떻게 알겠어요. 어쨌든 우리는 행복하게 보이는 거예요. 당신은 천사의 마음까지도 사로잡을 것처럼 보이고 나 역시 악의를 가진 사람으로 보이지 않으니까요……. 그러니까…… 만약 당신이 아름다워 보이고 우리 덕분에 사람들의 마음이 즐거워지고 우리 마음이 행복해진다면…… 글쎄, 우리가 남을 속인다고 할 순 없는 거겠죠."

식사를 마친 두 사람이 일어나려고 할 때 노부인이 진홍색 반점과 하얀 반점이 섞인 다알리아를 들고 조심스럽게 들어왔다. 청초하게 핀 꽃은 꿀벌처럼 멋졌다. 그녀는 만족스러워하며 클라라 앞에 서서 말했다.

"마음에 들지 모르겠수."

노부인은 나이 든 손으로 꽃을 내밀었다.

"어머나, 정말로 예쁘군요!"

클라라가 꽃을 받으며 소리쳤다.

"모두 이 사람에게만 주실 건가요?"

옆에 있던 폴이 원망하듯 물었다.

"그럼요, 전부 숙녀 분께만 드릴 거라우. 댁은 이미 충분한 행복을 가지고 있으니까 말이우."

노부인은 기쁨으로 얼굴을 가득 채우며 대답했다.

"그럼 이 사람에게 한 송이 얻어야겠군요!"

폴이 놀리듯이 말했다.

"숙녀 분이 좋도록 하시겠죠."

노부인이 빙그레 웃으면서 말했다. 그러고는 즐거운 듯이 허리를 약간 굽히고 절을 했다.

그곳을 나온 클라라는 약간 침울하고 불안한 얼굴이었다. 걸음을 옮기며 폴이 말했다.

"죄를 지은 것 같은 기분은 아니겠죠?"

클라라는 놀란 듯한 잿빛 눈으로 그를 마주 보았다.

"죄를요? 아니에요!"

"하지만 어딘지 잘못을 저질렀다고 생각하고 있는 사람처럼 보이는데요."

"아녜요. 나는 다만 세상 사람들이 알면 어떻게 하나 생각했을 뿐이에요."

클라라가 말했다.

"사람들이 알게 되면 그들은 뭐가 뭔지 이해하지 못할 거예요. 모르니까 우리를 알고 있는 것처럼 생각하고 좋아해 주는 거예요. 세상 사람들이 무슨 문제예요? 여기 있는 건 나와 나무뿐이니까 당신은 조금도 잘못했다고 생각할 필요가 없는 거 아니에요?"

폴은 그녀를 끌어당겨 얼굴을 자기 쪽으로 돌리고 눈을 들여다보았다. 무엇인가가 그의 신경을 건드리고 있었다.

"죄를 지은 것이 아니지요, 우리들은?"

폴은 불안한 듯이 이맛살을 찌푸렸다.

"네, 그렇지 않아요."

클라라가 대답했다. 폴은 웃으면서 그녀에게 입을 맞추었다.

"당신은 약간의 죄의식을 좋아하는군요. 분명히 그럴 거예요."

폴이 말했다.

"아마 이브가 추위에 떨며 낙원에서 나갈 때에도 역시 그랬으리라고 생각해요."

하지만 클라라에게는 그를 기쁘게 해주는 일종의 고요와 열정이 있었다.

클라라와 헤어져서 돌아가는 기차에 탔을 때 폴은 춤추고 싶을 만큼 행복하고 사람들은 모두 놀랄 만큼 친절하며 밤은 아름답고 모든 것이 좋아 보였다.

집에 돌아와 보니 어머니는 앉아서 책을 읽고 있었다. 어머니의 건강은 좋지 못했다. 얼굴에는 전에 보지 못했던 상아 같은 창백함이 나타나 있었다. 이때 그는 알아차리지 못했지만 그것은 훗날까지 결코 잊을 수 없는 것이었다. 모렐 부인은 자신의 상태를 폴에게 이야기하지 않았다. 대단한 병은 아닐 거라고 생각했던 것이다.

"늦었구나."

모렐 부인은 아들을 보면서 말했다. 폴의 눈은 빛나고 얼굴은 달아올라 있었다. 그는 어머니를 보고 미소를 지었다.

"네, 클라라하고 클리프턴 숲에 갔었어요."

모렐 부인은 다시 한 번 아들을 보았다.

"사람들의 입에 오르내리지는 않을까?"

"왜요? 사람들은 클라라가 여성 참정권론자이고, 어떤 여자라는 걸 알고 있어요. 그리고 뭐 사람들이 이런저런 말을 한다 해도 상관없어요."

"물론 그게 문제가 아닐 수는 있지……. 하지만 세상이 어떻다는 것은 너도 알고 있지? 그러니 만약 클라라가 사람들의 입에 오르내리면……."

"그건 할 수 없죠. 사람들의 말이 그렇게 절대적인 힘을 갖는 것도 아니니까요."

"그렇지만 넌 클라라의 입장을 고려해야 할 게 아니냐."

"전 그렇게 하고 있어요! 하지만 세상 사람들이 어떤 말을 할 수 있을까요? 제가 클라라와 함께 산책을 하니까 엄마는 질투를 하시는 거예요."

"글쎄, 클라라가 남편 있는 여자만 아니라면 기쁘겠다만."

"하지만 엄마, 클라라는 남편과 떨어져서 살고 있고 연단에서 연설 같은 것도 하는 사람이에요. 그 사람은 이미 평범한 생활을 뛰어넘어 있고 제가 보는 한 아무것도 잃을 게 없는 사람이에요. 그렇죠, 평범한 생활이란 그 사람에게는 없어요. 없는 것에 무슨 가치가 있겠어요? 저하고 같이 다녔다고 해서 이러쿵저러쿵 말을 듣고 그 대가를 그 사람이…… 우리 두 사람이 그 대가를 치러야 하다니! 세상 사람들은 무엇에든 보상을 해야 한다면 안절부절 못해요. 그보다는 차라리 굶어죽는 편이 낫다고 생각할 거예요."

"알았다, 폴. 어떻게 결말이 날지 시간이 지나면 알게 되겠지."

"좋아요, 엄마. 전 그 결말을 달게 받겠어요."

"곧 알게 될 거다."

"그리고 클라라는…… 정말 좋은 여자예요. 엄마, 정말이에요. 엄마는 모르시겠지만."

"좋은 여자란 것과 결혼해도 좋다는 것은 다른 문제다."

"결혼해도 좋을 상대보다 더 좋은 여자일지도 몰라요."

잠시 침묵이 흘렀다. 폴은 어머니에게 물어보고 싶은 말이 있었지만 두려웠다.

"엄마, 클라라를 한번 만나보시겠어요?"

폴이 망설이면서 물었다.

"그래, 나도 클라라가 어떤 여자인지 알고 싶구나."

모렐 부인은 싸늘하게 대답했다.

"클라라는 좋은 여자예요. 그리고 천박한 데가 조금도 없어요."

"나는 그 여자가 어떻다고는 아직 한 마디도 하지 않았다."

"하지만 엄마는 클라라에 대해서…… 그렇게 좋게 생각하고 있지 않은 것 같아요……. 클라라는 백 명에 한 명 있을까 말까 한 여자예요. 전 확신해요. 그녀는 다른 사람들보다 훨씬 훌륭해요. 공정하고 정직하며 솔직하죠. 잔재주를 부리지 않고 교만하지도 않아요. 좁은 견해로 클라라를 생각하지 말아 주세요."

모렐 부인은 얼굴을 붉혔다.

"난 절대로 이상하게 생각지는 않는다. 아마 네 말대로 훌륭한 여자겠지. 그렇지만……."

"엄마는 인정하지 않는군요."

"그래, 넌 내가 인정해 주길 바라니?"

모렐 부인은 냉담하게 말했다.

"물론이죠. 엄마가 사람 볼 줄 아는 눈만 가졌다면 기뻐할 게 틀림없어요. 정말로 한 번 만나주시겠어요?"

"만난다고 하지 않았니."

"그럼 데리고 올게요. 집으로 데려와도 되죠?"

"네 마음대로 하렴."

"그럼 일요일에 우리 집으로…… 차 마시러 오라고 부를게요. 만약 클라라를 이상하게 생각하시면 전 엄마를 용서하지 않겠어요."

모렐 부인의 얼굴에 잠시 웃음이 스쳤다.

"내가 어떻게 생각하든 변하는 건 없잖니."

폴은 이제 됐다고 생각했다.

"정말이에요, 엄마. 클라라와 함께 있으면 기분이 너무 좋아요. 그녀에게는 어딘지 여왕 같은 점이 있어요."

폴은 요즘도 교회에서 돌아오는 길에 이따금 미리엄과 에드거와 함께 산책을 했다. 그러나 농장까지 가지는 않았다. 미리엄은 예전과 똑같은 태도로 그를 대했고, 폴 또한 미리엄 앞에 있어도 난처하게 느끼지 않았다.

어느 날 저녁 폴은 미리엄을 바래다준 적이 있었다. 두 사람의 대화는 책에서 시작되었다. 그들은 만나면 반드시 책에 대해 이야기를 했다. 책은 그들에게 끊임없는 주제였다. 모렐 부인은 폴과 미리엄의 만남은 책을 연로로 타고 있는 불이라며, 만약에 더 이상 태울 책이 없으면 꺼지고 말 거라고 한 적이 있었다.

미리엄은 자기가 폴에 대해 책처럼 읽을 수 있을 뿐만 아니라 몇 장 몇 페이지에 무엇이 쓰여 있는지 언제나 짚어낼 수 있다고 확신했다. 폴은 이를 쉽게 받아들이고 그녀가 다른 누구보다도 자기를 잘 알고 있다고 믿었다. 그래서 단순한 이기주의자처럼 미리엄에게 자신에 대해 이야기하기를 좋아했다. 두 사람의 화제는 곧 그의 근황에 닿았다. 자신의 일이 그녀에게 흥미를 갖게 한다는 사실이 그를 기분 좋게 만들었다.

"그래, 요즘은 무슨 일을 했어?"

"나? 별로 대단한 건 없어. 뭐 뜰에서 베스트우드를 스케치했는데 이제 겨우 마음에 드는 작품이 나왔어. 그걸 백 번이나 그렸거든."

"그럼 요즘은 바깥으로 나가지 않아?"

"아니, 월요일 오후에 클라라와 클리프턴 숲에 갔었어."

"날씨가 좋지 않았는데."

미리엄이 말했다.

"그래도 나가고 싶었거든. 갔다 오길 잘했어. 트렌트 강은 물이 불어서 철철 넘치고 있었어."

"바턴까지 갔어?"

미리엄이 물었다.

"아니, 클리프턴에서 차를 마셨어."

"멋있었겠다."

"정말 좋았어. 쾌활한 노부인이 네가 좋아할 것 같은 예쁜 폼폼 달리아를 몇 송이 주셨어."

미리엄은 고개를 숙이고 곰곰이 생각했다. 폴은 미리엄에게 무엇을 숨기려는 생각이 전혀 없었다.

"왜 그 부인이 네게 꽃을 주고 싶었을까?"

미리엄이 묻자 폴은 웃었다.

"그녀가 우리를 좋아했으니까 그렇지. 우리가 즐거워 보였기 때문일 거야."

미리엄은 손가락을 입에 물었다.

"집에는 늦게 왔어?"

결국 폴은 미리엄의 말투에 짜증이 치밀었다.

"하!"

두 사람은 말없이 걸었다. 폴은 화가 나 있었다.

"클라라는 잘 지내?"

미리엄이 물었다.

"별일은 없다고 생각해."

"다행이네. 그런데 그녀의 남편은 어떻게 지내? 통 소식을 들을 수가 없어."

미리엄은 다소 빈정대는 투로 말했다.

"다른 여자를 얻어서 잘 지내고 있을 거야. 난 그렇게 생각해."

"알았어……. 너도 잘 모르는구나……. 여자로서 그런 입장에 놓이게 된다는 게 가혹하다고 생각하지는 않아?"

"무척 괴로울 거야."

"너무 불공평해! 남자들은 자기 멋대로 할 수 있는데……."

"그럼 여자도 그렇게 하면 되잖아."

폴이 말했다.

"여자가 어떻게 그런 짓을 할 수 있어? 만약 여자가 그렇게 한다고 해도 그 여자의 입장을 생각해 봐."

"그게 무슨 상관이야?"

"어머나…… 그건 안 돼. 그렇게 하면 여자가 무엇을 잃는지 넌 모르는구나……."

"그래, 몰라……. 하지만 여자가 세상의 평판만으로 먹고 산다면 그건 너무도 가련한 양식이 아닐까? 그런 것만으로는 살아갈 수 없을걸."

미리엄은 적어도 폴의 도덕적 태도가 어떤 것인지 알게 되었다. 그리고 그에 따라서 행동하리라는 것도 알았다. 미리엄은 그에게 직접으로는 아무것도 묻지 않았지만 충분히 알 수 있었다.

다른 날 폴과 미리엄이 만났을 때 화제는 결혼문제로 넘어갔고, 이어 클라라와 도스의 결혼 이야기로 옮겨갔다.

"그녀는 무서울 만치 큰 결혼의 중대성을 몰랐던 거야."

폴은 말을 이었다.

"결혼이란 간단하게 할 수 있는 거라고 생각했던 모양이야. 언젠가는 자연적으로 이루어지는 것으로 생각했던 거지……. 그런데 도스가 나타났어……. 그와 결혼하고 싶은 여자들도 많았을 거야. 그래서 클라라는 그와 결혼해도 괜찮겠지 하고 생각했던 거고. 그리고 그녀는 '이해받지 못한 여자'가 되었고 그에게 냉정하게 대한 거지. 난 확실히 그럴 거라고 생각해."

"그리고 그녀는 남편이 이해해 주지 않으니까 그 곁을 떠났을 거란 말이지?"

미리엄이 말했다.

"난 그렇게 생각해. 그녀는 떠나지 않을 수 없었다고. 그것은 이미 이해의 문제가 아니라 삶의 문제야. 남편과 함께 있을 때 클라라는 겨우 반쪽만 살아 있고 나머지는 잠자거나 말살되고 있었어. 그리고 잠자는 여자는 곧 '이해받지 못한 여자'야. 그녀는 깨어나지 않을 수 없었던 거지."

"그럼 남편 쪽은 어떻게 되지?"

"그건 모르겠어. 난 그가 클라라를 힘껏 사랑했다고 생각해. 하지만 그는 어리석은 바보야."

"어쩐지 네 어머니와 아버지 사이 같네."

"그래. 하지만 우리 엄마는 처음엔 아버지에게서 진정한 기쁨과 만족을 얻었을 거라고 믿어. 엄마는 아버지에게 정열을 가졌어. 그래서 지금까지 아버지와 함께 살아온 거야. 결국 두 분은 서로 결합되어 있었어."

"그래."

미리엄이 대답했다.

"그거야 말로 사랑이 가져야 하는 것이라고 생각해."

폴은 말을 이었다.

"다른 사람에게 배어들 듯한 진정한, 진정한 감정의 불꽃은······ 비록 석 달밖에 가지 않더라도 한 번, 단 한 번이라도 가질 만한 것이지. 우리 엄마는 살아가고 성장하는 데 필요한 것은 무엇이든 가진 것처럼 보여. 엄마에게는 고갈된 감정 같은 것은 조금도 없는 것 같아."

"글쎄."

"엄마는 아버지에 대해서 처음엔 진정한 애정을 가졌었다고 믿어. 엄마는 그 진정한 애정을 알고 또 그것에 의지해서 살아온 거야. 엄마와 아버지, 그리고 우리가 매일 만나는 수많은 사람들에게서 그걸 느낄 수 있지. 일단 너도 그런 경험을 한다면 어떤 일이 있더라도 앞으로 나갈 수 있고 그것을 이룰 수 있을 거야."

"그래서 어떻다는 거야? 분명하게 말하자면?"

미리엄이 물었다.

"그걸 표현하기는 매우 어려워……. 하지만 네가 누구든 다른 사람과 진정으로 사랑하게 되었을 때, 널 변화시키고 마는 그런 강렬한 거야. 그건 네 영혼을 풍요롭게 하고 네가 앞으로 계속 나아가게 하며 성숙하게 만들어주는 것이지."

"그럼 너의 엄마가 아버지한테 그걸 받았다고 생각하는 거야?"

"응. 마음속으로는 엄마도 그걸 준 아버지에게 고맙게 여기고 있는 거야. 지금은 사이가 몇 킬로미터나 벌어져 있기는 하지만 말이야."

"그러면 클라라는 그런 경험을 한 번도 얻지 못했다고 생각하는 거야?"

"난 그렇게 확신하고 있어."

미리엄은 이 문제를 곰곰 생각했다. 그녀는 폴이 애써 구하고자 하는 것이 무엇인지 알았다─그것은 열정의 불로 행하는 일종의 세례인 것이다. 미리엄은 그가 이것을 갖기 전에는 절대로 만족하지 않으리라는 것을 깨달았다. 어떤 남자들처럼 아마 그에게도 젊은 시절의 도락이 필요한 것이리라. 그때가 지나 만족을 채우고 나면 더 이상 초조하게 날뛰지 않고 차분히 그녀의 손에 자신의 삶을 맡길 것이다. 그러니 기어이 가야 한다면 가서 자기가 원하는 것─그가 말하는 대로 거대하고 강렬한 것을 가질 수 있도록 보내주자. 만족하게끔 하자. 어쨌든 일단 그것을 손에 넣으면 그 이상은 원하지 않을 것이다. 그는 스스로도 그렇게 말했다. 그러면 폴은 그때 내가 줄 수 있는 다른 것을 원하게 될 것이다. 그리고 일에 열중할 수 있도록 내게 소유당하고 싶어 할 것이다. 폴이 떠나야만 한다는 것은 미리엄으로서는 쓰라린 일이었다. 그러나 그가 위스키를 한 잔 마시러 술집에 가는 것을 내버려둘 수 있듯이 그녀는 그가 클라라에게 가는 것을 내버려둘 수도 있었다 — 그것이 그의 욕구를 충족시키고 그 뒤에는 그녀가 소유할 수 있도록 자유롭게 해주면 되는 것이다.

"엄마한테도 클라라에 대해 말씀드렸어?"

미리엄은 이것이야말로 폴이 다른 여자에게 가진 감정이 얼마나 진지한 것인지를 알 수 있는 기준임을 알고 있었다. 그가 만약 자기 어머니에게 이야기했다면 그것은 남자들이 쾌락을 얻으려고 창녀에게 가는 것과는 달리 삶의 중요한 그 무엇을 찾아서 클라라에게 가는 것임을 알았다.

"그래, 일요일에 차를 마시러 오기로 했어."

"집으로?"

"응, 엄마에게 클라라를 소개하고 싶었어."

침묵이 흘렀다. 상황은 미리엄이 생각했던 것보다 더 빠르게 진행되고 있었다. 폴이 이렇게 빨리, 이렇게 완전히 자기를 떠날 수 있다는 사실에 미리엄은 갑자기 비통해졌다. 클라라는 미리엄에게 그렇게나 적대적이었던 그의 가족들에게 받아들여질 것인가?

"교회에 가는 길에 내가 찾아가도 될까? 클라라를 본 지도 오래되었고 말이야."

미리엄이 말했다.

"좋은 생각이야."

폴은 깜짝 놀랐지만 자기도 모르게 화가 난 채 대답했다.

일요일 오후가 되자 폴은 클라라를 맞으러 케스턴 역으로 나갔다. 그는 플랫폼에 서서 자기 마음에 어떤 예감이 드는지 애써 생각해 보았다.

'과연 클라라가 올까?'

폴은 마음속으로 혼자 묻고 그 예감을 찾아내려고 노력했다. 이상하게 심장이 오그라드는 느낌이 불길한 조짐인 듯했다. 갑자기 그녀가 오지 않을 거라는 예감이 들었다. 클라라는 오지 않을 것이다. 저 들판을 가로질러 그녀를 데리고 집으로 가리라 상상했던 것과는 달리 그는 홀로 돌아가야 할 것이다. 기차는 연착되고 있었다. 공연히 일요일 오후와 저녁을 낭비하고 말 터였다. 오지 않는 그녀가 미웠다. 약속을 지키지도 못하면서 어쩌자고 약속 같은 것은 했단 말인가? 어쩌면 그녀는 기차를 놓쳤을지도 모른다ㅡ자기도 늘 기차를 놓치고는 했었다. 하지만 그것은 그녀가 이 기차를 놓쳐도 좋다는 이유는 되지 않는다. 폴은 그녀에게 화가 났다. 그는 격분했다.

그때 기차가 남의 눈을 피하듯이 느릿하게 모퉁이를 돌아오는 것이 보였다. 이윽고 기차가 도착했다. 하지만 클라라는 오지 않을 것이 뻔했다. 초록색 기관차가 플랫폼으로 치익 하고 미끄러져 들어왔다. 이내 갈색 객차들이 서면서 여러 개의 문이 열렸다. 아냐, 그녀는 오지 않았어! 아니, 있었다. 아아, 그녀가 있었다! 그녀는 까만 모자를 쓰고 있었다! 폴은 눈 깜짝할 사이에 그녀의 곁으로 달려갔다.

"오지 않는 줄 알았어요."

클라라는 약간 숨이 가쁘게 웃으며 손을 내밀었다. 두 사람의 눈이 마주쳤다. 폴은 자기의 감정을 숨기기 위해 서둘러 그녀를 데리고 플랫폼을 빠져나오며 빠르게 떠들어댔다. 클라라는 아름답게 보였다. 그녀의 모자에는 흐린 금빛의 비단으로 만든 큼직한 장미꽃이 달려 있었고, 검정색 천으로 만든 옷은 그녀의 가슴과 어깨 언저리에 아름답게 어울렸다. 그녀와 나란히 걷고 있는 폴의 마음은 자랑스러운 기분으로 넘쳐 흘렀다. 그를 아는 역무원들이 존경과 경탄의 눈길로 클라라를 바라보는 것이 느껴졌다.

"정말 안 오는 줄 알았어요."

폴은 떨리는 듯한 웃음을 지었다. 클라라는 외치는 듯한 목소리로 미소를 지으며 대답했다.

"나는 기차 속에서 당신이 나와 있지 않으면 어쩌나 하고 생각했어요."

폴은 충동적으로 그녀의 손을 잡았고 두 사람은 좁은 오솔길을 걸어갔다. 두 사람은 너트울로 가는 길을 지나 레커닝 하우스 농장을 넘었다. 하늘은 푸르렀고 온화한 날이었다. 사방에 갈색 낙엽이 깔려 있었다. 숲 끝의 산울타리에는 새빨간 찔레꽃 열매가 수도 없이 달려 있었다. 그는 클라라에게 달아주려고 그 열매를 몇 개 땄다.

"실은……."

클라라의 웃옷 가슴에 열매를 달아주면서 폴이 말했다.

"이건 새들의 밥이니까, 당신은 내가 이걸 따는 것에 반대를 해야 해요. 하지만 이 근처에는 이삭도 많으니까 새들이 찔레꽃 열매 같은 건 좋아하지 않죠. 봄철에는 이 열매가 잔뜩 썩어가는 걸 볼 수 있어요."

이야기를 하면서도 폴은 다만 클라라의 가슴에 열매를 달고 있다는 것만 의식할 뿐 자기가 무슨 말을 하고 있는지조차 몰랐다. 또한 그녀는 생기에 찬 폴의 매끈한 손을 지켜보면서 자신은 과거에 아무 것도 보지 못했다는 기분이 들었다. 지금까지 그녀에게는 무엇 하나 명확한 것이 없었다.

두 사람은 탄광 가까이까지 왔다. 탄광은 밀밭 사이에 소리 없이 시커멓게 서 있었고 마치 거대한 탄더미가 밀밭 사이에서 솟아 오른 것처럼 보였다.

"이렇게 아름다운 곳에 탄광이 있다니, 참 딱한 일이에요."

"그렇게 생각해요?"

폴이 말을 이었다.

"난 워낙 이 경치에 익숙해져서 탄광이 없으면 오히려 섭섭할 것 같아요. 아니, 나는 여기저기 보이는 탄광들이 좋아요. 그리고 줄지어 서 있는 탄차며 기계의 굴대받이며, 낮이면 증기를 뿜어내고 밤이면 등불이 켜져 있는 게 모두 다 좋아요. 난 어렸을 때 낮에는 증기기둥, 밤에는 불기둥이 탄광을 말하는 것이라고 생각했죠! 그리고 하느님은 언제나 탄광의 가장 꼭대기에 있다고 생각했어요."

집이 가까워오자 클라라는 말이 없어지고 주저하는 것처럼 보였다. 폴은 그녀의 손가락을 꼭 쥐었다. 클라라는 얼굴을 붉혔지만 아무런 반응을 보이지 않았다.

"우리 집에 가고 싶지 않아요?"

폴이 묻자 클라라가 대답했다.

"아뇨, 가고 싶어요."

자기의 집에서 클라라가 묘하고 어려운 입장에 놓이리라는 것을 폴은 전혀 생각지도 못했다. 폴은 그녀를 초대한 것을 남자친구들 가운데 한 사람을 어머니에게 소개하는 정도로만 여겼다. 다만 좀 더 다정한 친구라고 생각한 것이다.

폴의 집은 가파른 언덕을 따라 내려가는 누추한 거리에 있었다. 거리 자체는 형편없고 끔찍했으나 다른 집보다는 깨끗했다. 밖으로 툭 튀어나온 창문이 나 있는 낡고 때 묻은 집은 시내에서 조금 떨어진 곳에 있었으며 음침하게 보였다. 그러나 폴이 뜰로 들어가는 문을 열자 그 인상이 확 달라졌다. 그곳에는 마치 새로운 세계 같은 화창한 오후가 있었다. 오솔길 옆에는 쑥국화와 작은 나무들이 자라고, 창문 앞에는 라일락으로 둘러싸인 양지바른 잔디밭이 있고 그 앞은 뜰이 계속되고 있었다. 햇볕을 받아 한 덩이의 국화가 피어 있는 무화과나무가 있고 거기서부터 뜰 저편에는 들판이 이어졌다. 그 너머에는 가을날 오후의 햇빛을 흠뻑 받은 언덕 위에 몇 채의 빨간 지붕이 보였다.

모렐 부인은 검은 실크 블라우스를 입고 흔들의자에 앉아 있었다. 그녀의 희끗희끗한 갈색 머리칼은 이마와 높직한 관자놀이에서 단정하게 빗어 넘겨져 있었고 안색은 약간 창백했다. 클라라가 서먹서먹해하며 폴을 따라 부엌으로 들어가자 모렐 부인이 일어났다. 그녀가 지나칠 만큼 엄격하고 훌륭한 부인이라고 생각한 클라라는 신경이 몹시 예민해졌다. 그녀의 얼굴에는 고통스러워하는 빛이 어렸으나 거의 체념한 듯한 표정이었다.

"어머니세요. 엄마, 클라라예요."

폴이 클라라를 소개하자 모렐 부인은 손을 내밀며 미소 지었다.

"아들에게 이야기는 많이 들었어요."

모렐 부인이 말을 건네자 클라라의 뺨이 빨개졌다.

"이렇게 불쑥 찾아와서 방해가 되지는 않으신지요."

클라라가 더듬거리며 인사를 했다.

"폴이 당신을 초대하겠다고 해서 기뻤답니다."

모렐 부인이 대답했다. 그 사이 폴은 두 사람을 보다가 심장이 아프고 오그라드는 느낌을 받았다. 아름다운 클라라 옆에서 어머니는 몹시 초라하고 혈색이 나빠서 폐물처럼 보였다.

"참 좋은 날씨에요, 엄마!"

폴은 일부러 활기찬 목소리로 말했다.

"우린 오다가 어치새를 봤어요."

모렐 부인이 폴을 바라보았고 그는 돌아서서 어머니를 쳐다보았다. 모렐 부인은 몸에 잘 맞는 새까만 옷을 입은 아들이 정말 훌륭한 남자로 보인다고 생각했다. 폴은 창백하고 고독한 표정을 짓고 있었다. 어떤 여자도 그를 차지하기는 어려울 것이다. 그녀의 가슴은 자랑스러움으로 불탔다. 그리고 클라라를 가엾게 여겼다.

"소지품은 거실에 놓으세요."

모렐 부인이 상냥하게 말했다.

"네, 고맙습니다."

클라라가 대답했다.

"이쪽이에요."

폴이 낡은 피아노며 마호가니 가구와 색이 바랜 대리석 벽난로가 있는 작은 방으로 그녀를 안내했다. 난로에는 불이 타올랐고 그 주변에 책과 화판이 널려 있었다.

"도무지 치워놓질 못해요. 이게 훨씬 편하니까요."

폴이 말했다. 클라라는 예술가인 폴의 소지품과 책과 사람들의 사진이 마음에 들었다. 폴은 그녀에게 그것들을 설명해 주었다. 이건 윌리엄이고 이브닝드레스를 차려 입은 여자는 윌리엄의 애인, 이건 애니와 그녀의 남편, 이건 아서와 그의 아내와 아이. 클라라는 자기가 가족의 한 사람이 된 것 같은 기분이 들었다. 폴은 클라라에게 사진과 책과 스케치를 보여주며 잠시 이야기를 나눴다. 그리고 나서 그들은 부엌으로 돌아갔다.

모렐 부인은 읽던 책을 내려놓았다. 클라라는 가느다란 흑백 줄무늬가 있는 아름다운 실크 시폰 블라우스를 입고 머리는 간단하게 위로 틀어올렸다. 그녀는 반듯하게 앉아서 마음을 가다듬고 있는 것처럼 보였다.

"스네인턴 큰 거리에 살고 있나요? 나는 소녀 시절에—아니, 소녀라니 — 처녀시절에 미네르바 테라스에서 살았어요."

모렐 부인이 말했다.

"어머, 그러세요?"

클라라가 반갑다는 듯이 대답했다.

"거기 6번지에 친구가 살고 있어요."

이야기는 그렇게 시작되었다. 두 사람은 노팅엄과 노팅엄에 사는 사람들에 대해 이야기를 했다. 두 사람 모두 그 주제에 흥미를 가졌다. 클라라는 아직도 약간 안절부절 못했고 모렐 부인은 여전히 그녀를 위엄 있게 대하고 있었다. 모렐 부인은 정확하게 말을 끊는 말투를 썼다. 그러나 폴은 그녀들이 서로 잘 맞을 것 같다고 생각했다.

모렐 부인은 이 젊은 부인과 자기를 비교했고 자신이 그녀를 쉽게 이길 수 있음을 의식했다. 클라라는 매우 공손했다. 그녀는 폴이 자기 어머니를 끔찍이 존경하는 것을 알고 있었기 때문에 그녀는 틀림없이 상대하기 벅차고 차디찬 사람일 것이라고 예상하고 이 만남을 두려워했다. 클라라는 이 조그마한 여자가 무엇이든지 재미있어 하고 매우 분명하게 이야기하는 것을 보고 놀랐다. 그리고 그녀는 폴에게도 느꼈듯이 모렐 부인이 싫어할 만한 말은 구태여 할 필요가 없다고 느꼈다. 그의 어머니에게는 이때까지의 인생에서 불안감 따위는 겪어본 적이 없는 것처럼 매우 강하고 확고한 것이 있었다.

얼마 후 모렐이 낮잠에서 깨어나 지저분한 상태로 하품을 하면서 내려왔다. 그는 헝클어진 머리를 벅벅 긁으며 셔츠 위에 입은 조끼는 단추도 채우지 않은 채 양말만 신고 돌아다녔다. 그는 그 자리에 어울리지 않는 느낌이었다.

"도스 부인이에요, 아버지."

폴이 클라라를 소개했다.

모렐은 정색을 했다. 클라라는 모렐 씨의 인사와 악수가 폴과 비

196

슷하다는 사실을 알 수 있었다.

"아, 그러십니까!"

모렐이 덧붙였다.

"잘 왔어요. 참 잘 왔어요. 편히 앉아요. 그러는 것이 더 마음 편하
니까요."

클라라에게는 나이 든 광부가 보여주는 환대가 매우 뜻밖이었다.
그는 매우 예의바르고 점잖았다. 그녀는 그가 말할 수 없이 유쾌한
사람이라고 생각했다.

"먼 길을 왔지요?"

모렐이 물었다.

"아니에요, 노팅엄에서 왔어요."

클라라가 대답했다.

"노팅엄이라, 아무튼 좋은 날씨라서 다행이군요."

모렐은 세수를 하러 어슬렁어슬렁 세면실로 갔다가 항상 하는 버
릇대로 젖은 수건으로 물기를 닦기 위해 난로 곁으로 돌아왔다.

클라라는 가족들과 차를 마시면서 이 가정의 차분하고 세련된 분
위기를 느꼈다. 모렐 부인의 태도는 조금도 꾸밈이 없고 편안했다.
그녀는 차를 따르고 사람들을 돌보면서도 이야기를 중단하지 않고
극히 자연스럽게 움직이고 있었다. 타원형의 식탁에는 널찍한 여유
가 있었고 감색으로 버들무늬가 그려진 찻잔은 광택이 나는 식탁보
위에서 매우 귀엽게 보였다. 노란 국화를 꽂은 작은 꽃병도 있었다.
클라라는 자기가 끼어듦으로써 이 모임이 완성된 것 같아 기뻤다.
그러나 아버지를 비롯하여 모렐 가 사람들의 냉정함에 어쩐지 그녀
는 두려워졌다. 그녀도 그들의 분위기에 맞춰 보았다. 거기에는 조
화로운 분위기가 있었다. 그것은 싸늘하고 투명한 분위기로 각자가
자기를 잃지 않으면서도 조화를 이루고 있었다. 클라라는 이 분위기

를 즐기면서도 마음속 밑바닥에는 두려운 마음이 들었다.

폴이 식탁을 치우는 동안 모렐 부인과 클라라는 이야기를 나눴다. 클라라는 바람처럼 가볍게 오가는 폴의 민첩한 움직임을 의식하고 있었다. 그것은 나뭇잎이 뜻하지 않는 방향으로 이리저리 날리는 것처럼 생각되었다. 그녀의 마음은 대부분 폴과 함께 움직이고 있었다. 그녀는 이야기에 귀를 기울이는 것처럼 몸을 앞으로 내밀고 있었지만 모렐 부인은 그녀가 다른 곳에 정신을 빼앗겼음을 알아채고 다시 그녀를 가엾게 생각했다.

식탁 위를 치우고 나서 폴은 이야기를 하고 있는 두 여자를 남겨놓고 정원을 걸어다녔다. 안개 긴 사이로 햇볕이 내려쬐는 온화하고 따뜻한 오후였다. 클라라는 창문으로 국화꽃 사이를 어슬렁거리는 폴의 뒷모습을 눈으로 좇았다. 클라라는 손으로 만질 수 있는 무엇인가로 자기가 폴에게 묶여 있기라도 한 것 같은 기분이었다. 그런데도 폴은 매우 편안하고 우아한 움직임으로 나른하게 돌아다녔고 무거워 고개를 숙이고 있는 꽃가지를 줄기에 잡아매고 있는 모습은 너무나도 현실과 동떨어져 있는 것처럼 보여서 그녀는 허전한 나머지 비명을 지르고 싶어졌다.

그때 모렐 부인이 설거지를 하기 위해 자리에서 일어났다.

"저도 도울게요."

클라라가 말했다.

"얼마 안 되니까 혼자서도 금방 끝나요."

모렐 부인이 대답했다. 그러나 클라라는 나서서 찻잔을 닦았고 폴의 어머니와 가까워진 것을 기쁘게 생각했다. 하지만 그와 함께 마당을 거닐 수 없는 것이 괴로웠다. 마침내 그녀는 뜰로 나가보기로 했다. 발목을 묶고 있던 밧줄이 풀러지는 것 같은 느낌이었다.

더비셔의 언덕 위에 오후의 광선이 황금빛으로 빛나고 있었다. 폴은 저편에 있는 다른 뜰에서 푸르스름한 잔국화 덤불 곁에서 가을의 마지막 벌들이 벌집으로 기어들어 가고 있는 광경을 지켜보고 있었다. 클라라의 발걸음 소리를 듣자 그는 가볍게 그녀 쪽을 돌아보며 말했다.

"이 녀석들이 날아다니는 것도 이제 마지막이에요."

클라라는 폴 옆으로 다가왔다. 두 사람 앞에 있는 낮은 빨간 담 너머로 온통 황금빛의 언덕들이 펼쳐지고 있었다.

마침 그때 미리엄이 마당 문으로 들어왔다. 미리엄은 클라라가 그에게 다가가자 폴이 돌아보고 두 사람이 나란히 서서 움직이지 않고 있는 모습을 보았다. 주위와 완전히 차단되어 있는 듯한 두 사람의 분위기에서 그들 사이에 무엇인가가 완성된 것임을, 미리엄의 말로 표현한다면, 그들이 결합되어 있음을 느낄 수 있었다. 미리엄은 탄재를 깐 긴 마당길을 천천히 걸어갔다.

클라라는 접시꽃 끝에서 열매를 잡아 뜯어 씨를 꺼내기 위해 그것을 깨고 있었다. 숙이고 있는 고개 위로 마치 그녀를 보호하는 듯이 분꽃이 피어 있었다. 가을의 마지막 벌들이 벌집으로 기어들어 가고 있었다.

"그 돈을 세어봐요."

클라라가 동전을 겹쳐놓은 것 같은 납작한 씨를 하나하나 꺼내는 것을 보고 폴이 웃으면서 말했다.

"난 부자가 되었어요."

클라라는 미소 지으면서 대답했다.

"얼마예요?……핏!"

폴은 손가락을 꺾어 소리를 내면서 덧붙였다.

"내가 그걸 금이 되게 할 수는 없을까?"

"그건 안 될 걸요."

두 사람은 웃으면서 서로의 눈을 마주보았다. 그 순간 그들은 미리엄이 온 것을 알아차렸다. 갑자기 무엇인가가 뚝 하고 부러지는 소리가 나듯 모든 것이 돌변했다.

"아, 미리엄!"

폴이 외쳤다.

"응, 내가 온다는 걸 잊었던 거야?"

미리엄은 클라라와 악수를 하면서 말했다.

"여기서 만나다니, 이상한 것 같군요."

"그래요. 여기에 있으니 이상하게 느껴지는군요."

클라라가 대답했다. 두 사람 사이에는 어색한 느낌이 있었다.

"아름다운 뜰이죠?"

미리엄이 말했다.

"난 여기가 참 좋아요."

클라라가 대답했다. 그녀의 말을 들은 미리엄은 결국 자기는 이 집에서 거부당했지만 클라라는 받아들여졌음을 깨달았다.

"혼자 왔어?"

폴이 물었다.

"응, 언니네 집 차 모임에 갔었어. 그리고 교회에 가다가 클라라를 만나려고 잠깐 들렀어."

"우리 집 차 시간에는 오지 않고서."

폴이 말했다. 미리엄은 서먹하게 웃었고 클라라는 이 상황을 참을 수가 없어서 얼굴을 돌렸다.

"국화, 좋아하지?"

폴이 물었다.

"그래, 정말 곱다."

미리엄이 대답했다.

"무슨 색을 가장 좋아해?"

다시 폴이 물었다.

"글쎄, 청동색이 좋은 것 같아."

"아직 다 보지는 못했지? 자, 이리 와서 봐. 당신도 여기 와서 어떤 것이 가장 마음에 드는지 찾아봐요, 클라라."

폴은 두 여자를 자기가 만든 정원으로 안내했다. 그곳은 온갖 색 깔의 꽃들이 어울려 핀 풀숲이 들판까지 이어져 있었다. 폴은 두 여 자가 맞부딪친 데 대해 난처해하는 빛도 없었다.

"봐, 미리엄. 이 흰 국화가 너희 집 꽃밭에서 옮겨온 거야. 그런데 여기서는 별로 예쁘지 않지?"

"그러네."

"하지만 이 꽃은 추위에 매우 강해. 너희 집은 잘 돌봐주니까 꽃이 크고 아름답게 피지만 곧 시들어버리지. 나는 작은 이 노란 꽃이 좋 아. 몇 송이 줄까?"

그때 교회에서 종이 울리기 시작했다. 종소리는 마을과 들을 넘어 크게 울려퍼졌다. 미리엄은 오밀조밀 모여 있는 지붕 사이로 자랑스 럽게 우뚝 솟아 있는 종탑을 바라보고 언젠가 폴이 자신에게 가져왔 던 스케치를 떠올렸다. 그 당시 두 사람의 사이는 지금과 달랐다. 그 러나 그는 아직까지도 그녀를 완전히 버린 것은 아니었다.

미리엄이 책을 빌려달라고 부탁하자 폴은 안으로 달려 들어갔다.

"미리엄이냐?"

모렐 부인이 조금 쌀쌀맞은 목소리로 물었다.

"네, 클라라를 만나러 오겠다고 했었어요."

"그럼 네가 그 애한테 이야기를 했었구나?"

이제 모렐 부인의 목소리는 비꼬는 듯한 투로 변했다.

"네, 얘기했어요. 말하면 안 되나요?"

"안 될 거야 없지."

모렐 부인은 다시 책으로 눈길을 떨어트렸다. 폴은 어머니의 빈정거림에 주춤했고 화가 나서 얼굴을 찌푸리며 생각했다.

'어째서 내가 좋을 대로 해서는 안 된다는 거지?'

밖에서는 미리엄은 클라라가 대화를 나누고 있었다.

"전에 모렐 부인을 뵌 적이 있어요?"

미리엄이 물었다.

"없어요. 하지만 참 좋은 분이더군요."

"그래요."

미리엄은 고개를 숙이며 말을 이었다.

"어떤 면에서는 참 훌륭한 부인이죠."

"나도 그렇게 생각해요."

"폴이 자기 어머니 얘기를 많이 하던가요?"

"네, 많이요."

"그래요?"

폴이 책을 가지고 돌아올 때까지 두 사람은 잠자코 있었다.

"언제까지 돌려줘야 해?"

미리엄이 물었다.

"너 좋을 때 돌려주면 돼."

폴은 미리엄을 바래다주기 위해 대문까지 갔고 클라라는 안으로 들어가려고 돌아설 때였다.

"윌리 농장에는 언제쯤 올 거예요?"

미리엄이 클라라에게 물었다.

"글쎄요."

클라라가 대답했다.

"오고 싶으면 언제라도 오라고 엄마가 전해 달라고 하셨어요."

"고마워요. 나도 가고 싶지만 언제라고 약속은 못하겠어요."

"네, 그것으로 좋아요."

미리엄은 딱딱한 말투로 대답하고 얼굴을 돌렸다.

"정말 집에 들어가지 않을 거야?"

폴이 말했다.

"응, 그냥 갈래."

"우리도 곧 교회에 가려고 하는데."

"그럼 그때 다시 보겠네."

미리엄은 몹시 씁쓸하게 말했다.

"그래."

이내 두 사람은 헤어졌다. 폴은 미리엄에게 죄를 지은 기분이었다. 미리엄은 괴로워했고 그를 경멸했다. 그녀는 여전히 폴이 자신의 것이라고 믿었다. 하지만 그는 클라라를 손에 넣을 수 있고 집으로 데려오고 교회에서는 어머니 옆에 그녀와 함께 앉고 몇 해 전에 자기에게 빌려주었던 찬송집을 클라라에게도 태연히 빌려줄 것이다. 미리엄은 그가 급히 집 안으로 달려가는 발걸음 소리를 들었다.

폴은 곧장 집 안으로 들어가지 않았다. 잔디밭에 멈춰선 그는 어머니의 목소리와 뒤이은 클라라의 대답을 듣고 있었다.

"저는 미리엄의 사냥개 같은 집요한 기질이 싫어요."

"맞아요."

모렐 부인은 재빨리 대답했다.

"오늘도 그 아이 때문에 기분이 나쁘진 않았어요?"

일순 폴의 심장이 뜨거워졌다. 그는 미리엄에 대해 이러쿵저러쿵하고 있는 두 여자에게 화가 났다. 대체 그들에게 무슨 권리가 있어서 그따위 말을 한단 말인가? 그 대화 자체가 그의 마음을 자극하여 미리엄에 대한 혐오감을 부채질했다. 그러면서도 그의 마음은 미리엄에 대해 멋대로 이야기하는 클라라에게 맹렬한 반발심이 생겼다. 역시 착하다는 점에 있어서 어머니나 클라라보다 미리엄이 더 낫다고 생각했다.

폴은 안으로 들어갔다. 어머니는 흥분한 것처럼 보였다. 그녀는 여자가 피로할 때 흔히 그러는 것처럼 손으로 박자를 맞추듯이 소파의 팔걸이를 두드렸다. 폴은 그러한 손놀림을 보면 언제나 참을 수가 없었다. 곧 침묵이 흘렀다. 이내 폴이 말하기 시작했다.

교회에서 미리엄은 폴이 자기에게 하던 것과 똑같이 클라라에게 찬송가 책에서 노래를 찾아주는 것을 보았다. 한편 폴은 설교 시간에 저편에 앉아 있는 미리엄을 발견했고 모자가 그녀의 얼굴 위에 어두운 그림자를 드리우는 것을 보았다. 클라라와 같이 있는 자기를 보고 미리엄은 어떤 생각을 하고 있을까? 그는 그것을 잘 상상할 수가 없었다. 그는 자기가 미리엄에 대해서 잔인하다고 생각했다.

예배를 마친 뒤 폴은 클라라와 펜트리치 언덕으로 올라갔다. 깜깜한 가을밤이었다. 두 사람은 미리엄에게 작별인사를 했고, 그녀를 혼자 돌아가게 했을 때 폴은 양심의 가책을 느꼈다. 그러나 그녀가 나빠서 이렇게 된 것이라고 속으로 중얼거렸고 그녀의 눈앞에서 다른 아름다운 여자와 같이 가는 것에 기쁨마저 느꼈을 정도였다.

어둠 속에서는 젖은 나뭇잎 냄새가 풍겼다. 폴은 클라라의 따뜻한 손을 잡고 걸었고, 그녀의 손은 그의 손 안에서 움직이지 않고 있었다. 폴의 마음은 둘로 갈라져 싸우고 있었다. 마음속에서 벌어지는 격렬한 싸움은 그를 절망적으로 만들었다.

펜트리치 언덕을 올라갈 때 클라라는 폴에게 몸을 기댔다. 그는 그녀의 허리에 팔을 감았다. 걸을 때마다 그녀의 몸에서 전해지는 강한 율동감을 느끼자 미리엄 때문에 어색해져 있던 마음이 풀리고 뜨거운 피가 그의 몸 속을 달렸다. 그는 클라라를 더욱 가깝게 끌어당겼다.

"당신은 아직도 미리엄과 가깝게 지내는군요."

클라라가 조용히 말했다.

"이야기를 할 뿐이에요. 당신과 이야기하는 것보다는 훨씬 적고."

폴은 괴로운 듯이 대꾸했다.

"당신 어머니는 그녀를 그리 좋아하지 않으시더군요."

클라라가 말했다.

"맞아요. 그렇지 않았다면 난 미리엄과 결혼했을지도 몰라요. 하지만 이젠 정말 다 끝났어요."

별안간 그의 음성이 증오심으로 열이 올랐다.

"만약 지금 내가 미리엄과 같이 있다면 우리는 '기독교의 신비'니 뭐니 하는 얘기를 하고 있었을 거예요. 하지만 그렇지 않아서 천만다행이에요."

두 사람은 잠시 묵묵히 걸었다.

"그렇지만 당신은 정말로 미리엄을 포기하지는 못할 거예요."

클라라가 말했다.

"나는 줄 것도 없으니까 그녀를 포기할 것도 없어요."

"하지만 그녀가 당신에게 줄 건 있죠."

"미리엄과 내가 살아 있는 한 우리 두 사람이 친구가 되지 말아야 할 이유는 없어요. 하지만 그건 단순히 친구에 지나지 않아요."

그때 클라라가 그에게서 몸을 빼냈다.

"왜 내게서 멀어지죠?"

폴이 물었다. 클라라는 대답하지 않고 그에게서 더욱 멀어졌다.

"왜 혼자 걸으려고 하죠?"

폴이 다시 물었다. 클라라는 그 말에도 대답하지 않았다. 그녀는 잔뜩 화를 내며 고개를 숙이고 걸었다.

"미리엄과 친구로 지낼 거라고 했기 때문인가요?"

폴이 외쳤다. 클라라는 한 마디도 대답하려고 하지 않았다.

"우리는 다만 이야기를 나눌 뿐이라고 했잖아요."

폴은 클라라를 잡으려고 했지만 그녀는 그의 손을 뿌리쳤다. 그는 돌연히 성큼성큼 걸어가서 그녀의 앞을 가로막고 섰다.

"제기랄! 뭘 어떻게 해달라는 거예요?"

"미리엄의 뒤를 쫓는 편이 낫지 않으실까요?"

클라라는 조롱하듯이 말했다. 폴의 온몸에 피가 끓어올랐다. 그는 이를 악물고 서 있었고 클라라는 불쾌한 듯이 얼굴을 숙이고 있었다. 길은 어둡고 적막했다. 폴은 갑자기 그녀를 품에 안고 얼굴을 앞으로 내밀어서 그녀의 얼굴에 억지로 키스를 퍼부었다. 클라라는 그를 피하려고 미친 듯이 얼굴을 돌렸다. 폴은 그녀를 꽉 껴안았다. 그의 입술은 사정없이 그녀의 입술로 향했다. 그녀의 젖가슴은 단단한 벽 같은 그의 가슴에 눌려서 아팠다. 어쩔 수 없이 클라라는 폴의 품 안에서 축 늘어졌고 폴은 그녀에게 몇 번이고 키스를 했다.

그때 언덕을 내려오는 사람들의 발소리가 들렸다.

"일어서요, 어서!"

폴은 몇 번이나 말하며 그녀의 팔이 아플 정도로 꽉 잡았다. 만약에 그가 팔을 놓았으면 그녀는 땅바닥에 주저앉고 말았을 것이다. 클라라는 그의 곁에서 비틀거리며 걸었다. 두 사람 모두 묵묵히 걸음을 옮기고 있었다.

"이 들을 가로질러 갈 거예요."

폴이 말했다. 그제야 클라라는 정신이 들었다.

클라라는 목장의 나무문을 넘을 때 폴의 부축에 몸을 맡겼고 어두운 들판을 말없이 걸었다. 그것은 노팅엄으로 가는 길이며 또한 정거장으로 가는 길이라는 것을 클라라는 알고 있었다. 폴은 주위를 두리번거리는 것 같았다. 두 사람은 부서진 풍차가 그림자처럼 서 있을 뿐 그밖에는 아무것도 보이지 않는 언덕 꼭대기에 다다랐다. 폴은 거기서 발을 멈추었다. 두 사람은 암흑 속에 나란히 서서 손으로 떠올릴 수 있을 만큼 무수히 흩어져 있는 등불의 반짝임을 바라보았다. 그것은 어둠 속의 높고 낮은 곳에 가로놓여 있는 여러 마을의 불빛이었다.

"별들 속을 걷고 있는 기분이에요."

폴이 떠들썩하게 웃으면서 말했다. 그러면서 클라라의 몸에 팔을 감고 꼭 안았다. 클라라는 입을 옆으로 돌리고 고집스럽고 나지막하게 물었다.

"지금 몇 시예요?"

"그런 건 아무러면 어때요."

폴이 분명치 않은 목소리로 애원하듯이 말했다.

"안 돼요! 안 돼요, 난 가야 해요! 몇 시인가요?"

클라라는 완고하게 우겼다. 완전한 암흑 속에 불빛만이 흩어져 반짝이고 있었다.

"모르겠어요."

클라라가 시계를 찾으려고 그의 가슴을 손으로 더듬자 폴은 관절이 녹아내려 불이 된 것 같았다. 그녀는 계속해서 폴의 조끼 주머니를 더듬었고 폴은 가쁜 숨을 내쉬며 서 있었다. 마침내 시계를 찾은 클라라는 시계의 희미한 숫자판을 보았지만 어두움 때문에 알아볼 수 없었다. 클라라는 시계 위로 몸을 숙였다. 폴은 다시 그녀를 안을 수 있기를 기다리며 숨을 헐떡이고 있었다.

"보이지가 않아요."

클라라가 말했다.

"그럼 그런 건 생각하지 말아요."

"아녜요, 난 가겠어요."

클라라는 등을 돌리며 걷기 시작했다.

"기다려요. 내가 볼 테니."

하지만 폴 역시 시간을 확인할 수 없었다.

"성냥불을 켜야겠어요."

폴은 시간이 너무 늦어서 기차가 떠났기를 마음속으로 바랐다. 그가 성냥불을 켜자 클라라는 그의 두 손이 등불처럼 빛나는 것을 보았고, 폴의 눈은 시계에 고정되어 있었다. 하지만 주위는 다시 암흑으로 돌아갔고 그녀의 눈앞은 캄캄해졌다. 타오르다가 꺼진 성냥 끝만이 그녀의 발밑에서 붉은 빛을 띠고 있었다. 폴은 어디에 있지?

"몇 시예요?"

클라라가 걱정스러운 목소리로 물었다.

"벌써 늦었어요."

암흑 속에서 폴의 목소리가 들려왔다.

두 사람 사이에 잠시 침묵이 흘렀다. 클라라는 자기가 그의 힘에 사로잡혀 있음을 느꼈다. 그녀는 그의 목소리에서 묘한 울림을 알아차렸고 그것은 그녀를 두렵게 했다.

"지금 몇 시예요?"

클라라는 조용하고 분명하게, 그러나 절망적인 투로 물었다.

"9시 2분 전이에요."

폴은 자기 마음과 치열하게 싸운 끝에 결국은 사실대로 대답했다.

"그럼 여기서 역까지 14분 만에 갈 수 있을까요?"

"어렵죠. 어쨌든……."

클라라는 가까스로 폴의 시커먼 모습을 1, 2미터쯤 앞에서 다시 볼 수 있었다. 클라라는 거기서 도망치고 싶었다.

"무슨 방법이 없을까요?"

클라라는 애원하듯이 물었다.

"뛰어간다면 모르죠."

폴이 퉁명스럽게 대답했다.

"그렇지만 클라라, 걸어서도 갈 수 있잖아요. 전차역까지 11킬로미터밖에 안 돼요. 나도 함께 갈게요."

"아니에요…… 난 기차를 타고 싶어요."

"왜죠?"

"그러고 싶어요……. 난 기차를 타겠어요."

"좋아요. 그럼 갑시다."

별안간 폴의 음성이 메마르고 차갑게 변했다. 이내 그는 암흑 속으로 뛰어들어 갔다. 클라라는 울고 싶은 기분으로 그 뒤를 쫓았다. 이제 그는 그녀에게 냉정하고 잔인했다. 숨이 턱까지 차오른 그녀는 금방이라도 쓰러질 듯하면서 험하고 어두운 들판을 그의 뒤를 따라 달렸다. 두 줄로 서 있는 역의 등불이 점점 가까워졌다.

갑자기 폴이 맹렬히 달려가며 소리를 질렀다.

"기차다!"

희미하게 덜커덩거리는 소리가 들렸다. 오른쪽 먼 어둠 속에 빛을 내는 벌레같이 기차가 한 가닥 실이 되어 달리고 있었다. 덜커덩거리는 소리가 멈추었다.

"기차가 고가를 달리고 있어요. 늦지는 않을 거예요."

클라라는 숨이 끊어질 정도로 달렸고 마침내 간신히 객차에 뛰어올랐다. 기적이 울렸다. 폴은 보이지 않았다. 벌써 가버린 것이다! 그녀는 만원인 객차 안에 앉아 있었다. 클라라는 그 상황을 잔인하다고 느꼈다.

폴은 돌아서서 달려갔다. 그리고 자기도 모르는 사이에 집 부엌까지 도착해 있었다. 그는 몹시 창백했고 눈은 술에 취한 것같이 어둡고 위험한 빛을 띠고 있었다. 모렐 부인이 아들을 바라보았다.

"구두 꼴이 말이 아니구나!"

폴은 자기 발을 내려다보았다. 그리고 외투를 벗었다. 모렐 부인은 술을 한 잔 했나 하고 생각했다.

"그래, 클라라는 기차 시간에 늦지 않았니?"

"네."

"클라라의 구두는 이렇게 더럽지 않았으면 좋겠구나. 대체 어디로 끌고 다닌 거니?"

폴은 잠시 동안 꼼짝 않고 있었다.

"클라라가 마음에 드세요?"

폴은 마지못해 입을 열었다.

"그래, 마음에 든다. 그렇지만 너는 머잖아 클라라가 싫어질 거야. 너도 그걸 알고 있잖니."

폴은 대답하지 않았다. 모렐 부인은 아들이 매우 가쁜 숨을 내쉬고 있다는 것을 알아차렸다.

"뛰어왔구나?"

"역까지 달려야 했어요."

"그러면 피곤해서 병이 난다. 따뜻한 우유라도 한 잔 마시거라."

우유는 제일 좋은 회복제였지만 폴은 거절하고 위층으로 올라갔다. 그는 침대의 홑이불에 얼굴을 파묻고 분노와 고통의 눈물을 쏟았다. 육체적인 고통으로 그는 피가 나올 만큼 입술을 깨물었고, 마음속의 혼란 때문에 아무 생각도 할 수 없었고 느낄 수도 없었다.

"이게 그 여자가 내게 한 대접이란 말이지?"

폴은 중얼거리면서 몇 번이나 거듭하여 이불 속에 얼굴을 묻었다. 그리고 그녀를 증오했다. 그는 이제까지의 장면을 회상하고 또다시 그녀를 증오했다.

다음날 출근한 폴에게는 전에 없던 초연한 분위기가 감돌았다. 클라라는 매우 상냥하고 애정에 넘치는 것 같았다. 그러나 폴은 경멸 섞인 냉담함으로 그녀를 대했다. 클라라는 한숨을 지으며 그에게 더욱 상냥하게 대했다. 그러자 폴은 다시 원래대로 돌아갔다.

그 주일의 어느 날 저녁, 사라 베르나르[25]가 노팅엄의 로얄극장에서 〈춘희〉를 공연했다. 폴은 이 유명한 여배우를 보고 싶어서 클라라에게 함께 가자고 청했다. 그는 좀 늦는다며 열쇠를 창문 곁에 놓아달라고 어머니에게 부탁했다.

"좌석을 예약해 놓을까요?"

폴이 클라라에게 물었다.

"그래요. 그리고 연미복을 입고 오지 않겠어요? 난 아직 당신이 정장을 한 모습을 한 번도 보지 못했어요."

"네? 클라라! 극장에서 내가 연미복을 입고 앉아 있어야 해요?"

폴은 항의하듯이 대꾸했다.

"싫은가요?"

클라라가 물었다.

"당신 소원이라면 그렇게 하겠지만, 나는 바보 같은 기분이 들 거예요."

클라라는 그를 보고 웃었다.

"그럼 나를 위해서 한 번만 바보가 되어주지 않겠어요?"

그녀의 요청에 폴은 얼굴이 붉어졌다.

"하지 않으면 안 되겠는걸요."

"뭣 때문에 옷가방은 들고 가는 거니?"

어머니의 물음에 폴의 얼굴은 불같이 새빨개졌다.

---

25) 사라 베르나르(Sarah Bernhardt, 1844~1923). 본명은 Henriette Rosine Bernard, 예명은 La Divine Sarah로 '사라 베르나르' 라 불렸다. 프랑스 출신의 연극배우로 연극사에 유명한 인물 가운데 한 명이다 ─ 옮긴이

"클라라한테 부탁을 받았어요."

"그래, 어떤 자리에 앉니?"

"원형 좌석이에요……. 표 한 장에 3실링 6펜스씩이에요."

"어머나, 원 세상에."

모렐 부인은 비꼬는 듯한 소리를 냈다.

"이런 일은 사는 동안 한 번 정도만 있을 일이에요."

폴은 회사에서 외투로 갈아입고 모자를 쓰고 카페에서 클라라를 만났다. 그녀는 여성참정권론자회 친구 한 사람과 함께 있었다. 클라라는 자기에게 어울리지 않는 긴 낡은 코트를 입고 조그만 천으로 머리를 감싸고 있었는데, 폴은 그 모습이 정말 마음에 들지 않았다. 세 사람은 함께 극장으로 갔다.

클라라가 계단 위에서 코트를 벗자 폴은 그녀의 팔과 목과 가슴의 일부가 드러난 일종의 이브닝드레스를 입은 것을 발견했다. 머리는 최신 유행에 따라 손질을 한 듯했다. 드레스는 녹색 크레이프 천으로 만들어 단순했으나 그녀에게 잘 어울렸다. 폴은 그녀가 당당하게 보인다고 생각했다. 그는 드레스가 마치 그녀의 몸에 착 달라붙어 있기라도 하듯이 탄탄하고 부드러우며 자세가 바른 그녀의 몸을 만지고 있는 것처럼 그녀의 육체를 생생하게 알아볼 수 있었다. 그는 주먹을 불끈 쥐었다.

폴은 저녁 내내 그녀의 드러난 아름다운 팔 곁에 앉아 건강한 가슴에서 올라오는 건강한 목덜미와 초록색 옷 밑에 가려져 있는 젖가슴, 딱 맞는 드레스에 감싸인 그녀의 다리 곡선을 바라보며 앉아 있어야 했다. 그는 마음 한구석에서 이처럼 바로 곁에 앉아 자기를 괴롭히는 그녀를 또다시 증오했다. 머리를 반듯이 든 그녀는 가슴을 펴고 생각에 잠긴 듯이 꼼짝도 하지 않고 똑바로 앞만 바라보고 있었다.

클라라 또한 자신을 어떻게 할 수 없었다. 그녀도 자신보다 더 큰 어떤 강력한 것에 사로잡혀 있었다. 마치 생각에 잠긴 스핑크스와도 같은 그녀의 얼굴에 감도는 영원한 표정이 키스를 하지 않고는 배겨날 수 없는 듯한 기분을 폴에게 선사했다. 폴은 일부러 프로그램 책자를 떨어트리고는 그것을 줍는 척하며 몸을 숙여 그녀의 손과 손목에 키스했다. 그녀의 아름다움은 그에게는 고문이었다. 클라라는 미동도 없이 앉아 있었다. 불이 꺼졌을 때 그녀는 폴에게 약간 기대왔고 그는 클라라의 손과 팔을 손가락으로 애무했다. 그는 그녀에게서 희미하게 풍겨오는 향수 냄새를 맡을 수 있었다. 그동안 그의 피는 거대한 백열의 파도가 되어 소용돌이 치고 가끔 그의 의식을 마비시켰다.

연극은 계속되고 있었다. 폴은 연극이 마치 어딘지 모를 먼 곳으로 진행되어 가고 있는 기분이 들었다. 어디라고는 말할 수 없어도 자기 내부의 어디인 것은 분명했다. 그는 지금 클라라의 희고 무거운 듯한 팔이었고 그녀의 목이었으며 숨을 쉴 때마다 오르내리는 그녀의 젖가슴이었다. 그리고 어딘지 먼 곳에서 극이 진행되었고 그는 또한 연극 자체이기도 했다. 자기 자신은 아무 데도 없었다. 클라라의 잿빛이 도는 검은 눈, 자신에게 기대어 있는 그녀의 가슴, 그가 손으로 꽉 잡고 있는 그녀의 팔, 그 모든 것이 그를 흥분시켰다. 그러자 자신은 작고 무기력하며 그녀가 훨씬 높은 곳에 있는 것처럼 느껴졌다.

조명이 밝아지는 막간에는 자신이 무척 초라하게 보였고, 그는 다시 깜깜해질 때까지 어디론가 도망치고 싶었다. 술을 찾아서 뛰쳐나가고 싶었다. 그리고 다시 불이 꺼지면 또 클라라와 기묘하게 비정상적인 것 같은 연극의 현실감이 그를 사로잡았다.

연극은 계속되었지만 폴은 그녀의 팔이 굽혀지는 곳에서 보일 듯

말 듯하는 가늘고 푸른 핏줄에 키스하고 싶은 욕망에 사로잡혔다. 그는 그 핏줄을 만져볼 수 있었다. 입술을 그곳에 대보기 전까지는 그의 생명 전체가 공중에 둥둥 떠 있는 것만 같았다. 기어코 키스를 하고 말아야 했다. 그러나 사람들이 보고 있었다! 마침내 그는 재빠르게 몸을 앞으로 굽히고 그곳에 입술을 댔다. 그의 콧수염이 그녀의 민감한 살갗을 스치고 지나갔다. 클라라는 바르르 떨고 팔을 빼냈다.

마침내 연극이 끝나고 모든 불이 켜졌다. 사람들이 박수를 치기 시작하자 폴은 정신을 차리고 시계를 꺼내들었다. 이미 기차를 타야 할 시간은 지난 뒤였다.

"걸어서 집에 가야겠군요!"

폴이 말했다. 클라라가 그를 마주보았다.

"너무 늦었나요?"

폴은 고개를 끄덕이고 그녀가 코트를 입는 것을 도와주었다.

"당신을 좋아해요. 그 드레스를 입으니까 정말 아름다워 보여요."

사람들에게 떠밀리면서 폴은 그녀의 어깨 너머로 소곤거렸다. 클라라는 잠자코 있었다.

두 사람이 극장을 나오자 마차들이 손님을 기다리고 있었고 사람들이 그 앞을 지나쳐 갔다. 순간 폴은 자신을 증오하는 누군가의 갈색 눈을 본 듯했지만 누구인지는 알 수 없었다. 그와 클라라는 기계적으로 역을 향해서 걸었다.

기차는 이미 떠난 뒤였다. 폴은 집까지 16킬로미터를 걸어갈 수밖에 없다고 생각했다.

"괜찮아요. 걷는 것도 재미있을 거예요."

폴이 말했다.

"저어……."

클라라가 얼굴을 붉히면서 말을 이었다.

"우리 집에서 자고 가지 않겠어요? 나는 엄마와 같이 자면 되니까요……."

폴은 클라라를 쳐다보았다. 순간 두 사람의 눈이 마주쳤다.

"당신 어머니가 뭐라고 하지 않을까요?"

폴이 조심스럽게 물었다.

"아무 말씀도 하시지 않을 거예요."

"정말?"

"그럼요!"

"그럼 갈까요?"

"당신이 좋다면요."

"그렇게 해요."

두 사람은 발길을 돌렸다. 그들은 첫 정거장에서 전차를 탔다. 신선한 바람이 두 사람의 얼굴에 불어왔다. 거리는 어두웠고 전차는 속력을 내어 기우뚱하며 달렸다. 폴은 그녀의 손을 꼭 쥐고 앉아 있었다.

"당신 어머니는 주무시고 계실까요?"

폴이 물었다.

"그럴지도 몰라요. 아직 안 주무셨으면 좋겠는데."

두 사람은 고요해진 어둡고 좁은 길을 서둘러 걸었다. 거리를 걷고 있는 사람은 그들뿐이었다. 집에 도착하자 클라라는 재빨리 안으로 들어갔지만 폴은 망설였다.

"들어와요."

클라라가 말했다. 그녀의 어머니가 커다란 몸집에 적의를 품은 표정으로 안쪽 문에서 나타났다.

"누구를 데리고 온 거냐?"

그녀의 어머니가 물었다.

"모렐 씨예요. 기차를 놓쳤어요. 오늘밤 여기서 자면 16킬로미터를 걷지 않아도 될 것 같아서요."

"흠!"

래드포드 부인이 딸에게 말했다.

"그건 내가 알 바 아니지. 네가 초대한 분이라면 난 환영할 수밖에. 집에 돈을 들여오는 건 너니까 말이다."

"폐가 된다면 전 돌아가겠어요."

폴이 말했다.

"아니, 아니, 그럴 필요 없어요! 들어와요. 내가 클라라를 위해 만들어놓은 저녁식사가 마음에 들지 모르겠수."

식탁 위에는 한 사람 몫의 식사가 준비되어 있었다. 저녁은 잘게 썰어놓은 감자 한 접시와 베이컨 한 조각이 전부였다.

"베이컨은 더 있수다. 감자는 그것밖에 없지만."

래드포드 부인이 말했다.

"폐를 끼쳐서 죄송합니다."

폴이 대답했다.

"뭐 그럴 건 없어요. 난 조금도 개의치 않으니까. 당신이 클라라를 극장에까지 초대해 주지 않았수?"

마지막 물음에는 약간의 비꼬는 투가 담겨 있었다.

"그렇죠."

폴은 불편한 웃음을 지었다.

"글쎄, 베이컨을 좀 들지 그러우. 외투는 벗고."

이 거대하고 당당한 노부인은 폴과 클라라의 관계를 짐작하려고 애쓰는 중이었다. 노부인은 찬장 주위를 서성였다. 클라라는 외투를 벗었다. 램프 불에 비친 방은 따뜻하고 아늑했다.

"아니, 이건! 두 사람은 화려한 미남미녀였구려! 무엇 때문에 이렇게들 멋을 부렸을까?"

래드포드 부인이 소리쳤다.

"우리가 정말 그렇다고는 믿을 수 없어요."

폴은 희생양이 된 듯한 기분으로 말했다.

"이 집은 두 사람처럼 화려하게 꾸민 신사숙녀가 올 만한 곳이 못 되는데?"

노부인은 두 사람을 추켜세우는 것처럼 말했으나 사실은 심술궂은 빈정거림이었다.

연미복을 입은 폴과 팔이 드러난 초록색 이브닝드레스를 입은 클라라는 당혹스러웠다. 두 사람은 이 작은 부엌에서 서로를 감싸주어야 한다고 생각했다.

"그리고 저 꽃을 좀 보구려!"

래드포드 부인은 딸을 손가락으로 가리키면서 말했다.

"원, 어쩌자고 저런 팔을 하고 있는지 모르겠구려."

폴은 클라라를 쳐다보았다. 그녀의 얼굴은 발그레해져 있었고 목 언저리에 빨갛게 핏기가 올라왔다. 한동안 아무도 입을 떼지 않았다.

"이렇게 아름다운 걸 보니 기쁘시죠?"

폴이 먼저 입을 열었다.

"내가 이런 걸 보는 게 기쁘다구요?"

노부인이 외쳤다.

"바보 같은 모습을 한 저 애를 보는 게 좋을 리가 있을 것 같수?"

"전 그보다 더 바보 같은 사람들도 본 적이 있어요."

폴이 대답했다. 클라라는 지금 그의 비호 아래 있었다.

"아이구, 언제 그런 걸 보았수?"

래드포드 부인은 빈정거리는 투로 대답했다.

"자기 꼴에 깜짝 놀라는 사람들 말입니다."

래드포드 부인의 위협하는 듯한 커다란 몸은 포크를 쥔 채 난로 깔개 위에서 움직이지 않았다.

"그런 사람들은 어차피 바보들이야."

그녀는 네덜란드식 오븐 쪽으로 몸을 돌리면서 가까스로 대답을 했다.

"아니에요. 사람은 할 수만 있다면 보기 좋게 꾸며야 해요."

폴은 마치 싸우는 듯한 단호한 목소리로 말했다.

"그래, 댁은 저게 보기 좋다고 하는 말이우!"

노부인은 딸을 포크로 찍듯이 가리키면서 경멸을 담아 소리쳤다.

"저런 건…… 저런 걸 가지고 어울리지 않는 옷이라고 하는 거라우."

"부인께서는 이렇게 멋지게 꾸밀 수 없으니까 질투를 하는 것 같군요."

"내가! 나도 생각만 있으면 누구한테도 뒤지지 않게 차려 입고 다닐 수도 있다우."

노부인은 가소롭다는 듯이 대답했다.

"그럼 어째서 부인께서는 그렇게 꾸미실 생각을 하지 않는 거죠? 그렇게 입은 적은 있으신가요?"

폴이 예리하게 물었다. 이야기는 한동안 끊어졌다. 래드포드 부인은 네덜란드식 오븐의 베이컨을 만지고 있었다. 폴은 부인을 노하게 하지는 않았을까 걱정되어 심장이 두근두근 뛰기 시작했다.

"내가 입었냐고!"

노부인은 가까스로 말했다.

"난 입지 않았수! 내가 돈벌이를 하러 다니던 시절에는 누구든 어깨를 드러낸 옷을 입고 나가면 6펜스짜리 무도회에 가는 게 틀림없었지."

"부인께서는 너무 고상해서 그런 6펜스짜리 무도회 같은 곳은 가지 않았다는 말씀인가요?"

폴이 말했다. 클라라는 고개를 숙이고 앉아 있었다. 폴의 눈은 어둡게 번득이고 있었다. 래드포드 부인은 불에서 네덜란드식 오븐을 내려놓고 폴 곁으로 와 베이컨을 몇 조각 그의 접시에 덜어주었다.

"이건 맛있게 잘 구워졌다우!"

노부인이 말했다.

"제게 제일 좋은 것을 주시지는 마세요."

"클라라는 먹을 만큼 먹었수."

노부인의 말투에는 어딘지 상대방을 경멸하면서도 관용이 엿보여 폴은 부인의 노여움이 가라앉았음을 알았다.

"자, 좀 먹어요."

폴이 클라라에게 말했다. 그녀는 수치스러움과 쓸쓸함이 섞인 잿빛 눈으로 폴의 얼굴을 쳐다보았다.

"아니, 그만 먹겠어요!"

"왜? 먹기 싫어요?"

폴은 다정스럽게 말했다. 그의 혈관에서 피가 불처럼 타올랐다. 몸집이 크고 인상적인 래드포드 부인은 초연한 모습으로 다시 앉았다. 폴은 클라라를 내버려두고 그녀의 어머니하고만 이야기를 했다.

"사라 베르나르의 나이가 쉰이라고 하더군요."

폴이 말했다.

"쉰? 그녀는 벌써 예순이라우."

노부인은 경멸하듯 대답했다.

"하지만 정말 그녀를 보지 않은 사람은 몰라요. 그녀는 지금도 제가 외치고 싶을 만큼 흥분시켰는 걸요."

"나도 그 늙어빠진 바보한테 달려들고 싶을 정도라우."

래드포드 부인이 말했다.

"이젠 캥캥거리는 소리를 지르는 캐터머랜[26]은 그만두고 자기가 할머니라는 사실을 깨달을 때니까."

"캐터머랜이라는 말은 말레이 사람들이 쓰는 통나무배를 말하는 거예요."

폴이 웃으면서 대답했다.

"내가 말한 그런 의미도 있다우."

래드포드 부인은 반박했다.

"제 어머니도 가끔 그런 말을 쓰시는데, 아무리 말씀드려도 소용이 없어요."

"아니, 그러다가 따귀라도 얻어맞지 않수?"

래드포드 부인은 유쾌하게 말했다.

"때리고 싶다고 하시면 전 위에 올라서서 때리시라고 작은 의자를 갖다드린답니다."

"그게 우리 엄마의 가장 나쁜 점이에요. 작은 의자 같은 건 필요 없으니까요."

클라라가 끼어들었다.

"그렇지만 긴 지팡이를 가지고 와도 저 귀부인에게는 닿지가 않는다우."

래드포드 부인은 말했다.

"그분은 아마 지팡이 같은 것으로 따님을 때리고 싶지 않기 때문이겠죠. 저 역시 그런 것은 싫습니다만!"

폴은 미소를 지으며 말했다.

---

26) catamaran. 원래의 뜻은 선체 두 개가 나란히 연결된 배를 말하는데, 여기서는 래드포드 부인이 심술쟁이 여자라는 뜻으로 쓰고 있다 - 옮긴이

"댁이나 저 애나 지팡이로 머리를 한 대씩 얻어맞아야 도움이 될 것 같지만……."

노부인은 갑자기 웃어댔다.

"왜 저를 그렇게 밉게 보세요? 전 부인한테서 아무것도 훔치지 않았는데요."

"훔친 건 없지만 앞으로 훔치지나 않을까 하고 감시하고 있는 거라우."

노부인이 웃으며 대답했다.

마침내 저녁식사가 끝이 났다. 래드포드 부인은 감시하듯 의자에 앉아 있었고, 폴은 담배에 불을 붙였다. 클라라는 위층에 올라가서 잠옷을 들고 내려와 습기를 없애려고 난로 곁에 널었다.

"아니, 그 잠옷이 웬 거라니?"

래드포드 부인이 덧붙였다.

"그래, 어디서 뒤져 내왔니?"

"제 서랍에서요."

"흠! 네가 백스터에게 사주었지만 그는 입으려고 하지 않았지. 그 사람은 아마 침대에서는 바지 같은 것이 필요 없다고 말했었지?"

노부인은 무슨 비밀 이야기라도 하는 듯이 은밀한 눈으로 폴을 돌아보며 말했다.

"글쎄, 그 사람은 잠옷 같은 걸 입고 자는 것을 싫어했다우."

폴은 담배 연기를 동그랗게 내뿜으며 앉아 있었다.

"사람은 각기 취향이 다르니까요."

폴은 웃으며 말했다. 이내 잠옷의 가치에 대해 한바탕 토론이 벌어졌다.

"저의 어머니는 제가 잠옷 입은 모습을 좋아하세요. 제가 피에로 같다는 거예요."

"댁한테는 잘 어울릴 것 같수."

레드포드 부인이 말했다.

잠시 후 폴은 벽난로 위에서 째깍거리는 작은 시계를 쳐다보았다. 12시 반이었다.

"우스운 이야기지만, 극장에 다녀오면 잠이 오기까지 한참 걸리더군요."

"보통 같으면 자고 있을 시간이지."

레드포드 부인은 식탁을 치우면서 말했다.

"피곤하지 않아요?"

폴은 클라라에게 물었다.

"아니에요, 조금도."

클라라는 그의 눈을 피하면서 대답했다.

"그럼 우리 크리비지[27) 게임을 할까요?"

"어떻게 하는지 잊어버렸어요."

"내가 다시 가르쳐줄게요. 크리비지 게임을 해도 될까요, 래드포드 부인?"

폴이 노부인에게 물었다.

"좋도록 하구려. 하지만 벌써 꽤 밤이 깊었다우."

"한두 게임 정도면 졸릴 거예요."

클라라가 카드를 가져왔다. 폴이 카드를 뒤섞는 동안 그녀는 앉아서 결혼반지를 빙빙 돌리고 있었다. 래드포드 부인은 개수대에서 설거지를 하고 있었다. 폴은 밤이 깊어짐에 따라 집 안의 공기가 점점 긴장되어 가는 것을 느꼈다.

"열다섯 둘, 열다섯 넷, 열다섯 여섯, 그리고 둘의 여덟 점!"

시계가 1시를 쳤다. 그래도 게임은 계속되고 있었다. 래드포드 부

---

27) Cribbage. 17세기 영국의 시인 존 서클링 경이 고안한 카드 게임의 일종이다 – 옮긴이

인은 잠자리에 들기 전에 해야 할 자질구레한 준비를 다 끝내고 문도 잠그고 주전자도 가득 채워놓았다. 폴은 여전히 카드를 돌리며 점수를 세고 있었지만 클라라의 팔과 목에 눈을 빼앗기고 있었다. 그녀의 가슴골이 보이는 것 같았다. 그는 클라라의 곁에서 떠날 수가 없었다. 클라라는 민첩하게 움직이는 폴의 손을 지켜보면서 뼈마디가 녹는 것 같았다. 클라라는 그와 너무 가깝게 있었다. 폴은 그녀에게 닿을 듯 말 듯했으나 닿지는 않았다. 그는 래드포드 부인이 미웠다. 노부인의 머리는 거의 떨어질 것 같았으나 여전히 의연하고 완고하게 의자에 앉아 있었다.

폴은 노부인을 흘끗 보고 클라라를 보았다. 클라라의 눈이 폴과 마주쳤다. 폴의 눈은 분노와 비웃음과 강철 같은 단단함이 보였다. 그녀의 눈이 부끄러워하면서도 그에 대답했다. 폴은 어쨌든 그녀도 자기와 같은 마음이라는 것을 알았다. 그는 게임을 계속했다.

마침내 래드포드 부인은 무거운 듯이 몸을 일으켰다.

"두 사람 다 이제는 자러 가야 할 시간 아니우?"

폴은 대답하지 않고 카드 게임을 계속했다. 그는 지금 래드포드 부인이 정말 정말 미웠다.

"조금만 더요."

폴이 억지로 대답했다. 이내 자리에서 일어난 노부인은 완고한게 거드름을 피우며 개수대로 가더니 폴의 초를 들고 와서 벽난로 위에 세워놓았다. 그러고는 다시 의자에 주저앉았다. 폴의 혈관은 그녀에 대한 증오심으로 뜨거워졌다. 마침내 그는 카드를 놓고 말았다.

"이제 그만하죠."

폴이 말했지만 그의 목소리는 아직도 게임을 계속하고 싶은 듯이 들렸다.

클라라는 폴의 입이 굳게 닫힌 것을 알 수 있었다. 다시 한 번 그가 그녀를 힐끔 보았다. 그것은 마치 알았다는 신호와 같았다. 클라라는 헛기침을 하면서 카드 위로 고개를 숙였다.

"끝났다니 반갑구려. 자, 이건 댁의 잠자리 옷이우."

노부인은 따뜻해진 잠옷을 그의 손에 쥐어주었다.

"그리고 이건 댁의 촛불이구. 위층에 방이 두 개밖에 없으니까 잘 못 찾아갈 일은 없을 거라우. 그럼 편히 쉬구려."

"네, 그럴 거예요. 전 언제나 잘 자니까요."

폴이 말했다.

"음, 그 나이에는 그래야지."

폴은 클라라에게 잘 자라는 인사를 남기고 나갔다. 나선형의 하얗고 잘 닦여진 나무 계단은 발을 옮길 때마다 삐걱거리며 불쾌한 소리를 냈다. 그는 끈기 있게 올라갔다. 위층에는 두 개의 문이 마주 보고 있었다. 그는 그의 방으로 들어가서 문을 닫았다. 그러나 잠그지는 않았다.

작은 방에는 큰 침대가 놓여 있었다. 클라라의 머리핀 몇 개가 화장대 위에 놓여 있었다 — 머리빗도 있었다. 구석에는 클라라의 옷과 스커트가 걸려 있었다. 의자 위에는 스타킹이 한 켤레 있어서 그를 놀라게 했다. 폴은 방 안을 살펴보았다. 그의 책이 선반 위에 두 권 놓여 있었다. 그는 옷을 벗어서 개고 침대 위에 걸터앉아 귀를 기울였다. 그리고 촛불을 끄고 누워서 2분도 못 되어 거의 잠이 들려는 찰라 달칵 하는 소리가 들렸다 — 그는 눈을 크게 뜨고 심각한 고민에 사로잡혔다. 마치 그가 막 잠이 들려고 하고 있을 때 무언가가 갑자기 그를 물어서 미칠 것 같이 만들어놓은 것 같았다. 그는 다리를 구부리고 침대 위에 앉아서 꼼짝도 하지 않은 채 어두운 방 안을 바라보며 귀를 기울였다. 어디선가 먼 곳에서 고양이 울음소리가 들렸다. 그리고 클라라 어머니의 무겁고 육중한 발소리가 나더니 이어 클라라의 목소리가 분명하게 들려왔다.

"옷 단추 좀 풀어주시겠어요?"

잠시 침묵이 흐른 뒤에 그녀의 어머니가 말했다.

"자아, 이제 위층에 올라가지 않겠니?"

"잠깐 더 있겠어요."

클라라는 조용히 대답했다.

"좋도록 해라. 아직 잘 시간이 아니라면 좀 더 있으려무나. 하지만 내가 잠들었을 때 깨우지만 말아다오."

"곧 올라갈게요."

곧 그녀의 어머니가 천천히 계단을 올라오는 소리가 들렸다. 촛불 빛이 문틈으로 새어 들어왔다. 노부인의 옷이 문을 스쳤을 때 폴의 심장은 마구 뛰었다. 그리고 다시 깜깜해졌고 방 걸쇠가 걸리는 소리가 났다. 노부인의 잠자리 준비는 무척 오래 걸렸고 한참 후에야 완전히 잠잠해졌다. 그는 약간 떨면서 침대 위에 일어나 앉았다. 그의 방문은 1인치 쯤 열려 있었다. 클라라가 올라오면 도중에 그녀를 붙들 생각이었다. 그는 기다렸다. 주위는 죽은 듯이 고요했다. 시계가 2시를 쳤고 그는 아래층에서 난로를 휘젓는 희미한 소리를 들었다. 그는 자기를 억제할 수가 없었다. 떨리는 몸을 억누를 수가 없었다. 그는 클라라한테 가지 않으면 죽어버릴 것 같은 기분이 들었다.

폴은 침대에서 내려와 심하게 떨면서 잠시 멈춰섰다. 그러고는 바로 문으로 걸어갔다. 그는 발소리를 죽이려고 노력했다. 첫 번째 계단은 총소리처럼 크고 날카로운 소리가 났다. 그는 귀를 기울였다. 노부인이 침대에서 뒤척이는 소리가 들렸다. 계단은 어두웠다. 부엌으로 통하는 문틈에서 한 줄기 불빛이 새어들었다. 그는 잠깐 멈춰섰다. 그러고 나서 다시 기계적으로 내려갔다. 한 발짝씩 내디딜 때마다 계단은 삐걱거리는 소리가 났고, 래드포드 부인이 뒤에서 문을 벌컥 열지나 않을까 하는 생각에 무언가가 그의 등을 스멀스멀 기어다니는 느낌이었다. 그는 계단 밑에서 손으로 문을 더듬었다. 걸쇠는 크고 요란한 소리를 내며 열렸다. 부엌으로 들어간 그는 등 뒤로 문을 시끄럽게 닫았다. 이제는 래드포드 부인도 달려올 용기가 없을 터였다.

폴은 클라라의 모습을 보고 그 자리에 멈춰섰다. 클라라는 난로 깔개 위에 하얀 속옷을 깔아놓고 발가벗은 몸으로 그 위에 무릎을 꿇고 앉아서 폴 쪽으로 등을 돌린 채 불을 쬐고 있었다. 그녀는 폴을 돌아보지도 않고 발뒤축에 엉덩이를 얹고는 아름다운 등을 동그랗게 구부리고 얼굴을 숨긴 채 웅크리고 있었다. 그녀는 마음을 위로하기 위해 난롯불에 몸을 녹이고 있었던 것이다. 그녀의 몸 한쪽은 난롯불에 분홍빛으로 빛나고 다른 쪽은 그늘이 져 어둡고 따스해 보였다. 양팔은 힘없이 축 늘어져 있었다.

폴은 맹렬하게 몸을 떨며 이를 악물고 주먹을 단단히 쥔 채 감정을 억제하려고 노력했다. 이내 그는 그녀에게로 다가갔다. 그는 한 손을 그녀의 어깨 위에 얹고 다른 손을 그녀의 턱 밑에 넣어 얼굴을 들어올렸다. 폴의 손길이 닿자 클라라는 경련을 일으키는 것처럼 몸을 바르르 떨었다. 그녀는 계속 고개를 숙이고 있었다.

"미안해요!"

폴은 자신의 손이 매우 차가운 것을 깨닫고 그녀에게 속삭였다. 그러자 클라라는 죽음을 두려워하는 짐승처럼 공포에 찬 눈으로 그를 쳐다보았다.

"내 손이 너무 차죠?"

폴이 중얼거리듯 말했다.

"난 찬 손이 좋아요."

클라라는 두 눈을 감은 채 속삭였다. 속삭이는 그녀의 숨결이 폴의 입술에 닿았다. 그녀는 두 팔로 그의 무릎을 껴안았다. 그의 잠옷 끈이 늘어져서 그녀의 얼굴에 닿았고 그녀는 몸을 떨었다. 온기가 스며들자 그의 떨림은 가라앉았다.

마침내 폴은 더 이상 서 있을 수가 없어 클라라를 일으켜 세웠고 그녀는 그의 어깨에 머리를 파묻었다. 그의 손이 한없는 애정을 담아 천천히 그녀의 등을 어루만졌다. 그녀는 폴에게 얼굴을 보이지 않으려고 그의 품으로 더 깊게 들어왔다. 폴은 그녀를 꽉 껴안았다. 가까스로 그녀는 자기가 수치스러워해야 하는지를 떠보려는 듯 고개를 들고 말없이 애원하는 눈빛으로 그의 눈을 마주했다.

폴의 눈은 어둡게 가라앉아 있었고 매우 고요했다. 그녀의 아름다움과 자기가 그것을 빼앗아버린다는 사실이 그를 슬프게 만드는 것 같았다. 그는 약간의 고통을 가지고 클라라를 바라보았고 두려워졌다. 그녀 앞에 있으면 폴은 극히 겸허한 기분이 되었다. 클라라는 폴의 한쪽 눈에, 이어서 다른 한쪽 눈에 뜨거운 키스를 했고 그의 품으로 파고들었다. 그녀는 폴의 것이 되고 있었다. 그는 클라라를 힘껏 껴안았다. 그것은 괴로울 정도로 너무나 격렬한 순간이었다. 그녀를 바라보며 그는 자기 입술을 꽉 깨물어야 했다. 눈에서 고통의 눈물이 나왔다. 클라라는 너무나 아름답고 매력적이었다.

클라라는 그가 선 채로 자기를 숭배하고 자기로 하여금 기쁨에 떨고 있는 것을 그대로 놔두었다. 그것은 그녀의 상처 입은 자존심을 낫게 했다. 그것은 그녀에게 아픔을 아물게 하고 기쁨을 주었다. 그것은 다시금 그녀의 마음을 바로잡았고 긍지를 느끼게 했다. 클라라는 그때까지 자존심에 상처를 입고 자신이 하찮은 여자가 되었다고 생각했던 것이다. 그러나 지금 그녀는 다시 환희와 자부심에 빛나고 있었다. 이는 그녀의 부활이며 자신을 인정하는 것이었다.

이윽고 폴은 얼굴을 빛내며 클라라를 바라보았다. 그들은 서로 마주보며 웃었고 폴은 다시 그녀를 가슴에 끌어안았다. 일 초 일 초가 지나고 일 분 일 분이 지나갔으나 두 사람은 꽉 껴안은 채 여전히 입술을 맞대고 하나의 조각처럼 서 있었다.

하지만 폴의 손가락은 무언가 충족되지 않은 기분으로 클라라의 몸 위를 이리저리 더듬고 있었다. 뜨거운 피가 연달아 파도처럼 밀어닥쳤다. 그녀는 그의 어깨에 머리를 기대었다.

"내 방으로 와요."

폴은 낮은 소리로 속삭였다. 클라라는 그를 마주보며 고개를 저었다. 그녀의 입술은 불만스러운 듯 내밀어져 있었고 눈은 열정 때문에 우울해 보였다.

"괜찮죠?"

클라라는 다시 또 머리를 저었다.

"왜요?"

폴이 물었다. 클라라는 엄숙하고 슬픈 눈으로 그를 바라보며 다시 고개를 저었다. 폴의 눈이 험악해졌고 마침내 그는 단념했다.

자기 침대로 돌아온 폴은 왜 그녀가 자기 어머니도 알 수 있도록 공공연하게 이 방으로 오는 것을 거절했을까 생각했다. 그에게 왔다면 어쨌든 상황은 결말이 났을 텐데. 그러면 클라라는 이날 어머니의 침실에 갈 필요도 없이 자신과 밤을 같이 보낼 수 있었을 텐데. 그는 도무지 이해할 수가 없었다. 그러다가 이내 잠이 들어버렸다.

아침에 누가 부르는 소리에 폴은 잠에서 깨어났다. 눈을 떠보니 래드포드 부인의 당당한 체구가 그를 내려다보고 있었다. 노부인은 손에 홍차 한 잔을 들고 있었다.

"그래, 최후의 심판날까지 잘 생각이우?"

래드포드 부인이 말했다.

노부인의 말에 폴은 웃고 말았다.

"아직 5시쯤밖에 안 됐을 거예요."

"지금은 7시 반이라우. 자, 차를 들구려."

폴은 얼굴을 문지르고 이마에 흩어져 내린 머리칼을 뒤로 젖히며 정신을 차렸다.

"왜 이렇게 늦었을까."

폴은 중얼거렸다. 그는 강제로 깨워진 것에 화가 났고, 그 모습이 노부인을 재미나게 했다. 래드포드 부인은 플란넬 잠옷을 입은 소녀 같이 희고 통통한 그의 목덜미를 보았다. 폴은 화가 나서 머리를 긁적였다.

"그렇게 머리를 긁어도 소용없다우."

래드포드 부인이 말했다.

"그런다고 시간이 되돌려지는 것도 아니고. 자, 내가 여기서 언제 까지 찻잔을 들고 서 있어야겠수?"

"그까짓 홍차는 내던져버리세요."

폴은 씩씩거리듯이 대답했다.

"그러게 일찍 자지 그랬수."

래드포드 부인은 말했다. 폴은 뻔뻔스럽게 웃으면서 노부인을 쳐다보았다.

"전 부인보다 먼저 자러 갔어요."

"그래요, 그랬지!"

"침대까지 차를 가져오시다니! 제 어머니는 제가 이런 짓을 하면 몸을 망치는 걸로 생각하실 걸요."

폴은 홍차를 저으면서 말했다.

"당신 어머니는 이런 일이 없수?"

래드포드 부인이 물었다.

"물론이죠. 이런 일은 꿈에도 생각 못하실 거예요."

"오, 내가 가족들을 너무 아끼고 받아줘서 그들을 못 쓰게 만들었구려!"

래드포드 부인이 말했다.

"자식은 클라라 한 사람밖에 없잖아요. 래드포드 씨는 천국에 계시고요. 그러니 못 쓰게 된 사람은 부인뿐인 것 같은데요?"

"난 몹쓸 사람은 아니라우. 단지 너무 인정이 많을 뿐이지."

래드포드 부인은 침실을 나가면서 말했다.

"난 바보였을 뿐이라우. 난 바보였구려."

아침식사 때 클라라는 매우 침착했지만 어딘지 폴이 자신의 것인 듯한 태도를 보여서 그를 매우 기쁘게 했다. 래드포드 부인은 이제 확실히 폴을 좋아하는 모양이었다. 폴은 자기 그림에 대해 이야기를 시작했다.

"아니 그게 무슨 소용이 있다구?"

래드포드 부인이 소리쳤다.

"그림을 그립네 하고 인상을 쓰며 고민한들 뭐 좋은 일이 있다는 건지 모르겠수. 그러지 말구 더 재미나는 일을 하는 게 좋을 텐데."

"아, 그렇지만 작년에는 그림으로 30기니도 넘게 벌었는걸요."

"그러우? 흠, 그건 적잖은 벌이로군. 허지만 거기에 든 시간을 생각하면 그 정도로는 수지가 안 맞지."

"그리고 4파운드 더 받을 것도 있어요. 어떤 분이 자기와 아내, 개와 자기 집을 그려주면 5파운드를 주겠다더군요. 그런데 제가 그 집의 개 대신 닭을 그렸더니 그 사람이 화를 내는 바람에 1파운드를 깎아줄 수밖에 없었죠. 이런 일에는 넌덜머리가 나요. 난 그 개가 마음에 들지 않았거든요. 그래서 시시한 그림이 되고 말았죠. 그런데 4파운드를 받으면 뭐에 쓸까요?"

"내가 알우? 자기가 쓸 곳은 자기가 알고 있어야지."

래드포드 부인은 시큰둥하게 대답했다.

"이 4파운드는 한꺼번에 몽땅 써버릴 생각이에요. 우리, 하루나 이틀 정도 같이 바닷가에 다녀올까요?"

"누구 말이우?"

"부인과 클라라와 저요."

"뭐요! 댁의 돈으로!"

래드포드 부인은 화를 내는 듯이 소리를 질렀다.

"안 될 이유는 없지요."

"당신은 머잖아 모가지가 부러질 게요."

"쓴 돈만큼 만족만 얻으면 되는 거예요. 같이 가시지 않을래요?"

"천만에. 두 사람끼리 정하구려."

"그럼 같이 바닷가에 가도 좋다는 말씀이시죠?"

폴은 놀랍고 기쁜 마음으로 물었다.

"좋도록 하구려. 내가 어떻게 생각하든 상관하지 말고 말이우."

래드포드 부인이 대답했다.

제4부

13
백스터 도스

클라라와 극장에 다녀온 며칠 뒤, 폴이 친구들과 '펀치 볼'에서 술을 마시고 있을 때 클라라의 남편인 도스가 술집으로 들어왔다. 그는 살이 찌기 시작해서 갈색 눈 위의 눈꺼풀이 늘어졌으며 팽팽한 근육과 건강했던 모습은 보이지 않았다. 그는 확실히 젊음을 잃어가고 있었다. 그는 누이와 싸우고 집을 나와 지금은 싸구려 하숙집에서 살고 있었다. 그의 정부(情婦)는 결혼할 남자를 찾아 그를 버리고 떠나갔다. 그는 술이 취해서 싸움을 하고 유치장에 들어간 일도 있었고 수상쩍은 도박에 연루되기도 했다.

도스와 폴은 서로 숙적이라고 생각했지만 두 사람 사이에는 이따금 특이한 친밀감 같은 기묘한 감정이 있었다. 폴은 종종 백스터 도스를 생각하면 그와 가까워져서 친구가 되고 싶기도 했다. 그는 도스 또한 가끔 자기를 생각하고 무슨 인연에서인지 자기에게 끌리고 있다는 사실을 알고 있었다. 그러나 두 사람은 적의를 가질 때를 제외하고는 서로 쳐다보지도 않았다.

도스는 조던 사에서 윗사람이었기 때문에 폴이 그에게 한 잔 대접하는 것은 당연한 일이었다.

"뭘 드시겠습니까?"

폴이 도스에게 물었다.

"자네 같은 자하고는 아무것도 안 마셔."

도스가 대답했다. 폴은 경멸이 섞인 표정으로 어깨를 약간 으쓱하고 휙 돌아섰다.

"귀족제도란 실제로는 군대제도지요."

폴은 계속해서 말했다.

"지금의 독일을 예로 들자면, 그곳에는 수천 명의 귀족이 있는데 그들을 받쳐주는 것은 군대뿐이에요. 그들은 지독하게 가난하고 생활에는 활기가 없죠. 그래서 전쟁이 일어나기를 바라고 전쟁에서 출세할 기회를 찾는 거예요. 전쟁이 일어날 때까지 그들은 아무 짝에도 쓸모없는 존재이지만 전쟁이 발발하면 그들은 지도자나 사령관이 됩니다. 바로 그 때문에 전쟁을 갈망하고 있다, 이 말입니다."

폴의 말투는 너무 빠르고 또한 강제적이었기 때문에 술집에서 모두가 좋아하는 이야기꾼은 아니었다. 나이 든 사람들은 그의 단정적이고 자신만만한 태도를 불편해 했다. 그들은 잠자코 듣기는 했지만 이야기가 끝나도 아쉬워하지 않았다.

도스는 이 젊은이의 물 흐르는 듯한 웅변을 비열하고 천한 웃음으로 가로막았다.

"자네는 이런 걸 그날 밤 극장에서 다 배웠나?"

폴은 도스를 쳐다보았고, 두 사람의 눈길이 마주쳤다. 그제야 폴은 클라라와 함께 극장에서 나오는 자신을 도스가 보았다는 사실을 알아차렸다.

"뭐라고? 극장이라니? 무슨 말이지?"

그때 폴의 동료 중 한 사람이 무슨 재미난 일이라도 생겼나 싶어서 파고들었다.

"글쎄 말이지, 저 자가 제비 같은 연미복을 입고서 거들먹거리고 있더란 말일세!"

도스가 경멸스럽다는 듯이 폴 쪽으로 머리를 흔들며 말했다.

"그것 참 굉장한데! 여자와 함께 간 건가?"

폴과 도스 두 사람을 다 아는 친구가 말했다.

"물론! 여자와 함께였지."

도스가 대답했다.

"그래서? 그 다음엔 어쨌나?"

그 친구가 목소리를 높였다.

"뻔한 노릇 아닌가. 아마 굉장한 밤을 보냈을 테지."

그들은 폴을 두고 웃음을 터트렸다.

"헤에, 놀랐는걸? 그래, 그 여자는 미인이었나?"

그 친구가 말했다.

"미인이었지. 제길."

"그런데 그 여자가 누구였다는 말이지? 자네는 그 여자를 아나?"

그 친구가 물었다.

"안다고 해야겠지."

도스가 취한 목소리로 대꾸했다. 그의 대답은 주위를 웃음 바다로 만들었다.

"그럼 모두 털어놔 보게."

도스는 거절하는 것처럼 머리를 흔들고 맥주를 들이켰다.

"폴 모렐이 제 입으로 말하지 않는 게 이상한걸? 조금쯤은 자랑으로 생각할 텐데 말이야."

도스가 말했다.

"이봐, 폴. 잠자코 있어도 다 탄로가 나게 돼 있단 말이야. 그러니까 용감하게 털어놓는 게 좋아."

그 친구가 말했다.

"뭘 털어놓으란 말이야. 내가 우연히 친구와 극장에 갔다는걸?"

"그래, 그러니까 그 여자가 누군지 말해 봐."

그 친구가 말했다.

"꽤 괜찮은 여자였지."

도스의 말에 폴은 화가 불끈 치솟았다. 도스는 비웃는 듯이 금빛 턱수염을 손가락으로 쓰다듬었다.

"이거 놀랍군! 어이, 폴. 자네에게 놀랐는걸. 백스터, 자네도 아는 여잔가?"

"조금 알지."

도스가 다른 남자들에게 눈짓을 했다.

"나는 가겠어."

폴이 말했다. 그 친구는 폴의 어깨에 손을 얹고 그를 붙잡았다.

"아니, 그렇게 쉽게 보내줄 수는 없지. 어떤 이야기인지 전부 들어야겠어."

"그러면 도스에게 들어."

폴이 말했다.

"자네가 한 일을 회피할 건 없잖아."

그 친구가 항의조로 말했다. 이때 도스가 뭐라고 한 마디를 했고, 폴은 화를 내며 잔에 반쯤 남은 맥주를 그에게 끼얹었다.

"어머! 모렐 씨!"

술집 여종업원은 소리를 지르며 경비원을 부르는 벨을 눌렀다. 도스는 침을 뱉으며 폴에게 달려들었다. 그때 볕에 그을리고 소매를 팔뚝까지 걷어붙이고 엉덩이에 착 달라붙은 바지를 입은 한 남자가 그들 사이로 끼어들었다.

"자, 그만!"

남자는 도스 앞에 가슴을 밀어대면서 말했다.

"밖으로 나와!"

도스가 소리쳤다. 폴은 새파랗게 질려서 계산대의 놋쇠 난간에 기대 있었다. 그는 도스를 증오했고 그 순간 누가 자기를 흠씬 패주었으면 좋겠다고 생각했다. 또한 도스의 이마에 젖은 머리카락을 보면서 그에게 가련함을 느꼈다. 폴은 움직이지 않았다.

"나와, 이 자식!"

다시 도스가 소리쳤다.

"그만둬요, 도스!"

여종업원이 외쳤다.

"자, 갑시다. 가는 편이 좋을 거요."

힘센 경비원이 조용히 말했다. 그리고 도스에게 몸을 붙여 점점 밀어내면서 문으로 몰고 갔다.

"싸움을 시작한 건 저 조그만 바람둥이라고!"

겁을 집어먹은 도스는 손가락으로 폴을 가리키면서 소리쳤다.

"무슨 말이에요, 도스 씨? 처음부터 줄곧 당신이 시비를 걸었잖아요."

지금까지 모든 상황을 지켜보았던 여종업원이 말했다. 경비원은 가슴으로 계속 도스를 밀어붙였고, 도스는 바깥 계단까지 밀려나자 몸을 빙글 돌렸다.

"이젠 됐소."

경비원은 폴에게 고개를 끄덕여 보였다. 폴은 도스에게 심한 증오심이 섞여 있기는 했지만 거의 애정이라고 해도 좋을 정도의 이상한 연민의 정을 느꼈다. 페인트를 칠한 문이 쾅 하고 닫히고 술집 안은 조용해졌다.

"고소하군."

여종업원이 말했다.

"그렇지만 자네도 눈에 맥주 세례를 받으면 기분이 나쁠 걸세."

그 친구가 말했다.

"난 도스 씨가 맥주를 뒤집어썼을 때 기분이 좋던걸요?"

여종업원은 덧붙였다.

"모렐 씨, 한 잔 더 하시겠어요?"

여종업원은 의사를 묻듯이 폴의 잔을 들어올렸다. 폴은 고개를 끄덕였다.

"백스터 도스란 사내는 뭘 보아도 마음에 들지 않는 사람이란 말이야."

누군가가 말했다.

"그래요, 정말 소란스런 사람이죠. 좋은 구석이라고는 조금도 없어요. 난 쾌활한 사람이 좋더군요."

여종업원이 말했다.

"이봐, 폴. 당분간 조심하는 게 좋을 거야."

그 친구가 말했다.

"도스에게 틈을 주면 안 돼요. 그것만은 미리 말해 두죠."

여종업원이 말했다.

"자네, 권투 좀 할 줄 아나?"

또 다른 친구가 물었다.

"전혀."

폴은 아직도 창백한 얼굴로 대답했다.

"내가 한두 가지쯤은 가르쳐줄 수 있어."

그 친구가 말했다.

"고맙네만…… 난 시간이 없어."

폴은 돌아가려고 자리에서 일어났다.

"모렐 씨와 함께 가세요, 젠킨스 씨."

여종업원은 젠킨스에게 눈짓을 하면서 소곤거렸다. 그는 고개를 끄덕이며 모자를 들고 인사를 했다.

"모두들, 조심해서 들어가게!"

젠킨스는 폴을 따라가면서 그를 불렀다.

"잠깐 기다리게! 우리는 방향이 같지 않나."

"모렐 씨는 이런 일을 좋아하지 않을 거예요. 두고봐요, 이제 모렐 씨는 오지 않을 테니. 참 좋은 분인데 유감이에요. 백스터 도스는 어디에 가둬놓아야지, 정말 못 쓰겠어요."

여종업원이 말했다.

폴은 이 사건을 어머니가 아느니 차라리 자신이 죽는 게 낫다고 생각했다. 그는 치욕과 자의식에 고통스러웠다. 요즘 그의 생활에는 어머니에게 결코 말할 수 없는 커다란 부분들이 많아졌다. 그는 어머니와 분리된 생활이 생겼다—그것은 자신의 성(性)에 대한 부분이었다. 그 이외의 생활은 어머니에게 모두 이야기를 했다. 그러나 어머니에게 무엇인가를 계속 감추어야 한다고 느꼈고 그것이 그를 지치게 만들었다. 두 사람 사이에는 일종의 침묵이 있었고, 그 침묵 속에서 그는 어머니로부터 자신을 방어해야만 한다고 느꼈다.

폴은 어머니에게 구속받는 것 같아서 때때로 어머니를 미워했고 어머니의 속박에서 빠져나가려고 했다. 그의 삶은 어머니에게 구속받지 않는 생활을 바라고 있었다. 현재의 삶은 더 이상 나아가지 못하고 둥근 울타리 안을 왔다 갔다 할 뿐인 것 같았다. 어머니는 그를 받쳐주고 사랑하고 지켜주었고, 그는 자기의 사랑으로 어머니에게 보답하는 셈이었다. 때문에 그는 자신의 삶을 살 수도 다른 여자를 사랑할 수도 없었다. 이 무렵 그는 무의식중에 어머니의 영향에 반항하고 있었다. 그는 어머니에게 자기의 일을 이야기하지 않았고 그들 사이에는 거리가 생겼다.

클라라는 폴에 대한 확신을 가지면서 행복을 느꼈다. 드디어 그를 자신의 것으로 만들었다고 생각했다. 하지만 확신이 흔들리는 순간도 있었다. 폴은 농담처럼 그녀의 남편과 벌어졌던 사건을 이야기했고, 클라라는 얼굴이 빨개지고 잿빛 눈은 번들거리며 빛났다.

"정말 그이가 할 만한 짓이군요!"

클라라가 외쳤다.

"꼭 막일을 하는 일꾼처럼! 그 사람은 점잖은 사람과 어울릴 자격이 없어요."

"그래도 그 사람과 결혼했잖아요."

폴이 그녀의 결혼에 대해 이야기했기 때문에 클라라는 발끈 화를 냈다.

"그래요, 했어요!"

클라라가 외쳤다.

"그렇지만 내가 그럴 거라고 알았던 건 아니잖아요!"

"나는 그 사람이 본래 좀 더 좋은 사람이었던 것은 아닐까 하고 생각해요."

폴이 말했다.

"그럼 그 사람을 그렇게 만든 게 내 탓이라는 이야기로군요!"

클라라는 소리를 질렀다.

"천만에! 그 사람 자신이 그렇게 됐겠죠. 그렇지만 그에게는 어딘지 모르게 좋은 데가 있어요……."

클라라는 찬찬히 폴을 들여다보았다. 그에게는 그녀에 대한 편견 없는 비판이나 차가움이 있었고 그것은 폴에 대한 그녀의 마음을 딱딱하게 만들었다. 그녀는 폴의 그런 점이 마음에 들지 않았다.

"그래서 당신은 어떻게 할 생각이에요?"

클라라가 물었다.

"뭘 어떻게 해요?"

"백스터에 대해서 말이에요."

"어떻게 하고 말 것도 없잖아요. 무슨 방법이라도 있다는 건가요?"

폴이 반문했다.

"만약 그럴 필요가 있다면 싸울 수 있겠죠?"

"아니, 난 싸움은 전혀 못해요. 정말 우습지만, 대부분의 남자들에게는 주먹으로 치고받는 본능이 있지만 난 그렇지 않아요. 싸운다면 차라리 칼이나 권총 같은 게 있었으면 해요."

"그렇다면 뭐든 가지고 다니는 게 좋겠군요."

클라라가 말했다.

"싫어요, 난 이탈리아의 검객이 아니에요."

폴은 웃으며 대답했다.

"그렇지만 그 사람은 당신에게 무슨 짓을 할 거예요. 당신은 그 사람을 몰라요."

"알았어요. 좀 더 두고 보자고요."

"그럼 당신은 그가 마음대로 하게 내버려둘 셈이에요?"

"아마도. 어쩔 도리가 없다면 그럴 수밖에 없죠."

"만약 그이가 당신을 죽이려 한다면?"

"그 사람을 위해서나 나를 위해서나 그건 유감스러운 일이죠."

클라라는 한동안 잠자코 있었다.

"난 화가 나요."

클라라가 크게 소리쳤다.

"그건 새삼스러운 일이 아니에요."

폴은 웃으며 대답했다.

"그렇지만 당신은 왜 그렇게 바보 같은 말을 하는 거죠? 당신은 그 사람을 모른다고요."

"난 알고 싶지도 않아."

"알았어요. 그래도 당신은 그 사람이 멋대로 하도록 내버려두지는 않겠죠?"

"내가 어떻게 했으면 좋겠어요?"

다시 폴은 웃으면서 대답했다.

"나라면 권총을 가지고 다니겠어요. 그 사람은 정말 위험한 사람이에요."

"나는 내 손가락이나 날려버릴 거예요."

폴이 말했다.

"그럴 리는 없어요. 정말 가지고 다니지 않을 거예요?"

클라라가 애원하듯이 말했다.

"음."

"그럼 그가 멋대로 하게 내버려두겠다고요?"

"그래요."

"당신은 바보예요."

"사실 그래요."

클라라는 화가 나서 이를 악물었다.

"당신을 마구 흔들어주고 싶어요."

그녀는 분노로 몸을 떨면서 외쳤다.

"왜요?"

"그런 사람을 멋대로 하라고 내버려두다니!"

"만약 그가 이기면 당신은 그에게 돌아가도 좋아요."

"나한테 미움을 받고 싶어요?"

클라라가 물었다.

"아니, 그저 그렇게 말했을 뿐이이요."

"당신은 나를 사랑한다고 했잖아요."

클라라는 화가 나서 낮은 목소리로 말했다.

"당신을 기쁘게 하기 위해서 내가 그 사람을 죽여야겠어요? 만약 그렇다고 한다면 그가 나를 얼마나 무시무시한 힘으로 속박하게 될지 생각해 봐요."

폴이 말했다.

"당신은 나를 바보라고 생각하는군요!"

클라라가 외쳤다.

"천만에! 하지만 당신이 나를 이해하지 못하고 있잖아요."

한참 동안 두 사람 사이에 침묵이 흘렀다.

"그렇지만 당신은 틈을 보이지 않도록 조심해야 해요."

클라라는 그에게 애원했다.

폴은 어깨를 으쓱했다.

　　정의의 갑옷을 입은
　　죄 없이 깨끗한 사나이는
　　날카로운 톨레도의 칼날[28]도
　　독이 묻은 화살도 소용없으리.

폴은 노래 가사를 인용했다. 클라라는 무엇인가를 더듬는 듯한 눈으로 그를 마주보았다.

"당신의 마음을 이해할 수 있으면 좋겠어요."

클라라가 말했다.

---

28) Toledo. 스페인 마드리드 남쪽 타호 강에 면한 도시인 톨레도에서 만들어지는 칼날이다. 톨레도는 칼날 제작지로 유명하며, 이곳에서 만든 칼날은 유연하고 단단하며 날카롭기로 정평이 나 있다 – 옮긴이

"이해해야 할 것이 전혀 없어요."

폴은 미소를 지으며 대답했다. 클라라는 고개를 숙이고 생각에 잠겼다.

폴은 며칠간 도스를 보지 못했다. 그러던 어느 날 아침, 그는 나선과에서 위층으로 계단을 뛰어 올라가다가 하마터면 그 힘세고 늠름한 금속공인 도스와 부딪칠 뻔했다.

"이봐!"

도스가 소리를 질렀다.

"미안합니다!"

폴은 한 마디를 건네고 슬쩍 빠져나갔다.

"미안하다고?"

도스가 빈정거리며 소리쳤다. 폴은 모르는 체하고 '여자들 사이에 나를 끼워주렴' 이라는 노래를 휘파람으로 불었다.

"그 휘파람을 못 불게 해주마, 이 풋내기야!"

도스가 말했지만 폴은 조금도 개의치 않았다.

"요전 밤에 있었던 일에 대한 인사는 좀 있을 법도 하잖아?"

폴은 사무실 구석에 있는 자기 책상으로 가서 장부를 뒤적거렸다.

"패니에게 가서 내가 97호 주문품을 달란다고 말해 줘, 빨리."

폴은 사환에게 말했다. 도스는 큰 키로 위협하듯이 입구에 버티고 서서 폴을 내려다보고 있었다.

"6펜스에 5펜스는 11펜스, 그리고 7펜스를 더하면 1실링 6펜스."

폴은 소리를 내어 덧셈을 했다.

"이봐! 듣고 있겠지, 응?"

도스가 말했다.

"5실링 9펜스."

폴은 숫자를 적어 넣으면서 대꾸했다.

"무슨 일이시죠?"

"무슨 일인지 이제 알게 해줄 참이다!"

도스가 화난 목소리로 말했지만 폴은 여전히 큰 소리로 덧셈을 계속했다.

"요 불쾌하기 짝이 없는 쬐끄만 놈 같으니라고! 감히 내 얼굴을 똑바로 보지도 못하는 놈이!"

폴이 재빨리 무거운 자를 움켜쥐자 도스는 움찔 놀랐다. 하지만 폴은 장부에 선을 몇 개 그었을 뿐이었다. 도스는 격분했다.

"어디에서건 마주치는 날까지 기다려라! 그게 어디가 될지 몰라도 찍 소리도 못하게 해줄 테다, 이 비겁한 놈아!"

"좋습니다."

폴은 당당하게 대꾸했다. 이내 도스는 육중한 발걸음으로 문간에서 물러났다. 때마침 송화관이 날카로운 소리를 냈다. 폴은 송화관으로 갔다.

"네."

폴은 대답하고 귀를 기울였다.

"네, 알았어요."

상대편 목소리를 듣던 폴은 웃음을 머금었다.

"곧 내려갈게요. 지금 손님이 있어서요."

폴의 말투로 보아 그가 클라라와 이야기하고 있다는 것을 알아차린 도스는 앞으로 다가섰다.

"이 못된 놈! 2분 안에 너를 때려 눕히고 말겠다. 너 같은 건방진 자식을 가만히 둘 줄 알고?"

도스가 분에 겨워 큰 소리로 말했다. 그 소리가 들렸는지 사무실 직원들이 쳐다보았다. 그때 사환이 흰 물건을 들고 나타났다.

"미리 알려줬으면 어젯밤에 전해 드릴 수 있었다고 패니가 말하더군요."

사환이 말했다.

"그래. 이걸 저쪽으로 가지고 가."

폴은 스타킹을 보면서 대답했다. 도스는 방해꾼이 끼어들었기 때문에 노여움을 주체하지 못하고 서 있었다. 폴은 그를 돌아보았다.

"잠깐 실례하겠어요."

폴은 도스에게 말하고 아래층으로 뛰어가려고 했다.

"네 놈을 놓칠 것 같아?"

도스가 폴의 팔을 움켜쥐며 외치자 폴은 얼른 돌아섰다.

"어, 이봐요! 왜 그러세요!"

깜짝 놀란 사환이 소리쳤고, 토머스 조던이 유리로 구분된 사무실에서 뛰어나와 빠르게 달려왔다.

"왜 그래? 무슨 일이야?"

토머스 조던은 날카롭고 높은 목소리로 물었다.

"난 지금 이 작은 녀석을 혼내주려고 했을 뿐이에요."

도스는 아무렇게나 함부로 말했다.

"무슨 일인데?"

토머스 조던이 다시 물었다.

"내가 말하는 것은……!"

도스는 입을 열었지만 뒤를 잇지 못했다.

폴은 부끄러운 생각에 이를 보이며 멍하니 카운터에 기대어 서 있었다.

"도대체 무슨 일이야?"

토머스 조던은 도스의 말을 가로채듯 다급하게 물었다.

"뭐라고 할까요, 저어……."

폴이 고개를 흔들고 어깨를 으쓱하며 대답했다.

"뭐라고 할까요? 뭐라고 할까라고!"

도스는 분노에 차올라 잘생긴 얼굴을 쑥 내밀고 주먹을 불끈 쥐면서 소리쳤다.

"이제 그만두게."

토머스 조던은 점잔을 빼며 걸어오면서 말을 이었다.

"자네 일자리로 돌아가게. 그리고 아침부터 취해서 오지는 말게."

도스는 비대한 몸을 천천히 고용주에게 돌렸다.

"취했다고! 누가? 난 당신처럼 아주 멀쩡해요!"

"그런 변명은 벌써 여러 번 들었네."

토머스 조던이 재빨리 말을 받았다.

"자, 저리 가게. 언제까지나 그렇게 꾸물거리지 말고. 왜 그렇게 시비조로 나오는 겐가."

도스는 자신의 고용주를 경멸하는 눈으로 내려다보았다. 좀 더럽기는 했지만 일하기 좋게 잘생긴 큼직한 두 손은 침착성 없이 들썩이고 있었다. 폴은 그 손이 클라라 남편의 손이라는 것을 깨닫고 한순간 증오의 불길이 온몸을 감쌌다.

"쫓아내기 전에 썩 나가라고!"

토머스 조던이 날카롭게 말했다.

"뭐요? 누가 날 쫓아낸단 말이죠?"

도스는 비웃듯이 대꾸했다. 조던 씨는 깜짝 놀라 금속공에게 다가가서 탄탄하고 작은 자신의 몸을 내밀며 말했다.

"내 공장에서 당장 나가게. 나가라고!"

토머스 조던은 금속공의 팔을 붙잡고 비틀며 말했다.

"비켜요!"

도스가 팔꿈치로 콱 지르자 몸집이 작은 공장주는 뒤로 비틀거렸다. 누가 붙잡을 새도 없이 토머스 조던은 스프링 장치가 되어 있는 얇은 문에 부딪쳤고, 그 문이 열리면서 그는 패니의 방으로 향하는 계단을 대여섯 개쯤 굴러 떨어졌다. 순간 모두 놀라 멍하니 바라보고만 있다가 곧 사원들과 여공들이 달려 나왔다. 도스는 이 광경을 잠시 불쾌하게 지켜보고 있다가 나가버렸다.

토머스 조던은 나뒹굴면서 타박상을 입었지만 다른 상처는 없었다. 그는 너무 화가 난 나머지 제정신이 아니었다. 그는 도스를 해고하고 폭행죄로 법정에 고소했다.

재판에서 폴은 증인이 되어야 했다. 이 사건이 어떻게 해서 일어났는가에 대한 질문을 받고 그는 말했다.

"일전에 제가 도스 부인과 함께 극장에 간 것을 이유로 도스는 그녀와 저를 모욕했습니다. 그래서 제가 그에게 맥주를 끼얹었고 그는 제게 복수를 하려고 했던 겁니다."

"이 사건에 여자가 끼어 있었군."

판사가 웃으면서 말했다. 그리고 도스에게 '당신이 나쁜 사람이야' 하는 말로 사건을 기각했다.

"자네가 이 소송을 무효로 만들었어!"

토머스 조던은 폴에게 덤벼들 듯이 말했다.

"저는 그렇게 생각하지 않습니다. 그리고 사장님께서도 실은 그가 유죄로 판결받기를 바라지는 않으셨다고 생각합니다."

폴은 대답했다.

"그럼 뭣 때문에 내가 고소했다고 생각하나?"

"만약 제가 말을 잘못했다면 죄송합니다."

폴이 대답했다.

"어째서 내 이름까지 끌어댈 필요가 있었나요?"

클라라도 몹시 화를 냈다.

"나중에 뒤에서 수군거리는 것보다 공공연히 말해 버리는 편이 좋아요."

"그럴 필요는 전혀 없었어요."

클라라는 딱 잘라 말했다.

"그것 때문에 우리가 손해를 본 것은 없어요."

폴은 무관심하게 대꾸했다.

"당신은 그렇겠죠."

"그럼 당신은?"

폴이 물었다.

"난 무슨 일이 있더라도 내 이름이 나오지 않기를 바랐어요."

"미안해요."

하지만 그의 말투는 별로 미안해하는 것처럼 들리지 않았다.

폴은 마음속으로 그녀가 곧 기분이 좋아질 거라고 생각했는데 사실 그대로였다.

폴은 조던 씨가 굴러 떨어져서 다친 일과 도스의 재판에 대해 어머니에게 이야기했다. 모렐 부인은 폴을 찬찬히 바라보았다.

"그래, 넌 이 사건을 어떻게 생각하니?"

모렐 부인이 물었다.

"도스가 어리석다고 생각해요."

폴이 대답했다. 하지만 말은 그렇게 했어도 폴은 몹시 불쾌했다.

"이 문제가 어떻게 끝날지 생각해 본 적 있니?"

"아니요, 결국 저절로 가라앉겠지요."

"대개는 바라지 않는 결과를 빚게 마련이다."

"그렇다면 참을 수밖에 도리가 없지요."

"네가 생각하는 것처럼 참는다는 것이 그렇게 쉽지 않다는 것을 알 수 있을 거야."

폴은 계속해서 도안 그리기를 하고 있었다.

"클라라의 의견을 들어본 적은 있니?"

한참 뒤에 모렐 부인이 물었다.

"무슨 의견이요?"

"너에 대해서. 그리고 그 밖의 모든 일에 대해서 말이야."

"저에 대한 클라라의 의견 같은 건 그다지 생각하지 않아요. 클라라는 저를 굉장히 사랑하지만 그렇게 깊은 것은 아니에요."

"그렇지만 클라라에 대한 네 마음 정도의 깊이는 되겠지."

폴은 어머니를 이상하다는 듯이 쳐다보았다.

"네, 엄마. 제게는 어쩐지 여자를 사랑할 수 없는 문제가 있는 것 같아요. 그녀가 함께 있을 때 저는 대체로 그녀를 사랑해요. 이따금 클라라를 그냥 여자라고 생각할 때는 전 그녀를 사랑해요. 그러나 그녀가 이야기를 하거나 비평을 할 때면 저는 듣고 있지 않아요."

"그래도 미리엄보다는 지각이 있는 여자 아니냐."

"그럴지도 모르죠. 물론 저는 미리엄보다는 더 사랑하고 있어요. 하지만 클라라도 미리엄도 왜 제 마음을 잡지 못할까요?"

이 질문은 거의 탄식에 가까웠다. 얼굴을 돌린 모렐 부인은 무언가를 체념하는 것처럼 매우 조용하고 침울한 표정으로 방 저편 구석을 바라보며 앉아 있었다.

"그렇지만 넌 클라라와 결혼할 생각은 없겠지?"

모렐 부인이 물었다.

"네, 처음에는 결혼할 생각도 있었어요. 하지만 어째서…… 저는 어째서 클라라나 아니면 다른 여자와 결혼할 생각이 없을까요? 때로 저는 제가 좋아하는 여자들을 부당하게 대하고 있다는 생각이 들어요, 엄마."

"어떻게 부당하게 대했다는 거지, 폴?"

"모르겠어요."

폴은 자포자기한 표정으로 다시 그림으로 돌아갔다. 그는 문제의 핵심을 건드린 것이다.

"결혼에 관한 일이라면 아직 시간적인 여유가 많이 남아 있단다."

"그렇게 말씀하시지만 그렇지 않아요. 엄마, 저는 클라라를 사랑하고 있고 그 전에는 미리엄도 사랑했어요. 그러나 결혼으로 저 자신을 그들에게 줄 수는 없었어요. 그녀들은 모두 저를 요구하는 것처럼 보이지만 저는 결코 그들의 것이 될 수는 없다, 이 말이에요."

"너는 아직 네 짝이 될 만한 여자를 만나지 못해서 그런 거야."

"아마 엄마가 살아 계시는 동안에는 결코 그런 여자를 만나지 못할 거라고 생각해요."

모렐 부인은 꼼짝도 하지 않았다. 그녀는 자기의 힘이 다한 것처럼 다시 피로를 느끼기 시작했다.

"이제 알게 되겠지, 폴."

모든 일이 하나의 원 둘레를 빙글빙글 돌고 있는 것 같은 느낌이었고 폴은 미쳐버릴 것 같았다.

열정에 대해 말하자면, 클라라는 실제로 폴을 열정적으로 사랑하고 있었고 폴 또한 마찬가지였다. 그러나 낮이면 폴은 거의 그녀를 잊고 지냈다. 그녀는 폴과 같은 건물 안에서 일을 하고 있었지만 그는 의식하지 않았다. 그는 바빴고 그녀의 존재는 그에게 문제가 되지 않았다.

반면 클라라는 나선과에서 일을 하는 내내 폴이 위층에 있다는 것을 의식했고, 그가 같은 건물 안에 있음을 육체적으로 느끼고 있었다. 클라라는 그가 문을 열고 들어오기를 매순간 기대하고 있었고 그가 들어오면 충격을 받았다. 그러나 폴은 그녀에게 까다롭고 서먹할 때가 많았다. 그는 클라라에게 사무적인 태도로 지시했고 그녀를 접근하지 못하게 막았다. 클라라는 혼란스러운 상태에서 조금밖에 남아 있지 않은 사고력으로 그의 지시를 들었다. 잘못 듣거나 그의 지시를 잊는 일은 절대 없었지만 그것은 그녀에게 잔인하게 여겨졌다. 클라라는 폴의 가슴을 만지고 싶었다. 그녀는 조끼 안에 있는 그의 가슴이 얼마나 단단한가를 잘 알고 있었고 그것을 만지고 싶었다. 일에 대한 명령을 내리는 그의 기계적인 목소리를 듣고 있지만 클라라는 미칠 것만 같았다. 그녀는 딱딱한 태도를 취하게 하는 그의 사무적인 허울을 때려 부수고 폴이라는 남자에게 닿고 싶었던 것이다. 하지만 그녀는 두려웠다. 그리고 그녀가 그의 따뜻함을 한 번이라도 느끼기 전에 그는 가버리고 그녀는 다시 가슴이 아파왔다.

폴은 클라라가 자기를 보지 못한 저녁이면 언제나 쓸쓸해한다는 것을 알고 있었기 때문에 대부분의 저녁시간을 그녀를 위해 할애했다. 낮 시간 동안 그녀는 대개 비참한 마음으로 보내지만 저녁과 밤은 두 사람 모두에게 행복한 시간이었다. 그 시간이면 그들은 말없이 지냈다. 몇 시간이고 같이 앉아 있다든가 어둠 속을 걸어다닌다든가 아무런 의미도 없는 몇 마디 말을 주고받을 뿐이었다. 그러나 폴은 그녀의 손을 쥐고 있었고 그녀의 젖가슴은 그의 가슴에 따뜻한 온기를 전해 주어 그녀의 몸 전체를 그가 완전하게 느끼도록 해주었다.

어느 날 저녁, 두 사람은 운하 근처를 걷고 있는 중이었고 폴은 무엇 때문인지 고민에 빠져 있는 듯했다. 클라라는 폴이 자기의 것이 되어 있지 않음을 의식했다. 폴은 줄곧 낮고 부드럽게 휘파람을 불고 있었다. 클라라는 그의 말보다 휘파람이 그의 기분을 더 잘 알려줄 것 같아서 귀를 기울였다. 그것은 구슬프고 불만스러운 듯한 곡조였다―그녀로 하여금 그가 그녀에게 머물지 않을 것이라고 느끼게 하는 소리였다.

클라라는 잠자코 계속 걸었다. 두 사람이 선회교에 이르렀을 때 폴은 다리의 커다란 말뚝 위에 걸터앉아 물에 비친 별들을 들여다보왔다. 그는 그녀에게서 멀리 떨어진 곳에 있는 것 같았다. 클라라는 계속 생각에 잠겨 있었다.

"앞으로도 계속 조던 사에 있을 건가요?"

마침내 클라라가 물었다.

"아뇨."

폴은 깊게 생각하지도 않고 대답했다.

"나는 노팅엄을 떠나 외국에 갈지도 몰라요…… 곧."

"외국을요! 무엇 때문에요?"

"나도 모르겠어요. 난 도무지 마음을 안정시킬 수가 없어요."

"그렇지만 외국에 가서 뭘 할 건데요?"

"우선 확실한 도안 작업을 구할 것이고, 내 그림들을 몇 점 팔 거예요. 나는 조금씩 세상에 나아가고 있는 거예요. 나는 그걸 알고 있어요."

"언제쯤 떠나려는 거죠?"

"모르겠어요. 엄마가 살아 계시는 동안은 그렇게 오래 있을 수는 없죠."

"어머니를 두고 떠날 수는 없어요?"

클라라는 검푸른 물에 비친 별을 바라보았다. 별들은 하얗게 반짝반짝 빛나고 있었다. 폴이 자기를 두고 떠난다는 사실도 고통스러웠지만 그가 이렇게 자기 옆에 있는 것도 괴롭기는 마찬가지였다.

"돈을 많이 벌면 뭘 할 생각이에요?"

클라라가 물었다.

"런던 근처에 예쁜 집을 사서 엄마와 함께 살 거예요.."

"그렇군요."

오랫동안 침묵이 흘렀다.

"난 아직 당신을 만나러 올 수 있어요."

폴이 말했다.

"난 모르겠어요. 앞으로 내가 뭘 할 거냐는 그런 말은 하지 말아요. 난 모르겠단 말이에요."

두 사람은 입을 다물어버렸다. 별들은 물 위에서 심하게 흔들리다 부서졌고 바람이 불어왔다. 갑자기 그녀 곁으로 다가온 폴이 그녀의 어깨에 손을 얹었다.

"나중 일은 아무것도 묻지 말아줘요. 나는 아무것도 모르겠어요. 지금은 그저 나하고 함께 있어 주지 않겠어요?"

폴의 목소리는 애처로웠다. 클라라는 그를 두 팔로 끌어안았다. 결국 그녀는 남편이 있는 여자였기 때문에 폴이 주는 것을 받아들일 당연한 권리를 갖고 있지 않았다. 폴은 그녀를 몹시 필요로 했다. 지금 폴은 그녀의 팔에 안겨 있는데도 비참한 기분이었다. 클라라는 따뜻한 몸으로 그를 감싸고 그를 위로하고 그를 사랑했다. 그녀는 그 순간을 다른 것과 아무런 상관이 없는 것으로 만들고 싶었다.

잠시 후 폴은 할 말이 있는 것처럼 고개를 들었다.

"클라라."

폴은 괴로워하면서 그녀의 이름을 불렀다. 클라라는 정열적으로 그를 안고 한 손으로 그의 머리를 자기 가슴에 갖다댔다. 그녀는 그의 목소리에 나타나 있는 괴로움에 견딜 수가 없었다. 그리고 영혼 깊숙이 두려움을 느끼고 있었다. 그녀는 자기가 가지고 있는 것이라면 그에게 모두 다 줄 것이다. 어떤 것이든 모두 다. 그러나 그녀는 알고 싶지 않았다. 모든 사정을 알게 되면 견딜 수 없을 것만 같았다. 그녀는 폴이 자기에게 위로받기를 바랐다.

클라라는 그를 꼭 껴안고 애무했지만 폴은 그녀에게 무언가 알 수 없는, 어쩐지 겁이 나는 존재이기도 했다. 그녀는 그를 위로하여 모든 괴로움을 잊게 해주고 싶었다.

이윽고 폴의 영혼 속에서 갈등은 가라앉았고 그는 괴로움을 잊었다. 그러나 그때 어둠 속에서 존재하는 것은 클라라가 아니라 어떤 따뜻한 여자, 그가 사랑하고 숭배까지 하는 무언가 다른 존재였다. 그것은 클라라가 아니었고 다만 그의 힘에 굴복한 여자였다. 그가 가진 적나라하며 굶주리고 거부하기 어려운 사랑과 원시적이고 강렬하고 맹목적이며 무자비한 어떤 것이 이 시간을 그녀에게 거의 끔찍한 것으로 여겨지게 했다. 클라라는 그가 얼마나 딱딱하게 굳는 외로운 마음인가를 알았다. 그리고 그가 자기에게 온 것을 대단한 일로 느꼈다. 그녀는 오로지 그의 욕구가 그녀 자신이나 그 자체보다 더욱 큰 것이었기 때문에 그를 받아들였고, 아직 그녀의 영혼을 전부 잃지는 않았다. 설사 그가 떠난다 해도 자신은 그를 사랑했기 때문에 그가 필요하는 대로 그의 욕구를 받아들여 주는 것이었다.

그러는 동안 초원에서는 도요새들이 비명을 지르듯 울고 있었다. 폴이 정신을 차렸을 때 그는 자기 눈앞에서 생명에 가득 차 어둠 속에 휘어져 있는 것, 그리고 소리를 내며 울고 있는 것은 무엇인가 생각했다. 잠시 후 그것이 풀잎이고 도요새가 지르는 소리라는 것을 깨달았다. 클라라가 무겁게 내쉬는 숨결에서 따뜻한 기운이 전해졌다. 폴은 고개를 들고 그녀의 눈을 들여다보았다. 그것은 어둡고 빛나며 여태까지 본 적도 없는 눈이었으며 거친 생명이 그 근원으로부터 그의 생명을 응시하고 있었다. 그것은 그에게 있어서는 미지의 눈이었지만 그의 무언가에 닿는 눈이었다. 폴은 그 눈이 무서워져서 그녀의 목에 얼굴을 파묻었다.

그녀는 무엇이란 말인가. 이때까지 어둠 속에서 그의 생명과 함께 숨 쉬고 있던 강렬하고 낯설고 야생적인 생명은. 그곳은 폴이나 클라라 자신보다도 훨씬 거대한 것이기에 폴은 그 앞에서 말조차 할 수 없었다. 그 거대한 생명과 생명이 만나고 그 속에 우거진 풀줄기도, 도요새의 외침도, 하늘을 도는 별들도 모두 어우러졌다.

두 사람이 일어섰을 때 그들은 다른 연인들이 맞은편 산울타리를 살그머니 내려가는 것을 보았다. 그들이 거기 있는 것도 자연스러운 것 같았다. 밤이 모두를 감싸주었던 것이다.

그러한 밤을 지낸 뒤 거대한 열정을 경험한 두 사람은 매우 차분해졌다. 그들은 아담과 이브가 순결을 잃고 낙원에서 쫓겨나 인간들의 위대한 밤과 낮 속에 방황하게 만든 그 막대한 힘을 깨닫게 되었을 때처럼 스스로를 왜소하게 느끼고 약간의 두려움을 느끼면서 놀라워하고 있었다. 그것은 폴에게도 클라라에게도 지금부터 무언가 시작되려는 것이었고 어떤 형태로는 만족이었다. 그들 자신의 무가치함을 알고 항상 그들을 떠나보내려는 무서운 생명의 흐름을 안 그들은 자신들 속에서 휴식을 발견했다. 만약 그토록 위대하고 장엄한 힘이 자기들을 압도하고 그 힘과 완전히 같은 것으로 만들 수 있다면, 그 결과 모든 풀잎도 나무도 온갖 생명도 그 낮은 높이로 들어 올리는 엄청난 물결의 흐름에서 그들 자신은 조그마한 알갱이에 불과하다는 것을 알게 된다면, 그렇다면 무엇 때문에 초조해 하겠는가? 그들은 자신의 생명이 실어가는 대로 몸을 내맡길 수 있었고 서로에게서 어떤 평화를 느꼈다. 그들이 함께 경험했다는 것을 입증할 수 있어서 그들은 그것을 서로 나누어 가졌다. 그것은 어떤 것도 그것을 지워버리거나 빼앗아갈 수 없는 것이었다. 그것은 거의 삶에 있어서 그들의 신앙이기도 했다.

그러나 클라라는 만족하지 않았다. 거기에는 어떤 위대한 것이 존재한다는 것을 그녀도 알았고, 그 위대한 것이 그녀를 감싸고 있다는 것도 알고 있었다. 그러나 그것은 클라라를 잡아두지 못했다. 아침이 되면 그녀의 마음은 달라졌다. 두 사람은 그것을 같이 체험했지만 그녀는 그 순간을 지속할 수 없었다. 그녀는 다시 한 번 그것을 바랐고 무언가 영원한 것을 원했다. 그녀는 충분히 그것을 의식하지 못하고 지나버렸다고 생각했다. 그녀는 자신이 바라는 것은 폴이라고 생각했다. 하지만 그는 완전히 그녀의 것은 아니었다. 두 사람 사이에 있었던 일은 두 번 다시 일어나지 않을지도 모르고, 그는 그녀를 떠나갈지도 모른다. 클라라는 아직 그를 자기 것으로 만들지 못했기 때문에 만족하지 못했다. 그녀는 그곳에 있었는데도 확실히 그 무엇을─어떤 것인지는 알 수 없지만 그녀가 미칠 듯이 가지고 싶어 하는 그 어떤 것을─움켜잡지는 못했다.

폴은 아침이 되면 꽤 평화로운 기분으로 마음에 행복을 느꼈다. 그는 열정의 불로 세례를 받은 듯한 기분이었고 그것은 그를 편안하게 만들었다. 그러나 그것은 클라라가 아니었다. 그것은 그녀로 인해 발생한 그 무엇이었으나 클라라는 아니었다. 이런 일이 있어도 두 사람 사이는 전보다 더 가까워졌다고 할 수 없었다. 그들은 그때 어떤 거대한 힘에 맹목적으로 지배되었던 것에 불과했던 것 같았다.

그날 회사에서 폴을 만났을 때 클라라의 심장은 불의 방울처럼 녹아내렸다. 오직 그의 몸과 눈썹만 보였다. 그 불은 그녀의 가슴 속에서 점점 더 격렬하게 타들어갔고, 그녀는 무슨 일이 있더라도 그를 안고 싶었다. 그러나 폴은 그날 아침 몹시 냉정하고 매우 침착하게 일에 대한 지시만 계속 늘어놓았다. 클라라는 그의 뒤를 따라 컴컴하고 더러운 지하실로 내려가서 두 팔을 들어올려 그를 안았다. 폴은 그녀에게 키스했고 격렬한 열정이 다시금 그를 태우기 시작했다. 누군가 입구에서 나타나자 폴은 재빨리 위층으로 뛰어 올라갔고 클라라는 혼이 빠진 것처럼 멍한 표정으로 자기 작업실로 들어갔다.

그 이후 폴의 안에 있던 불꽃은 천천히 사그라들었다. 폴은 자신의 경험이 클라라와 관계가 없는 일반적인 것이라는 느낌을 더 강하게 갖게 되었다. 그는 그녀를 사랑했다. 그의 마음속에는 둘이 함께 경험한 격렬한 감동 뒤에 있었던 커다란 부드러움을 느꼈다. 그러나 그의 영혼을 확고하게 지탱해 줄 수 있는 사람은 클라라가 아니었다. 폴은 그녀로서는 될 수 없는 어떤 존재가 되어주기를 바랐던 것이다.

클라라는 너무나 폴을 원한 나머지 미친 사람이 된 듯했다. 그녀는 폴을 보면 만지지 않고는 견딜 수가 없었다. 회사에서 폴이 그녀에게 나선형 스타킹에 대해 이야기하고 있을 때 그녀는 살그머니 손을 넣어 그의 옆구리와 엉덩이를 쓰다듬었다. 그리고 열렬한 키스를 나누려고 지하실까지 그를 따라갔다. 클라라의 눈은 언제나 억제할 수 없는 열정에 가득 차서 유심히 그의 눈을 마주보고 있었고, 폴은 그녀가 다른 여공들 앞에서 너무 노골적으로 자기 몸을 내던지지는 않을까 두려웠다. 클라라는 퇴근할 때면 그에게 안아달라고 하기 위해 언제나 그를 기다렸다. 폴로서는 그녀가 어떻게 할 수 없는 무거운 짐으로만 느껴져 마음이 초조해졌다.

"당신은 왜 언제나 키스하거나 포옹하기를 바라는 거죠? 무엇이든 다 때라는 게 있는 거잖아요."

폴이 말했다. 그를 쳐다보는 클라라의 눈에는 증오의 빛이 서려 있었다.

"내가 언제나 당신과 키스하고 싶어 한다는 건가요?"

클라라가 못마땅하다는 듯이 대꾸했다.

"언제나 그렇잖아요. 내가 일에 관한 말을 하고 있을 때조차도 말이에요. 나는 일을 하고 있을 때는 사랑에 마음을 쓰고 싶지 않아요. 일은 일이에요……"

"그럼 사랑은 뭐죠? 사랑에 특별한 시간이 있나요?"

클라라가 물었다.

"물론이죠. 일이 끝나고 나서요."

"당신은 회사의 일이 끝나는 시간에 맞춰 사랑을 할 작정인가요?"

"그래요, 그 외의 모든 일에서 해방되고 나서요."

"그렇다면 사랑이라는 것은 그저 남는 시간에만 존재하겠군요?"

"그것도 언제나 가능한 것은 아니에요…… 키스 같은 종류의 사랑은 말이에요."

"그것이 사랑에 대한 당신 생각의 전부인가요?"

"전부는 아니지만 그걸로 충분해요."

"당신이 그렇게 생각한다는 사실을 알아서 기쁘군요."

클라라는 한동안 폴을 미워하면서 냉정히 대했다. 그녀가 차갑고 경멸하듯이 대할 때면 폴은 클라라가 자신을 용서할 때까지 불안해했다. 두 사람이 마음을 풀고 다시 사랑하게 되었을 때에도 전보다 더 가까워지지 않았다. 폴이 그녀를 붙잡아둘 수 있었던 것은 그녀에게 결코 만족감을 주지 않았기 때문이다.

봄이 찾아오자 폴과 클라라는 함께 바닷가로 놀러 갔다. 두 사람은 세들소프 근처의 작은 시골집에 방을 빌려서 부부처럼 지냈다. 래드포드 부인도 가끔 그곳을 방문했다.

노팅엄에서는 폴 모렐과 도스 부인이 사귀고 있다는 소문이 널리 퍼졌지만 명확한 증거는 아무것도 없었고, 클라라는 언제나 외톨이로 지냈으며 폴이 무척 단순하고 순진한 사람으로 보였기 때문에 전과 별로 달라진 점은 없었다.

폴은 링컨서 해안을 좋아했고 클라라는 바다를 좋아했다. 이른 아침이면 두 사람은 바다로 수영을 하러 갔다. 회색빛 여명이 멀리 뻗은 늪지대의 겨울은 메마르고 황량한 모습이었고, 가지런한 해변과 목초지에는 폴의 영혼을 충분히 기쁘게 할 만한 엄숙함이 있었다. 나무다리를 건너 큰길로 나와서 하늘보다 조금 더 어두운 색깔을 띠고 끝없이 계속되는 단조로운 평야와 모래 언덕 너머에서 낮은 소리를 내고 있는 바다를 보았을 때, 폴의 마음은 사정없이 밀려오는 생명에 대한 강렬한 느낌으로 가득 채워졌다. 클라라는 그런 순간의 폴을 좋아했다. 그는 고독하고 또한 강해 보였다. 그리고 그의 눈에는 아름다운 빛이 있었다.

추위로 몸이 덜덜 떨려오자 두 사람은 푸른 잔디가 자란 다리까지 달리기 시합을 했다. 클라라는 달리기를 잘했다. 그녀는 금방 얼굴이 빨개졌고 목을 드러낸 채 두 눈을 빛냈다. 폴은 풍만한 몸으로도 이렇게 빨리 달릴 수 있는 클라라가 좋았다. 폴 자신은 몸이 가벼웠다. 클라라의 달리는 모습은 아름다웠다. 그들은 몸이 따뜻해졌고 서로의 손을 잡고 걸었다.

하늘은 밝게 빛나기 시작하고, 서쪽 하늘에 걸린 파르스름한 달은 빛을 잃고 가라앉아 갔다. 어슴푸레하던 지상에서는 온갖 것들이 생명을 되찾기 시작했고, 커다란 잎사귀가 달린 식물들은 분명하게 보였다. 두 사람은 높고 싸늘한 모래언덕의 좁은 길을 걸어 해변으로 나갔다. 황량하고 긴 물가는 새벽빛 속에서 바닷물에 얼어맞으며 슬픈 듯한 신음을 내고 있었다. 넓은 바다는 하얀 띠가 둘러진 평평하고 길고 검은 천 조각 같았다. 음울한 바다 위에서 하늘은 빨갛게 물들어 갔다. 불같은 붉은빛은 구름 속에 급속히 펼쳐지고 구름을 사방으로 흩트려놓았다. 태양은 진홍색이 오렌지색으로, 오렌지색이 흐릿한 황금빛으로, 그리고 강한 황금빛으로 번쩍이면서 솟아올랐고 마치 누군가가 걷다가 물통에서 빛을 엎지른 것처럼, 조그만 물보라를 날리는 물결 위에서 불타오르듯이 솟아 올라왔다.

파도가 길고 거친 소리를 내며 해안에 밀려왔다가는 흘러가버렸다. 작은 갈매기들이 물방울처럼 물결이 밀려왔다 밀려가는 공중에서 선회하고 있었다. 갈매기의 울음소리는 그 몸에 비해서 너무 큰 것 같았다. 아득히 먼 곳까지 펼쳐진 해안선은 아침 안개 속에 녹아들고, 풀숲에 덮인 모래언덕은 해안과 같은 높이로 가라앉는 것처럼 보였다. 모래언덕 오른편으로 메이블소프가 조그맣게 보였다. 폴과 클라라는 단 둘이서 평평한 해안과 바다, 떠오르는 태양, 희미한 바닷소리, 갈매기들의 울음소리를 모두 누리고 있었다.

두 사람은 바람이 불어오지 않는 따뜻한 모래언덕의 우묵한 굴 속에 있었다. 폴은 바다를 바라보았다.

"정말 멋있어요."

폴이 말했다.

"너무 감상적이 되지는 말아요."

고독한 시인처럼 바다를 노려보고 서 있는 폴은 그녀를 초조하게 만들었다. 폴은 웃음을 머금었다.

"오늘 아침 파도는 아름답군요."

클라라는 재빨리 옷을 벗으며 의기양양하게 말했다. 그녀는 폴보다 수영을 더 잘했다. 폴은 멍하니 서서 그녀를 바라보고 있었다.

"당신은 안 갈래요?"

클라라는 수영을 하고 싶어 안달이 난 사람처럼 보였다.

"곧 갈게요."

클라라는 하얀 벨벳 같은 살결 위에 두꺼운 비치가운을 걸치고 있었다. 바다에서 불어오는 미풍이 그녀의 몸을 감고 지나며 머리카락을 헝클어놓았다.

구름은 북쪽으로 흐르는 듯 보였고 아름답게 맑은 황금빛 아침이었다. 클라라는 바람의 희롱에 시달리다 못해 잠시 멈춰서 머리를 땋기 시작했다. 벌거벗은 여인의 하얀 몸 저편으로 해변의 풀들이 머리를 내밀고 있었다. 클라라는 바다를 한번 쳐다본 다음 폴을 바라보았다. 폴은 어두운 눈으로 그녀를 바라보았고, 그녀는 그 눈을 사랑했지만 이해는 할 수 없었다. 클라라는 양팔로 젖가슴을 모아 가리면서 몸을 움츠리고 웃었다.

"아, 바다는 몹시 춥겠죠?"

클라라가 말했다. 폴은 몸을 앞으로 굽히고 그녀가 감싸 안고 있는 하얀 젖가슴에 키스했다. 클라라는 서서 기다리고 있었다. 폴은 그녀의 눈을 들여다본 다음 멀리 푸르스름한 모래언덕 위로 눈을 돌렸다.

"자, 가요."

폴이 조용히 말했다. 클라라는 두 팔을 폴의 목에 휘감고 그를 끌어당겨 열정적으로 키스한 다음 바다 쪽으로 걸어가면서 말했다.

"당신도 곧 올 거죠?"

"곧 갈게요."

클라라는 벨벳처럼 부드러운 모래 위를 무거운 걸음걸이로 걸어갔다. 폴은 모래언덕에 앉아서 거대하고 푸른 바다가 그녀를 감싸는 광경을 바라보았다. 이내 그녀의 모습은 점점 작아져 몸의 부분을 분간할 수 없게 되었고 마침내는 지친 듯이 앞으로 나아가는 커다란 흰 새처럼 보였다.

"모래톱의 하얀 조약돌로밖에 보이지 않는군. 모래 위로 밀려왔다가 구르는 물거품보다 나을 것도 없어."

폴은 혼자 중얼거렸다. 그녀는 큰 파도소리가 나는 광대한 해안에서 아주 천천히 움직이는 것처럼 보였다. 그가 바라보는 동안 그녀의 모습이 시야에서 사라졌다. 그녀는 태양의 눈부신 광선에 가려 보이지 않게 된 것이다. 폴은 다시 그녀를 찾아냈지만 그녀는 중얼거리는 듯한 바다 가장자리를 향해 움직이고 있는 매우 작은 하얀 반점이 되어 있었다.

"어쩌면 저렇게도 작게 보일까."

폴은 중얼거렸다.

"바닷가의 작디 작은 한 알의 모래알처럼 사라져버렸어. 작은 물거품이 날려서 점점 작아지고 반점이 되어버린 것과 같아. 이 아침의 대기 속에서는 거의 모두가 무(無)에 지나지 않는 존재지. 저 여자는 어째서 나를 빨아들여 버리는 걸까?"

클라라는 바다 속으로 들어가 버렸다. 해안과 푸른 풀이 우거진 모래언덕도 반짝이는 바다도 광막하고 지속적인 고독 속에서 아무도 흩뜨리지 않고 빛나고 있었다.

"결국 저 여자는 뭐란 말인가? 크고 영원하고 아름다운 해변의 아침이 여기에 있고, 저기에는 항상 마음을 졸이고 만족하지 못하는 덧없는 여인이 있다. 결국 저 여자는 나에게 어떤 의미가 있는 것일까? 물거품이 바다를 나타내듯이 저 여자도 무엇인가를 나타내고 있겠지. 그러나 저 여자는 뭐란 말인가? 내가 사랑하는 것은 저 여자가 아니다."

무의식적인 생각이 분명한 말로 옮겨지자 깜짝 놀란 폴은 이 아침의 세계가 모두 그 말을 듣고 있는 것 같아 재빨리 옷을 벗고 모래사장을 달려 내려갔다.

클라라는 폴이 오기를 기다리고 있었다. 그녀는 반짝이는 팔로 그에게 손을 흔들었다. 파도를 타고 물결 위에 떠올랐다가 다시 가라앉고 있는 그녀의 어깨는 흘러 움직이는 은빛 물 속에 잠겨 있었다. 폴은 파도 속으로 뛰어들었다. 잠시 후 그녀의 손은 폴의 어깨 위에 놓여 있었다.

폴은 수영이 서툴러서 오랫동안 물 속에 있을 수가 없었다. 클라라는 그의 주위에서 의기양양하게 헤엄치며 자신만만한 태도로 장난쳤고 폴은 부러울 뿐이었다. 햇빛이 수면 위로 아름답고 깊게 쏟아지고 있었다. 그들은 물 속에서 잠시 웃고 있다가 다시 모래언덕을 향해 경쟁하면서 되돌아왔다.

두 사람이 숨을 헐떡이면서 몸을 닦고 있을 때 폴은 숨 가쁘게 웃는 그녀의 얼굴과 빛나는 어깨, 그녀가 몸을 닦을 때마다 흔들려서 그를 어쩔 줄 모르게 만드는 젖무덤을 보고 또다시 생각했다.

'그렇지만 이 여자는 아침이나 바다보다 더 아름답고 훌륭해. 이 여자는 도대체 뭐지……?'

폴의 어두운 눈이 자신을 지켜보고 있는 것을 알아차린 클라라는 몸을 닦는 것을 멈추었다.

"뭘 그렇게 보고 있어요?"

클라라가 물었다.

"당신."

폴이 웃으면서 대답했다. 이내 두 사람의 눈이 마주쳤고, 폴은 소름이 돋은 그녀의 하얀 어깨에 키스하며 생각했다.

'이 여자는 무엇일까? 도대체 이 여자는 뭐란 말인가?'

아침이면 클라라는 폴을 사랑했다. 아침에 하는 그의 키스에는 그녀가 그를 원하는 사실을 조금도 의식하지 않고 다만 자기 의지만을 생각하는 것처럼 무언가 딱딱하고 냉정하며 본능적인 것이 있었다.

그날 오후 늦게 폴은 그림을 그리러 밖으로 나갔다.

"당신은 어머니와 서턴에 가면 어때요? 나는 마음이 내키지 않아서요."

폴이 말했다. 클라라는 서 있는 채로 그를 빤히 바라보았다. 폴은 그녀가 자기와 같이 가고 싶어 한다는 것을 알았지만 혼자 있고 싶었다. 그녀가 옆에 있으면 그는 숨도 자유롭게 깊이 쉴 수 없고 뭔가가 자신의 머리 위에 올라앉은 것처럼 마치 감옥에라도 들어가 있는 것 같은 마음이 되었다. 클라라는 그가 자신으로부터 자유롭기를 바란다는 것을 느꼈다.

저녁이면 폴은 그녀에게로 돌아왔다. 두 사람은 어둠 속에서 해변을 걸었고 잠시 모래언덕 그늘에 앉았다.

"마치 당신은 밤에만 나를 사랑하고 낮에는 사랑하지 않는 것 같아요."

클라라는 불빛 하나 보이지 않는 깜깜한 바다를 노려보며 말했다. 폴은 손가락 사이로 차가운 모래를 흘려보내면서 그런 질책을 들어도 할 수 없다고 생각했다.

"밤에는 당신과 마음대로 사랑을 나눌 수 있어요. 하지만 낮에는 혼자 있고 싶어요."

폴이 대답했다.

"왜 그렇죠? 얼마 되지 않는 휴가인데 그렇게까지 해야 하나요?"

"모르겠어요. 낮에 당신과 관계를 가지면 왠지 숨이 막힐 것만 같아요."

"그렇지만 항상 관계를 가질 필요는 없잖아요."

"난 당신하고 함께 있을 때면 언제나 그래요."

폴의 솔직한 대답에 클라라는 심한 괴로움을 느꼈다.

"당신은 한 번이라도 나와 결혼할 생각을 해본 적이 있어요?"

궁금하다는 듯이 폴이 물었다.

"당신은요?"

클라라는 되물었다.

"그래요. 난 우리에게 아이가 있었으면 하고 생각해요."

폴은 천천히 대답했다. 클라라는 고개를 숙이고 모래를 만지작거리고 있었다.

"그렇지만 당신은 백스터와 정말 이혼할 생각은 없겠죠?"

"그래요. 그런 생각은 해보지 않았어요."

매우 신중한 태도로 클라라가 대답했다.

"왜죠?"

"나도 모르겠어요."

"당신은 자신이 그 사람의 소유라고 생각해요?"

폴이 물었다.

"아뇨, 그렇게 생각하지는 않아요."

"그럼 뭐죠?"

"그 사람이 내 것이었다고 생각해요."

클라라가 대답했다. 폴은 거칠고 어두운 바다 위로 부는 바람 소리에 귀를 기울이면서 얼마간 잠자코 있었다.

"그럼 당신은 내 것이 되려고 생각한 적은 없어요?"

다시 폴이 물었다.

"난 당신의 것이 되었는걸요."

클라라가 대답했다.

"그렇지 않아요. 왜냐하면 당신은 그와 이혼할 생각이 없으니까 말이에요."

결국 그것은 두 사람이 풀 수 없는 매듭이었다. 그들은 더 이상 거기에는 손을 대지 않고 자기들이 얻을 수 있는 것만을 취했으며 차지할 수 없는 것은 무시했다.

"나는 당신이 백스터에게 너무 심하게 굴었을 거라고 생각해요."

또 한번은 폴이 말했다. 그는 어머니가 그렇듯이 "남의 일에 너무 신경 쓰지 말아요." 하고 클라라가 대답할 것이라고 기대했다. 하지만 그녀는 폴의 말을 정색하고 받아들여서 오히려 그가 더 놀랄 정도였다.

"왜요?"

클라라가 말했다.

"당신은 그 사람을 산골짜기의 백합처럼 생각하고 그를 알맞은

화분에 심어놓고 산골짜기의 백합을 대하는 기분으로 시중을 들었을 거라고 생각해요. 당신은 그가 산골짜기의 백합이라고 정해 버렸고 그 사람이 소가 먹는 풀처럼 되는 걸 용납하지 않은 거예요. 당신은 그런 게 싫었으니까."

"난 절대로 그 사람을 산골짜기의 백합으로 생각한 적 없어요."

"당신은 그 사람을 실제의 그와는 다른 사람으로 상상했어요. 여자란 흔히 그렇거든. 여자들은 남자가 무엇을 요구하는지 안다고 생각하고 자기가 주는 것을 그가 받게끔 하려고 하죠. 남자가 아무리 굶어 죽을 지경이라도 그런 것은 아랑곳도 하지 않고 자기가 그를 위하는 거라고 생각하는 것만을 준단 말이에요. 남자들은 정말 필요로 하는 것을 찾아서 휘파람을 불고 있는데."

"그래서 당신은 뭘 원하는데요?"

클라라가 물었다.

"나는 휘파람으로 어떤 곡을 불까 생각하는 중이에요."

폴이 웃으면서 대답했다. 클라라는 그의 따귀를 때리기는커녕 그의 말을 진지하게 생각했다.

"내가 당신에게 필요한 것을 주고 싶어 한다고 생각하나요?"

클라라가 물었다.

"그렇게 생각하고 싶지만 사랑은 감옥이 아니라 자유로운 기분을 주어야 해요. 미리엄은 내게 말뚝에 매인 당나귀 같은 구속감을 주었어요. 나는 그녀의 조그마한 밭에서 먹이를 찾아야 했죠. 그건 견딜 수 없는 일이었어요."

"그럼 당신은 여자가 원하는 대로 하도록 내버려두나요?"

"그래요. 난 상대가 나를 사랑해 주도록 여러 가지로 노력할 거예요. 하지만 만약 사랑해 주지 않는다면…… 글쎄요, 난 억지로 여자를 붙들어두지는 않을 거예요."

"만약 당신이 지금 말한 것처럼 훌륭한 사람이라면……."

클라라가 대답했다.

"굉장할 거예요. 사실 지금도 그렇지만 말예요."

두 사람은 비록 웃었지만 그 웃음 속에는 그들이 서로 미워함을 암시하는 듯한 고독함이 있었다.

"사랑이란 자기에게도 필요치 않은 것을 남도 쓰지 못하게 하려는 개와 같은 거예요."

폴이 말했다.

"우리들 중 누가 개라고 생각해요?"

"흐음…… 물론 당신이죠."

이렇게 그들 사이에는 싸움이 시작되었다.

클라라는 폴을 완전히 소유하지 못했다는 사실을 알고 있었다. 그녀는 그의 내면에 있는 가장 크고 중대한 어떤 것을 아직 붙잡지 못했다. 하지만 그것을 얻으려고 하지도, 그것이 무엇인지 똑똑히 이해하려고도 하지 않았다. 또한 폴은 아직도 그녀가 그녀 자신을 도스 부인으로 여기고 있다는 것을 은연 중에 깨닫고 있었다.

클라라는 도스를 사랑하지 않았고 예전에도 사랑한 적이 없었지만 그녀는 도스가 자기를 사랑하고 있다는 것을, 적어도 그녀에게 지배되고 있음을 믿었다. 그녀에게는 도스가 절대로 자신을 떠날 수 없다는 확신이 있었지만 폴에게는 그런 확신을 느낄 수 없었다. 이 젊은이에 대한 그녀의 열정은 그녀 영혼을 충만하게 만들었고, 그녀에게 만족감을 주었으며, 그녀 자신의 불안과 의혹을 약화시켜 주었다. 그녀가 어떤 상태에 있더라도 마음 밑바닥에서는 확신을 가질 수 있었다. 그녀는 자신을 명확히 파악하고 이제 확실하고 완전하게 자립할 수 있었다. 그녀는 확증을 얻은 것이다. 그러나 자신의 삶이 폴 모렐에 속하고, 폴 모렐의 삶이 자신에게 속한다고 믿은 적은 단한 번도 없었다. 그들은 결국 헤어지고 말 것이다. 그리고 그녀는 남은 생 동안 그를 그리워하며 괴로워할 것이다.

그렇다 하더라도 클라라는 자신에 대한 확신을 분명하게 의식하고 있었다. 그리고 폴에 대해서도 똑같은 상태라고 할 수 있었다. 두 사람은 서로를 통해서 삶의 세례를 받았지만 현재 이들의 사명은 각각 달랐다. 폴이 가고자 하는 곳에 그녀는 함께 갈 수 없었다. 머지 않아 두 사람은 헤어져야 할 것이다. 설사 그들이 결혼하고 서로에게 충실할지라도 역시나 그는 그녀를 떠나 혼자서 걸어갈 것이고, 그녀는 그가 집에 돌아왔을 때 그의 시중을 드는 것밖에 할 수 있는 일이 없을 것이다. 그러나 결혼이 가능할 리가 없었다. 두 사람 다 손을 맞잡고 함께 걸어갈 수 있는 반려자를 원했던 것이다.

클라라는 어머니와 함께 매펄리 평원으로 이사를 갔다.

어느 날 저녁, 우드버로우 거리를 따라 산책을 하던 폴과 클라라는 도스와 마주쳤다. 폴은 점점 다가오는 남자의 태도에서 무언가 이상한 낌새를 눈치챘지만 그때 다른 생각에 골똘히 빠져 있었고, 다만 그의 예술가다운 눈으로 낯선 남자의 형체를 관찰했을 뿐이었다. 그러던 폴은 갑자기 그는 웃으면서 클라라에게 몸을 돌렸고 그녀의 어깨에 손을 얹으며 말했다.

"우리는 나란히 걷고 있지만 내 마음은 지금 런던에서 유명한 초상화가 오르펜과 토론을 하고 있어요. 당신은 어디에 있죠?"

그 순간 도스가 폴과 거의 부딪힐 것처럼 스치며 지나갔다. 폴이 돌아보자 남자의 갈색 눈은 증오로 불타올랐고 몹시 고달프게도 보였다.

"저게 누구였지?"

폴이 클라라에게 물었다.

"백스터예요."

폴은 클라라의 어깨에서 손을 내리고 뒤를 돌아보았다. 그리고 자신에게 다가올 때와 같은 모습의 남자를 다시 똑똑히 보았다. 도스는 여전히 몸을 곧게 세우고 얼굴을 든 채 멋진 어깨를 흔들면서 걷고 있었다. 그러나 그의 눈에는 어딘지 모르게 사람을 피하는 빛이 보였고, 자기와 마주치는 사람들을 의심스럽게 쳐다보며 그들이 자신을 어떻게 생각할까 궁금해하는 것 같았다. 또한 그 눈은 사람들에게 주목받지 않으려고 애쓰는 듯한 인상을 주었고, 손 역시 남의 눈에 띄기를 싫어하는 것 같았다. 그는 낡은 옷을 입고 있었고 바지는 무릎께가 닳아 있었으며 목에 두른 수건은 더러웠다. 그러나 비스듬하게 깊이 눌러쓴 모자는 아직도 도전적인 태도를 잃지 않고 있었다.

도스를 본 클라라는 죄책감을 느꼈다. 그의 얼굴에는 권태와 절망이 드리워져 있었다. 그 모습이 그녀의 마음에 상처를 주었기 때문에 그녀는 도스를 미워했다.

"침울해 보이는군요."

폴의 목소리에 담긴 연민이 클라라에게는 자신을 비난하는 것 같이 들렸고 괴롭게 만들었다.

"그 사람의 비열한 진짜 모습이 나타나 있는 거죠."

클라라가 대답했다.

"도스를 미워해요?"

폴이 물었다.

"당신은 여자들의 잔인함에 대해 말하지만, 짐승처럼 힘을 휘두르는 남자의 잔인성에 대해서도 알았으면 해요. 그런 남자들은 여자가 존재한다는 사실조차 모른단 말예요."

"나도 그렇다는 얘기인가요?"

"그래요."

"당신이 존재한다는 걸 내가 모른다는 건가요?"

"내게 관한 것은 아무것도 몰라요. 나에 관한 일을요!"

클라라가 냉정하게 말했다.

"백스터와 마찬가지로?"

"아마 그럴 거예요."

폴은 무슨 말인지 모르겠다는 듯 어리둥절한 표정이었다. 그는 화가 치밀어오르는 것을 느꼈다. 두 사람은 함께 같은 경험을 해왔는데도 지금 이곳을 걷고 있는 여자는 조금도 모르는 존재로 다가왔다.

"그렇지만 당신은 내 마음을 잘 알고 있지요?"

클라라는 대답하지 않았다.

"나를 아는 만큼 백스터에 대해서도 잘 알고 있나요?"

폴이 다시 물었다.

"그 사람은 자기의 일을 내게 알리려고 하지 않았어요."

클라라가 대답했다.

"그럼 난 당신에게 나를 알게 했나요?"

"그게 남자들이 하지 않는 일이에요. 남자란 남에게 정말로 마음을 주지 않지요."

"내가 당신에게 마음을 닫아걸고 있었어요?"

"아니요."

클라라는 천천히 대답했다.

"그렇지만 당신은 결코 내 곁에 가까이 있었던 적이 없었어요. 당신은 자신 속에서 절대로 빠져나올 수 없는 사람이에요. 그 점에서는 백스터가 당신보다는 나았어요."

폴은 생각에 잠겨 걸었다. 자기보다도 백스터를 더 좋아하는 그녀에게 폴은 분노를 느꼈다.

"당신은 이제 백스터를 가질 수 없게 되니까 그 사람을 더 높이 평가하는 거예요."

폴이 말했다.

"아뇨…… 나는 다만 그 사람과 당신의 차이가 무엇인지를 알 수 있게 된 것뿐이에요."

폴은 클라라가 자신에게 불만을 품고 있다는 것을 느꼈다.

어느 날 저녁, 두 사람이 들을 가로질러 집으로 돌아가고 있을 때 클라라가 물었다.

"당신은 그것이 가치 있다고 생각해요? 저어…… 섹스 말이에요."

그녀의 질문은 폴을 깜짝 놀라게 했다.

"사랑하는 행위, 그 자체 말인가요?"

"네, 당신은 그 가치를 인정하나요?"

"그것을 어떻게 분리해서 생각할 수 있겠어요? 그건 사랑의 모든 절정 아니겠어요? 우리의 사랑이 그때 정점에 도달하는 거죠."

"내게는 그렇지 않아요."

폴은 입을 다물었다. 클라라에 대한 증오심이 머리를 쳐들기 시작했기 때문이었다. 그녀는 두 사람이 서로 충족되었다고 폴이 생각하고 있을 때에도 그에게 만족감을 느끼지 못했던 것이다. 그러나 폴은 그녀가 만족했다고 맹목적으로 믿고 있었다.

"내 생각에는……."

클라라는 천천히 말을 이었다.

"마치 내가 당신을 가지지 못한 것 같은, 당신이 거기에 전혀 없는 것 같은…… 그리고 당신이 가진 것은 내가 아닌 것 같은 느낌이 들어요."

"그렇다면 대체 누구란 말이에요?"

"뭔가 당신만을 위해 필요한 거죠. 당신은 그게 너무 즐거웠기 때문에 나에 대해서 생각하려는 마음도 생기지 않는 거죠. 하지만 당신이 원하는 건 나인가요, 아니면 그것인가요?"

폴은 또다시 죄를 지은 것 같은 마음에 사로잡혔다.

'내가 클라라라는 사람을 무시하고 단순한 여자로 생각했던 것일까?'

하지만 그녀의 말은 너무 이론에 치우치고 있다고 폴은 생각했다.

"백스터가 내 것이었을 때는, 정말로 그를 내 사람으로 만들었을 때에는 그의 모든 것이 내 것이라고 확실히 느낄 수가 있었어요."

"그때가 지금보다 더 좋았나요?"

폴이 물었다.

"물론이죠. 그때가 훨씬 완전했어요. 하지만 당신이 내게 준 것이 그가 준 것보다 적다고 말하는 게 아니에요."

"혹은 그가 줄 수 있는 것보다 말이죠."

"네, 그렇고말고요. 하지만 당신이 내게 자기 자신을 모두 준 적은 한 번도 없어요."

폴은 화가 나서 미간을 찌푸렸다.

"만약 내가 당신과 사랑을 나누기 시작하면 나는 그때부터 바람에 날려서 떨어지는 나뭇잎처럼 될 뿐이에요."

"그러고는 나 같은 건 아무래도 좋다고 생각하기 시작할 테죠."

클라라가 말했다.

"그렇다면 당신에게 그것은 무의미한 일인가요?"

폴은 화가 나서 굳은 표정으로 물었다.

"그건 대단한 일이에요. 당신은 내가 정신을 차릴 수 없게 만들었던 적이 몇 번이나 있었어요……. 그리고…… 나는 그렇게 만들었던 당신을 존경해요……. 그렇지만……."

"'그렇지만'이라고 말하지 말아요."

폴은 뜨거운 불꽃이 몸속에서 빠져나온 것을 느끼고 재빨리 그녀에게 키스했다. 그녀는 순순히 항복하고 입을 다물어 버렸다.

폴이 말한 것은 사실이었다. 그가 여자와 사랑의 행위를 시작할 때면 대체로 그의 감정은 이성도 영혼도 피도—마치 트렌트 강이 역류도 뒤얽힌 물결도 소리 없이 실어간 것처럼 강렬하게 휩쓸려 가 버렸다. 얼마 되지 않는 비평적인 생각이나 마음의 동요도 점점 잃어가고 사고력도 사라지며 모든 것이 홍수가 되어 떠밀려가 버리고 말았다. 그는 정신을 가진 인간이 아니라 거대한 본능이 되었다.

그의 손은 살아 있는 동물 같았고, 팔다리며 몸은 그의 의지에 따르지 않고 그 자체에 생명과 의식이 있는 것 같았다. 그럴 때면 겨울 하늘의 별들도 강렬한 생명으로 가득 차서 늠름해 보였다. 그도 별도 불처럼 고동치며 흔들렸고, 그의 눈 가까이에 있는 양치식물의 잎을 빳빳하게 만들어준 힘의 기쁨이 그의 몸을 단단하게 누르는 것 같았다. 마치 그와 별들과 어둠 속의 풀잎과 그리고 클라라가 거대한 불꽃의 혓바닥으로 핥아지고 있는 것 같았다. 그의 주변에 있는 온갖 것이 생명을 갖기 시작하고 그도 그 이외의 모든 것도 고요하고 완벽해졌다. 이처럼 모든 것이 삶의 환희로 정점에 달해 있을 때 그 내부에 있는 놀라운 정적이야 말로 행복의 최고점인 것처럼 생각되었다.

클라라는 이 본능적인 것 때문에 그가 자기에게 있는 것이라고 여겨 모든 것을 그의 정열이 하는 대로 맡겨두었다. 그러나 이러한 정열도 이따금 그녀를 만족시켜 주지 못했다. 도요새 떼가 울던 그날과 같은 절정에 도달하는 일은 좀처럼 없었다. 서서히 어떤 기계적인 노력이 두 사람 사이의 사랑에서 기막힌 즐거움을 잃게 하거나, 아니면 두 사람이 이따금 황홀한 순간을 느낄 때에도 그 절정의 순간이 각각 달랐고 충분히 만족스럽지도 않았다. 대개의 경우 그는 혼자서 질주하는 것처럼 생각되었다. 그래서 두 사람은 그것이 실패했고, 그들이 바라던 것이 아니라는 것을 깨달았다.

폴은 그날 밤 두 사람 사이에 틈이 생겼지만 별 것 아니라고 생각하고 내버려두었다. 두 사람의 사랑은 점점 기계적이 되었고 놀랄 만한 매력은 사라졌다. 점차 그들은 조금이라도 만족감을 되찾기 위해서 새로운 궁리를 하게 되었다.

두 사람은 위험할 정도로 강 가까이에 자리를 잡고 시커먼 강물이 그의 얼굴 가까이를 흘러가도록 하면서 가벼운 스릴을 느꼈다. 또 사람들이 가끔 지나다니는 마을 변두리 산길 옆 산울타리 밑의 움푹 파인 곳에 들어가 때때로 사랑을 나누곤 했다. 그러다가 그 옆을 지나가는 사람들의 발소리를 듣기도 하고, 그들의 발걸음으로 울리는 땅의 진동을 느끼기도 하며, 누가 듣는 줄도 모르고 길을 오가는 사람들이 말하는 사소한 이야기를 들었다. 그런 후에는 두 사람 모두 오히려 수치스러워졌고, 그것은 그들의 거리를 점점 더 멀게 했다. 그는 마치 당연한 일인 것처럼 그녀를 조금씩 경멸하기 시작했다.

어느 날 밤, 클라라와 헤어진 폴은 들을 넘어 데이브룩 역을 향해 걷고 있었다. 봄이었지만 눈이 내릴 것 같은 캄캄한 밤이었다. 시간이 늦었기 때문에 그는 거의 달리다시피 걷는 중이었다. 집들이 늘어선 거리는 심하게 움푹 팬 곳의 벼랑 위에서 뚝 끊겨 있었고, 그곳의 집들은 어둠을 등지고 노란 불을 밝힌 채 서 있었다.

폴은 목장의 울타리 문을 타고 넘어서 들판의 낮은 곳으로 뛰어내려갔다. 스와인즈헤드 농장의 과수원 아래쪽에서 유리창 하나가 따뜻해 보이는 불빛을 발하고 있었다. 폴은 주위를 둘러보았다. 등 뒤로 경사진 언덕에 있는 집들이 노랗게 빛나는 눈으로, 밑의 어둠 속을 신기하다는 듯 내려다보는 야생동물처럼 하늘을 향하고 서 있었다. 그의 등 뒤편에 있는 구름에게 번들거리는 빛을 던지고 있는 마을은 거칠고 불온한 것으로 생각되었다. 그때 농장 연못의 버드나무 아래에서 무엇인가가 움직였다. 그 무엇도 분간할 수 없을 정도로 어두운 밤이었다.

폴이 다음 울타리 문 가까이에 왔을 때 그곳에 기대어 서 있는 사람의 그림자를 보았다. 그 사람은 옆으로 길을 비켰다.

"안녕하시오!"

검은 그림자가 인사를 건넸다.

"안녕하세요."

폴은 아무것도 깨닫지 못한 채 대답했다.

"폴 모렐인가?"

검은 그림자가 말했다. 순간 폴은 그 검은 그림자가 도스라는 사실을 알아차렸다. 도스는 그를 가로막았다.

"자아, 드디어 붙잡았군."

도스가 어색한 투로 말했다.

"기차를 놓치겠어요."

폴은 도스의 얼굴이 전혀 보이지 않았다. 도스가 말할 때 그의 치아가 딱딱 부딪쳐 소리가 나는 것 같았다.

"이번에야 말로 맛을 보여주지."

폴은 앞으로 나가려고 했지만 도스가 다시 가로막았다.

"그 외투를 벗지 그래. 아니면 내 마음대로 할 테니까."

도스가 말했다. 폴은 이 사람이 미치지 않았나 생각했다.

"하지만 난 싸울 줄 모릅니다."

폴이 대꾸했다.

"좋아, 그럼."

도스의 대답을 들었다고 생각하는 순간 이미 얼굴에 일격을 받은 폴은 뒤로 비틀거리고 있었다. 주위가 더욱 깜깜해진 듯했다. 폴은 다시 날아오는 주먹을 피하면서 재빨리 외투와 웃옷을 벗어 그에게 집어던졌다. 도스는 거친 욕설을 퍼부었다. 셔츠 바람이 되자 폴은 민첩해졌고 노여움에 격렬해진 상태였다. 그는 자기 몸 전체가 잔뜩 세운 매의 발톱처럼 날카롭게 서 있다고 느꼈다.

싸움에 서툰 폴은 꾀를 이용할 작정이었다. 이제 도스의 모습이 똑똑하게 보였다. 특히 셔츠의 가슴 부분이 잘 보였다. 도스는 폴의 외투에 걸려 넘어질 뻔했지만 다시 앞으로 돌진해 왔다. 폴의 입에서는 피가 흐르고 있었다. 그는 필사적으로 도스의 입을 노렸고, 그 집념은 너무나 강렬한 나머지 괴로움에 가까웠다. 그는 민첩하게 울타리 샛문으로 빠져나가 도스가 뒤를 쫓아올 때 번개처럼 그의 입을 내갈겼다. 폴은 기쁨에 몸을 떨었다. 도스는 침을 뱉으면서 천천히 물러섰다.

폴은 두려워졌다. 그가 또다시 샛문 쪽으로 돌아가려고 홱 몸을 틀었을 때 갑자기 어디에선가 무시무시한 주먹이 그의 귀를 갈겼고 그는 맥없이 뒤로 넘어지고 말았다. 그리고 야수처럼 헐떡이는 듯한 무거운 숨소리를 들었다고 생각한 순간 걷어차였다. 폴은 너무 아파서 일어나자마자 맹목적으로 덤벼들었다. 그는 맞기도 하고 채이기도 했지만 그 어떤 것도 고통스럽지 않았다. 그는 들고양이처럼 자기보다 체구가 큰 남자에게 매달렸고 마침내 도스는 균형을 잃고 땅바닥에 쓰러졌다. 폴은 순전히 본능적으로 도스의 목에 손을 뻗쳤고, 미친 듯이 흥분한 도스가 그것을 뿌리칠 사이도 없이 그의 스카프 사이에 주먹을 집어넣고 목을 조였다. 폴은 지금 이성도 감정도 없는 순수한 본능의 동물이었다. 단단하면서도 굉장한 힘이 실린 그의 육체는 전혀 느슨해지지 않은 근육 덩어리가 되어 몸부림치는 상대방 몸 깊숙히 파고들었다. 그는 완전히 무의식적이었고 다만 그의 육체는 상대방을 죽이려는 역할에만 집중하고 있었다.

폴은 맞서 싸우는 상대방의 몸에 바짝 달라붙어서 이 남자의 목을 졸라버리겠다는 단 하나의 순수한 목적에 따라 상대의 몸을 조금도 놓치지 않고 묵묵히 끊임없이 정신을 집중해서 점점 더 손가락을 밀어넣는 데 전념했다. 상대의 움직임은 점점 더 광포해졌다. 폴의 육체는 부서질 때까지 서서히 조여가는 나사처럼 더욱더 팽팽해졌다.

드디어 무엇인가가 망가진 것 같은 느낌이 든 순간 폴은 놀라고 불안한 마음에 손의 힘을 풀었다. 도스는 뻗어 있었다. 폴은 자신이 한 짓을 깨달으면서 온몸이 고통으로 불타올랐다. 그는 망연자실했다. 그때 도스가 갑자기 발작적으로 몸부림을 치며 그에게 달려들었다. 도스는 단단히 스카프를 움켜쥐고 있던 폴의 손을 비틀어 떼어낸 뒤 그를 내던졌다. 도스의 거친 숨소리가 들려왔으나 폴은 정신이 아득해져서 쓰러져 있었다. 여전히 몽롱한 상태에서 그는 도스의 발길질을 느꼈고 마침내 정신을 잃고 말았다.

도스는 짐승처럼 괴로운 듯이 목을 울리면서 그대로 엎어져 있는 폴의 몸을 계속 발로 찼다. 갑자기 두 개의 들판 너머에서 기차의 기적 소리가 들려왔다. 뒤를 돌아본 도스는 의심스러운 눈으로 어둠 속을 노려보았다. 무엇이 오는 것일까? 그의 시야에 다가오는 기차의 불빛이 들어왔다. 그것은 마치 사람들이 다가오는 것 같았다. 그는 들을 넘어 노팅엄 쪽으로 달아났다. 그렇게 달리는 동안 희미한 의식으로 젊은이의 뼈를 걷어찼던 자신의 발을 의식했다. 그 감각이 몸속에서 다시 메아리치는 것 같았다. 그는 그것에서 벗어나려고 더 빨리 달렸다.

폴은 차차 의식을 회복했다. 그는 자기가 어디에 있는지, 무슨 일이 일어났는지 알고 있었지만 움직이고 싶지 않았다. 가만히 누워 있는 그의 얼굴을 조그마한 눈송이가 간질였다. 조용히, 아주 조용히 누워 있는 것은 기분 좋은 일이었다. 시간이 지나갔다. 깨어 있고 싶지 않은 폴의 의식을 깨우는 것은 사락사락 내리는 눈송이뿐이었다.

마침내 그의 의지가 움직이기 시작했다.

"이렇게 누워 있으면 안 돼! 이건 어리석은 짓이야!"

하지만 폴은 여전히 움직이지 않았다.

"난 일어나야 한다고 했어! 어째서 일어나지 못하는 거지?"

폴은 정신을 차리고 일어나게 되기까지 다소 시간이 흘렀다. 이윽고 그는 천천히 일어섰다. 고통 때문에 구역질과 현기증이 일었지만 머리는 맑았다. 그는 비틀거리면서 손으로 더듬어 웃옷을 찾아 입고 외투의 깃을 세워 귀 위까지 덮었다. 모자는 어디로 갔는지 좀처럼 눈에 띄지 않았다. 그는 자기 얼굴에서 아직도 피가 흐르고 있는지 어떤지도 알지 못했다.

한 걸음 한 걸음 옮길 때마다 고통으로 구역질이 나자 폴은 맹목적으로 연못 쪽으로 가 얼굴과 손을 씻었다. 얼음처럼 차가운 물은 아픔을 느끼게 했으나 정신을 또렷하게 해주었다. 그는 기듯이 다시 언덕을 올라가 전차가 다니는 쪽으로 나갔다. 그는 어머니에게 돌아가고 싶었다. 무슨 일이 있더라도 어머니에게 돌아가야만 했다. 그것은 그의 맹목적인 의지였다. 그는 될 수 있는 한 얼굴을 가리고 고통을 참으면서 걸어갔다. 걸어가는 내내 땅이 그의 발밑에서 멀어지는 것만 같았고, 자신의 육체는 고통을 참은 채 공중에서 추락하는 것처럼 느껴졌다. 그런 악몽과도 같은 상태로 그는 끝까지 걸어서 집으로 돌아갔다.

모두들 잠들어 있었다. 폴은 거울로 자신을 보았다. 멍이 들고 피투성이가 되어 마치 죽은 사람의 얼굴 같았다. 그는 얼굴을 씻고 잠자리에 들었다. 밤은 어수선하고 혼란스러운 채 지나갔다.

아침이 되자 폴은 자기를 지켜보고 있는 어머니를 보았다. 어머니의 파란 눈, 그것만이 그가 보고 싶어 했던 것이었다. 어머니는 거기 있었고 그는 어머니의 손을 잡았다.

"대단치 않아요, 엄마. 백스터 도스하고 싸운 거예요."

"어디를 다친 게냐."

모렐 부인이 조용한 목소리로 물었다.

"잘 모르겠지만…… 어깨인가 봐요. 자전거로 다친 정도예요."

폴은 팔을 움직일 수가 없었다. 조금 뒤에 어린 하녀인 미니가 차를 가지고 위층으로 올라왔다.

"부인 말씀을 듣고 깜짝 놀라서 기절할 뻔했어요."

어린 하녀의 말을 듣자 폴은 마음이 매우 괴로웠다. 어머니는 아들을 간호했고, 아들은 사건의 전말을 어머니에게 이야기했다.

"나라면 이제 그런 사람은 상대하지 않을 게다."

모든 이야기를 들은 모렐 부인은 조용히 말했다.

"저도 그러겠어요, 엄마."

"이제 아무 생각하지 말고 푹 자도록 해라. 의사는 11시나 되어야 올 테니까."

모렐 부인은 이불을 덮어주며 말했다.

다음날 폴은 심한 기관지염 증세를 보였다. 그의 어깨뼈는 어긋나 있었다. 어머니는 죽은 사람처럼 파리해지고 여위어 있었다.

모렐 부인은 아들의 침대 곁에 앉아서 얼굴을 지켜보다가 이윽고 눈길을 돌리고 말았다. 두 사람 사이에는 어느 쪽도 언급할 수 없는 무언가가 있었다. 클라라가 병문안을 왔다. 그녀가 돌아간 뒤에 폴은 어머니에게 말했다.

"클라라를 만나면 피곤해져요, 엄마."

"그래, 나도 그녀를 오게 하고 싶지는 않았다."

모렐 부인이 대답했다.

그리고 다른 날 미리엄이 찾아왔다. 그러나 폴에게 그녀는 마치 낯선 사람처럼 보이기까지 했다.

"엄마, 아시겠죠. 전 그 여자들은 아무래도 상관없어요."

"그런 것 같구나."

모렐 부인은 슬픈 듯이 대답했다.

폴이 자전거 사고를 당했다는 소문은 이미 널리 퍼져 있었다. 얼마 후 그는 다시 출근할 수 있었지만 그의 가슴에는 언제나 고통을 동반한 고민이 떠나지 않았다. 그는 클라라도 만났지만 아무도 만나지 않는 것처럼 생각되었다.

폴은 일이 손에 잡히지 않았다. 그와 어머니는 거의 서로 피하는 것처럼 보였다. 두 사람 사이에는 폭로할 수 없는 어떤 비밀이 있었지만 폴은 그것을 깨닫지 못하고 있었다. 그가 알고 있는 것은 자신의 삶이 균형을 잃고 산산조각이 나려 하고 있다는 것뿐이었다.

클라라는 폴에게 어떤 일이 일어났는지 알지 못했다. 그녀는 폴이 자기를 의식하고 있지 않다는 것을 눈치챘다. 폴이 그녀에게 왔을 때조차도 그의 안중에 그녀는 없었다. 그의 마음은 항상 다른 곳에 있었다. 그녀는 폴을 붙잡으려 했지만 그는 어딘가 다른 곳에 있는 것 같았다. 그것은 그녀를 고통스럽게 만들었기 때문에 클라라는 그를 괴롭혔다. 그녀는 한 달 동안 자신의 손이 미치지 않는 곳에 폴을 놓아둔 적도 있었다.

폴은 클라라를 거의 증오하다시피 되었는데도 자기 기분과는 상관없이 그녀에게 이끌렸다. 그는 대게 남자들과 어울리면서 언제나 조지의 가게나 백마 같은 주점에 있었다. 건강이 좋지 않은 폴의 어머니는 그의 생활에서 떠나 그림자 같은 존재로 조용히 지내고 있었다. 무언가로부터 공포에 휩싸여 있는 듯한 폴은 어머니의 얼굴을 마주 볼 용기가 없었다.

모렐 부인의 눈빛은 점점 어두워져 가고 얼굴은 납빛으로 변했다. 그런 상태로 그녀는 여전히 매일 집안일을 계속했다.

성령 강림절에 폴은 친구인 뉴턴과 함께 블랙풀[29]에 나흘 간 다녀오겠다고 말했다. 뉴턴은 체구가 크고 쾌활했지만 어딘지 모르게 불량한 느낌이 있었다. 폴은 어머니에게 셰필드에 사는 애니에게 가서 일주일 정도 지내시라고 했다. 어쩌면 어머니의 생활에 변화를 주는 것이 좋은 영향을 줄지도 모른다고 생각했기 때문이었다.

모렐 부인은 노팅엄의 산부인과에 다니고 있었다. 의사는 그녀의 심장과 소화기관이 좋지 않다고 했다. 그녀는 내키지 않았지만 셰필드에 가기로 동의했다. 요즘 그녀는 모든 일을 아들이 하자는 대로 따랐다. 폴은 자기가 닷새째 되는 날 어머니에게 가서 휴가가 끝날 때까지 셰필드에서 함께 지내겠다고 말했다.

폴이 작별 키스를 할 때 모렐 부인은 무척 건강했다. 두 젊은이는 즐거운 마음으로 블랙풀을 향해 출발했다. 역에 도착한 순간 폴은 모든 것을 잊어버렸다. 쾌청하고 즐거운 날이었다 ─ 걱정거리도 없고 무엇을 생각할 필요도 없었다. 두 젊은이는 단순하게 즐거운 날을 보냈다. 폴은 마치 다른 사람 같았다. 이제까지의 그는 어디에도 남아 있지 않았다 ─ 클라라도 미리엄도 그를 불안하게 만드는 어머니도 없었다. 그는 그녀들에게 편지를 썼고 어머니에게도 긴 편지를 보냈다. 그 편지는 어머니의 웃음을 자아내게 할 만큼 쾌활한 편지였다. 젊은 사람들이 블랙풀 같은 곳에 가면 누구라도 그렇게 지내는 것처럼 폴은 당연하게 즐거운 시간을 보냈다. 그러나 그 밑바닥에는 어머니에 대한 불안이 있었다.

폴은 아주 명랑했고 셰필드에서 어머니와 함께 지낼 생각에 마음이 들떠 있었다. 뉴턴도 셰필드에 함께 가기로 했다. 그들이 탄 기차는 연착했다. 파이프를 이에 문 채 웃고 농담을 하면서 두 젊은이는 기차에 여행 가방을 실었다. 폴은 어머니에게 줄 진짜 레이스로 만

---

29) Blackpool. 아일랜드 해에 면한 도시로 영국에서 가장 크고 유명한 휴양지이다 ─ 옮긴이

든 조그만 칼라를 샀고, 레이스를 단 어머니를 놀려줄 생각에 기대에 차 있었다.

애니는 아담한 집에서 살고 있었고 어린 하녀가 한 명 있었다.

폴은 유쾌하게 현관 앞 계단을 뛰어 올라갔다. 그는 어머니가 홀에서 웃는 얼굴로 맞아주리라고 생각했지만 문을 열고 나온 것은 애니였다. 그녀의 냉랭한 태도에 폴은 순간 당황했다. 폴은 애니의 뺨에 키스했다.

"엄마가 편찮으셔?"

폴이 걱정스러운 투로 물었다.

"그래, 그다지 좋지 않으셔. 엄마를 놀라게 하지 마."

"주무셔?"

"응."

그때 마치 햇빛이 완전히 사라지고 주위가 캄캄해진 듯한 이상한 감각이 폴을 사로잡았다. 그는 가방을 떨어트리고 위층으로 뛰어 올라갔다. 그는 어떡하면 좋을지 몰라 잠시 망설이다가 문을 열었다. 어머니는 낡은 장밋빛 가운을 입고 침대에 앉아 있었다. 모렐 부인은 무언가 부끄러워하며 연약하게 변명을 하는 것처럼 아들을 바라보았다. 폴은 어머니의 안색이 잿빛이 된 것을 깨달았다.

"엄마!"

"네가 오지 않는 줄 알았다."

모렐 부인은 명랑하게 대답했다. 하지만 폴은 대답도 하지 못하고 침대 옆에 꿇어앉아 이불에 얼굴을 파묻고, 몹시 고통스럽게 울면서 말했다.

"엄마…… 엄마…… 엄마!"

모렐 부인은 여윈 손으로 천천히 아들의 머리를 쓰다듬었다.

"울지 마라. 울지 마, 별 일 아니라니까."

폴은 자신의 피가 모두 녹아 마치 눈물로 흐르는 듯했고 공포와 고통에 질려 울었다.

"그만해. ……울지 마라."

모렐 부인은 계속해서 아들의 머리를 천천히 쓰다듬으며 말했다. 폴은 심한 충격에 정신을 잃을 정도로 소리내어 울었고, 눈물은 그의 온몸에 아픔을 느끼게 했다. 갑자기 그는 울음을 멈췄지만 이불에서 얼굴을 들 수가 없었다.

"그런데 늦었구나. 어디에 갔었니?"

모렐 부인이 물었다.

"기차가 연착했어요."

폴은 침대보에 얼굴을 묻은 채 대답했다.

"역시 중앙선은 못쓰겠구나. 그래, 뉴턴도 같이 왔니?"

"네."

"배고프겠구나. 저녁을 준비해 두었단다."

마침내 폴은 이불에서 얼굴을 들고 어머니를 쳐다보았다.

"무슨 병이래요, 엄마?"

폴은 마치 다그치듯 물었다.

"그냥 조그만 종양의 일종이야. 걱정할 것은 없단다. 훨씬 전부터 있었는걸. 예전부터 말이야."

모렐 부인은 아들에게서 눈을 돌리고 대답했다. 폴은 또다시 눈물이 쏟아져 나왔다. 마음은 후련하고 명료해졌지만 몸은 계속 울고 있었다.

"어디에요?"

"여기란다. 그렇지만 의사가 없애줄 거야."

모렐 부인은 자신의 옆구리에 손을 대며 말했다. 폴은 어린아이처럼 어찌해야 좋을지 몰라 절망을 느끼며 서 있었다.

'어쩌면 어머니의 말이 사실일지 모른다. 그래, 그대로일 거야.'

폴은 자신에게 타일렀다. 그러나 그의 피와 육체는 그것이 무엇인지를 확실히 알고 있었다. 그는 침대에 앉아서 어머니의 손을 잡았다. 그녀는 여태까지 단 한 개의 반지밖에 낀 적이 없었다. 그것은 결혼 반지였다.

"언제부터 나빠지셨어요?"

"어제부터 시작했어."

모렐 부인은 순순히 대답했다.

"통증 말이에요?"

"그래, 하지만 집에서 종종 아프던 정도였어. 앤슬 의사는 언제나 과장되게 말해서 사람을 놀라게 하는구나."

"엄마 혼자 여행을 해서는 안 됐었는데……."

폴은 자신에게 하는 듯이 말했다.

"마치 여행 때문인 것처럼 말하는구나."

그녀는 재빨리 대답했다. 한동안 두 사람 사이에 침묵이 흘렀다.

"자, 가서 식사를 해라. 몹시 배가 고플 거야."

모렐 부인이 먼저 침묵을 깨뜨렸다.

"엄마는 드셨어요?"

"먹었다. 정말 맛있는 가자미를 먹었어. 애니가 참 잘해 준단다."

어머니와 잠시 이야기를 나눈 뒤 폴은 아래층으로 내려갔다. 그의 얼굴은 창백했고 가슴은 답답했다. 뉴턴도 안타까운 표정으로 앉아 있었다.

저녁을 먹은 후 폴은 부엌으로 가서 애니의 설거지를 도와주었다. 조그마한 하녀는 심부름을 나가고 없었다.

"정말 종양이야?"

동생이 묻자 애니는 다시 울기 시작했다.

"엄마가 어제처럼 괴로워하기란 정말…… 난 사람이 그렇게 고통스러워하는 걸 처음 보았어."

애니의 말이 이어졌다.

"레너드는 미친 사람처럼 앤슬 의사를 부르러 달려갔지. 그리고 엄마는 침대에 눕자, '얘야, 내 옆구리에 이 덩어리 좀 봐라. 이게 뭘까?' 하시는 거야. 나는 놀라서 쓰러질 뻔했어. 폴, 그건 정말이지 내 주먹 두 개만한 큰 덩어리였어. 내가 깜짝 놀라서, '맙소사! 엄마, 그게 언제부터 생겼어요?'라고 물으니까 엄마는, '벌써 오래 전부터 여기에 있었어'라고 말씀하셨어. 나 같았으면 벌써 죽고 말았을 거야, 폴. 정말, 엄마는 몇 달이나 그렇게 고통을 겪고 있었는데도 아무도 돌보지 않았던 거야."

폴의 눈에 눈물이 돌다가 갑자기 말라버린 듯했다.

"그렇지만 엄마는 노팅엄의 병원에 다니고 계셨잖아! 그리고 엄마는 내겐 아무 말씀도 안 하셨어."

"내가 집에 있었더라면 보고 알았을 텐데……."

애니가 말했다. 폴은 마치 자기가 꿈속을 걷고 있는 것만 같았다.

그날 오후, 폴은 어머니를 진찰한 의사를 만나러 갔다. 의사는 상냥하고 좋은 사람이었다.

"어머니에게 종양이 생겼다는데, 그게 대체 무엇입니까?"

폴이 물었다. 의사는 젊은이의 얼굴을 쳐다본 다음 손깍지를 꼈다.

"그건 틀림없이 세포막에 큰 종양이 생긴 것 같아요."

의사는 천천히 덧붙였다.

"어쩌면 약으로 없앨 수도 있을 겁니다."

"수술은요?"

"수술은 안 됩니다."

의사는 대답했다.

"절대로 안 됩니까?"

"네, 전혀……."

폴은 잠시 생각했다.

"종양이 확실합니까? 노팅엄의 제임슨 선생님은 왜 그걸 몰랐을까요? 어머니가 그분에게 몇 주나 다녔었는데…… 그분은 어머니의 심장과 소화불량만 치료했습니다."

"모렐 부인은 제임슨 의사에게 그 덩어리에 대해서는 아무 말씀도 하지 않으셨어요."

의사가 말했다.

"그럼 선생님은 그걸 종양이라고 확실하게 진단하신 겁니까?"

"아뇨…… 단언할 순 없어요."

"다른 거라면 뭘까요? 집안에 암 환자가 있었는지 물으셨다는데, 혹시…… 암인가요?"

"아직 모를 문제입니다."

"그럼 이제부터 어떻게 하실 생각인가요?"

"제임슨 의사와 함께 검사해 보고 싶습니다."

"그렇게 해주세요."

"그럼 당신은 그 준비를 해주십시오. 노팅엄에서 여기까지 왕진을 오려면 아마 10기니 이상 들 겁니다."

"제임슨 선생님이 언제 오시면 좋겠습니까?"

"우선 오늘밤에 노팅엄에 전할 편지를 쓸 테니 다시 의논합시다."

폴은 입술을 깨물면서 돌아왔다.

의사는 어머니가 차를 마시러 아래층으로 내려와도 좋다고 말했다. 폴은 어머니를 도우러 위층으로 올라갔다. 어머니는 레너드가 애니에게 주었던 장밋빛 가운을 입었고, 얼굴에 약간 혈색을 띠어 다시 젊게 보였다.

"엄마가 그 옷을 입으니까 정말 아름다워 보여요."

폴이 말했다.

"그래, 얘들이 날 예쁘게 해주는구나. 하지만 내가 그러고 싶어 하는 건 아니다."

말을 마친 모렐 부인이 일어서서 걸으려고 하자 그녀의 얼굴에 핏기가 가셨다. 폴은 어머니를 부축했다. 하지만 계단 위에서 어머니는 주저앉고 말았다. 폴은 어머니를 안아서 재빨리 아래층으로 옮기고 침대에 앉혔다. 연약해진 어머니의 몸은 굉장히 가벼웠다. 파리한 입술을 굳게 다물고 있는 그녀의 얼굴은 꼭 죽은 사람 같았다.

힘을 잃을 일이 없어 보였던 파란 눈이 호소하며 자비를 구하듯 아들을 바라보았다. 폴이 어머니 입술에 브랜디를 가져다 대었지만 모렐 부인은 입을 벌리려고 하지 않았다. 그녀는 내내 아들을 불쌍하다는 듯 바라보고 있었다. 그녀는 아들에게 미안한 마음으로 가득했다. 폴의 눈에서는 끊임없이 눈물이 흘러내렸지만 브랜디를 들고 있는 손은 미동도 보이지 않았다. 그는 어머니의 입술에 조금이라도 브랜드를 넣으려고 애썼다. 곧 모렐 부인은 차 숟가락 하나 정도의 브랜디를 삼킬 수 있었다. 그녀는 너무 지쳐서 뒤로 몸을 기대었다. 폴의 눈에서는 여전히 눈물이 흘러내렸다.

"하지만…… 곧 나을 테니 울지 마라."

모렐 부인은 숨을 헐떡이며 말했다.

"울지 않아요."

폴이 대답했다. 잠시 후 모렐 부인은 다시 기운을 되찾았다. 폴은 침대 옆에 무릎을 꿇고 앉아 있었다. 두 사람은 서로의 눈을 들여다보았다.

"이 일로 너무 떠들어대지 않았으면 좋겠구나."

"네, 엄마. 엄마는 가만히 누워 계시면 곧 좋아지실 거예요."

하지만 폴은 입술까지 새파래졌고, 두 사람의 영혼은 서로를 바라보는 눈에서 모든 상황을 이해했다. 어머니의 눈은 마치 물망초처럼 파란색이었다. 그는 만약 어머니의 눈이 그런 색이 아니었더라면 자신이 좀 더 잘 견딜 수 있을지도 모른다고 느꼈다. 그의 심장은 가슴속에서 천천히 물결을 일으키는 것 같았다. 어머니의 손을 잡은 폴은 그 아래 꿇어앉아 있었고 두 사람 다 아무 말도 하지 않았다. 그때 애니가 방으로 들어왔다.

"좀 어떠세요?"

애니가 겁을 먹은 목소리로 조용하게 물었다.

"괜찮다."

모렐 부인이 대답했다. 폴은 어머니에게 블랙풀 이야기를 들려주었고, 그녀는 재미있다는 듯이 이야기를 들었다.

하루이틀이 지난 뒤 폴은 왕진 준비 때문에 노팅엄으로 제임슨 의사를 만나러 갔다. 그는 가지고 있는 돈은 없었지만 빌릴 수 있었다.

모렐 부인은 토요일 아침마다 얼마 안 되는 돈으로 진찰받을 수 있는 공중 진찰을 받으러 다니곤 했다. 폴도 토요일 아침에 의사를 찾아 갔다. 대기실에는 벽을 따라 놓인 의자에 앉아 참을성 있게 기다리는 가난한 여자들로 가득했다. 폴은 그 여자들처럼 이곳에 앉아서 까만 옷을 입고 의사를 기다리는 자그마한 어머니의 모습을 상상해 보았다.

의사는 늦고 있었기 때문에 여자들은 모두 걱정하는 것처럼 보였다. 폴이 간호사에게 의사가 오면 곧 만날 수 있겠냐고 물었고, 간호사는 그렇게 해주겠다고 약속했다. 벽을 따라 빙 둘러진 의자에 앉은 여자들은 호기심에 찬 눈으로 이 젊은이를 쳐다보았다.

마침내 도착한 의사는 마흔 살 가량의 갈색 피부에 잘생긴 남자였다. 그는 사랑하던 아내가 죽었기 때문에 부인과 전문의가 됐다고

들었다. 폴은 의사를 만나 자기 이름과 어머니의 이름을 말했지만
그는 기억하지 못했다.

"M46번입니다."

간호사의 말에 의사는 진찰기록부에서 환자를 찾아보았다.

"종양일지도 모르는 큰 덩어리가 있다고 합니다. 앤슬 선생님이
선생님께 편지를 쓰겠다고 하셨는데요."

"아, 그렇군요."

그제야 의사는 주머니에서 편지를 꺼냈다. 그는 매우 활동적이고
상냥하며 친절했다. 그는 다음날 셰필드로 오겠다고 했다.

"아버님께서는 무엇을 하십니까?"

의사가 물었다.

"광부입니다."

폴이 대답했다.

"그럼 생활에 그렇게 여유가 없겠군요."

"비용은 제가 책임질 겁니다."

"당신은 어떤 일을 합니까?"

의사가 미소를 지으며 물었다.

"조던 의료기구 회사의 사무원입니다."

"아…… 셰필드에 왕진을 가려면……."

의사는 손끝을 가지런히 모으고 눈에 미소를 띠며 덧붙였다.

"8기니면 어떨까요?"

"네, 고맙습니다."

폴은 얼굴을 붉히고 일어나며 말을 이었다.

"그럼 내일 와주시겠습니까?"

"내일이라…… 일요일이군요? 좋아요. 혹시 오후 몇 시에 기차가
있는지 아세요?"

"4시 15분에 중앙 철도가 있습니다."

"셰필드 집까지는 어떻게 가야 하나요? 탈 것이 있나요, 아니면 걸어가야 하나요?"

의사는 미소를 지으며 물었다.

"전차가 있습니다, 웨스턴 파크행 전차가요."

의사는 전차행 시간을 노트에 적었다.

"고맙습니다."

의사와 악수를 나누고 병원을 나온 폴은 아버지를 보기 위해 집으로 향했다. 아버지는 미니가 돌보아주고 있었다. 폴은 정원에게 흙을 파고 있는 아버지를 바라보았다. 아버지의 머리는 꽤 하얗게 세어 있었다. 폴은 아버지에게 편지를 보냈었다. 그는 아버지와 악수응 나누었다.

"아아, 폴, 돌아왔구나."

월터 모렐이 아들을 반갑게 맞이했다.

"네, 하지만 오늘 다시 돌아가야 해요."

"세상에! 그래, 뭘 좀 먹었니?"

"아뇨."

"나하고 같구나. 자, 집으로 들어가자."

월터 모렐은 아내에 대한 어떤 말이 나오는 것을 두려워하고 있었다. 이내 두 사람은 안으로 들어갔다. 폴은 잠자코 식사를 했고, 월터 모렐은 흙이 묻은 셔츠 소매를 걷어올려서 갈색 팔을 드러낸 채 맞은편 안락의자에 앉아 아들을 보고 있었다.

"그래, 네 엄마는 좀 어떠니."

마침내 월터 모렐이 작은 목소리로 물었다.

"침대 위에서는 일어나실 수 있어요. 부축을 받아서 차를 마시러 아래층으로 내려갈 수도 있고요."

"다행이구나!"

월터 모렐이 큰 소리로 말했다.

"머지않아 집에 올 수 있으면 좋겠구나. 노팅엄 의사는 뭐라고 하더냐?"

"내일 어머니를 보러 셰필드로 올 거예요."

"그 의사가? 정말이냐? 상당한 돈이 들 텐데."

"8기니예요."

"8기니! 그럼 그 돈을 어디서 마련해야겠구나."

광부는 숨을 삼키고 말했다.

"제가 낼 수 있어요."

폴이 대답했고, 두 사람 사이에는 한동안 침묵이 흘렀다.

"엄마는 아버지가 미니와 잘 지내고 계셨으면 좋겠다고 했어요."

폴이 말문을 열었다.

"아아, 그래. 나야 괜찮지만, 네 엄마가 나아야 하는데……. 고맙게도 미니가 아주 썩 잘해 준단다."

대답을 한 월터 모렐은 침울한 표정으로 앉아 있었다.

"전 3시 반 차로 가야 해요."

"네가 무척 힘들겠구나. 그런데 8기니씩이나 든다니! 네 엄마는 언제쯤이나 돌아올 수 있을 것 같니?"

"내일 의사들의 진단을 들어봐야 알 것 같아요."

월터 모렐은 깊은 한숨을 내쉬었다. 폴은 집안이 여태까지 느껴본 적도 없을 만큼 공허하게 생각되었고, 낙담한 채 어찌해야 좋을 줄 모르는 아버지는 외롭고 늙어 보였다.

"다음 주에 아버지도 어머니를 만나러 오시는 게 좋겠어요."

"그때까지 어머니가 집에 돌아올 수 있다면 좋겠구나."

"만약 그게 어렵다면 아버지가 오셔야지요."

"돈은 어디서 마련해야 할지 모르겠구나."

"진찰 결과를 편지로 알려 드릴게요."

"하지만 네가 편지를 어렵게 쓰기 때문에 도통 무슨 소리인지 모르겠더구나."

"알아보시기 쉽게 쓸게요."

아버지는 자신의 이름 정도밖에 쓰지 못하기 때문에 답장을 바라는 것은 무리였다.

마침내 의사가 왕진을 왔다. 레너드는 마차로 의사를 마중 나가는 것을 자기 의무처럼 생각했다. 진찰은 오래 걸리지 않았다. 애니와 폴과 아서와 레너드는 근심이 가득한 표정으로 거실에서 기다리고 있었다. 의사들이 아래층으로 내려오자 폴은 그들을 흘깃 쳐다보았다. 그는 어머니의 병에 대해 자기 마음을 속일 때가 아니면 희망 같은 걸 가질 수가 없었다.

"종양일지도 모르겠습니다. 좀 두고 상태를 지켜보지요."

제임슨 의사가 말했다.

"만약 그렇다면 떼낼 수는 있나요?"

걱정이 가득한 얼굴로 애니가 물었다.

"글쎄요."

의사는 말했다.

폴은 탁자 위에 8파운드와 반 파운드를 올려놓았다. 의사는 그것을 세어보고 지갑에서 2실링 은화를 꺼내놓았다.

"고맙습니다. 모렐 부인이 위중해서 유감입니다. 하지만 어떤 방도가 있는지 알아보겠습니다."

"수술은 할 수 없나요?"

폴이 물었다.

"안 돼요. 설사 수술을 한다고 해도 심장이 버티지 못할 겁니다."

의사는 머리를 저으며 대답했다.

"심장이 약한가요?"

폴이 다시 물었다.

"그래요. 조심해야 합니다."

"매우 위험한가요?"

"네…… 아니, 그저 주의해서 돌봐주세요."

이내 의사들은 돌아가 버렸다.

폴은 어머니를 아래층으로 모셔왔다. 모렐 부인은 어린아이처럼 얌전하게 아들의 팔에 안겼다. 그러나 폴이 계단 위에 올라섰을 때 그녀는 양팔을 아들의 목에 감고 매달렸다.

"난 이 계단이 정말 무섭구나."

모렐 부인이 말했다. 폴도 역시 계단들이 무서워졌기 때문에 그 뒤로는 레너드에게 어머니를 모셔다 달라고 부탁했다. 그는 어머니를 옮길 수 없을 것 같았다.

"의사는 그저 종양에 지나지 않는다고 얘기했어요. 그리고 떼어낼 수도 있대요."

애니가 어머니에게 말했다.

"그럴 줄 알았다."

모렐 부인은 당연하다는 듯 딱 잘라 말했다. 그녀는 폴이 방을 나간 것을 모른 체했다. 부엌에 앉아서 담배를 피우던 폴은 웃옷에 묻은 재를 발견하고 털어내려고 했다. 그러나 다시 들여다보니 그것은 어머니의 잿빛 머리칼로 상당히 길었다. 그는 머리칼을 집어올려 벽난로 쪽으로 가져갔다. 그가 손을 놓자 긴 잿빛 머리카락은 공중에 떠돌다가 시커먼 굴뚝 속으로 빨려 들어가 버렸다.

다음날 폴은 출근하기 전에 어머니에게 키스했다. 이른 아침이라서 방에는 두 사람뿐이었다.

"너무 걱정하지 마라, 폴."

모렐 부인이 말했다.

"네, 엄마."

"그래, 걱정하는 건 어리석은 거야. 그리고 몸을 조심히 하고."

"네."

폴은 대답하고 잠시 사이를 두었다가 말했다.

"토요일에 올게요. 아버지도 같이 모시고 올까요?"

"아버지가 오고 싶어 하실 거야. 어쨌든 아버지가 원하면 그래야겠지."

폴은 한 번 더 어머니에게 키스하고 마치 애인에게 하듯이 부드럽게 어머니의 머리를 이마로부터 쓸어주었다.

"늦지 않겠니?"

모렐 부인은 중얼거리듯 말했다.

"갈 거예요."

폴은 낮은 소리로 대답했다. 그리고 여전히 무릎을 꿇고 앉아 몇 분이나 어머니 목 언저리에 있는 갈색과 회색이 섞인 머리카락을 쓰다듬었다.

"더 이상 나빠지진 않겠죠, 엄마?"

"그럼, 폴."

"약속하죠?"

"그래, 난 이 이상 더 나빠지지 않아."

폴은 어머니에게 키스하고 잠시 안아준 다음 방을 나갔다. 햇살이 화창한 이른 아침에 그는 울면서 역으로 달려갔다. 어째서 눈물이 나는지 알 수 없었다. 그리고 모렐 부인은 푸른 눈을 커다랗게 뜨고 무언가를 응시하면서 폴을 생각하고 있었다.

그날 오후에 폴은 클라라와 함께 산책을 했다. 두 사람은 봄 도라지가 피어 있는 작은 숲속에 앉았다.

"이제 회복이 어려우실 거예요."

폴은 그녀의 손을 잡으며 말했다.

"하지만 그건 알 수 없어요."

"난 알 수 있어요."

클라라는 충동적으로 폴을 끌어안았다.

"그건 잊도록 해요. 잊도록 노력해 봐요."

"그럴게요."

클라라의 가슴은 따뜻함을 전하며 폴에게 바짝 붙어 있었고, 두 손은 그의 머리칼 속에 있었다. 위로를 느낀 폴은 양팔로 그녀를 안았다. 하지만 잊을 수는 없었다. 그는 클라라에게 다른 이야기를 조금 했을 뿐이었다. 폴에게 그 고뇌가 다가오는 것을 느낄 때면 클라라는 그를 향해 외쳤다.

"그건 생각하지 마요, 폴. 잊어버려요."

클라라는 폴을 가슴에 꼭 안고 어린아이처럼 흔들면서 달랬다. 폴은 그녀 덕분에 근심을 잠시 멈출 수 있었지만 혼자 있게 되면 또다시 고통의 포로가 되었다. 그는 여기저기 걸으면서도 언제나 기계적으로 울고 있었지만 그 까닭을 알지 못했다. 흐르는 눈물은 몸속의 피인 것이다. 클라라와 함께 있을 때에도, 남자들과 백마에 있을 때에도 고독하기는 마찬가지였다. 존재하는 것은 자기 자신과 그 속에 있는 답답한 느낌뿐이었다. 폴은 이따금 책을 읽었다. 그는 무엇으로든지 다른 일에 몰두해서 마음을 메워야만 했다. 클라라는 그의 마음을 메우는 하나의 수단이었다.

토요일 밤 월터 모렐은 셰필드로 갔다. 그는 마치 아무도 돌보지 않는 버려진 사람처럼 보였다. 폴은 위층으로 뛰어 올라갔다.

"아버지가 오셨어요."

폴이 어머니에게 키스하면서 말했다.

"그래?"

피로한 목소리로 모렐 부인이 대답했다. 늙은 광부는 다소 겁에 질린 듯이 침실로 들어갔다.

"좀 어떻소, 여보?"

모렐은 아내 쪽으로 다가가서 다급하고 소심하게 키스했다.

"겨우 견디고 있어요."

모렐 부인이 대답했다.

"그런 것 같구려."

모렐은 아내를 내려다보고 서서 손수건으로 눈물을 닦았다. 맥이 하나도 없는 모렐을 아무도 인정하지 않는 것처럼 보였다.

"잘 지내고 있었나요?"

모렐 부인은 말하는 것조차 힘들다는 듯 다소 피곤한 목소리로 물었다.

"응, 짐작은 할 거요. 미니는 이따금 행동이 굼뜨니까."

모렐이 대답했다.

"당신이 오기 전에 저녁 준비는 해놓나요?"

"이따금 야단을 치긴 해야 해."

"식사 준비가 되지 않거든 꾸중을 하세요. 그 애는 시간이 급해져야 일을 시작하니까요."

모렐 부인은 남편에게 몇 가지 주의를 일러주었다. 그는 아내를 거의 낯선 사람처럼 내려다보고 있었다. 이 여자 앞에만 서면 어쩐지 어색하고 겸손한 태도가 되어 침착성을 잃고 달아나고 싶어 하는 사람처럼 보였다. 도망치고 싶은 감정과 불안하고 괴로운 상태에서 빠져나가고 싶지만 그래도 거기에 있는 편이 좋을 듯해서 머물러 있어야 한다는 감정은 무척 괴로운 일이었다. 그는 비참한 마음에 눈썹을 찡그려 올리고 두 주먹을 무릎 위에 얹어놓고 커다란 근심거리 앞에서 굳어져 있었다.

모렐 부인의 병세는 별로 달라지지 않았다. 그녀는 셰필드에 두 달이나 머물러 있었는데, 끝 무렵에는 전보다 더 나빠져 있었다. 그러나 그녀는 집에 돌아가고 싶어 했다. 애니에게는 돌봐야 할 아이들이 있었기 때문에 집으로 가기를 원했다. 그들은 노팅엄에서 자동차를 빌려왔다―그녀는 기차를 탈 수 없을 만큼 상태가 좋지 않던 것이다―모렐 부인은 맑게 갠 날에 집으로 돌아왔다. 7, 8월 초순이었고 모든 것이 화사하게 빛나고 따뜻했다. 하지만 푸른 하늘 아래서 그녀는 누가 보아도 죽어 가고 있다는 사실을 알 수 있었다. 그래도 모렐 부인은 지난 몇 주보다도 즐거운 얼굴이었다. 그들은 모두 웃으면서 이야기를 했다.

"애니야! 도마뱀이 저 바위 위를 쏜살같이 지나갔단다."

모렐 부인이 외쳤다. 그녀의 눈은 재빨랐고 아직 그녀는 생명력으로 가득 차 있었다.

모렐은 아내가 돌아오는 것을 알고 현관문을 활짝 열어두었다. 사람들은 모두 그녀가 나타나기를 고대했고, 온 마을 사람들이 절반쯤이나 거리로 나와 있었다. 그들은 자동차의 큰 소리를 들었다. 모렐 부인이 차 안에서 미소를 지으면서 집으로 오고 있었다.

"세상에, 모두 나를 보려고 밖에 나와 있는 걸 봐! 하지만 나라도 틀림없이 그랬을 거다. 아, 매튜즈 부인, 안녕하세요! 해리슨 부인도 안녕하셨어요?"

사람들 중 누구도 그녀의 목소리를 들을 수 없었지만 모렐 부인이 미소를 짓는 것과 고개를 끄덕이는 것을 볼 수 있었다. 그리고 그들은 모두 그녀의 얼굴에서 죽음의 빛을 보았다고 말했다. 이것은 이

마을에서 아주 굉장한 사건이었다.

　모렐은 아내를 안고 집으로 들어가고 싶었지만 그러기엔 너무 늙어서 힘이 없었다. 아서가 마치 어린아이를 안듯 어머니를 안아 집 안으로 옮겼다. 그들은 언제나 그녀의 안락의자가 놓여 있던 벽난로 앞에 그 커다란 안락의자를 갖다 놓았다. 몸을 감쌌던 이불이 벗겨지고 의자 위에 앉혀지자 모렐 부인은 브랜디를 조금 마시고 나서 집 안을 둘러보았다.

　"애니야, 내가 너의 집을 싫어한다고 생각하지 마라. 하지만 역시 내 집에 돌아오니 아주 좋구나."

　모렐 부인이 말했다.

　"그렇구말구, 여보. 그렇구말구."

　모렐은 잠긴 목소리로 대답했다. 그리고 좀 기묘하고 어린 하녀인 미니의 말이 이어졌다.

　"부인께서 돌아오셔서 참 기뻐요."

　뜰에는 아름다운 노란 해바라기가 서로 엉겨서 피어 있었다. 그녀는 창 밖을 내다보았다.

　"내 해바라기들이 피었구나."

　모렐 부인이 말했다.

14
해방

폴이 어느 날 셰필드에 갔을 때 앤슬 의사가 말했다.

"그런데…… 여기 전염병원에 노팅엄에서 온 남자가 있어요. 도스라는 남잔데, 그 사람에게 가족이라고는 전혀 없는 모양이에요."

"백스터 도스요?"

폴이 깜짝 놀라 외쳤다.

"네, 바로 그 남자예요. 신체적으로는 건강한 사람이었는데 요즘 머리가 좀 이상해졌어요. 그 사람을 아십니까?"

"같은 직장에서 일했던 사람입니다."

"아, 그래요? 혹시 그 사람에 대해서 아는 게 있나요? 정신적으로 좀 지친 모양이에요. 그렇지 않다면 지금쯤은 좀 더 좋아졌을 텐데 말예요."

"그의 가정 사정은 잘 모릅니다만, 다만 부인과 별거 상태이고 정신적으로 좀 약해져 있는 것 같아요. 그 사람에게 제 얘기를 좀 전해 주시겠어요? 제가 만나러 가고 싶어 한다고요."

폴은 다음에 의사를 만나서 도스의 일을 물었다.

"도스가 뭐라고 하던가요?"

"그 사람에게 노팅엄에서 온 모렐이라는 남자를 아느냐고 물었더니 나한테 달려들어 목이라도 조를 것처럼 쳐다보더군요. 그래서 '당신은 그 이름을 아는 것 같군요. 폴 모렐입니다.'라고 말했어요. 그리고 당신이 만나러 오겠다고 전하자 그는 마치 당신이 경찰이라도 되는 듯이 '무슨 일이 있다는 거요?' 하고 말했습니다."

"그래서 저를 만나겠다고 하던가요?"

폴이 물었다.

"그 남자는 아무 말도 하지 않았어요……. 좋다고도, 싫다고도, 아무래도 상관없다고도 말입니다."

의사는 대답했다.

"왜 대답을 하지 않았을까요?"

"그건 내가 알고 싶은 점이에요. 그 사람은 누운 채 낮이나 밤이나 무뚝뚝하게 잠자코 있거든요. 그 사람 입에서는 아무것도 들을 수가 없어요."

"제가 만나러 가도 괜찮을까요?"

폴이 물었다.

"괜찮겠지요."

두 사람 사이에는 격투를 벌인 뒤 전보다 더한 유대감이 생겼다. 폴은 어떤 점에서는 그에게 죄의식과 다소의 책임감을 느끼고 있었다. 그리고 자신도 고통을 받으며 절망하고 있었기 때문에 같은 심리 상태로 괴로워하고 있는 도스에게 괴로움에 가까운 친근감을 느끼고 있었다. 동시에 그들은 적나라한 극단적인 증오심을 품고 있었기 때문에 이것은 하나의 인연이기도 했다. 어쨌든 두 사람의 내면에 숨어 있는 원초적인 인간들이 만난 것이었다.

폴은 앤슬 의사의 소개장을 들고 격리병원으로 찾아갔다. 젊고 건강해 보이는 아일랜드계 간호사가 그를 병실로 안내했다.

"병문안을 오셨어요, 까마귀 양반."

간호사의 말에 깜짝 놀란 도스는 끙끙거리며 갑자기 돌아누웠다.

"에이!"

"까악!"

간호사가 놀리는 투로 소리쳤다.

"이분은 '까악!' 소리밖에 못하세요. 당신을 찾아온 신사분을 모시고 왔어요. 그러니까 '고맙습니다' 하고 점잖게 행동하세요."

어둡고 놀라움으로 가득한 도스의 눈이 재빠르게 간호사 뒤의 폴을 쳐다보았다. 그의 표정은 공포와 불신과 증오와 고뇌에 차 있었다. 두 남자는 과거 자신들의 자아를 보이기가 두려운 듯했다.

"앤슬 선생님께서 당신이 여기 있다고 하더군요."

폴은 손을 내밀면서 말했다. 도스는 기계적으로 악수를 했다.

"그래서 찾아보려 했어요."

도스는 아무 대답도 하지 않고 누운 채 반대쪽 벽을 노려보고 있었다.

"저처럼 해보세요. '까악!' 까마귀 양반!"

간호사가 다시 한 번 놀리듯이 소리쳤다.

"상태는 좋아지고 있는 거죠?"

폴은 간호사에게 물었다.

"네, 그럼요. 그런데 누워서 자기가 죽어 가고 있다고만 생각하고 있다니까요. 그렇게 생각하니까 겁에 질려서 아무 말도 못하시는 거예요."

"그럼 당신도 다른 말벗을 찾아야겠군요."

폴은 웃으면서 대답했다.

"맞아요. 이곳에는 노인 두 분과 어린아이가 한 명 있는데, 언제나 소리만 지른답니다. 정말 운이 나빠요. 여기서 까마귀 씨의 소리를 듣고 있으면 죽을 지경이에요. 이상한 까마귀 소리밖에 내지 않으니까요!"

간호사도 웃음을 머금으며 말했다.

"참 안됐군요."

"정말이에요."

"제가 온 게 신의 선물이군요."

폴은 미소를 지으며 말했다.

"네, 하늘에서 뚝 떨어진 선물이죠!"

잠시 후에 간호사는 두 남자만 남겨놓고 나갔다. 도스는 지금도 잘생긴 얼굴이었지만 좀 여윈 듯했다. 그의 생명력은 흔들리는 불처럼 약해 보였다. 의사가 말했듯이 그는 누워만 있고 병세를 회복하려는 기미가 보이지 않았다. 그는 자기의 심장이 고동치는 것조차 싫어하는 것처럼 보였다.

"괴로웠나요?"

폴이 물었다.

"셰필드에서 뭘 하는 거지?"

갑자기 도스는 폴을 쳐다보며 물었다.

"어머니가 병이 나서서 서스턴 거리에 있는 누님 댁에 계세요. 당신은 여기서 뭐 하는 거죠?"

그는 대답하지 않았다.

"여기 입원한 지 얼마나 됐죠?"

폴이 물었다.

"확실한 건 몰라."

도스는 마지못해 대답했다. 그는 폴 모렐이 이곳에 있다는 사실이 믿겨지지 않는다는 듯 반대편 벽을 노려보고 있었다. 폴은 자신의 심장이 분노로 굳어져 가는 것을 느꼈다.

"앤슬 의사가 당신이 여기 있다는 것을 가르쳐주더군요."

폴은 싸늘하게 말했다. 도스는 대답하지 않았다.

"장티푸스는 무척 괴롭다더군요."

폴은 도스와 상관없이 말했다.

"여기는 무엇 때문에 왔나?"

돌연 도스가 입을 열었다.

"당신이 여기에 아는 사람이 없다고 앤젤 의사가 말했어요. 정말 그런가요?"

"난 어디에도 아는 사람이 없어."

"당신이 친구를 만들려고 하지 않으니까 그렇죠."

폴이 대꾸했지만 상대는 다시 입을 다물었다.

"저는 될 수 있는 대로 속히 어머니를 집으로 모셔가려고 해요."

폴이 말했다.

"어머니는 어떻게 되신 건가?"

도스 자신도 환자였기 때문에 병에 대한 관심을 보이며 물었다.

"암이라는군요."

또다시 도스는 침묵했다.

"하지만 어머니를 집으로 모셔갈 생각이에요. 그래서 자동차를 빌리려고요."

도스는 누운 채 생각에 잠긴 듯했다.

"왜 토머스 조던에게 빌려 달라고 안 하나?"

불현듯 도스가 물었다.

"그 차는 좀 작아요."

폴이 대답했다. 도스는 누운 채 검은 눈을 껌뻑이면서 생각했다.

"그럼 잭 필킹턴에게 부탁해. 그 사람이라면 빌려줄지도 모르지. 자넨 그 사람을 알잖나?"

"한 대 임대할 생각이에요."

"그건 바보짓이야."

환자는 앙상하게 여위었지만 그래도 날카로운 면이 보였다. 폴은 몹시 지쳐 보이는 도스의 눈을 보고 불쌍하다는 생각이 들었다.

"여기서 일을 했었어요?"

폴이 물었다.

"여기 온 지 하루인가 이틀 만에 병이 나버렸어."

도스가 대답했다.

"요양원에 들어가는 게 좋아요."

일순 도스의 얼굴이 다시 흐려졌다.

"그런 데는 안 가겠어!"

"저희 아버지가 시소프 요양원에 계셨던 적이 있는데 퍽 마음에 들어 하셨어요. 앤슬 의사가 소개장을 써줄 거예요."

도스는 곰곰이 생각했다. 그에게는 다시금 세상으로 나갈 용기가 없는 게 분명했다.

"요즘은 바닷가가 좋은 때일 거예요. 모래언덕에 햇볕이 쏟아지고 멀지 않은 곳에 바다가 있고."

도스는 대답하지 않았다.

"틀림없이 당신도 다시 걸을 수 있고 수영도 할 수 있다는 사실을 알게 되면 좋겠군요."

갑자기 서글픔이 몰려온 폴은 상대를 너무 귀찮게 할 수도 없어서 결론을 지으며 말했다.

도스는 재빨리 그를 쳐다보았다. 그는 세상의 누구와도 눈이 마주치기를 두려워했다. 그러나 폴의 말에 깃들어 있는 진정한 슬픔과 절망의 어조가 그를 안심케 했다.

"어머니는 매우 위독하신가?"

착 가라앉은 목소리로 도스가 물었다.

"납처럼 파리해지셨죠. 그래도 즐거워하시고 생기도 있으세요."

폴은 어머니 생각에 입술을 깨물었고 잠시 뒤에 일어섰다.

"이제 그만 가야겠어요. 여기 반 크라운을 놓고 가겠어요."

"그런 건 필요 없네."

도스는 중얼거렸다. 폴은 대꾸하지 않고 돈을 탁자 위에 놓았다.

"그럼 셰필드에 오거든 또 들리죠. 우리 매형을 만나보지 않겠어요? 그는 파이크로프츠에서 일해요."

"난 그 사람을 몰라."

"좋은 사람이죠. 들르라고 할까요? 신문쯤은 가져다줄 거예요."

도스는 대답하지 않았다. 이내 폴은 병실을 나왔다. 도스가 그의 마음속에 일으킨 강렬한 감정이 그를 짓누르고 전율을 느끼게 했다.

폴은 도스를 만난 이야기를 어머니에게 하지 않았지만 다음날 클라라에게는 이야기했다. 요즘 두 사람이 함께 나가는 일이 별로 없었지만 그날은 폴이 먼저 성 근처에 가자고 그녀를 이끌었다. 그들이 걷는 주변으로 진홍색 제라늄과 노란 칼세올라리아가 햇빛을 받아 빛나고 있었다. 그녀는 몸을 도사렸고 폴에게 다소 미움을 느끼고 있었다.

"백스터가 장티푸스에 걸려서 셰필드의 병원에 입원해 있다는 사실 알고 있어요?"

놀란 눈으로 폴을 쳐다보던 클라라의 얼굴이 창백하게 변했다.

"아뇨……."

클라라는 겁에 질린 채 대답했다.

"어제 만나고 왔는데 회복되고 있대요……. 의사가 알려줬어요."

클라라는 도스의 소식에 몹시 놀란 듯이 보였다.

"심각한 상태인가요?"

클라라는 죄의식을 느끼며 물었다.

"매우 좋지 않았지만 지금은 회복되고 있어요."

"당신에게 뭐라고 하던가요?"

"별로 아무 말도. 그냥 골을 내고 있는 것 같았어요."

두 사람 사이에는 거리가 있었다. 폴은 그녀에게 좀 더 자세히 이야기해 주었다. 클라라는 입을 다물어버렸다.

다음에 두 사람이 산책하게 되었을 때 클라라는 폴의 팔에서 몸을 빼고 조금 떨어져 걸었다. 폴은 그녀의 위로를 몹시 바라고 있었다.

"내게 친절하게 대해 주지 않겠어요?"

클라라는 대답하지 않았다.

"왜 그러죠?"

폴은 그녀의 어깨에 팔을 두르면서 말했다.

"싫어요!"

클라라는 몸을 빼며 말했다. 폴은 그녀를 내버려두고 자기 생각에 빠져들었다.

"백스터 때문에 마음이 어수선한가요?"

마침내 폴이 물었다.

"난 그에게 너무 심하게 굴었어요."

"그에 대한 당신의 대우가 좋지 않았다고 내가 몇 번이나 말했잖아요."

두 사람 사이에는 적대감이 솟고 있었다. 그들은 각자 자기 생각의 실을 당기고 있었다.

"내가 그에게…… 그래요, 너무 심하게 대했어요. 그리고 요즘 나에 대한 당신의 대우도 너무 심해요. 난 그런 대접을 받아도 할 수 없는 사람이긴 하지만……."

"내가 어떤 심한 짓을 했다는 말인가요?"

폴이 물었다.

"그건 다 내 자업자득이에요."

클라라는 거듭해서 말했다.

"난 그 사람이 생활을 함께 할 만한 가치가 있는 사람이라고 생각하지 않았어요. 그리고 지금은 당신이 나를 그렇게 생각하고 있지요. ……난 그런 대접을 받아도 할 수 없어요. 그 사람은 당신보다 나를 몇 천 배나 더 사랑해 주었어요."

"그럴 리가 있어요?"

폴이 항의했다.

"그랬어요! 어쨌든 그는 나를 존중해 주었지만 당신에게는 그런 것이 없어요."

"그가 당신을 존중했다고요!"

"네, 존중했어요! 그런데도 난 그 사람을 저런 형편없는 사람으로 만들었어요. 그래요, 내가 그랬어요. 당신이 나에게 그걸 가르쳐주었지요. 그런데도 그는 나를 당신보다 몇 천 배나 더 사랑했어요."

"알았어요."

폴은 한 마디로 답했다. 그는 지금 혼자 있고 싶었다. 자신에게 있는 고민만으로도 견딜 수 없을 정도였다. 클라라는 그를 괴롭히고 지치게 할 뿐이었다. 그는 그녀와 헤어져서도 슬프다고 생각하지 않았다.

클라라는 되도록 빨리 기회를 마련하여 남편을 만나러 셰필드로 갔다. 그러나 만나기는 했지만 화해는 하지 못했다. 하지만 약간의 돈과 장미와 과일을 남겨두고 왔다. 그녀는 보상을 하고 싶었다. 그렇다고 남편을 사랑하는 것은 아니었다. 병실에 누워 있는 남편을 보아도 그녀의 마음은 사랑으로 따뜻해지지 않았다. 다만 그의 앞에 공손하게 무릎을 꿇고 싶을 뿐이었다. 그녀는 그를 위해 헌신하기를 원했다. 결국 그녀는 폴이 진정으로 자기를 사랑하게 할 수 없었던 것이다. 윤리적인 동요를 느낀 그녀는 참회의 고행을 하고 싶었다. 그래서 도스 앞에 무릎을 꿇었고 그것은 그에게 희미한 기쁨을 주었다. 그러나 두 사람 사이의 거리는 아직도 멀고 멀었다 — 이러한 사실은 그를 당황하게 만들었고 무언가에 대해 두렵게 만들었다. 그러나 그녀는 만족했다. 그녀는 남들이 넘기 어려운 거리를 두고 그 남자에게 봉사하고 있다고 느껴지는 것을 좋아했다. 그녀는 이제 자랑스러움도 느끼게 되었다.

폴은 한두 차례 더 도스를 만나러 셰필드로 갔다. 두 남자 사이에는 어떤 우정 같은 것이 있었지만 두 사람 사이에 있는 여자의 이야기는 절대로 입 밖에 내지 않았다.

그즈음 모렐 부인의 병세는 점점 악화되고 있었다. 처음에 가족들은 곧잘 그녀를 아래층이나 뜰로 데려오기도 했다. 미소를 띠고 의자에 기대앉아 있는 모렐 부인은 무척 아름답게 보였다. 금으로 만든 결혼반지가 그녀의 하얀 손에서 반짝이고 머리카락은 정성스레 빗겨져 있었다. 그리고 그녀는 엉킨 해바라기가 시들어 가고 국화와 다알리아가 새롭게 피기 시작하는 것을 바라보았다.

폴과 어머니는 서로를 두려워했다. 어머니가 죽어 가고 있다는 사실을 그도 알고 있었고 모렐 부인 자신도 알고 있었다. 그러나 두 사람은 겉으로는 쾌활한 척했다. 아침에 일어나면 그는 잠옷 차림으로 어머니 침실로 들어갔다.

"좀 주무셨어요, 엄마?"

"그래."

"그다지 잘 주무시지 못했어요?"

"아니다, 잘 잤어."

하지만 폴은 어머니가 밤새 잠을 이루지 못했다는 사실을 알았다.

그는 어머니가 침대보 속으로 통증이 심한 옆구리 쪽을 손으로 누르고 있다는 것을 알 수 있었다.

"거기가 아프셨나요?"

"아니, 조금 아프지만 대단치는 않아."

그리고 어머니는 옛날부터 경멸할 때 보이던 버릇으로 코를 킁킁거리며 콧소리를 냈다. 누워 있는 어머니의 모습은 마치 소녀처럼 보였다. 모렐 부인은 줄곧 파란 눈으로 아들을 지켜보고 있었다. 그러나 그 눈 아래쪽으로는 고통의 검은 반원이 드리워져 있었고 그것은 또다시 폴의 마음을 괴롭혔다.

"오늘은 정말 화창해요."

폴이 말했다.

"좋은 날씨구나."

"아래층으로 내려가고 싶으세요?"

"글쎄, 생각해 보자."

폴은 어머니의 아침식사를 가지러 아래층으로 내려갔다. 온종일 그의 머릿속은 어머니 생각밖에 없었고, 끊임없는 고통이 그를 미치게 만들었다.

퇴근 후 일찍 집으로 돌아올 때면 폴은 부엌 창문을 통해 집 안을 들여다보았다. 그곳에 어머니는 계시지 않으면 침대에서 일어나지 못했다는 의미였다.

폴은 곧장 위층으로 뛰어 올라가서 어머니에게 키스했다. 그는 묻는 것조차 무서울 지경이었다.

"못 일어나셨나요, 어머니?"

"그래, 모르핀 때문이야. 그걸 맞으면 피곤하구나."

"의사가 모르핀을 너무 많이 주나 봐요."

"그런 것 같구나."

폴은 비참한 마음으로 침대 옆에 걸터앉았다. 모렐 부인은 언제나 어린아이처럼 몸을 웅크리고 옆구리 쪽으로 눕는 습관이 있었다. 드문 드문 백발이 섞인 갈색 머리카락이 흐트러져서 그녀의 귀 위에 걸려 있었다.

"간지럽지 않으세요?"

폴은 어머니의 머리카락을 쓸어넘겨 주면서 물었다.

"간지럽구나."

폴은 어머니의 얼굴 바로 곁에 있었다. 모렐 부인의 소녀 같은 푸른 눈이 아들의 눈을 똑바로 들여다보고 있었다. 그 눈은 다정한 사랑으로 따뜻하게 웃고 있었다.

"머리를 땋아 드릴게요. 움직이지 말고 가만히 계세요."

폴은 어머니의 등 뒤로 돌아가서 조심스럽게 머리를 풀고 손질했다. 그것은 갈색과 회색이 섞인 긴 비단실 같았다. 모렐 부인은 어깨를 움츠러뜨리고 머리가 뒤로 당겨지지 않게 하고 있었다. 어머니의 머리에 빗질을 하고 땋으면서 폴은 입술을 깨물었고 현기증을 느꼈다. 이 모든 일이 현실 같이 느껴지지 않았고, 그는 그것을 이해할 수 없었다.

밤이면 폴은 종종 어머니 침실에서 일을 하며 이따금 고개를 들고 어머니를 올려다보았다. 그러면 그는 자신을 지켜보고 있는 어머니의 눈과 몇 번이나 마주치곤 했다. 눈이 마주치면 모렐 부인은 미소를 지었다. 그는 다시 기계적으로 일했고, 자신이 무엇을 하는지도 모르면서 좋은 그림을 만들어냈다.

폴은 때때로 만취한 사람처럼 아주 창백하고 조용한 얼굴로, 조심스럽고 사람을 놀라게 하는 눈빛으로 집에 돌아왔다. 어머니와 아들은 두 사람 사이에 있는 얇은 장막들이 찢겨져 가는 것을 서로 두려워했다. 그런 때면 모렐 부인은 여느 때보다 좀 나은 체하며 폴이 쾌활하게 말하는 대단치도 않은 화젯거리를 가지고 수선을 피웠다. 왜냐하면 그들이 지금 엄청난 일에 굴복해 자신들의 인간다운 마음을 잃지 않기 위해서는 자질구레한 일에 법석을 떨어야 하는 심경이었기 때문이었다. 두 사람은 두려웠기 때문에 무엇이든지 가볍게 받아들였고 쾌활하게 행동했다.

이따금 폴은 누워 있는 어머니가 지난날을 회상하고 있다는 사실을 눈치챘다. 어머니의 입은 점점 굳게 다물어졌다. 그녀는 자기 몸속에 있는 찢어질 듯한 절규를 숨긴 채 죽어갈 수 있도록 자신을 단단히 누르고 있었다. 폴은 몇 주 동안이나 어머니가 쓸쓸하게, 그리고 굳게 입을 다물고 있었던 것을 결코 잊지 않았다. 때로 기분이 조금 나아질 때면 어머니는 아버지 이야기를 했다. 그녀는 남편을 미워하고 있었다. 그녀는 그를 용서하지 않았다. 그녀는 남편이 방에 들어오는 것조차 견딜 수가 없었다. 그리고 지난날 쓰라렸던 몇 가지 일들이 마음속에 강렬하게 되살아나면 모렐 부인은 너무나도 괴로웠기 때문에 아들에게 이야기했다.

폴은 자신의 생명이 몸속에서 산산이 깨져버리는 것 같았다. 이따금 눈물이 갑자기 쏟아졌다. 그는 보도 위로 눈물을 떨어뜨리면서 역까지 달려갔다. 일이 손에 잡히지 않는 때도 있었다. 가끔은 펜을 쥔 손이 갑자기 멈춰버리곤 했다. 그는 망연히 하늘을 응시하고 앉아 있었다. 그리고 다시 제정신으로 돌아왔을 때면 속이 메스껍고 사지가 떨렸다. 하지만 무엇 때문에 그러는지 생각해 보지 않았다. 그의 마음은 그것을 분석하거나 이해하려 한 적이 없었고, 다만 눈을 감고 그것을 순순히 받아들이며 앞으로 닥쳐오는 일에 자신을 맡겨두었다.

모렐 부인의 용태는 변함이 없었다. 그녀는 고통과 모르핀, 그리고 다음날에 대해 생각했지만 죽음에 대해서는 거의 생각하지 않았다. 죽음이 다가오고 있다는 사실은 알고 있었지만 순종할 수밖에 없었다. 그러나 죽음에 애원하거나 타협하기는 원하지 않았다. 그녀는 눈을 감고 아무것도 보지 않고 죽음의 입구를 향해 밀려가고 있었다. 이렇게 날이 가고 주가 가고 달이 지났다.

때때로 햇살이 밝은 오후에 모렐 부인은 행복해 보이기도 했다.

"난 즐거웠던 때의 일을 생각하고 있단다. 우리가 메이블소프에 갔을 때와 로빈 후드 만과 샌클린에 갔을 때를 말이다. 결국 누구나 다 그렇게 아름다운 곳들을 가볼 수 있는 건 아니야. 참 아름다웠단다. 다른 것들은 생각지 않고 그저 그것만 생각할 거야."

그러다가 모렐 부인은 또다시 밤새도록 한 마디 말도 하지 않았고 폴도 마찬가지였다. 두 사람 모두 완고하게 침묵을 지켰다. 마침내 자리에서 일어난 폴이 자신의 침실로 들어가려는 순간 마치 몸이 마비라도 된 것처럼 그 자리에 우뚝 멈춰서서 문에 기댔다. 알 수 없는 격렬한 폭풍이 그의 내부에서 미친 듯 날뛰고 있었다. 기력을 잃은 그는 어찌된 일인지 알아볼 생각도 하지 않고 문에 기댄 채 그대로 서 있었다.

아침이 되면 모렐 부인의 얼굴은 모르핀 때문에 잿빛으로 변하고 몸이 재로 변한 것 같은 느낌이 들었다. 하지만 어머니와 아들은 다시 원래의 그들로 돌아가고 밝은 기분이 되었다. 이따금, 특히 애니나 아서가 집에 와 있을 때면 폴은 어머니를 돌보지 않았다. 그는 클라라를 자주 만나지 않았고 대개 친구들과 어울렸다. 그는 민첩하고 활동적이며 정열적이었다. 그러나 그가 창백한 얼굴로 어두운 눈을 빛내는 것을 본 친구들은 위태롭고 두려운 무엇을 느꼈다. 그는 이따금 클라라를 만나러 갔지만 클라라의 태도는 거의 냉정하다고 해도 좋을 정도였다.

"나를 좀 안아줘요."

폴이 불쑥 말하면 이따금 거기에 응해 주었지만 클라라는 두려웠다. 폴이 그녀를 사랑하는 순간에도 그 사랑 속에는 그녀를 질리게 하는 부자연스러운 무언가가 있었다. 때문에 클라라는 폴을 두려워하게 되었다. 폴은 너무나 조용하고 전혀 낯선 사람처럼 느껴졌다. 그녀는 애인을 가장한 이 남자의 이면에 있는, 자기와 하나가 될 수 없는 다른 인간이 있는 것 같아 두려웠다. 그것은 불안한 그녀의 마음을 공포로 채워버리는 인간이었다. 그녀는 폴에 대해 일종의 공포를 품게 되었다. 마치 그가 범죄자라도 되는 것처럼 느껴졌다. 폴은 그녀를 원했고 그녀를 안았지만 그녀는 죽음의 손아귀에 붙잡힌 것 같은 기분이었다. 클라라는 공포에 떨면서 누워 있었다. 거기에는 그녀를 사랑하는 남자가 없었다. 그녀는 폴을 거의 미워하고 있었다. 한순간 다정한 감정이 잠깐 얼굴을 내밀었지만 그녀는 폴을 불쌍하게 생각할 수 없었다.

도스는 노팅엄 가까이에 있는 실리 대령의 요양원으로 옮겨와 있었다. 폴은 이따금씩 그를 방문했고, 클라라는 극히 드물게 찾아갔다. 그동안 폴과 도스 사이의 우정은 기묘하게 발전해 있었다. 아주 천천히 회복되고 있지만 아직도 쇠약한 도스는 폴에게 자신을 내맡겨버린 것처럼 보였다.

11월 어느 날, 클라라는 자신의 생일을 폴에게 상기시켰다.

"잊을 뻔했군요."

"그럴 줄 알았어요."

클라라가 말했다.

"아예 잊지는 않아요. 주말에 바닷가에 갈까요?"

두 사람이 출발한 날은 어쩐지 날씨가 춥고 음산했다. 클라라는 그가 따뜻하고 부드럽게 대해 주기를 기다렸으나 오히려 그는 그녀가 있는 것조차 깨닫지 못하는 것 같았다.

폴은 기차에 앉아서 밖을 내다보고 있었고 그녀가 말을 걸자 깜짝 놀랐다. 그는 딱히 무엇을 생각하고 있었던 것은 아니었다. 모든 것이 현실에 존재하지 않는 것처럼 보였다.

"왜 그러세요?"

클라라는 폴에게 다가오며 물었다.

"아무것도 아니에요."

폴은 무의미하게 말을 이었다.

"저 풍차의 날개가 단조로워 보이지 않아요?"

폴은 그녀의 손을 잡고 앉아 있었다. 그는 이야기를 할 수도, 생각을 할 수도 없었다. 그러나 이렇게 그녀의 손을 쥐고 앉아 있으니 마음이 가라앉았다. 클라라는 채워지지 않는 마음으로 서글펐다. 폴은 그녀의 옆에 있지 않았고 그녀는 그에게 아무것도 아니었다.

저녁이 되자 두 사람은 모래언덕에 앉아서 검고 침울해 보이는 바다를 바라보고 있었다.

"엄마는 결코 행복하지 않을 거예요."

폴이 조용히 말했다. 클라라의 마음은 침울했다.

"그래요."

클라라가 대답했다.

"죽는 데에는 여러 가지 방법이 있어요. 아버지 쪽 사람들은 공포에 질려 마치 가축이 목을 잡혀 도살장에 끌려가는 것처럼 삶에서 죽음으로 끌려가지만, 엄마 쪽 사람들은 뒤에서 조금씩 죽음으로 밀려가지요. 그들은 완고한 사람들이라서 죽으려고 하지 않아요."

"그렇군요."

"그리고 엄마도 죽으려고 하지 않아요. 죽을 수가 없는 거지요. 지난번에는 렌쇼우 목사님이 오셔서 엄마한테 이렇게 말씀하셨어요.

'생각해 보세요. 저 세상에서 부인의 부모님도 형제들도 아드님도 만날 수 있습니다.' 그러자 엄마가 말했어요. '전 오랫동안 그 사람들 없이도 여지껏 살아왔으니까 지금도 그들 없이 살 수 있어요. 제가 바라는 건 죽은 사람들이 아니라 살아 있는 사람들이에요.' 엄마는 지금도 살고 싶어 해요."

"어머나, 두려워요."

겁에 질린 클라라는 제대로 말도 할 수 없는 듯했다.

"엄마는 나를 보며 '너와 함께 살고 싶다'고 하시거든요."

폴은 단조로운 목소리로 말을 이었다.

"엄마는 강한 의지를 지니고 있어서 절대로 돌아가시지 않을 거예요. 절대로!"

"그런 생각하지 말아요!"

클라라가 외쳤다.

"엄마는 신앙심이 깊으셨어요, 지금도 그렇지만. 그러나 아무런 소용이 없어요. 엄마는 다만 굴복하고 싶지 않은 거예요. 목요일에 나는 엄마한테 말했지요. '엄마, 저는 만약 죽어야 할 때면 죽을 거예요. 저라면 죽으려고 할 거예요.' 그러자 엄마는 '그럼 넌 내가 그런 의지가 없다고 생각하니? 그래, 넌 자기가 죽고 싶을 때 죽을 수 있다고 생각하니?' 하고 엄하게 말씀하시더군요."

폴의 목소리가 잠시 끊어졌다. 그는 울지 않았다. 다만 단조로운 어조로 계속해서 말을 할 뿐이었다.

클라라는 달아나고 싶었다. 그녀는 주위를 둘러보았다. 검은 모래밭이 똑같은 소리를 되풀이하고 어두운 하늘이 그녀 위에 덮여 있었다. 그녀는 공포에 사로잡혀서 일어났다. 그녀는 어디든지 불빛이 있는 곳에, 사람들이 있는 곳에 가고 싶었다. 그녀는 폴한테서 달아나고 싶었다.

폴은 고개를 떨어트리고 손끝 하나 꼼짝하지 않고 앉아 있었다.

"나는 엄마가 식사하시는 걸 바라지 않아요. 엄마도 그걸 알고 계세요. 내가 '뭘 좀 드시겠어요?' 하고 물으면 '글쎄.'라고 대답하시죠. 그러고는 '우유를 한 잔 마시면 좋겠다.' 하세요. 내가 '그걸 드시면 기운이 좀 나실 거예요.' 라고 말하면, 엄마는 '그래.' 하시면서 '하지만 아무것도 먹지 않으면 너무 아파서 견딜 수가 없구나.' 라고 외치듯 말하세요. 그러면 나는 부엌으로 가서 엄마의 식사를 만들어서 갖다 드려요. 그게 다 암 때문이죠. 차라리 엄마가 돌아가셨으면 좋겠어요!"

"난 가겠어요."

클라라의 목소리는 거칠었다. 마침내 그녀가 움직이자 폴은 그녀의 뒤를 따라 어두운 모래언덕 사이를 걸었다. 폴은 그녀에게 가까이 다가가지 않았다. 그는 거의 그녀의 존재조차 의식하고 있지 않는 듯했다. 클라라는 폴이 두려웠고 싫었다.

두 사람은 서로 날카로운 기분을 간직한 채 노팅엄으로 돌아왔다.

폴은 언제나 분주하며 언제나 무엇인가를 하고 언제나 친구들을 찾아다녔다.

월요일에 폴은 백스터 도스를 만나러 갔다. 도스는 맥이 빠진 것처럼 창백한 얼굴로 일어나 의자에 매달려 손을 내밀고 악수했다.

"일어나지 않아도 괜찮아요."

폴이 말했다. 도스는 의심하는 듯한 눈으로 그를 살피며 다시 무겁게 앉았다.

"나 때문에 괜히 쓸데없이 시간을 낭비하는 건 그만두는 게 좋아. 만약 다른 일이 있다면 몰라도."

"오고 싶었는걸요. 자, 과자를 가져왔어요."

도스는 과자를 옆으로 치워놓았다.

"주말은 그다지 신통치 않았어요."

"어머닌 어떠신가?"

"별 차도가 없어요."

"자네가 일요일에 오지 않기에 난 또 나빠지신 게 아닌가 했네."

"스케그네스에 갔었어요. 기분 전환 좀 하고 싶어서요."

도스는 어두운 눈으로 폴을 마주보았다. 그는 자기 쪽에서 물어볼 용기는 없지만, 틀림없이 폴이 말해 주리라 기다리고 있는 것처럼 보였다.

"클라라도 함께였어요."

"그건 알고 있었어."

도스의 목소리는 조용했다.

"전부터 한 약속이었지요."

"자네 마음대로 하는 거지."

두 사람 사이에서 클라라의 이름을 입에 올린 것은 처음이었다.

"아니요, 클라라는 내게 싫증이 나 있어요."

폴이 천천히 말했고, 도스는 다시 한 번 폴을 바라보았다.

"8월부터 그녀는 줄곧 내게 싫증을 내고 있어요."

폴은 같은 말을 되풀이했고, 이내 두 사람은 입을 다물어버렸다. 잠시 후 폴이 체커 게임을 제안했고 그들은 묵묵히 게임을 시작했다.

"어머니가 돌아가시면, 난 외국에 갈지도 몰라요."

게임 도중에 폴이 말했다.

"외국에?"

도스는 앵무새처럼 반복했다.

"네, 지금 하는 일이 마음에 들지 않아요."

게임은 계속되고 있었다. 도스가 좀 우세한 편이었다.

"난 새로운 일을 시작해야겠어요. 당신도 그렇지 않을까요?"

폴이 말하면서 도스의 말을 하나 잡았다.

"난 뭘 해야 할지 모르겠어."

"반드시 무슨 일이 생길 거예요."

"무슨 일이든 마구잡이로 하는 것은 좋지 않아요……. 적어도, 아니…… 난 모르겠어요. 거기 있는 과자 좀 주시겠어요?"

두 사람은 과자를 먹고 다시 새 게임을 시작했다.

"입의 그 상처는 뭔가?"

도스가 물었다. 폴은 재빨리 자신의 입에 손을 갖다댄 다음 뜰을 내다보았다.

"자전거를 타다가 좀 다쳤어요."

폴이 대답했다. 일순 말을 움직이는 도스의 손이 떨렸다.

"그때, 자네가 날 보고 웃지만 않았으면 좋았을 거야."

도스의 목소리는 매우 낮았다.

"언제 일이죠?"

"우드버로우 길에서 만났던 밤 말일세. 자네와 클라라가 나하고 엇비슷이 지나쳤을 때 말이야. 자네는 그 여자의 어깨에 손을 얹고 있었지."

"난 당신을 보고 웃은 게 아니었어요."

폴이 대답했다. 도스는 자기 말에 손을 대고 있었다.

"당신과 서로 지나치는 순간까지도 나는 당신을 알아보지 못했거든요."

"내가 자네를 친 것은 그 때문이었네."

낮게 가라앉은 목소리로 도스가 대답했다.

"난 웃지 않았어요. 다만 웃길 잘하죠."

폴은 과자를 하나 더 집으며 말했다.

마침내 두 사람은 게임을 끝냈다.

그날 밤, 폴은 시간을 보내기 위해 노팅엄에서 집까지 걸어갔다. 불웰 위쪽에서 용광로의 불길이 반점을 만들었고, 시커먼 구름은 낮은 천장 같았다. 16킬로미터나 되는 길을 걸으면서 그는 검은 하늘과 땅 사이를 통과해 삶에서 빠져나가는 기분이었다. 그러나 그 길의 끝에는 병실이 있을 뿐이었다. 만약 영원히 걷는다 하더라도 그 끝에 있는 것은 오직 병실뿐이리라.

집에 도착했을 때에도 폴은 피곤하지 않았다. 아니, 피곤함을 깨닫지 못하는지도 몰랐다. 그는 들판 너머로 어머니 침실 창문에 빨간 난로불이 춤추고 있는 것을 볼 수 있었다.

"엄마가 돌아가시면, 저 난로불도 꺼질 테지."

폴은 혼잣말로 중얼거렸다. 집 안으로 들어온 폴은 조용히 구두를 벗고 살그머니 위층으로 올라갔다. 어머니의 침실 문은 활짝 열려 있었다. 그것은 어머니가 혼자 잠들어 있었기 때문이었다. 빨간 난로불은 아래층 층계참까지 빛을 던지고 있었다. 그는 그림자처럼 발소리를 죽여서 안을 들여다보았다.

"폴!"

어머니가 중얼거리듯 부르자 폴의 심장은 그대로 멎는 듯했다. 그는 방 안으로 들어가 침대 옆에 걸터앉았다.

"꽤 늦었구나!"

모렐 부인은 다시 중얼거리듯 말했다.

"그렇게 늦은 시간은 아니에요."

폴이 대답했다.

"그래? 지금 몇 시쯤 됐니?"

나지막한 목소리는 쓸쓸하면서도 약하디 약했다.

"겨우 11시를 지났을 뿐이에요."

폴은 거짓말로 둘러댔다. 벌써 1시가 가까워져 있었다.

"그래? 나는 훨씬 더 늦은 줄 알았구나."

어머니의 마음이 표현할 수 없을 만큼 슬프고 긴 것이라는 사실을 폴은 알고 알았다.

"잠이 안 오세요, 엄마?"

"그래, 통 잘 수가 없구나."

어머니의 목소리가 슬픈 듯이 들려왔다.

"엄마, 걱정하지 마세요. 제가 30분쯤 곁에 있을 거예요. 그럼 기분이 나아질지도 몰라요."

폴의 목소리는 축 처져 있었다. 그는 침대 곁에 앉아서 손가락 끝으로 천천히 규칙적으로 어머니의 이마를 쓸어주고 감은 눈을 어루만지며 마음을 가라앉게 했다. 또 다른 한 손으로는 어머니의 손가락을 쥐었다. 다른 방에서는 잠든 사람들의 숨소리가 들렸다.

"그만 가서 자거라."

미동도 없이 아들의 애무를 받으며 사랑에 싸여 있던 모렐 부인이 중얼거렸다.

"이제 주무실 수 있겠어요?"

"그래, 잘 수 있을 것 같구나."

"기분이 훨씬 좋아지셨어요, 엄마?"

"그렇구나."

모렐 부인은 마음이 좀 가라앉기는 했지만 반쯤 위안을 얻은 초조한 어린아이처럼 대답했다.

날이 가고, 주가 지나면서 시간은 여전히 흘러가고 있었다. 요즈음 폴은 클라라를 만나러 가는 일도 거의 없어졌다. 그는 도움을 얻으려고 이 사람 저 사람 사이를 쉴 새 없이 돌아다녔지만 도움 같은 것은 아무 데도 없었다.

그러던 어느 날, 미리엄에게서 애정이 담긴 편지를 받은 폴은 그녀를 만나러 갔다. 얼굴은 창백하고 여위었으며 어찌할 바를 몰라 하는 듯한 어두운 눈빛의 폴을 보았을 때 미리엄의 마음은 아파왔다. 그녀는 억누를 수 없을 정도로 연민의 정이 솟아올랐다.

"어머니는 어떠셔?"

미리엄이 물었다.

"마찬가지야……. 의사는 오래 견디지 못할 거라고 하지만 나는 좀 더 사실 거라고 생각해. 크리스마스까지는 사실 수 있을 거야."

몸이 떨리자 미리엄은 폴을 끌어당겨 가슴에 바싹 대고 몇 번이나 키스했다. 폴은 그녀가 하는 대로 내버려두었지만 그것은 고문이었다. 그녀의 키스는 폴의 고뇌에까지 닿을 수는 없었다. 그의 고민은 여전히 쓸쓸하고 먼 곳에 있었다.

미리엄은 그의 얼굴에 키스하며 피를 끓어오르게 했지만 그의 영혼은 먼 곳에서 죽음과도 같은 고뇌에 몸부림치고 있었다. 미리엄은 다시 키스하고 그의 몸을 손가락으로 어루만졌다. 폴은 자신을 잃어버릴 것 같아 그녀에게서 몸을 떨어트렸다. 하지만 그것은 폴이 하고 싶었던 행동이 아니었다. 그것이 아니었다. 그러나 미리엄은 자신이 그를 위로했고, 그에게 무언가를 해준 것 같은 마음이 들었다.

12월이 되고, 눈이 내렸다. 폴은 줄곧 집에 틀어박혀 있었다. 모렐 가족은 간호사를 고용할 만한 여유가 없었기 때문에 애니가 어머니의 시중을 들기 위해 집으로 왔다. 그리고 식구들이 모두 좋아했던 교구의 간호사가 아침저녁으로 들렀다. 폴은 애니와 어머니의 간호를 나눠서 맡았다.

저녁때 가끔 친구들이 찾아오면 부엌에 모여 앉아 소리를 맞춰 웃으면서 몸을 흔들어댔다. 폴은 매우 희극적이었고, 애니는 대단히 익살스러웠다. 하지만 그것은 하나의 반동적인 몸부림에 불과했다. 모두들 소리를 낮추려고 애쓰지만 끝내는 큰 소리가 나왔다.

모렐 부인은 어둠 속에 혼자 누워서 그들의 목소리를 듣고 고통 속에서도 안도감을 느꼈다. 그런 와중에 폴은 혹시 어머니가 웃음소리를 들은 게 아닐까 하는 죄의식에 사로잡혀 조심스럽게 위층으로 올라갔다.

"우유를 좀 드릴까요?"

"조금만 주렴."

모렐 부인은 애처롭게 대답했다. 폴은 우유에 그다지 영양분이 없도록 물을 타서 가져왔다. 하지만 그는 생애의 그 어느 때보다도 어머니를 사랑하고 있었다.

모렐 부인은 밤마다 모르핀을 복용했기 때문에 심장의 고동이 불규칙했다. 애니는 어머니 옆에서 잤다. 아침 일찍 애니가 일어날 무렵이면 폴은 어머니의 침실에 들어갔다. 모렐 부인은 모르핀 기운에 시달린 탓에 아침이면 거의 잿빛 같은 얼굴이었다. 눈동자만 남은 눈은 고통 때문에 점점 더 어두워져 갔다. 아침마다 피로함과 고통은 견딜 수 없을 만큼 심했다. 하지만 극심한 고통을 호소하거나 울수는 없었고, 그렇게 하기도 싫었다.

"오늘 아침에는 좀 늦게까지 주무셨네요, 엄마."

폴은 어머니에게 말했다.

"그랬니?"

모렐 부인은 피로로 몸을 제대로 가누지 못하면서 대답했다.

"네, 벌써 8시가 다 되었어요."

폴은 일어나서 창 밖을 내다보았다. 들과 산은 새하얀 눈으로 뒤덮여 황량해 보였다. 이내 어머니에게 다가온 그는 맥을 짚어보았다. 하나의 음이 난 다음에 그 음의 메아리가 들리듯, 한 번은 강하고 뒤이어 약하게 뛰는 맥박이 느껴졌다. 그것은 죽음의 징조였다.

모렐 부인은 아들이 무엇을 바라는지 알면서도 자신의 손목을 아들이 짚는 것을 내버려두었다.

　이따금 두 사람은 서로의 눈을 바라보았다. 그때 그들은 무언가를 약속하는 것 같기도 했다. 그것은 그도 함께 죽을 것을 동의하는 것처럼 생각되었다. 하지만 모렐 부인은 죽는 데 동의하지 않았다. 그녀는 죽고 싶지 않았다. 그녀의 몸은 타버린 재의 잔해처럼 보였고, 눈은 어두우며 고통에 차 있었다.

　"어머니의 고통을 끝나게 할 수 있는 무언가가 없을까요?"

　마침내 폴이 의사에게 물었다. 하지만 의사는 고개를 가로저었다.

　"이제 어머니는 얼마 더 버티지 못하실 겁니다."

　의사가 말했다. 폴은 집으로 들어갔다.

　"이제는 더 이상 참지 못하겠어, 다들 미쳐버릴 거야."

　애니가 말했다. 그들은 앉아서 아침식사를 시작했다.

　"미니, 우리가 식사할 동안 어머니한테 가 있으렴."

　애니가 말했지만 소녀는 겁에 질려 있었다.

　폴은 눈이 쌓인 숲과 들판을 돌아다녔다. 그는 흰 눈 위에 나 있는 토끼와 새들의 발자국을 보면서 몇 킬로미터나 정처 없이 헤매고 다녔다. 연기가 자욱한 것 같은 붉은 저녁놀이 망설이듯 천천히 가련하게 지기 시작했다. 그는 어머니가 오늘 죽을 것이라고 생각했다. 숲가에서 당나귀 한 마리가 눈을 밟고 다가와 그에게 머리를 비벼대며 나란히 걷기 시작했다. 폴은 당나귀 목에 팔을 감고 자기 뺨을 당나귀의 귀에 대고 문질렀다.

　폴의 어머니는 고요한 정막 속에 아직 살아 있었다. 그녀의 입은 무겁게 닫혀 있었고 음울한 고통에 찬 두 눈만이 살아 있었다.

　크리스마스가 가까워지고 눈이 쌓였다. 애니와 폴은 더 이상 견뎌내지 못할 것 같았다. 모렐 부인의 까만 눈은 여전히 생기에 차 있었다. 잔뜩 겁에 질린 월터 모렐은 말수가 급격히 줄어들었고 죽은 듯이 지냈다. 이따금 그는 침실에 들어가 아내를 바라보았다. 하지만 혼란스러운 마음에 곧 뒷걸음질쳐서 밖으로 나와버렸다.

모렐 부인은 여전히 생에서 떠나려 하지 않고 있었다.

광부들은 파업을 벌였고, 크리스마스 2주일 전부터 다시 일을 시작했다. 미니는 주둥이가 달린 컵을 들고 위층으로 올라갔다. 광부들이 일자리로 돌아간 지 이틀째 되는 날이었다.

"얘야, 동네 남자들이 손이 아프다고 하지 않더냐?"

모렐 부인은 굴하지 않으려는 희미하고 성마른 목소리로 물었다.

"전 그런 거 몰라요, 부인."

미니는 깜짝 놀라서 그 자리에 서 있었다.

"틀림없이 그럴 거야."

모렐 부인은 피로 때문에 한숨을 쉬고 고개를 움직이면서 말했다.

"어찌되었건 생활에 필요한 물건들을 살 만한 돈은 이번 주까지는 남았을 거야."

모렐 부인은 어떤 일 하나도 놓치지 않고 알고 있었다.

"네 아버지의 탄광복을 잘 말려드려야 한다, 애니야."

광부들이 다시 일터로 돌아가게 되었을 때 모렐 부인은 말했다.

"그런 일은 염려하지 마세요, 엄마."

애니가 대답했다.

어느 날 밤, 간호사는 위층에 있고 애니와 폴은 아래층에 있었다.

"엄마는 크리스마스가 지나도 살아 계실 거야."

애니가 말했다. 두 사람은 공포에 가득 차 있었다.

"못 사실 거야."

무서운 표정으로 폴이 말을 이었다.

"엄마에게 모르핀을 주겠어."

"어떤 걸?"

애니가 물었다.

"셰필드에서 가져온 걸 전부."

"그래…… 그러자."

다음날, 폴은 어머니의 침실에서 그림을 그리고 있었다. 어머니는 잠든 것처럼 보였다. 그는 발소리를 죽이며 그림에서 멀어졌다 가까이 다가갔다 하면서 자신의 작품을 살펴보았다. 그때 갑자기 구슬픈 어머니의 작은 목소리가 들렸다.

"돌아다니지 마렴, 폴."

폴이 어머니를 돌아보았다. 어머니의 얼굴에 일고 있는 어두운 거품 같은 눈이 그를 지켜보고 있었다.

"네, 엄마."

폴은 부드럽게 대답했다. 그의 몸 어딘가가 툭 끊어지는 것 같은 느낌이었다.

그날 저녁, 폴은 방에 남아 있던 모르핀을 모두 들고 아래층으로 내려갔다. 그는 조심스럽게 그것을 갈아서 가루로 만들었다.

"뭘 하고 있어?"

애니가 물었다.

"엄마가 밤에 마실 우유에 이걸 타는 거야."

두 사람은 마치 커다란 음모를 꾸미고 있는 아이들처럼 소리 죽여 웃었다. 그들의 마음은 공포로 가득했지만 이러한 일을 느낄 만한 정신은 남아 있었다.

그날 밤, 간호사는 모렐 부인을 보살피러 오지 않았다. 폴은 주둥이가 달린 컵에 따끈한 우유를 담아서 위층으로 올라갔다. 9시였다.

모렐 부인은 아들의 부축을 받으며 침대에서 몸을 일으켰다. 폴은 어머니를 고통에서 구하기 위해서라면 자신의 목숨이라도 바칠 수 있다고 생각하면서 어머니의 입술 사이로 그 컵의 주둥이를 닿게 했다. 우유를 조금 마신 모렐 부인은 컵의 주둥이에서 입을 떼어내며 어둡고 놀란 눈빛으로 아들을 바라보았다.

"이건 쓰구나, 폴."

모렐 부인은 얼굴을 조금 찡그리면서 말했다.

"의사가 준 새로운 수면제가 들어 있어요. 이 약이 엄마가 아침에 일어났을 때 힘들고 지치게 하지 않을 거라고 했어요."

"나도 그랬으면 좋겠다만……."

모렐 부인의 목소리는 마치 어린아이 같았다. 그녀는 우유를 조금 더 마셨다.

"하지만 정말 끔찍하구나."

폴은 컵을 들고 있는 어머니의 연약한 손가락과 입술이 조금 움직이는 것을 보았다.

"알아요……. 저도 맛을 봤어요. 나중에 아무것도 타지 않은 새 우유를 갖다 드릴게요."

"그러렴."

모렐 부인은 다시 우유를 마시기 시작했다. 그녀는 어린아이처럼 아들에게 순종했다. 폴은 어쩌면 어머니가 눈치챈 것은 아닐까 생각했다. 그는 어머니가 힘들게 우유를 마실 때 여윈 목이 움직거리는 것을 보았다. 그리고 나서 그는 다른 우유를 가지러 아래층으로 내려갔다. 컵의 밑바닥에는 약 가루가 전혀 남아 있지 않았다.

"엄마가 그걸 드셨니?"

애니가 작은 소리로 물었다.

"응…… 쓰다고 하셨어."

"그래……."

애니는 아랫입술을 깨물었다.

"난 새 약 때문이라고 했어. 우유는 어디 있지?"

두 사람은 함께 위층으로 올라갔다.

"어째서 간호사가 잠자리를 봐주러 오지 않는지 모르겠구나."

모렐 부인은 어린아이처럼 불평을 하며 투덜거렸다.

"오늘 음악회에 간다고 했어요, 엄마."

애니가 대답했다.

"그래?"

그들은 한동안 입을 다물었다. 모렐 부인은 아무것도 섞이지 않은 새 우유를 꿀꺽 마셨다.

"애니야, 그 약은 정말 끔찍했다."

모렐 부인의 목소리가 슬프게 흘러나왔다.

"그랬어요, 엄마? 이제 염려하지 마세요."

몹시 지친 듯한 모렐 부인의 입에서 한숨이 새어나왔다. 그녀의 맥박은 매우 불규칙했다.

"잠자리를 봐드릴게요. 간호사는 오늘 틀림없이 늦을 거예요."

애니가 말했다.

"그러려무나."

폴과 애니가 이불을 걷었다. 모렐 부인은 플란넬 잠옷을 입고 소녀처럼 웅크리고 누워 있었다. 두 사람은 재빠르게 침대의 반쪽을 정돈하고 어머니를 옮긴 다음, 반대쪽도 마저 정돈하여 어머니의 잠옷자락을 발쪽으로 쭉 끌어당겼다. 그리고 이불을 덮어주었다.

"자…… 이제 주무셔야 해요."

폴은 어머니를 부드럽게 쓰다듬으면서 말했다.

"그래, 너희들이 이렇게 잠자리 정리를 잘할 줄은 몰랐구나."

모렐 부인의 목소리는 쾌활하기조차 했다. 그녀는 손 위에 뺨을 얹고 기분 좋은 듯이 몸을 웅크리고 누웠다. 폴은 길고 가늘게 땋은 회색 머리를 어머니의 어깨 위에 얹어주고 뺨에 키스했다.

"주무세요, 엄마."

폴이 말했다.

"그래, 너희들도 잘 자거라."

모렐 부인은 신뢰에 찬 목소리로 대답했다. 마침내 두 사람은 침실의 등불을 껐다. 주위는 고요했다. 월터 모렐은 잠자리에 든 후였고, 간호사는 아직 오지 않았다.

애니와 폴은 11시쯤에 어머니를 살피러 갔다. 모렐 부인은 항상 약을 먹고 누웠던 여느 때처럼 곤하게 잠들어 있었다. 그녀의 입은 조금 벌어져 있었다.

"여기에 계속 있을까?"

폴이 말했다.

"난 항상 그랬듯이 엄마와 함께 잘게. 엄마가 잠에서 깰지도 모르니까."

애니가 대답했다.

"그래, 조금이라도 무슨 일이 있으면 불러."

"알았어."

두 사람은 난롯불 앞에서 꾸물거리고 있었다. 창 밖에는 캄캄하고 어둡게 깔린 밤 위로 하얀 눈이 내렸고 오직 그들만이 이 세상에 존재하는 듯했다. 이내 폴은 옆방으로 가서 잠자리에 들었다.

폴은 침대에 눕자마자 잠이 들었지만 가끔씩 잠에서 깼다. 그러다가 깊은 잠에 골아떨어졌다.

"폴! 폴!"

폴은 속삭이는 소리에 깜짝 놀라 잠에서 깼다. 그리고 흰 잠옷을 입고 길게 땋은 머리를 등에 늘어뜨린 채 어둠 속에 서 있는 누이를 보았다.

"응? 무슨 일이야?"

폴이 일어나 앉으며 물었다.

"와서 엄마 좀 봐."

폴은 침대에서 내려왔다. 침실에는 조그마한 가스등이 켜져 있었다. 어머니는 잠들었을 때처럼 뺨을 손 위에 올려놓고 몸을 웅크리고 있었다. 그러나 입은 맥없이 벌어진 채 긴 간격을 두고 코를 골듯이 크고 거친 소리를 내면서 숨을 쉬고 있었다.

"돌아가시려나 봐."

폴이 속삭였다.

"그래."

애니가 말했다.

"언제쯤부터 이러셨어?"

"나도 지금 막 잠에서 깼어."

애니는 재빨리 가운을 걸쳐 입었고, 폴은 갈색 담요를 둘러썼다. 시간은 새벽 3시를 가리키고 있었다. 폴은 난롯불을 뒤적여 불꽃을 일으켰다. 그리고 두 사람은 앉아서 어머니의 상태를 지켜보았다. 어머니는 코를 골듯이 큰 소리를 내면서 숨을 들이마셨고, 잠시 그대로 멈추었다가 간신히 숨을 내뱉었다. 그 사이는 무척 길었다. 그들은 깜짝 놀랐다. 그러다가 커다란 코고는 소리 같은 숨소리는 다시 들이마셔진 채 멈추었다.

"무서워……"

애니가 속삭였다. 폴은 고개를 끄덕였다. 두 사람은 다시 힘없이 의자에 앉았다. 그들은 불안한 마음에 사로잡혔다. 어머니의 숨결은 길고 거칠게 되돌아왔고, 긴 간격을 두고 불규칙적으로 나는 소리가 집 안에 울려퍼졌다. 월터 모렐은 자기 방에서 계속 자고 있었다.

폴과 애니는 서로의 몸을 바짝 붙이고 미동도 없이 웅크린 채 있었다. 커다란 코고는 소리가 또다시 시작되었다. 숨이 멈춰 있는 동안은 몹시 고통스러운 시간이었고 다시 신경을 뒤흔드는 것 같은 숨이 터져나왔다. 시간은 시시각각 흘러갔다. 폴은 침대 위로 몸을 굽히고 어머니를 들여다보았다.

"이대로 계속 사실 것 같아."

폴이 말했다. 이내 두 사람은 입을 다물었다. 창 밖으로 눈길을 돌린 폴은 정원에 쌓인 눈을 희미하게 알아볼 수 있었다.

"내 침대에 가서 자. 내가 여기 있을게."

폴이 애니에게 말했다.

"아니야, 나도 여기 있겠어."

애니가 대답했다.

"가서 자는 편이 좋아."

폴이 다시 말하자 결국 애니는 방을 나왔다.

혼자 남은 폴은 갈색 담요로 온몸을 감싸고 침대 앞에 웅크리고 앉아 어머니의 얼굴을 유심히 지켜보았다. 아래턱을 축 늘어트리고 있는 어머니는 무시무시하게 보였다. 폴은 가만히 지켜보았다. 이따금 그는 커다란 숨소리가 두 번 다시 시작되지 않을 거라고 생각했다. 그는 기다리고 있다는 사실이 견딜 수 없었다. 그때 갑자기 깜짝 놀라게 하는 크고 거친 숨소리가 들렸다. 어머니는 그대로 가만히 놓아두어야만 했다. 시간은 계속해서 지나갔다. 어머니의 숨소리와 함께 밤은 점점 사라져 갔다. 어머니가 힘들게 숨을 쉴 때마다 폴은 온몸이 비틀리는 것 같았지만 시간이 지나자 그다지 느낄 수도 없었다.

그때 아버지 방에서 하품하는 소리와 양말을 신는 소리가 났다. 조금 후에 아버지가 어머니 침실로 들어왔다.

"쉿! 조용히 하세요."

폴이 말했다. 걸음을 멈춘 월터 모렐은 두려움에 적나라하게 노출된 아들의 모습을 바라보았다.

"오늘은 집에 있어야 하지 않을까?"

월터 모렐이 낮은 소리로 말했다.

"아니에요, 일하러 가세요. 엄마는 내일까지도 계속 이런 상태일 거예요."

"나는 그렇게 생각하지 않는다."

"괜찮을 거예요, 일하러 가세요."

월터 모렐은 두려운 표정으로 다시 한 번 아내를 쳐다본 후 순순히 방에서 나갔다. 아버지의 양말을 졸라매는 끈이 늘어져 건들건들 흔들리고 있었다.

폴은 30분쯤 지난 후 아래층으로 내려가 차를 한 잔 마시고 침실로 돌아왔다. 탄광 작업복으로 갈아입은 아버지가 다시 위층으로 올라왔다.

"정말 가도 될까?"

월터 모렐은 근심스럽다는 듯 물었다.

"네……."

몇 분 뒤, 딱딱하게 얼어붙은 눈 위를 걸어가는 아버지의 무거운 발소리가 들렸다. 광부들은 무리를 지어 거리를 걸어가면서 서로를 큰 소리로 불러대고 있었다. 그러는 동안에도 두렵고 길게 끄는 호흡은 계속해서 이어졌다―숨을 들이마시고 또 들이마시고―그리고 한동안 쉬고―그러고 나서 '아아, 아아, 아, 아, 아' 하며 숨을 뱉어냈다. 눈 덮인 들판을 넘어 멀리서 철공소의 기적 소리가 들려왔다. 기적 소리는 탄광과 다른 작업장에서 요란한 우레 소리 같은 것에 뒤섞여 어떤 것은 멀리서 작게, 어떤 것은 가까이서 차례로 들려왔다. 그러고는 다시 아무런 소리도 들리지 않고 잠잠해졌다.

폴은 난로에 석탄을 더 넣었다. 커다란 숨소리가 다시 적막을 깨트렸다. 어머니의 상태는 조금도 달라지지 않았다. 폴은 블라인드를 걷어올리고 밖을 내다보았다. 밖은 아직도 어두웠다. 그러나 조금은 훤해진 것 같았고 눈은 다소 푸르스름하게 보였다.

폴은 다시 블라인드를 내리고 옷을 입었다. 그런 다음 몸을 떨면서 세면대 위에 있는 브랜디를 마셨다. 눈은 정말 푸른색으로 보였다. 마차가 덜커덩거리면서 지나가는 소리와 사람들이 외치는 소리도 들렸다. 시간은 7시를 향해 흘렀고 조금씩 빛이 비쳐왔다. 바야흐로 잿빛의 죽음 같은 새벽이 눈 위로 기어 올라오기 시작했다. 이제 건물들이 보였다. 침실의 가스등을 끄자 주위는 어두컴컴했다.

괴로운 듯한 숨소리는 아직 계속되고 있었지만, 폴은 거의 익숙해져 있었다. 그는 어머니를 분간할 수 있었다. 어머니는 상태는 조금도 달라지지 않았다. 만약 어머니의 몸 위에 무거운 옷가지를 쌓아올린다면 숨결은 점점 무거워지고 끝내 그 끔찍한 숨소리가 멈춰버릴지도 모른다는 생각이 들었다. 폴은 어머니를 바라보았다. 이미 어머니의 얼굴은 어머니의 것이 아니었다. 어머니의 흔적은 조금도 찾아볼 수 없었다. 만약 그가 담요나 무거운 옷가지를 어머니 위에 쌓아올린다면…….

그때 갑자기 문이 열리고 애니가 들어왔다. 그녀는 무언가를 묻는 듯이 동생을 쳐다보았다.

"마찬가지야…….."

폴은 조용히 말했다. 두 사람은 잠시 속삭이는 듯한 말을 주고받았고, 폴은 아침을 먹으러 아래층으로 내려갔다. 7시 40분이었다. 곧 애니도 뒤따라 내려왔다.

"무섭구나……. 엄마 모습이 정말 무섭게 보여."

애니는 공포에 질린 표정으로 속삭였다. 폴은 고개를 끄덕였다.

"엄마가 그렇게 되시다니!"

애니가 말했다.

"차나 좀 마셔."

두 사람은 다시 위층으로 올라갔다. 시간이 지나자 이웃 사람들이 찾아와 겁에 질린 듯 물었다.

"어머니는 좀 어떤가?"

차도가 없다고 폴이 대답을 해주었다. 어머니는 한 손에 뺨을 대고 입을 벌린 채 여전히 크고 무서운 코고는 소리를 내며 숨을 쉬고 있었다.

10시가 되자 간호사가 왔다. 그녀는 여느 때와는 달리 슬픔에 잠긴 얼굴이었다.

"간호사……."

폴이 외쳤다.

"어머니가 이런 상태로 며칠이나 사실 것 같나요?"

"이젠 틀렸어요."

두 사람 사이에 잠시 침묵이 이어졌다.

"아, 정말 끔찍한 일이에요."

간호사가 울음 섞인 목소리로 말을 이었다.

"이런 상태로 저렇게 약한 분이 어떻게 견디겠어요. 아래층으로 내려가세요, 얼른. 모렐 씨, 내려가세요."

11시쯤 마침내 아래층으로 내려간 폴은 잠시 이웃집에 가 있었다. 애니는 아래층에 있었고, 간호사와 아서가 위층에 있었다.

폴은 손으로 머리를 감싸고 앉아 있었다. 갑자기 그때 애니가 반쯤 미친 것처럼 소리를 지르면서 마당을 가로질러 달려나왔다.

"폴! 폴! 엄마가 돌아가셨어!"

눈 깜짝할 사이에 집으로 달려간 폴은 위층으로 뛰어 올라갔다. 모렐 부인은 여전히 한 손에 얼굴을 올려놓은 채 몸을 조그맣게 웅크리고 누워 있었다. 간호사가 그녀의 입술을 닦고 있었고, 모두들 벽 쪽으로 물러섰다. 폴은 무릎을 꿇고 어머니 얼굴에 자기 얼굴을 대고 두 팔로 어머니를 껴안았다.

"내 사랑하는 분…… 내가 사랑하는 분…… 아아, 사랑하는 엄마."

폴은 몇 번이나 속삭였다.

"사랑하는 엄마…… 아아, 내가 사랑하는 엄마!"

그때 폴의 등 뒤에서 간호사가 울면서 외쳤다.

"어머님은 이제 편해지신 거예요, 모렐 씨. 어머니는 이제 훨씬 편해지셨어요."

폴은 아직도 따뜻한 어머니에게서 얼굴을 들고 곧장 아래층으로 내려가 구두를 닦기 시작했다. 부고를 알리기 위해 편지를 쓰거나 그 밖에 해야 할 일들이 많이 있었다.

의사가 와서 모렐 부인의 모습을 바라보고는 한숨을 지었다.

"아아, 불쌍하게도……."

의사가 돌아서며 덧붙였다.

"6시쯤 사망증명서를 가지러 병원으로 오세요."

월터 모렐은 4시가 되어서야 집으로 돌아왔다. 그는 아무 말도 하지 않고 지친 듯이 안으로 들어와서 앉았다. 미니는 그의 저녁식사를 준비하기 위해 분주했다. 지친 모습의 월터 모렐은 검게 그을린 팔을 식탁 위에 올려놓았다. 저녁 식탁에는 그가 좋아하는 스웨덴 순무가 있었다. 어머니가 돌아가신 사실을 아버지가 알고 있는지 폴은 궁금했다. 얼마간 시간이 흘렀지만 아무도 그에게 이야기를 해주지 않았다.

"블라인드가 내려져 있는 것을 보셨어요?"

마침내 폴이 아버지에게 말했다.

"아니, 왜! 그럼…… 어머니가 돌아가셨니?"

식탁에서 들어올린 월터 모렐의 얼굴에 핏기가 싹 가셨다.

"네……."

"언제?"

"12시쯤에요."

"흠!"

한동안 조용히 앉아 있던 월터 모렐은 다시 저녁을 먹기 시작했다. 그는 마치 아무 일도 일어나지 않은 것 같은 모습이었다. 그는 잠자코 순무를 먹었다. 식사가 끝나자 그는 몸을 씻고 옷을 갈아입기 위해 위층으로 올라갔다. 아내의 방문은 닫혀 있었다.

"엄마를 보셨어요?"

아버지가 아래층으로 내려오자 애니가 물었다.

"아니."

월터 모렐이 대답했다. 잠시 후에 그는 밖으로 나갔다. 애니도 뒤이어 나갔고 폴은 장의사와 목사, 의사, 호적계원을 찾아갔다. 그 일은 시간이 오래 걸리는 일이었다. 폴은 거의 9시가 되어서야 집으로 돌아왔다. 장의사가 어머니의 치수를 재기 위해 찾아온 후 돌아갔다. 집에는 그와 어머니밖에 없었다. 폴은 촛불을 가지고 위층으로 올라갔다.

아주 오랫동안 따뜻했던 방은 서늘했다. 꽃이며 약병이며 접시 등 침실에 있던 여러 가지 것들을 모두 내놓았다. 어쩐지 모든 것이 잔혹하고 엄하게 느껴졌다. 어머니는 침대에 누워 있었고, 다리 위에 덮여진 홑이불은 위에서 아래로 떨어지며 눈 덮인 깨끗한 비탈처럼 고요함을 만들었다. 어머니는 마치 잠자는 소녀처럼 누워 있었다.

폴은 촛불을 손에 든 채 침대 위로 몸을 숙였다. 어머니는 사랑하는 연인의 꿈을 꾸는 소녀 같았다. 자신이 왜 고통을 겪어야 하는지 모르겠다는듯이 입을 조금 벌리고 있었지만 얼굴은 삶에 조금도 치이지 않은 것처럼 어려 보였고 이마는 하얗고 깨끗했다. 그는 다시 한 번 눈썹과 약간 한쪽으로 치우쳐 있는 작고 귀여운 코를 보았다. 어머니는 다시 젊어져 있었다. 다만 이마 위에 아름답게 활 모양으로 곡선을 그리며 나 있는 머리카락에 은빛 흰 머리가 섞여 있을 뿐이고, 그것을 땋아서 어깨에 드리운 머리다발은 은색과 갈색 실로 짠 세공품 같았다. 어머니는 눈을 뜰 것 같았다. 그리고 그녀는 지금도 아들과 함께 있었다.

폴은 몸을 숙여 어머니에게 정열적으로 키스했다. 그러나 입술은 차가움을 느꼈다. 그는 전율을 느끼며 입술을 깨물었다. 어머니를 바라보면서 그는 결코, 결코 어머니를 놓칠 수 없을 것 같았다. 그것은 절대로 할 수 없는 일이었다. 그는 어머니의 이마께에 난 머리카락을 쓰다듬었다. 그것도 차가왔다. 그는 이제 아무런 말도 없이 고통에 놀라고 있는 듯한 어머니의 입을 바라보았다. 그러고 나서 바닥에 주저앉아 속삭였다.

"엄마, 엄마……!"

폴은 옛날에 학교를 함께 다녔던 젊은 장의사들이 왔을 때에도 계속 그대로 있었다. 그들은 조용하고 경건하게 그러나 사무적으로 어머니를 입관했다. 장의사들은 그녀를 보지 않았지만 폴과 애니는 근엄한 태도와 시선으로 다른 사람들로부터 어머니를 지키고 있었다. 그들은 어느 누구에게도 어머니를 보이려고 하지 않았기 때문에 이웃 사람들의 감정을 상하게 했다.

잠시 후 폴은 밖으로 나가 친구 집에서 카드놀이를 했다. 그가 돌아온 것은 한밤중이었다.

"돌아오지 않는 줄 알았다, 얘야."

아들이 들어오자 월터 모렐은 소파에서 일어나며 서글픈 목소리로 말했다.

"아버지가 일어나 계실 줄은 몰랐어요."

아버지는 매우 쓸쓸해 보였다. 월터 모렐은 이제껏 무서운 것을 모르고 살아온 남자였다. 그에게 두려움을 줄 만한 것은 아무것도 없었다. 그런데 아버지가 시체 외에는 아무도 없는 집에서 혼자 자는 것을 겁내고 있었다는 것을 문득 깨닫고 폴은 놀라워했다. 그는 아버지에게 죄송한 마음이 들었다.

"아버지가 혼자 계신다는 것을 깜빡 잊었어요."

폴이 말했다.

"뭐 좀 먹지 않겠니?"

월터 모렐이 물었다.

"아뇨."

"자아, 우유를 뜨겁게 데워놓았다. 그걸 마시렴. 마시기 알맞을 만큼 식었을 게다."

"저는 내일 노팅엄에 가봐야 해요."

폴은 우유를 마시며 말했다. 잠시 후 아버지는 자러 올라갔다. 월터 모렐은 아내가 누워 있는 방문 앞을 급히 지나쳐 자기 침실 문을 열었다. 폴도 곧 위층으로 올라갔다. 그는 여느 때와 마찬가지로 어머니에게 굿나잇 키스를 하기 위해 침실로 들어갔다. 방은 춥고 어두웠다. 그는 어머니의 방에 계속해서 불을 지폈으면 좋았을 거라고 생각했다. 어머니는 지금 젊은 시절의 꿈을 꾸고 있었다. 그러나 추울 것이다.

"나의 사랑하는 엄마!"

폴의 속삭이는 듯한 목소리가 흘러나왔다.

"엄마!"

어머니가 너무 차가워 낯설게 느껴질 것을 두려워한 폴은 키스는 하지 않았다. 어머니가 아름답게 잠들어 있는 모습은 그의 마음을 편안하게 했다. 그는 어머니를 깨우지 않도록 살그머니 방문을 닫고 자기 방으로 갔다.

이튿날 아침, 월터 모렐은 아래층에서 애니가 내는 소리며 층계참 건너편 방에서 폴이 기침하는 소리를 듣고 겨우 용기를 내어 일어났다. 그는 아내의 방문을 열고 블라인드가 내려져 있는 어두운 방 안으로 들어갔다. 새벽 어스름 속에 누워 있는 희미한 사람의 형체를 보았지만 제대로 볼 용기는 없었다. 겁에 질린 그는 당황스럽고 사고력까지 잃으며 아내가 있는 곳에서 허둥거리며 빠져나왔다. 그가 아내를 본 것은 그것이 마지막이었다. 그는 아내를 보기가 무서워서 지난 몇 개월 동안 보지 않았었다. 그런데 지금 아내는 다시 젊은 시절의 모습으로 보였다.

"엄마를 보셨어요?"

아침을 먹은 뒤에 애니가 날카로운 목소리로 물었다.

"그래."

"엄마가 아름답다고 생각하지 않으세요?"

"그렇게 보이더구나."

월터 모렐은 곧 밖으로 나가버렸다. 그리고 그는 내내 아내를 보지 않기 위해서 숨어 다니는 것처럼 보였다.

폴은 장례식 준비를 위해 이곳저곳을 바쁘게 돌아다녔다. 그는 노팅엄에서 클라라를 만났고 카페에서 함께 쾌활하게 차를 마셨다. 클라라는 그가 어머니의 죽음을 비극적으로 받아들이지 않는 것을 보고 마음이 놓였다.

장례식을 위해 친척들이 모이기 시작하고 어머니의 죽음이 공식적으로 되면서 자식들은 한동안 자기 일에서 떠나 사회적인 존재가 되었다. 그들은 비바람이 부는 가운데 장례를 치렀다. 비에 젖은 진흙이 번들거리고 흰 꽃들은 물을 머금으며 젖고 있었다.

애니는 폴의 팔을 부여잡고 앞으로 몸을 숙였다. 저 아래에서 월리엄이 묻힌 관의 한쪽 까만 귀퉁이가 보이고 있었다. 떡갈나무로 만든 관은 천천히 내려갔다. 이제 그녀는 가버렸다. 비가 무덤 위로 무섭게 내리쳤다. 반짝이는 검은 우산을 받쳐든 사람들의 행렬은 뿔뿔이 흩어졌다. 사람들의 그림자가 사라진 묘지에는 차가운 빗줄기가 여전히 무섭게 쏟아지고 있었다.

집에 돌아온 폴은 손님들에게 마실 것을 대접하느라 분주했다. 아버지는 아내의 친척인 '점잖은' 사람들과 부엌에 앉아 눈물을 흘리면서 그녀가 얼마나 좋은 여자였는지, 그리고 자신이 그녀에게 할 수 있는 모든 일을 얼마나 해왔는지를 이야기하고 있었다. 그는 아내를 위해서 온갖 노력을 다하며 살아왔기 때문에 조금도 미련이 없다고 말했다. 아내는 죽었지만 자신은 그녀를 위해서 최선을 다했다는 것이다. 그는 흰 손수건으로 눈물을 닦았다. 그는 조금도 미련이 없다는 말만 계속해서 되풀이했다.

월터 모렐은 그런 식으로 아내의 그림자를 털어내려고 애썼다. 그는 아내의 인격 따위는 생각해 본 일도 없었다. 그리고 마음속 깊은 곳에 있는 모든 것들을 부정했다. 폴은 어머니에 대해 감상적이 되어 있는 아버지를 혐오했다. 아버지은 술집에서도 그와 똑같이 할 것이라는 사실을 폴은 알고 있었다. 하지만 참다운 괴로움은 월터 모렐의 의지와는 반대로 그의 마음속에서 가시지 않았다.

그 뒤로 이따금씩 낮잠에서 깨어난 월터 모렐은 파랗게 질린 듯한 표정으로 위층에서 내려오고는 했다.

"네 어머니 꿈을 꾸었다."

월터 모렐 작은 목소리로 말했다.

"그랬어요, 아버지? 제가 꿈에서 만나는 어머니는 언제나 건강했을 때의 어머니예요. 저는 꿈에서 어머니를 자주 보는데 무척 아름답고, 자연스럽고, 마치 아무 일도 없었던 것처럼 보여요."

하지만 모렐은 겁에 질려 난로 앞에 웅크리고 앉았다.

그 후 큰 고통 없이 별다른 변화도 일어나지 않은 채 몇 주가 지났다. 밤에는 잠의 도움이 있었다. 하지만 낮이면 폴은 침착성을 잃고 사방을 돌아다녔다. 그는 어머니가 병이 난 뒤로 몇 달 동안 클라라와 사랑을 나누지 않았다. 클라라는 마치 그에 대해서 벙어리가 된 듯했고 그에게서 멀어져 가고 있었다. 도스는 그녀를 이따금 만났지만 두 사람 사이에 생긴 커다란 간격은 조금도 좁혀지지 않았다. 그들 세 사람은 각각 다른 흐름에 떠돌고 있었다.

도스의 천천히 회복되고 있었다. 크리스마스에 그는 스케그니스의 요양원으로 옮겨와 건강을 되찾는 중이었다. 폴은 며칠간 그곳 해변에 머물렀다. 그의 아버지는 셰필드에 있는 애니의 집에 가 있었다. 요양원에 있을 기한이 끝난 도스는 다시 폴이 있는 숙소로 옮겨왔다. 두 사람은 전혀 용서할 수 없는 입장임에도 불구하고 서로를 굉장히 믿는 것처럼 보였다. 도스는 지금도 폴에게 생활을 의존하고 있었다. 그는 폴과 클라라가 사실상 헤어졌다는 것을 알고 있었다.

크리스마스가 지나고 이틀 후에 폴은 노팅엄으로 돌아갈 예정이었다. 떠나기 전날 저녁, 그는 도스와 난롯가에 앉아서 담배를 피우고 있었다.

"클라라가 내일 잠깐 다니러 온다는 것을 알고 있지요?"

폴이 말했다. 도스는 그를 힐끔 쳐다보았다.

"참, 자네가 그랬었지."

"하숙집 아주머니에게 당신 부인이 온다고 말해 두었어요."

폴은 잔에 남은 위스키를 마시며 말했다.

"정말인가?"

도스는 몸을 움츠리면서 마치 상대에게 자신을 내맡겨버린 것처럼 말했다. 그는 굳은 몸으로 일어나 폴의 잔에 손을 내밀었다.

"내가 따르겠네."

"가만히 앉아 있어요."

폴이 벌떡 일어나며 말했다. 하지만 도스는 좀 떨리는 손으로 위스키에 물을 섞고 있었다.

"이 정도면 됐나?"

"고마워요. 하지만 이렇게 일어나면 안 돼요."

"운동도 하고 몸에 좋은 거지. 이제 나도 다 나아간다는 생각이 들기 시작했어."

도스가 대답했다.

"이제 거의 회복된 것처럼 보여요."

"그래, 확실히 그래."

도스는 폴을 향해 고개를 끄덕였다.

"렌이 셰필드에서 당신 일자리를 마련할 수 있다더군요."

도스는 다시 한 번 그를 힐끔 쳐다보았다. 폴의 말이라면 무엇이든지 동의할 것 같은 그의 어두운 눈은 다분히 폴의 말에 지배되고 있었다.

"다시 시작한다니, 이상하군요."

폴은 말을 이었다.

"당신보다는 내가 훨씬 더 혼란스러운 상태인 것 같아요."

"어떻게?"

"몰라요, 모르겠어요. 마치 어둡고 황량하면서 출구도 없는 복잡한 지하에 있는 것 같아요."

"알겠네…… 이해할 수 있어."

도스는 고개를 끄덕였다.

"그러나 결국은 본래대로 돌아올 걸세."

도스는 위로하듯이 말했다.

"그렇겠죠."

도스는 희망 따위는 전혀 없다는 태도로 파이프의 재를 털었다.

"자네는 나처럼 아직 자기 혼자서 생활한 적이 없으니까."

폴은 파이프의 자루를 쥐고 체념해 버린 것처럼 재를 털어내고 있는 도스의 손목과 흰 손을 바라보았다.

"지금 나이가 어떻게 되죠?"

폴이 물었다.

"서른아홉."

도스가 폴을 바라보며 대답했다. 패배감으로 가득 차서 마음의 안정을 구하며, 누군가 자신의 내면에 있는 남자다움을 일으켜 세워주고, 자신을 따뜻하게 해주며, 다시 확고한 출발을 하도록 해줄 것을 필사적으로 바라는 그의 갈색 눈은 폴을 난처하게 했다.

"이제 한창 때가 될 거예요. 인생은 이제부터지요."

도스의 갈색 눈이 갑자기 번쩍 빛났다.

"그래, 이제부터지. 일하는 것은 이제부터야."

폴은 얼굴을 들고 웃음을 머금었다.

"우리 둘 다 인생은 이제부터예요. 이제부터 무슨 일이든 마음껏 할 수 있어요."

그 순간 두 사람의 눈이 마주쳤다. 서로를 쳐다본 그들은 그것이 무엇인지 모르지만 같은 것을 나누었다 표정이었다. 두 사람 모두 서로의 얼굴에서 긴장감 넘치는 열정을 발견하고 위스키를 마셨다.

"그래, 그렇고말고!"

도스가 숨이 차도록 말했다. 이내 잠시 침묵이 흘렀다.

"난 도무지 모르겠는데, 당신은 어째서 원래 위치로 돌아가지 않는 거죠?"

폴이 먼저 입을 열었다.

"뭘 말이지?"

도스는 그의 말뜻을 밝히려는 듯 되물었다.

"다시 옛날과 같은 가정을 꾸미는 거요."

도스는 얼굴을 피하며 고개를 흔들었다.

"그건 안 될 말이군."

도스는 조소를 띠며 폴을 쳐다보았다.

"왜요? 그것은 당신이 원하지 않으니까 그렇겠지요?"

"그렇겠지."

두 사람은 잠자코 담배를 피웠다. 파이프를 깨무는 도스의 치아가 보였다.

"당신은 그녀를 원하지 않는다는 말인가요?"

도스는 비아냥거리는 표정을 보이며 벽난로 선반에 걸려 있는 그림을 응시했다.

"잘 모르겠어."

담배 연기가 부드럽게 두 남자 주위를 감돌았다.

"난 그녀가 당신을 원하고 있다고 믿어요."

"정말인가?"

도스는 빈정거리는 목소리로 이해할 수 없다는 듯 대답했다.

"그래요. 그녀의 마음이 진정으로 내 것이 되었던 적은 한 번도 없었어요. 당신이 언제나 그녀의 마음 밑바닥에 있었죠. 그러니까 그녀가 이혼하려고 하지 않았던 거예요."

도스는 여전히 빈정거리는 듯한 태도로 벽난로 위의 그림을 바라보았다.

"여자들은 모두 나에게 그런 식이었어요. 모두 나를 미칠 듯이 원하면서도 진정으로 나의 것이 되지는 않았죠. 그리고 그녀는 언제나 당신에게 속해 있었어요. 나는 알고 있어요."

폴이 말했다.

도스의 내면에서 승리를 차지한 '남성성'이 의기양양하게 모습을 드러냈다. 그는 이것을 점점 더 뚜렷하게 나타냈다.

"내가 바보였는지도 모르겠어."

도스가 말했다.

"당신은 정말 바보였어요."

폴이 대답했다.

"하지만 자네 역시 엄청난 바보였는지도 몰라."

도스의 말 속에는 승리감과 짓궂음이 섞여 있었다.

"그렇게 생각하세요?"

폴이 물었다. 두 사람은 잠시 동안 가만히 있었다.

"어쨌든 나는 내일 돌아가요."

"그런가."

두 남자의 대화는 그것으로 끝났다. 그들은 서로를 죽이고 싶은 본능이 꿈틀거렸으며 거의 서로를 피하는 것 같은 느낌조차 들었다.

두 사람은 같은 침실을 쓰고 있었다. 그들이 침실로 들어갔을 때, 도스는 골똘히 무언가를 생각하고 있는 것 같았다. 그는 셔츠 바람으로 침대 가에 앉아서 자신의 다리를 보고 있었다.

"춥지 않아요?"

폴이 물었다.

"내 다리를 보고 있는 거야."

도스가 대답했다.

"다리가 왜요? 아무렇지도 않은 것 같은데?"

폴이 자기 침대 속에서 대답했다.

"아무렇지 않게 보여도, 아직 그 안에 물이 들어 있거든."

"그게 어때서요?"

"좀 와서 보게."

폴은 마지못해 일어나 짙은 금빛 털로 덮인 도스의 훌륭한 다리를 보러 가까이 다가갔다.

"여기를 봐. 여기 물을 보라구."

도스는 자신의 정강이를 가리키면서 말했다.

"어디요?"

폴이 물었다.

도스는 손가락 끝으로 그곳을 누르자 그 자리에 우묵한 자국이 생겼다가 다시 천천히 올라왔다.

"아무것도 아니에요."

"좀 만져보게."

폴은 손가락으로 그의 다리를 눌러보았다. 그러자 조그맣고 우묵한 자국이 남았다.

"흠!"

폴은 낮은 소리로 헛기침을 했다.

"살이 썩은 모양이지?"

"아니, 대수롭지 않아요."

"자기 다리에 물이 고여 있지 않으니까 그렇게 말하지."

"대단한 차이는 없어요. 난 심장이 약하거든요."

폴은 자기 침대로 돌아왔다.

"나는 다리 외에는 나쁜 데가 없는 것 같아."

도스가 말하며 불을 껐다.

아침에 일어나 보니 비가 내리고 있었다. 폴은 소지품을 가방에 넣었다. 바다는 잿빛이고 거친 물결이 일며 음울했다. 그는 자기가 점점 삶에서 멀어져 가는 듯한 기분이 들었지만 그것은 오히려 그에게 사악한 기쁨을 주었다.

두 남자는 역으로 나갔다. 클라라는 기차에서 내려 곧은 자세로 냉랭하고 침착하게 플랫폼을 걸어나오고 있었다. 긴 외투를 입고 털모자를 쓴 그녀의 침착하고 태연한 태도가 두 남자에게 혐오의 감정을 불러일으켰다. 폴은 개찰구에서 그녀와 악수를 나누었고, 도스는 매점에 기대어 서서 두 사람의 모습을 바라보았다. 비가 내리고 있었기 때문에 도스는 검은 코트의 턱 부분까지 단추를 잠그고 있었다. 그의 얼굴은 창백했고 그의 조용함에는 어딘지 모르게 고귀함까지 느껴졌다. 그는 다리를 약간 절뚝거리며 클라라 쪽으로 걸어왔다.

"좀 더 나아졌을 줄 알았어요."

클라라가 도스를 쳐다보면서 말했다.

"뭘, 이제는 괜찮아."

세 사람은 무슨 이야기를 해야 좋을지 몰라 우두커니 서 있었다. 클라라는 두 남자가 주저하고 있는 것을 그대로 내버려두었다.

"곧장 숙소로 갈까요, 아니면 어디 다른 곳으로 갈까요?"

이내 폴이 나섰다.

"집으로 가는 것이 좋겠지."

도스가 말했다. 폴은 보도의 바깥쪽으로 걸었고 그 옆에 도스와 클라라가 나란히 걸었다. 그들은 집에 도착할 때까지 점잖은 말투로 대화를 나눴다.

거실은 바다를 향해 있었고, 그다지 멀지 않은 곳에서 잿빛 바다가 포말을 일으키면서 소리를 내고 있었다.

폴은 커다란 안락의자를 들고 와서 말했다.

"여기 앉아요."

"의자에는 앉지 않겠어."

도스가 말했다.

"앉으라니까요."

폴이 되풀이했다. 클라라는 외투와 모자를 벗어서 소파 위에 놓았다. 그녀는 기분이 약간 언짢아 보였다. 손가락으로 머리카락을 쓸어 올리면서 그녀는 침착하게 앉았다. 폴은 하숙집 여주인에게 이야기하러 아래층으로 뛰어 내려갔다.

"춥지 않소? 좀 더 불 가까이 오구려."

도스가 말했다.

"고맙지만 난 꽤 따뜻해요."

클라라는 대답하고 창 밖으로 비가 내리는 바다를 내다보았다.

"당신은 언제 돌아가세요?"

클라라가 물었다.

"글쎄, 내일까지 방을 얻어놓았다고 있으라는군. 그는 오늘밤 돌아갈 예정이거든."

"그럼 당신은 셰필드로 갈 작정인가요?"

"그렇소."

"일을 시작할 만큼 건강은 회복되었나요?"

"이제 괜찮으니 일을 할 생각이오."

"무슨 일을 할지는 정했나요?"

"월요일부터 시작하오."

"아직 일할 수 있을 것 같아 보이지 않아요."

"어째서?"

클라라는 대답하지 않고 다시 창 밖으로 시선을 던졌다.

"셰필드에 하숙을 정해 놓았나요?"

"그렇소."

클라라는 또다시 창 밖을 보았다. 창유리는 흐르는 빗줄기로 얼룩져 밖을 내다보기 어려웠다.

"잘 될 것 같아요?"

"그렇게 생각하고 있어. 잘 돼야지."

폴이 돌아왔을 때 두 사람은 말없이 앉아 있었다.

"나는 4시 20분 차로 갈 거예요."

폴이 방으로 들어서면서 말했지만 아무도 대답하지 않았다.

"구두를 벗는 게 좋겠어요. 실내화가 있으니까요."

폴은 클라라에게 말했다.

"고마워요. 하지만 내 구두는 젖지 않았어요."

클라라는 대답했다. 폴이 그녀의 발밑에 실내화를 내려놓았다. 그녀는 실내화를 의식했지만 건드리지는 않았다.

폴은 자리에 앉았다. 두 남자는 무력함을 느끼며 쫓기는 듯한 표정을 짓고 있었다. 그러나 도스는 차분한 행동으로 자신을 맡겨버린 듯이 보이는 데 반해 폴은 자기 자신 속에 틀어박혀 있는 듯했다. 클라라는 이렇게 자그맣고 비참해 보이는 폴을 본 적이 없다고 생각했다. 마치 그는 가능한 한 그 자신을 좁은 구멍 안에 밀어넣으려고 하는 것처럼 보였다. 그리고 방을 정돈하면서 돌아다니거나 앉아서 이야기를 하는 모습은 무언가 진정이 아닌, 상태가 어긋난 것 같은 면이 엿보였다. 그가 눈치채지 않도록 몰래 지켜보면서 클라라는 마음속으로 그가 안정감을 잃어버렸다고 슬프게 혼잣말을 했다.

원래 폴은 어떤 한 가지 일에 몰두하고 있을 때에는 강하고 정열적이며 그녀에게 순수한 생명수를 줄 수 있었다. 그러나 지금의 그는 무가치하고 무의미해 보였다. 견고하고 안정된 것은 단 하나도 없었다. 오히려 그녀의 남편이 훨씬 남자다운 위엄을 갖추고 있었다. 도스는 어떠한 바람이 불어와도 날려가거나 흔들리지 않을 것 같았지만 폴에게는 변하기 쉽고 덧없는 거짓된 면이 있었다. 그는 어떤 여자에게도 마음 놓고 설 수 있는 안전하고 확실한 장소를 줄 수 없을 것이다. 그녀는 점점 위축되고 작아진 그를 경멸했다. 그녀의 남편은 적어도 남자다웠고, 자신이 패배했을 때는 굴복했다. 그러나 폴은 절대로 패배를 인정하려 하지 않았다. 그는 빙글빙글 달아나면서 빈집을 노리는 도둑처럼 서성거리고 비루해져 갈 것이다. 그럼에도 불구하고 그녀는 도스보다 그를 더 자주 바라보았고, 마치 그들 세 사람의 운명이 그의 손에 쥐어져 있는 것처럼 여겨졌다. 그래서 그녀는 폴을 증오했다.

클라라는 남자들이 무엇을 할 수 있고 무엇을 하고 싶어 하는지를 전보다 더 잘 이해하는 것 같았다. 그녀는 전처럼 남자들을 두려워하지 않았고 스스로에게 좀 더 자신감을 가지게 되었다. 두 남자는 그녀가 여태까지 상상했던 것처럼 졸렬한 이기주의자가 아니라는 점이 그녀의 마음을 더욱 편하게 했다. 그녀는 무던히 많은 것을 배웠고, 자기가 알고 싶었던 것들은 거의 다 배울 수 있었다. 그녀의 잔은 가득 채워졌고 감당하지 못할 정도는 아니었다. 이제 폴이 떠나버려도 그녀는 아깝다고 생각할 마음이 없었다.

세 사람은 저녁식사를 한 후 난로 가까이 앉아 호두를 까먹으면서 술을 마셨다. 진지한 이야기는 한 마디도 나오지 않았다. 그러나 폴이 단란한 분위기에서 물러나 그녀에게 남편과 함께 머무를 선택권을 주고 있다는 사실을 깨달은 클라라는 화가 났다. 결국 그는 자기가 갖고 싶은 것을 취해버린 다음 다시 그녀의 남편에게로 돌려보내려고 하는 비열한 남자였다. 그녀는 자신이 가지고 만족했던 것은 생각하지 않았고 마음속으로는 그에게 준만큼 자기도 돌려받고 싶다고 생각하고 있었다.

폴은 자신이 몹시 짓밟히고 외톨이가 되어 있다는 느낌이었다. 어머니는 진정 그의 삶을 지탱해 주었다. 그는 어머니를 사랑했고, 어머니와 그는 실제로 힘을 합쳐 세상에 대항하고 있었다. 하지만 이제 어머니는 세상을 떠났고, 그의 등 뒤에서 균열이 생긴 삶은 그를 덮고 있던 천이 찢어져 마치 그 틈새로 죽음을 향해 당겨지듯 천천히 표류하는 듯했다.

폴은 완전한 지배력을 가진 사람에게서 도움을 받고 싶었다. 그가 가장 사랑하는 사람의 죽음 이래 자신의 마음을 차지해 온 죽음으로의 이행이라는 커다란 공포 때문에 그는 사소한 모든 일들을 잊어버리고 말았다. 그를 지탱해 줄 수 있는 사람은 클라라가 아니었다. 그녀는 폴을 원했지만 이해하려고 하지 않았다. 그녀가 원하는 것은 가장 좋은 상태에 있는 남자이며, 고뇌에 빠진 현실의 그는 아니라고 느꼈다. 고통에 허우적거리고 있는 자신은 그녀에게 견딜 수 없는 귀찮은 존재일 뿐이라고 생각했다. 때문에 폴은 자신의 고민을 그녀에게 안길 수 없었다. 지금의 그녀는 그를 적절하게 잘 다룰 수 없었고, 그는 이러한 사실을 부끄럽게 여겼다. 그리고 자신이 이토록 혼란스러운 상태이고, 삶을 장악하는 힘이 불확실하며, 세상 속에서 자기 따위는 그림자처럼 실체가 없는 존재이고, 아무도 자기와 연관이 없다는 것들을 남모르게 마음속으로 부끄러워하면서 더욱 움츠러들 뿐이었다. 그는 죽고 싶거나 굴복하고 싶지는 않았다. 그러나 죽음을 두려워하지는 않았다. 만약 아무도 도움을 주지 않는다면 그는 혼자서 나아갈 것이다.

도스는 인생의 마지막에까지 내몰린 듯한 공포를 느꼈다. 그는 죽음의 직전까지 가서 그 언저리에 누워 죽음을 들여다볼 수 있었다. 거기서 그는 마음이 약해지고 겁에 질려 다시 기어나왔고 그다음부터는 거지처럼 뭐든지 주어진 것을 받아들여야만 했다. 그렇게 된 그에게는 무언가 고귀함이 느껴지기도 했다. 클라라가 보기에 그는 자신이 패배한 것을 인정하고 싫든 좋든 간에 자신을 어디든지 데려다주기를 바라고 있었다. 그녀는 그를 도울 수 있었다.

시간은 3시를 향해 흐르고 있었다.

"나는 4시 20분 기차로 돌아가요. 같은 차로 출발할래요, 아니면 나중에 갈래요?"

폴이 클라라에게 물었다.

"모르겠어요."

"7시 15분쯤 노팅엄에서 아버지와 만나기로 했어요."

폴이 말했다.

"그럼 난 나중에 가겠어요."

클라라가 대답했다. 도스는 긴장하고 있었던지 몸을 급히 움직였다. 그는 바다를 바라보고 있는 듯했지만 사실 아무것도 눈에 들어오지 않았다.

"저 구석에 책을 두어 권 남겨두었어요. 나는 다 읽었으니까 놓고 갈게요."

폴이 말했다. 그는 4시쯤 출발했다.

"두 사람 다 나중에 또 만나요."

폴이 악수를 하면서 말했다.

"그러세. 아마 언젠가는…… 내가 돈을 갚을 수 있을 거야."

도스가 말했다.

"머지않아 받으러 오죠."

폴이 웃으면서 덧붙였다.

"아마 늙기도 전에 돈이 없어서 쩔쩔 맬지도 모르니까요."

"자…… 그럼……."

도스가 폴에게 작별인사를 했다.

"안녕히."

폴이 클라라에게 말했다.

"안녕히."

클라라는 폴에게 손을 내밀면서 말했다. 그리고 묵묵히 겸손한 마음으로 한 번 더 그를 바라보았다.

폴은 떠났고, 도스와 클라라는 다시 자리에 앉았다.

"여행을 하기에는 좋지 않은 날씨로군."

도스가 말했다.

"그래요."

클라라가 대답했다. 두 사람은 어두워질 때까지 이런저런 쓸데없는 이야기를 나누었다. 마침 하숙집 여주인이 차를 가지고 왔다. 도스는 대개 남편들이 그러하듯 차를 들라는 말이 없어도 자기 의자를 테이블 가까이 끌어당겼다. 그리고 아내가 차를 따라주기를 기다리며 점잖게 앉아 있었다. 클라라는 아내들이 그러하듯 그의 취향을 묻거나 하지 않고 차를 따라주었다.

차를 마시고 나자 시간은 6시가 되었다. 도스는 창가로 갔다. 밖은 완전히 어두워져 있었고 바다는 엄청난 소리를 내며 포효했다.

"아직도 비가 내리고 있군."

도스가 말했다.

"그래요?"

클라라가 대답했다.

"오늘은 돌아가지 않을 테지, 안 그렇소?"

도스가 망설이며 말했다. 그녀는 대답하지 않았고, 도스는 대답을 기다리고 있었다.

"나라면 이런 빗속에 돌아가지는 않겠어."

"내가 여기 있기를 원하나요?"

마침내 클라라가 물었다. 순간 까만 커튼을 쥐고 있는 도스의 손이 떨렸다.

"그렇소."

도스의 목소리가 떨려나왔다. 그는 아내에게 등을 돌린 채 서 있었다. 클라라는 일어나서 천천히 그에게 다가갔다. 도스는 커튼을 놓고 머뭇거리면서 아내 쪽으로 돌아섰다. 그녀는 두 손을 등 뒤로 돌린 채, 어떻게 해석해야 좋을지 알 수 없는 무거운 표정으로 그를 올려다보았다.

"당신은 내가 필요한가요, 백스터?"

클라라가 물었다.

"내게로 돌아오기를 바라오?"

도스는 거의 쉰 목소리로 되물었다. 클라라는 신음하는 것 같은 소리를 내며 양팔을 도스의 목에 감고 끌어당겼다. 그는 클라라의 어깨에 얼굴을 파묻고 그녀를 꼭 껴안았다.

"날 되찾아줘요!"

격렬한 감정에 도취된 듯한 목소리로 클라라가 속삭였다.

"나를 다시 가져요, 나를!"

클라라는 거의 정신을 잃은 듯이 그의 가늘고 아름다운 검은 머리카락 속에 손가락을 집어넣어 쓸어내렸다. 도스는 그녀를 더욱 세차게 껴안았다.

"다시 나를 원하오?"

감정에 압도된 도스가 허물어지듯 중얼거렸다.

15
버림받은 사람

클라라는 남편과 함께 셰필드로 떠났고, 폴이 그녀를 만나는 일은 거의 없었다. 월터 모렐은 갖가지 재난에 시달리며 진창 속에서 헤어나오지 못하고 허우적대며 기어다니는 듯했다. 그와 폴 사이에는 상대방이 정말로 난처할 때 서로를 그대로 내버려둘 수 없다는 감정 외에는 아무런 유대감이 없었다. 집안 살림을 꾸려나갈 사람도 없었고, 두 사람 모두 텅 빈 집의 공허함을 견딜 수 없었기 때문에 폴은 노팅엄에서 하숙을 하고 월터 모렐은 베스트우드의 친구 집에서 신세를 지고 있었다.

폴에게는 모든 일이 다 허물어져 가는 것처럼 생각되었다. 이제는 그림을 그릴 수도 없었다. 어머니가 죽던 날 완성한 그림은 폴 자신도 상당히 만족스러웠다. 그것은 그가 그린 마지막 그림이었다. 일터에는 이제 클라라도 없었다. 하숙집으로 돌아와도 그는 다시 붓을 들 생각이 없었다. 모든 것이 끝나버렸다.

폴은 언제나 거리를 방황하며 술을 마시고 친구들의 집을 방문하고는 했다. 그런 일들은 정말로 그를 지치게 만들었다. 그는 술집 여종업원이나 세상 모든 종류의 여자들에게 말을 걸었지만 그의 눈에는 마치 무엇인가를 찾고 있는 듯한 어둡고 긴장된 그림자가 서려 있었다.

모든 것들이 예전과는 전혀 다르고 현실성을 잃은 것처럼 보였다. 사람들이 거리를 걸어다닐 이유도, 태양의 빛을 받은 건물이 우뚝 서서 공간을 채워야 할 이유도 없어 보였다. 친구들이 말을 걸어도 그는 다만 그 소리에 응답하는 것에 불과했다. 그에게는 단순한 소리를 넘어 왜 말이라는 것이 존재해야 하는지 이해할 수 없었다.

폴은 혼자 있을 때나 혹은 회사에서 기계적으로 열심히 일하고 있을 때에는 그럭저럭 본래의 자신으로 돌아올 수 있었다. 회사에서 그는 완전히 자신의 일을 잊고 자의식에서 빠져나올 수 있었다. 하지만 그것은 때가 되면 다 끝나버리기 마련이었다. 괴로움이 컸기 때문에 모든 것은 현실성을 잃고 있었다.

처음으로 아네모네가 피었다. 폴은 잿빛 속에서 작은 진주방울들을 보았다. 한때 이 꽃은 그에게 싱싱한 느낌을 불러일으켰다. 그러나 지금은 이 꽃을 보아도 아무런 의미를 찾을 수 없었다. 지금 꽃이 피어 있는 공간은 머지않아 아무것도 없었던 빈 공간으로 돌아가 버리고 말 것이다. 지붕이 높고 휘황하게 불이 켜진 전차가 밤거리를 달리고 있었다. 요란한 소리를 내며 전차가 왔다갔다 하는 것이 이상한 일로 생각되었다.

'어째서 저렇게 떠들썩한 소리를 내며 트렌트브리지로 달려가는 거지?'

폴에게는 그런 일이 다 부질없는 것으로 생각되었다. 가장 현실적인 것은 밤의 짙은 어둠이었다. 어둠은 가장 완전하고 이해할 수 있으며 그의 마음을 가라앉게 해주었다. 어둠에게는 자신을 기댈 수 있었다. 그때 난데없이 종이 한 장이 그의 발밑에서 날아올라 바람에 떠밀려 보도 위를 날아갔다. 고뇌의 불꽃이 그를 덮쳤고 그는 걸음을 멈추고 우뚝 서서 주먹을 불끈 쥐었다. 그의 눈에는 다시 병실과 어머니의 모습이 선하게 떠올랐다. 무의식 속에서 그는 어느 틈엔가 어머니와 함께 있었던 것이다. 기세 좋게 날려가는 종잇조각이 어머니가 이제 없다는 사실을 상기시켜 주었다. 하지만 그는 어머니와 함께 있었다. 그는 진행되던 모든 것이 멈추고, 자기가 다시 어머니와 함께 있게 되기를 바랐다.

며칠이 지나고 몇 주가 흘렀다. 그러나 지금까지 일어난 모든 일은 하나로 녹아서 뭉쳐진 둥그런 덩어리가 되어버린 것 같았다. 폴은 하루와 하루, 한 주와 다른 주, 어떤 곳과 다른 곳을 구별할 수 없었다. 명확한 것은 하나도 없었다. 그는 곧잘 한 시간 정도 정신을 잃었고 자신이 무엇을 했는지 기억하지 못했다.

어느 날 저녁, 폴은 늦은 시간에 숙소로 돌아왔다. 난롯불은 꺼져가고 사람들은 모두 잠들어 있는 듯했다. 그는 난로에 석탄을 좀 더 넣었고, 식탁을 힐끗 쳐다본 후 저녁은 먹지 않기로 했다. 폴은 안락의자에 앉았다. 매우 조용한 밤이었다. 그는 아무것도 생각하지 않고, 희미한 연기가 흔들거리며 연통 속으로 빨려 들어가는 것을 바라보았다. 이윽고 생쥐 두 마리가 조심스럽게 기어나와 떨어져 있는 빵 조각을 오물오물 갉아먹었다. 폴은 아주 멀리 떨어져 있는 것처럼 그 광경을 지켜보고 있었다. 교회의 시계가 2시를 알리는 종을 쳤다. 멀리서 덜컹거리며 달려가는 화차 소리가 들려왔다. 그러나 사실 화차들은 먼 곳에 있지 않았다. 그것들은 모두 제자리에 있었다. 그러면 대체 그 자신은 어디에 있는 것일까?

시간은 계속 흐르고 있었다. 생쥐 두 마리는 방 안을 거칠게 돌아다녔고, 대담하게도 폴의 실내화 위를 뛰어넘기도 했다. 그는 근육 하나 움직이지 않았다. 그는 손가락 하나도 움직이고 싶지 않았고 아무것도 생각하지 않았다. 그것이 훨씬 더 편했다. 어떤 것을 생각할 실마리도 없었다. 그러다가 이따금 무언가 연관성 없는 생각들이 기계적으로 일어나 날카로운 말로 스쳐 지나갔다.

"난 뭘 하고 있는 걸까?"

그러면 반쯤 취한 몽롱한 상태에서 자기 자신을 잊어버린 듯한 답이 들려왔다.

'너 자신을 파괴하고 있는 거야.'

그때 멍하면서도 생생한 감정이 나타나 그 행동은 잘못된 것이라고 알려주며 이내 사라졌다. 잠시 후 갑자기 다음 질문이 떠올랐다.

"왜 잘못이라는 거야?"

대답은 없었다. 하지만 폴의 가슴 속에 있는 뜨겁고 완강한 의지가 스스로의 파괴에 대해 저항하고 있었다.

무거운 짐수레가 덜컹거리며 길을 따라 지나가는 소리가 들렸다. 갑자기 전등불이 꺼졌고 자동전력계 속에서 무언가 부서지는 듯한 큰 소리가 났다. 하지만 폴은 꼼짝도 하지 않고 유심히 앞만 노려보고 있었다. 생쥐들만이 허둥지둥 뛰어다니고 난롯불은 어두움 속에서 붉게 타고 있었다.

그때 폴의 내면에서 아주 기계적이고 좀 더 분명한 대화가 다시 시작되었다.

"엄마는 돌아가셨다. 하지만 엄마의 고통스러운 모든 투쟁은 무엇 때문이었을까?"

그것은 어머니를 뒤쫓아가고 싶은 폴의 절망적인 기분이었다.

'너는 살아 있잖아.'

"엄마는 돌아가셨어."

'아니, 네 안에 살아 계시지.'

갑자기 폴은 그 무거운 짐에 극심한 피로를 느꼈다.

'너는 어머니를 위해서 살지 않으면 안 돼.'

폴의 마음속에 있는 의지가 말했다. 무언가가 그의 기분을 상하게 만들어 일어서기를 거절하고 있는 것처럼 느껴졌다.

'너는 살아 있던 어머니와 함께, 어머니가 해왔던 일을 계속하면서, 어머니와 함께 나아가야만 해.'

폴은 그렇게 하고 싶지 않았다. 모든 것을 내던져버리고 싶었다.

'그렇지만 그림을 계속 그릴 수 있잖아.'

폴의 마음속 의지가 말했다.

'아이를 낳을 수도 있어. 그것들이 모두 어머니의 노력을 이어가는 거야.'

"그림을 그리는 것이 사는 건 아니야."

'그럼 살아봐.'

"누구랑 결혼을 하고?"

또 음울한 질문이 일어났다.

'가장 좋은 결혼 상대를 골라봐.'

"미리엄!"

하지만 폴은 확신을 가질 수 없었다. 벌떡 일어난 그는 곧장 침대로 갔다. 그리고 침실의 문을 닫은 후 두 주먹을 불끈 쥐었다.

"아, 엄마, 도대체……."

영혼의 밑바닥에서부터 힘을 끌어모아 폴은 말을 시작했다. 그러다가 입을 다물었다. 말하고 싶지 않았다. 그는 자기가 죽고 싶어 하는 것을, 이미 죽어 있는 것을 자백하고 싶지 않았다. 그는 인생이 자기를 해하려 했다는 것을, 죽음이 자신을 때려눕혔다는 것을 인정하고 싶지 않았다.

폴은 곧장 침대에 누워 잠에 몸을 푹 맡겨버렸다.

또다시 몇 주가 지났다. 폴은 언제나 고독했고 그의 영혼은 먼저 죽음 쪽으로, 그다음에는 삶 쪽으로 고집스럽게 왔다갔다했다. 고뇌의 진정한 실체는 그가 갈 곳이 없으며 하고 싶은 말도 없으며 또한 그 자신이 아무것도 아닌 존재라고 말하는 듯했다. 이따금 폴은 미친 듯이 길거리를 내달렸으며 때로 그는 정말 미쳐 있었다. 그 자리에 실제로 있는 사물이 보이지 않고 없는 것이 보였다. 그는 가끔 술집의 바 앞에 서서 술을 요구했다. 주위의 모든 것들이 갑자기 그의 앞에서 멀어져 갔다. 술집 종업원의 얼굴도, 마구 떠들어대는 손님들도, 지저분해진 마호가니 바 위에 놓여 있는 그의 술잔도 멀리 있는 것처럼 보였다. 그와 주위의 것들은 무언가로 가로막혀 있어서 만질 수가 없었다. 그는 그런 것들을 갖고 싶지도, 술을 마시고 싶지도 않았다. 그는 갑자기 돌아서서 밖으로 나왔다.

폴은 문 앞에 우뚝 서서 전등불이 켜진 거리를 쳐다보았다. 그러나 그런 것들과도 인연이 없었고, 그는 그 거리에 존재하지도 않았다. 무엇인가가 그를 그곳에서 분리시켰다. 모든 것이 그와 단절된 채 등불 밑에서 움직이고 있었다. 그는 그러한 것들에 닿을 수가 없었다. 하지만 손이 닿는다 하더라도 가로등 기둥조차 잡을 수 없을 것 같았다. 어디든 그가 갈 수 있는 곳이 있을까? 다시 술집으로 돌아갈 수도, 다른 곳으로 갈 수도 없었다. 그는 숨이 막히는 것 같았다. 그가 갈 곳이라고는 아무 데도 없었다. 그는 긴장감이 쌓이면서 당장이라도 뻥 터지는 것은 아닐까 하고 생각했다.

"이래서는 안 되겠어."

폴은 맹목적으로 발길을 돌려 술집 안으로 들어가 술을 마셨다. 술을 마시면 기분이 좋아질 때도 있었지만 한층 더 괴로워질 때도 있었다. 또다시 술집에서 나온 그는 거리를 내달렸다. 그리고 마음을 가라앉히지 못해 끝없이 온갖 곳을 돌아다녔다. 그는 몇 번이나 다시 그림을 그리려고 마음먹었다. 하지만 손을 들어 대여섯 번만 놀리면 말할 수 없는 분노를 느끼며 연필을 집어던지고 벌떡 일어나서 밖으

362

로 나갔다. 그러고는 카드나 당구를 할 수 있는 클럽에 가기도 하고, 술집에 가서 술을 퍼올리는 펌프의 손잡이에 지나지 않는 술집 여종업원들과 시시덕거리며 무의미한 농담을 주고 받았다.

폴은 몹시 여위어 뺨은 푹 꺼지고 턱이 갸름해졌다. 그는 거울 속의 자기 얼굴을 쳐다볼 용기가 나지 않았고, 자신의 모습을 절대로 쳐다보려고도 하지 않았다. 그는 자기 자신에게서 도망치고 싶었지만 그가 매달리거나 붙잡을 수 있는 것은 하나도 없었다. 절망에 잠긴 그는 미리엄을 생각했다. 혹시…… 어쩌면……?

그 무렵 어느 일요일 저녁, 우연히 들른 교회에서 두 번째 찬송가를 부르려고 일어난 폴의 앞에 미리엄의 모습이 보였다. 노래를 부르는 그녀의 아랫입술에서 빛이 반짝였다. 그녀는 무언가를, 그것이 이 세상에서는 아니라 해도 적어도 천국에서의 희망은 가지고 있는 듯이 보였다. 그녀의 안락과 인생은 내세 있는 것처럼 보였다. 폴의 가슴에 그녀에 대한 따뜻하고 강한 감정이 솟아올랐다. 노래를 부르는 그녀는 신비와 위안을 간절히 구하고 있는 것 같았다. 그는 그녀에게 자신의 희망을 걸었고, 조금이라도 설교가 빨리 끝나서 그녀와 이야기할 수 있게 되기를 바랐다.

미리엄은 사람들에게 휩쓸리며 바로 폴의 눈앞에서 떠밀려 나가고 있었다. 팔을 뻗으면 닿을 수 있을 만한 거리였지만 그녀는 폴을 알아보지 못했다. 검고 곱슬곱슬한 머리칼 밑으로 조심스럽게 드러나는 그녀의 갈색 목덜미가 보였다. 그는 그녀에게 자신을 내던지고 싶었다. 그녀는 자기보다 더욱 훌륭하고 위대한 존재였다. 그는 그녀에게 의지하고 싶었다.

교회 밖에 삼삼오오 무리 지어 서 있는 사람들 사이에서 미리엄은 그녀만의 독특한 걸음으로 비틀비틀 걷고 있었다. 그녀는 항상 사람들 사이에서는 길을 잃고 어리둥절하여 그곳에 어울리지 않는 사람처럼 느끼게 했다. 폴은 사람들 사이를 헤집고 나아가 그녀의 팔에 자신의 손을 올려놓았다. 깜짝 놀란 미리엄의 커다란 갈색 눈이 두려움으로 활짝 열리며 그가 이곳에 있는 이유를 묻는 듯한 표정으로 바뀌었다. 폴은 그녀 앞에서 희미한 위축감을 느꼈다.

"몰랐어……."

미리엄이 더듬거리며 말했다.

"나도 그랬어."

폴은 눈길을 돌렸다. 갑작스럽게 불타오르던 그의 희망은 다시 사그라들고 있었다.

"시내에서 뭐 해?"

폴이 물었다.

"사촌 언니 앤의 집에 와 있어."

"그래? 오래 머물 거야?"

"아니, 내일 가야 해."

"지금 곧바로 집에 가야 해?"

미리엄은 그를 보았지만 곧 모자 그늘 아래로 얼굴을 숨겼다.

"아니, 그럴 필요는 없어."

미리엄이 대답했다. 폴이 걸음을 옮기자 그녀도 따라 걸었다. 두 사람은 교회에 모여 있던 사람들 사이를 헤치고 나아갔다. 성 마리아 교회 안에서는 아직도 오르간 소리가 울리고 있었다. 조그마한 문에서 어두운 형체들이 나왔고 곧이어 사람들이 계단을 내려왔다. 커다란 색유리 창문들은 밤의 어둠 속에서도 불꽃처럼 빛나고 있었다. 교회는 마치 공중에 매달린 커다란 등불 같았다. 그들은 홀로스 톤 거리를 내려와 트렌트 다리 행 전차를 탔다.

"내가 머무는 집에 가서 저녁이나 같이 먹자. 바래다줄게."

폴이 말했다.

"좋아."

미리엄이 낮고 쉰 목소리로 대답했다. 두 사람은 전차에 타고 있는 동안 거의 대화를 하지 않았다. 물이 가득 차오른 트렌트 강은 어둠에 덮여 다리 아래로 흘렀고, 어두운 밤은 멀리 콜위크 쪽까지 이어졌다.

폴은 변두리 지역인 홈스 로드에서 하숙을 하고 있었다. 그곳에서는 강 너머로 스나인턴 허미티지와 콜위크 숲을 끊어서 만든 수로가 보였다. 수로에 가득 차 있던 물은 빠져나간 듯했다. 그들의 왼쪽으로 고요한 수면과 어둠이 멀리까지 펼쳐져 있었다. 두려움을 느낀 두 사람은 급한 걸음으로 집까지 걸었다.

식사 준비를 마친 폴은 창문에 커튼을 쳤다. 식탁 위에는 프리지아와 분홍색 아네모네를 꽂은 꽃병이 놓여 있었다. 꽃을 향해 몸을 숙인 미리엄은 손가락 끝으로 꽃들을 만지작거리면서 폴을 올려다보고 말했다.

"예쁘지?"

"그래. 뭘 마실래? 커피?"

폴은 대답과 동시에 물었다.

"좋아."

"그럼 잠깐 기다려."

폴은 부엌으로 사라졌다. 모자와 외투를 벗고 미리엄은 주위를 둘러보았다. 아무 장식도 없고 냉랭한 느낌이 드는 방에는 자신과 클라라와 애니의 사진이 걸려 있었다. 폴이 지금 무엇을 그리고 있는지 궁금한 그녀는 화판을 들여다보았다. 하지만 의미 없는 선들만 몇 개 줄그어져 있을 뿐이었다. 이번에는 그가 무슨 책을 읽고 있는지 살펴보았다. 그저 평범한 보통 소설들 뿐이었다. 편지꽂이 속에 있는 편지들은 애니와 아서, 그리고 자기가 모르는 남자들에게서 온 것이었다. 미리엄은 폴이 가지고 있고 조금이라도 그와 관계 있는 모든 것들을 열심히 훑어보았다. 그가 자기에게서 떠난 지 무척 오랜 시간이 지났기 때문에 그녀는 그를, 그의 처지를, 그가 어떤 사람인지를 다시 찾아내고 싶었던 것이다. 그러나 이 방에는 실마리가 될 만한 것은 그다지 없었다. 그 사실이 미리엄에게 슬픈 마음이 들게 했다. 이 방은 너무 썰렁하고 아늑하지 못했다.

폴이 커피를 들고 왔을 때 미리엄은 정신없이 스케치북을 넘겨보고 있었다.

"새로운 것은 한 장도 없어. 그러니 재미있는 게 있을 리 없지."

폴은 쟁반을 놓고 그녀 뒤로 가서 어깨너머로 그림을 들여다보며 말했다. 미리엄은 한 장도 놓치지 않으려는 듯 천천히 그림을 넘기고 있었다.

"흠!"

미리엄이 어떤 스케치에서 손을 멈췄을 때 폴이 말했다.

"잊고 있었군. 이건 그다지 나쁘지 않지?"

"그래. 그런데 난 이 그림을 이해하지는 못하겠어."

폴은 미리엄에게서 스케치북을 받아들고 스스로 넘겨보았다. 다시 한 번 그는 놀라움과 기쁨이 섞인 환성을 질렀다.

"그다지 나쁘지 않은 그림이 몇 장 있었어."

폴이 말했다.

"나쁘지 않은 정도가 아닌걸."

미리엄은 정색한 표정으로 답했다. 폴은 아직도 미리엄이 자기 일에 관심을 가지고 있다는 사실을 느꼈다. 아니면 그것은 자신에 대한 관심일까? 그녀는 어째서 그림 속에 나타나 있는 자신에게 가장 깊은 관심을 보이는 것일까?

두 사람은 식탁에 앉아서 저녁을 먹기 시작했다.

"그런데……."

폴이 말을 꺼냈다.

"이제 일을 하게 되었다는 이야기를 들은 것 같은데?"

"응."

미리엄은 까만 머리를 찻잔 위로 숙이면서 말했다.

"어떤 일이야?"

"브로턴에 있는 농업 고등학교에서 3개월 정도 일하게 되었을 뿐이야. 아마 그곳에서 교사로 있게 될 것 같아."

"그래? 정말 잘됐다. 너는 언제나 독립하고 싶다고 말했었잖아."

"그래."

"왜 지금까지 나한테 말하지 않았어?"

"나도 지난주에야 알았어."

"하지만 그 이야기를 한 달 전에 들었는걸."

폴이 말했다.

"아…… 그때는 아무것도 결정된 게 없었거든."

"확정되지는 않았어도 미리 알려주었으면 좋았을 텐데."

미리엄은 거북한 듯 천천히 음식을 넘기고 있었다. 그 모습은─폴도 충분히 잘 알고 있는─어떤 일이든지 타인 앞에서 하는 것을 싫어하는 그녀의 성격을 드러내고 있었다.

"기쁘겠다."

폴이 말했다.

"정말 기뻐."

"그래…… 잘된 일이니까."

말은 그렇게 했지만 폴은 조금 실망했다.

"아주 기막힌 일이라고 생각해."

미리엄은 거의 교만하면서도 화를 내는 듯한 어조로 말했다. 폴은 무뚝뚝하게 웃었다.

"그렇지 않다고 생각해?"

미리엄이 확인을 하려는 듯 물었다.

"아니, 대단한 일이라고 생각해. 다만 자기 힘으로 돈을 버는 것만이 전부는 아니라는 사실을 너도 장차 깨닫게 되리라는 것뿐이야."

"그렇겠지."

미리엄은 입 속에 있는 음식을 괴로운 듯이 삼키면서 말했다.

"하지만 그런 것은 생각하고 싶지 않아."

"남자의 경우에는 일이 거의 자신의 모든 것이 될 수 있어. 내 경우는 좀 다르지만 말이야. 하지만 여자는 일에 대해 자신의 일부분밖에 전념하지 않거든. 정말 중요하고 진정한 부분은 자기 속에 감춰둔 채 말이지."

"그럼 남자들은 자기의 전부를 일에 바칠 수 있다는 말이야?"

미리엄이 물었다.

"실제로 그래."

"그리고 여자는 자신의 중요하지 않은 부분만 일에 바치고?"

"그렇지."

미리엄은 그를 쳐다보았다. 폴의 눈에 커다란 분노가 번져 갔다.

"그렇다면……."

미리엄은 계속 말했다.

"그것이 사실이라면, 그건 정말 부끄러운 일이야."

"그래. 하지만 내가 뭐든지 다 알고 있는 것은 아니니까."

저녁식사가 끝난 뒤 두 사람은 난롯가로 다가갔다. 폴은 미리엄이 앉을 의자를 자기 앞으로 돌려놓고 마주보고 앉았다. 짙은 포도주 빛옷을 입고 있는 미리엄은 갈색 피부와 이목구비가 또렷한 그녀의 얼굴에 잘 어울렸다. 말아올린 그녀의 머리칼은 여전히 아름답고 부드러웠지만, 얼굴은 전보다 나이가 들어 보였고 갈색의 목 언저리는 매우 가늘어져 있었다. 그녀는 클라라보다도 더 나이가 든 것처럼 보인다고 폴은 생각했다. 활짝 피어 있던 그녀의 젊음은 눈 깜짝할 사이에 지나가버린 것이다. 그리고 나무 같은 딱딱함이 베어나왔다.

한동안 깊은 생각에 잠겨 있던 미리엄은 마침내 고개를 들고 폴을 쳐다보았다.

"그런데, 요즘 어떻게 지내?"

"그런대로 잘 지내고 있어."

폴이 대답했다. 미리엄은 그의 얼굴을 보며 다음 말을 기다렸다.

"그렇지 않아."

미리엄은 아주 낮은 목소리로 말했다. 불안정한 그녀의 갈색 손은 무릎 위에서 꼭 쥐어져 있었다. 그녀의 손은 지금도 침착성은 없고 거의 히스테리에 가까운 모양을 하고 있었다. 폴은 그 손을 바라보고 몸을 움츠리며 뒤로 주춤했다. 그러고는 무자비하게 웃었다.

미리엄은 입술 사이에 손가락을 넣어 깨물었다. 여위고 까무잡잡하며 고통에 찌들어 초라해진 폴의 몸은 의자에 앉은 채 꼼짝도 하지 않았다. 미리엄은 돌연히 깨물고 있던 손가락을 입에서 빼고 그를 바라보았다.

"클라라와는 헤어졌어?"

"그렇게 됐어."

폴의 몸은 돌보지 않고 마치 내버려진 물건처럼 의자에 축 늘어져 있었다.

"우리는…… 결혼하는 편이 좋겠다고 생각해."

미리엄이 말했다. 폴은 몇 달 만에 처음으로 눈을 뜬 것 같았다. 그리고 주의 깊게 그녀의 말에 귀를 기울였다.

"어째서 그래야 하지?"

폴이 물었다.

"생각해 봐. 넌 스스로 너 자신을 이렇게 소모해 버렸어! 넌 병에 걸렸는지도 몰라. 또 죽을지도 모르지. 하지만 나는 그런 사실을 조금도 몰랐잖아. 그럼 마치 난, 네 친구도 아무것도 아닌 것과 마찬가지야."

"그런데 만약 우리가 결혼한다면?"

"아무튼 나는 네가 너 자신을 소모하거나 다른 여자, 이를 테면 클라라 같은 여자의 희생물은 되지 않게 해줄 수 있어."

"희생물이라니?"

폴은 빙긋이 웃으며 따라했다. 미리엄은 잠자코 고개를 숙였다. 폴은 다시 절망감이 솟아오르는 것을 느꼈다.

"결혼을 한다고 여러 가지 일이 완전히 잘될 거라고는 생각하지 않아."

폴이 천천히 말했다.

"나는 오직 너만 생각하고 있어."

미리엄이 대답했다.

"알아. 하지만 넌 나를 너무 사랑해서 네 주머니 속에 나를 집어넣고 싶어 하거든. 그러면 나는 숨이 막혀서 죽어버리고 말 테지."

고개를 숙인 미리엄은 다시 손가락을 입술 사이에 넣었다. 그녀의 가슴 속에서 괴로움이 치밀어 올랐다.

"결혼이 싫다면, 그럼 다른 방법이 있어?"

미리엄이 물었다.

"모르겠어…… 아마 이대로 가겠지. 어쩌면 나는 머지않아 외국으로 나갈지도 몰라."

폴의 절망에 찬 목소리에 완강함을 느낀 미리엄은 무의식중에 난로 앞 카펫 위를 무릎으로 걸어서 그에게 가까이 다가갔다. 미리엄은 무언가에 짓눌리기라도 한 것처럼 웅크리고 앉아서 고개를 들지도 못했다. 폴의 두 손은 의자 팔걸이 위에 힘없이 늘어져 있었다. 그녀는 그 손을 의식했고, 지금 폴은 온전히 자기 수중에 있음을 느꼈다. 만약 그녀가 몸을 일으켜 그를 붙잡고 팔로 그를 감싸고 '넌 내 거야.'라고 말할 수 있다면 그는 자신을 그녀에게 내맡기리라.

'하지만 나에게 그럴 만한 용기가 있을까?'

미리엄은 자신을 희생시키는 일이라면 쉽게 할 수 있었다.

'나에게 내 자신을 내세울 만한 용기가 있을까?'

미리엄은 한 줌의 생명처럼 보이는 폴의 가느다란 육체가 검은 옷에 싸여 의자에 힘없이 늘어져 있는 것을 의식했다. 그의 몸에 팔을 두르고 일으켜 세워 '넌 내 거야. 이제 네 전부를 내게 맡겨.'라고 말할 용기가 그녀에게는 없었다. 하지만 그렇게 하고 싶었다. 그것은 그녀 속에 있는 여자로서의 본능 전체를 요구하는 일이었다.

미리엄은 웅크리고 앉은 채 감히 움직일 수가 없었다. 그녀는 폴이 그런 것을 허락하지 않을까 두려웠다. 또한 그것은 어이없는 짓으로도 보였다. 그녀 바로 옆에 그의 육체가 돌보는 사람 하나 없이 버려진 것처럼 앉아 있었다. 미리엄은 자기가 그 육체를 안아올리고 그것에 대한 모든 권리를 요구해야 한다는 것을 알고 있었다. 그렇지만 자기가 과연 그런 일을 할 수 있을까? 그녀가 알 수 없는―그의 내면에 속한 어떤 것에 대한―그의 강한 요구를 대했을 때 그녀는 힘없이 궁지로 몰리는 것이었다. 그녀는 부들부들 떨리는 손을 부여잡으며 고개를 조금 들었다. 부르르 흔들리며 호소하는 듯한 그녀의 눈은 미칠 것처럼 애원하는 표정으로 변해 갔다.

그 순간 폴의 마음은 연민의 정으로 사로잡혔다. 그는 미리엄의 손을 잡고 끌어당겨서 그녀를 위로했다.

"나와 결혼해서 나를 소유하고 싶어?"

폴의 목소리가 나직하게 흘러나왔다.

아아, 어째서 폴은 자기를 가지지 않는 것일까? 그녀는 영혼 밑바닥까지 그의 것이었다. 어째서 그는 자신의 것을 가지려고 하지 않는 것일까? 그녀는 지금까지 아주 오랫동안 그에게 속하면서도 그의 것으로 요구되지 않는 잔인한 입장을 견뎌왔다. 그리고 이제 그는 다시 미리엄을 긴장하게 했고, 그녀도 더는 견딜 수가 없었다.

미리엄은 고개를 들어 폴의 얼굴을 손으로 감싸며 눈을 들여다보았다. 그러나 역시 아니었다. 그의 마음은 딱딱했고, 무언가 다른 어떤 것을 요구하고 있었다. 자신의 사랑을 모두 담은 그녀의 눈은 그것만은 말하지 말아달라고 폴에게 애원했다. 그녀는 그의 딱딱함과 그녀가 알 수 없는 무언가와도 맞서 다툴 수 없었다. 뿐만 아니라 그녀는 극심한 긴장감으로 인해 당장이라도 쓰러질 것만 같았다.

"정말 그러길 원해?"

미리엄이 몹시 심각한 표정으로 물었다.

"매우라고 할 정도는 아니지만……."

폴은 괴로운 듯이 답했다. 얼굴을 돌린 미리엄 위엄 있는 태도로 일어나 폴의 머리를 자기 가슴에 꼭 안고 부드럽게 흔들었다. 그런 행동만으로 그녀가 폴을 차지한 것은 아니었지만 그를 위로해 줄 수는 있었다. 미리엄은 손가락으로 폴의 머리카락을 쓸어내렸다. 그리고 다시 그의 머리카락 속에 손가락을 집어넣었다. 그녀에게 있어 이러한 행위는 자기를 희생시키는 고통스런 감미로움이 있었다. 또한 폴에게는 새로운 패배에 대한 혐오와 비참함을 느끼게 했기 때문에 그는 견딜 수가 없었다. 그녀의 가슴은 요람처럼 자신을 따뜻하게 흔들어 주었지만 그의 고뇌를 지우지는 못했다. 그는 미리엄에게서 완전히 쉴 수 있기를 열망했던 만큼 시늉에 그치는 이런 거짓 휴식은 고문에 지나지 않았다.

폴은 그녀에게서 몸을 빼냈다.

"결혼하지 않으면 우리는 아무것도 할 수 없다는 말인가?"

고통으로 인해 벌어진 폴의 입술 사이로 이가 보이고 있었다. 미리엄은 자신의 새끼손가락을 입술 사이로 가져가 물었다.

"그래."

미리엄은 나지막하게 대답했다. 그러나 목소리는 종소리처럼 울려퍼지는 듯했다.

"그게 가능하다고 생각하지 않아."

마침내 두 사람의 사이는 이것으로 모두 끝났다. 미리엄은 그 무거운 짐에서 폴을 구해 줄 수 없었다. 그녀는 오직 그에게 자신을 희생할 수 있을 뿐이었다. 그것도 매일매일 기쁘게 그를 위해 희생하며 지내는 것뿐이었다. 하지만 폴은 그러한 희생을 요구하지 않았다. 그는 미리엄이 자기를 꼭 안고 당당하며 기쁜 마음으로 이렇게 말해 주기를 원했다.

'지금처럼 불안정한 상태와 죽음에 대한 싸움은 그만둬. 넌 내 거야. 그리고 넌 내 남편이 될 사람이야.'

하지만 미리엄에게는 그것을 말할 힘이 없었다. 그녀가 원하던 것은 남편이었을까? 아니면 그녀는 그에게서 그리스도를 원했던 것일까?

폴은 미리엄을 그대로 놓아두고 떠나는 일이 그녀에게서 생명을 빼앗는 듯한 기분을 느꼈다. 그러나 그는 자신이 그녀 곁에 머무르면서 자기 영혼 깊은 곳에서 절망에 허덕이고 있는 남자를 질식시켜 죽이는 것은 자신의 생명을 부정하는 것이라고 믿었다. 그리고 그는 그녀의 생명 때문에 자신의 생명을 부정하기는 싫었다.

미리엄은 아주 조용히 앉아 있었다. 폴은 담배에 불을 붙였다. 담배 연기가 흔들리며 허공 위로 흩어졌다. 그는 미리엄의 존재를 잊고 어머니를 생각하고 있었다. 그녀는 갑자기 폴에게 얼굴을 돌렸다. 그녀의 가슴은 고뇌에 차기 시작했다. 그녀의 희생은 소용없었던 것이다. 그는 미리엄의 존재 따위는 안중에도 없는 것처럼 초연히 앉아 있었다. 갑자기 그녀는 폴에게 다시 종교적 심성의 결여와 끊임없는 불안정감을 보았다. 폴은 고집스러운 어린아이처럼 스스로 자신을 허물어트리고 말 것이다. 그렇다, 그럴 것이 틀림없다.

"이제 그만 가봐야겠어."

미리엄이 낮은 목소리로 말했다. 그녀의 어조로 미루어 폴은 그녀가 자신을 경멸하고 있음을 알았다. 그는 조용히 일어났다.

"같이 가자."

미리엄은 거울 앞에 서서 핀으로 모자를 머리에 고정시켰다. 폴이 자신의 희생을 거부했다는 것은 그녀를 말할 수 없을 만큼 괴로운 기분으로 만들었다. 앞날의 삶은 꺼져버린 불꽃처럼 생명이 없는 것으로 보였다. 미리엄은 식탁 위의 꽃에 고개를 숙였다. 프리지아는 봄처럼 달콤했고, 진홍색 아네모네는 테이블 위에서 아름다운 빛깔로 피어 있었다. 이렇게 꽃을 장식해둔 것은 폴다웠다.

폴은 확실한 걸음걸이로 잔인하고 조용히, 그리고 재빠르게 방을 돌아다녔다. 그녀는 도저히 폴을 훌륭하게 다룰 수 없음을 깨달았다. 그는 족제비처럼 그녀의 손에서 달아날 것이다. 더욱이 그가 없다면 그녀의 삶은 생명 없는 지루한 것이 되고 말 것이다. 곰곰이 생각에 잠겨 그녀는 꽃을 만져보았다.

"그 꽃을 줄게."

폴이 말했다. 그런 다음 꽃을 꽃병에서 꺼내서 물이 뚝뚝 떨어지는 채 부엌으로 급하게 들고 갔다. 잠시 기다리고 있던 미리엄은 꽃을 받아들고 폴과 함께 밖으로 나왔다. 폴은 무언가를 계속해서 말했고, 미리엄은 마치 죽은 것 같은 기분이었다.

그녀는 이제 폴에게서 떠나가고 있었다. 전차에 올라 자이에 앉았을 때 미리엄은 비참한 기분으로 축 늘어져서 그에게 기댔다. 그는 아무런 반응도 보이지 않았다. 그는 어디로 가는 것일까? 그가 닿는 곳은 어디일까? 그녀는 그가 어디에 있을지 알지 못할 기간을 견딜 수가 없었다. 그는 매우 어리석게 자기를 아무렇게나 다루며 절대로 편안해질 수 없는 사람이었다. 이제 그는 어디로 가는 것일까? 그리고 그 자신이 그녀의 삶을 헛되게 만든 것을 어떻게 생각하고 있을까? 그에게는 종교가 없었다. 그의 신앙은 모두 극히 일시적인 관심에 지나지 않았고 절대 그 이상의 것은 아니었다. 그녀는 때를 기다리고 그가 어떻게 될지 지켜볼 것이다. 그는 견딜 수 없어지면 결국 굴복하고 그녀에게로 돌아올 것이다.

폴은 미리엄의 사촌 언니 집 앞에서 악수를 하고 헤어졌다. 그는 돌아서면서 자신을 지탱해 주던 마지막 보루가 사라져버렸음을 깨달았다. 전차 밖의 도시는 선로 양쪽으로 펼쳐진 채 뿌연 안개 속에 잠겨 있었다. 도시를 지나자 들판이 펼쳐지고, 그 속에 희미하게 불빛이 보이는 작은 시골이 있었다. 그리고 그 너머로 바다가 — 밤이 — 그 밖의 여러 가지가 있었다. 하지만 폴이 갈 곳은 그 어떤 곳도 없었다. 어디에 서 있든 그는 홀로 있는 외톨이였다. 그의 가슴으로부터, 입으로부터 무한한 공간이 앞으로 흘러나왔고, 또 그의 뒤에도 공간은 사방에 펼쳐져 있었다. 거리를 따라 급하게 걷고 있는 사람들도 그를 에워싸고 있는 공간의 장애물은 되지 않았다. 그들의 발소리나 목소리를 들을 수는 있지만 그들은 모두 밤과 고요함으로 만들어진 조그만 그림자에 지나지 않았다.

폴은 서둘러 전차에서 내렸다. 들판이 이어져 있는 이곳에서는 모든 것이 죽음처럼 고요했다. 조그마한 별들이 그의 머리 높이 반짝이고 있었고, 물이 가득 출렁이는 강물 위에서 끝없이 펼쳐져 또 하나의 하늘을 만들고 있었다.

　날이 질 때까지 잠깐 동안만 나타나서 빛날 뿐이지만 다시 돌아와서 끝내는 영원한 것이 될 거대한 밤의 광막함과 공포가 생명이 있는 모든 것을 그 침묵과 살아 있는 어둠 속에 감싸 안고 있었다. 시간은 없고 오직 공간만 존재했다. 어머니가 살아 있었는데 지금은 살아 있지 않다고 누가 말할 수 있겠는가? 어머니는 그저 전에는 어떤 장소에 있었지만 지금은 다른 장소에 가 있을 뿐이다. 다만 그것뿐이다. 그리고 그의 영혼은 어머니가 어디에 있든지 어머니에게서 떠날 수 없었다. 이제 어머니는 먼 밤의 세계로 가버렸지만 그는 지금도 어머니와 함께 있었다. 어머니와 아들은 항상 함께 있었다. 그러나 그의 육체는 이곳에 머물러 그의 가슴을 목장의 사잇문에 기대고 있으며, 나무 울타리를 손으로 짚고 있었다. 그의 육체는 어떤 의미가 있는 것처럼 생각되었다.

　그는 어디에 있는 것일까? 자신은 밀밭 한가운데에 버티고 서 있는 잃어버린 밀 이삭보다도 못한 작은 얼룩에 지나지 않았다. 폴은 자신이 그런 존재라는 생각에 참을 수 없었다. 사방에거 거대한 어둠의 고요함이 밀려와 그를 극히 작은 불꽃으로 만들고 끝내 소멸시켜버릴 것 같았지만, 그는 거의 아무것도 아닌 존재이면서도 아직 완전히 꺼지지 않았다. 모든 것을 삼켜버리는 밤은 별이나 태양을 넘어저 멀리까지 퍼져나갔다.

　미미한 낟알 같이 빛나는 별이나 태양이라는 입자는, 그 빛을 모두 이기고 그들을 형편없이 작고 용기가 꺾인 미약한 존재로 만들어버리는 어둠 속에서 서로를 부둥켜안고 겁에 질려 빙글빙글 돌고 있었다. 폴 또한 마찬가지로 커다란 어둠 속에서의 자신은 극히 작고 무가치한 존재이지만, 그래도 단순히 아무것도 아닌 것은 아니었다.

　"엄마!"

폴은 속삭였다.

"엄마!"

어머니는 이 같은 어둠 속에서도 그를, 그 자신을 지탱시켜 준 단 하나의 존재였다. 그리고 어머니는 이 어둠 속에 녹아버리고 말았다. 그는 어머니가 자기를 만져주고 자기와 함께 있어 주기를 바랐다.

그러나, 좋았다. 그는 굴복하지 않을 것이다.

폴은 몸을 홱 돌려 도시의 노란 도깨비불 쪽으로 걸어갔다. 그는 주먹을 꽉 움켜쥐고 입을 굳게 다물었다. 그는 어머니가 있는 어둠을 향해 나아가지는 않을 것이다. 그는 희미한 소음이 들리고 밝은 불빛이 보이는 시내 쪽으로 재빨리 걸어갔다.

〈끝〉

　노팅엄 시대를 소재로 한 로렌스 초기의 걸작이라 할 수 있는 〈아들과 연인〉은 그의 어린 시절 가정 환경과 젊은 시절의 연애 생활을 사실 그대로 옮겨 적은 자전적(自傳的) 소설이다. 로렌스의 전 작품 중에서도 〈아들과 연인〉은 해설이 가장 필요치 않는 작품일 것이다.

　1885년 영국 노팅엄셔 주의 탄광촌 이스트우드에서 광부의 아들로 태어난 로렌스는 탄광촌인 이스트우드에서 자랐다. 그의 아버지는 교양 없는 평범한 광부였고, 어머니는 초등학교 교사도 지낸 적이 있는 문학을 좋아하는 청교도였다. 빈곤으로의 탈출보다 높은 계급으로의 탈출이라는 간절한 어머니의 소망 때문에 로렌스는 탄광촌 소년들에게는 드문 중등교육까지 받게 된다.

　이처럼 그는 유년기에 양친의 불화 속에서 무지와 미성숙으로부터 정신적·사회적 의미의 어른으로 성장하는 과정에서 고통스러운 자아와 갈등을 겪었다. 어린 시절에는 늘 어머니 편에 서서 아버지의 난폭함과 무식함과 때로는 술주정에 대해 강한 반발을 나타냈다. 깊은 애정과 정성을 쏟아온 맏아들이 죽자 어머니는 로렌스에게 모든 기대를 걸기에 이르렀으며, 그녀에게 있어 로렌스는 아들인 동시에 연인과 같은 존재였다. 어머니의 이러한 기대에 정신적으로 짓눌려 있던 그는 나이가 들면서 사귀게 된 여인들과 원만한 관계를 가질 수 없게 되는데, 이러한 문제가 무식하지만 생명감 넘치는 아버지와 세련되고 점잖은 어머니 사이의 긴장과 갈등을 배경으로 작품 속에서 생생하게 재현되고 있다.

로렌스의 첫 장편소설은 1911년 26세 때 발표된 〈하얀 공작〉이다. 그로부터 2년 후에 출판된 〈아들과 연인〉은 20세기의 위대한 소설 가운데 하나로 평가되고 있지만 이 작품이 출판되기까지는 많은 어려움이 따랐다.

맨 처음 로렌스의 문재(文才)를 발견한 사람은 문학자이자 저널리스트였던 포드 매덕스 휘퍼였다. 그가 바로 〈하얀 공작〉의 원고를 읽고 그것을 하이네만 사(社)로 하여금 출판하게끔 주선해 준 사람이다. 그러나 로렌스는 이렇게 말하고 있다.

"그는 나의 카누를 밀어내 주었을 뿐, 그 뒤 저어 나가는 건 나의 힘에 맡겼다. — 나는 난파를 당했다. 그러나 가넷이 나를 구원해 주었다."

이 에드워드 가넷이 〈아들과 연인〉을 출판해 준 덕워스 사의 편집자였던 것이다.

〈아들과 연인〉은 처음에 〈폴 모렐〉이라는 제목으로 쓰기 시작했었다. 초고(初稿)는 로렌스가 크로이몬의 초등학교 교사를 하던 1911년 말에 착수되었다. 초고가 완성되었을 때 제시 체임버(〈아들과 연인〉 속의 미리엄)에게 읽게 하여 그녀의 충고로 대폭 수정되었다. 초고에서는 아버지가 실수로 폴의 형을 죽이게 되어 감옥에 들어갔다가 석방되기는 하나 곧 죽는다는 줄거리였다. 그러나 제시가 좀 더 있는 그대로를 솔직하게 쓰라고 권유하는 바람에 그는 그녀로부터 지나간 일들의 자세하고 정확한 자료를 얻어서 고쳐 썼다. 〈하얀 공작〉도 그녀의 면밀한 협력에 의해 완성된 것이었다.

　〈침입자〉 역시 크로이몬 시절 헬레나라는 여자친구의 원고를 바탕으로 했으며 제1, 제2, 제3작이 모두 여성의 협력에 의한 것이었다. 이제시의 충고가 〈폴 모렐〉을 〈하얀 공작〉과는 근본적으로 다른 작품으로 이끌어간 것 같다. 이 원고가 최종적으로 완성된 것은 1912년 11월 13일, 이탈리아의 가르냐노 호반(湖畔)에 프리다와 함께 도피해 있을 때였고, 출판된 것은 다음 해 5월이었다. 로렌스는 이곳에서 제시에게 최종 원고의 교정지를 보냈는데, 이것을 읽은 제시는 크게 화를 냈다. 소설 후반에서 폴이 미리엄을 부정하고 그녀와 헤어지기 때문이었다. 그녀는 답장도 보내지 않았다. 이렇듯 소설 속에서의 이별이 있은 지 얼마 되지 않아 두 사람의 진짜 이별이 이루어졌다. 그런 뒤로 로렌스는 스스로 이상향(理想鄕)의 계획을 세우는 사람이 된다. 사상가로서의 로렌스가 출현한 것이다.

　로렌스는 태어날 때부터 허약했던 체질과 폐렴으로 고통을 받으면서도 성(性)의 신비를 통해 병든 현대문명을 고발하기 위해 많은 작품을 쓰려고 끝없는 방랑 생활을 감수하면서 살았다. 이와 같은 미망(迷妄)의 사색 속에서도 그는 실론·독일·오스트리아·스위스·이탈리아·프랑스·오스트레일리아·인도·미국·멕시코 등 온 세계를 방랑하면서 작품을 썼다. 이러한 방랑의 계속은 새로운 가치 체계 속에서 진정 인간다운 삶을 이룩할 수 있는 토양을 찾아 헤맸던 정신적인 탐구였다고 볼 수 있다. 그동안에 로렌스가 얻은 것은 추상적이었던 사상을 무르익게 만드는 원시적인 생(生)의 이미지였다.

로렌스는 시·소설·에세이·여행기·극·평론에 이르기까지 다방면에 천재성을 보여주었다. 위대한 작가란 그의 예술의 형태와 몸체에 독자가 적응해야 한다. 그러므로 위대하고 독창적인 작가란 독자의 취미까지 창조해야 한다. 하지만 이러한 대가들도 처음에는 반발을 감수해야 했으며, 로렌스도 예외는 아니었다.

〈아들과 연인〉이 출판되기까지도 독자들의 혹평을 받았지만 그 후에 출판된 작품들의 내용이 음란하다는 이유로 오해와 혹평을 받아야 했다. 특히 장편소설인 〈무지개〉와 〈채털리 부인의 연인〉 등으로 그는 비도덕적인 외설작가로 낙인이 찍히기도 했다. 하지만 로렌스는 시종 작품을 통하여 자기의 특이한 자아를 확장하고 자신의 경험을 일반화하려고 애를 쓴 작가였다.

〈아들과 연인〉은 지저분하고 더러운 탄광촌에서의 로렌스 자신의 청춘의 고통을 있는 그대로 그려낸, 그 자신의 피와 눈물이 아로새겨진 무게 있는 작품이라 할 수 있을 것이다.

국립중앙도서관 출판시도서목록(CIP)

아들과 연인. 2 / 데이비드 허버트 로렌스 지음 ; 이은경 옮김. --
고양 : 현대문화센타, 2010
　　p. ;　　cm. -- (세계명작시리즈)

원표제: Sons and lovers
원저자명: David Herbert Lawrence
영어 원작을 한국어로 번역
ISBN 978-89-7428-374-2 04840 : ₩10000
ISBN 978-89-7428-372-8(세트)

영국 소설[英國小說]

843.5-KDC5
823.912-DDC21　　　　　　　　　　　　CIP2010002404

아들과 연인 2

초판 1쇄 인쇄일 | 2010년 07월 05일
초판 1쇄 발행일 | 2010년 07월 12일

지은이 | 데이비드 허버트 로렌스
옮긴이 | 이은경
발행처 | 현대문화센타
발행인 | 양장목
출판등록 | 1992년 11월 19일
등록번호 | 제3-448호
주소 | 경기도 고양시 일산동구 백석동 1309
대표전화 | 031-907-9690~1　　　　팩시밀리 | 031-813-0695
이메일 | hdpub@hanmail.net
ISBN 978-89-7428-374-2 (04840)
　　　　978-89-7428-372-8 (전2권)

브론테 자매 컬렉션

현대문화센타에서만 만나실 수 있습니다

빌레트(전 2권)

샬럿 브론테 지음/ 안진이 옮김

19세기의 사회적 제약 속에서 '여자가 한 남자의 아내로 살아가며 자유로운 삶을 추구하는 것이 가능한가?'
라는 시대를 앞선 문제의식을 던지는 〈빌레트〉는, 샬럿 브론테의 자전적 소설인 동시에
탄탄한 줄거리와 탁월한 심리묘사로 독자들을 매료시키는 최후의 걸작이다.

폭풍의 언덕

에밀리 브론테 지음/ 안진이 옮김

여성 특유의 섬세함과 돋보이는 서정성으로 셰익스피어의 리어 왕과 비교되는 폭풍의 언덕
음산하고 황량한 요크셔의 황야를 배경으로 악마적이라고 할 정도로 난폭한 인간의 애증을,
3대에 걸친 특이한 성격의 일가족이 펼치는 사랑과 증오와 복수를 강력한 필치로 묘사하고 있다.
고전(古典) 중의 3대 비극으로도 일컬어진다.

제인 에어(전 2권)

샬럿 브론테 지음/ 서유진 옮김

태어나자마자 부모를 잃게 된 제인 에어, 반항적인 기질을 타고난 그녀는 온갖 구박을 당하는 어린 시절을 보낸 뒤,
불우한 소녀들을 교육하는 로우드 기숙학교에 보내진다.
열여덟 살의 숙녀로 성장한 제인은 가정교사로 첫 걸음을 내딛게 되고,
그곳에서 저택의 주인이며 추남이지만 폭풍 같은 열정의 소유자인 로체스터를 만나게 된다.

아그네스 그레이

앤 브론테 지음/ 문희경 옮김

일인칭 화자의 목소리를 통해 위선적인 인간군상을 명쾌하면서도 익살스럽게 기록함으로써
빅토리아 시대의 여성과 계층문제를 사실적으로 다루고 있다.
특히 교육수준이 높아 자존심이 강하지만 하녀와 다를 바 없는 처우를 받아야 했던
가정교사의 고뇌가 이 작품 속에 고스란히 담겨 있다.

제인 오스틴 컬렉션

영국 BBC의 '지난 천 년간 최고의 문학가' 조사에서 셰익스피어에 이어 2위를 차지했던 제인 오스틴.
현대문화센타는 오스틴의 모든 작품을 만날 수 있습니다.

오만과 편견

사랑이 시작될 때 남자들은 '오만'에 빠지기 쉽고 여자들은 '편견'에 곧잘 빠진다는데……
아름답고 총명한 엘리자베스와 무뚝뚝해 보이지만 내면은 섬세하고 자상한 성격의 다아시,
그들의 오만과 편견 그리고 사랑의 행보는 어떻게 될 것인가.

엠마

엠마는 자신이 주변 사람들을 엮어주는데 천부적인 소질이 있다고 믿는다. 천진난만한 그녀는 친구와 이웃들의 삶에 감 놔라 배 놔라 사사건건 참견하면서
정작 자신이 사랑에 빠졌다는 사실은 깨닫지 못한다. 〈엠마〉는 사랑과 결혼에 관한 한 편의 놀라운 희극으로 평가받는 작품이다.

이성과 감성

거센 폭풍우에도 흔들리지 않는 지성의 표상 엘리너, 사랑하는 사람을 통째로 삼켜버려야만 직성이 풀리는 정열의 화신 메리앤.
서로 다른 삶의 방식을 통해 진실한 사랑을 찾아가는, 이성과 감성에 관한 두 자매의 고도의 역전 드라마가 펼쳐진다.

설득

한 번 헤어졌던 연인들이 8년 후 다시 만나면서 겪게 되는 복잡다단한 감정의 곡선을, 얽히고 설킨 남녀의 미묘한 감정선의 파장을
꼼꼼하면서도 무척 클래식하게 잘 그려내고 있다. 제인 오스틴의 여섯 작품 중에서 마지막 작품이다.

노생거 사원

그녀 특유의 아이러니와 유머, 그 시대 문학가들에 대한 풍자가 곁들여진 〈노생거 사원〉은 사랑과 결혼, 재산을 추구하는 젊은이들에 대한
흥미로운 주제를 담고 있다. 원제는 〈수잔〉인데, 완성된 지 13년 동안 방치되어 있다가, 후에 〈노생거 사원〉으로 개작되어 출간되었다.

맨스필드 파크 (전 2권)

가난하지만 예리한 지성이 넘치는 여주인공 패니는 맨스필드의 부유한 친척 집에서 지내고 있다.
어느 날 매력적인 크로퍼드 남매가 등장해 곧 삼각관계를 형성하고, 한편 맨스필드 파크는 간통과 배반의 소용돌이에 휘말리게 된다.